典当行

何常在 著

北京联合出版公司
Beijing United Publishing Co.,Ltd.

图书在版编目（CIP）数据

典当行 / 何常在著 . -- 北京 : 北京联合出版公司,
2020.3

ISBN 978-7-5596-3920-2

Ⅰ . ①典… Ⅱ . ①何… Ⅲ . ①长篇小说 - 中国 - 当代
Ⅳ . ① I247.5

中国版本图书馆 CIP 数据核字（2020）第 000912 号

典当行

作　　者：何常在
责任编辑：郑晓斌　徐　樟
封面设计：三形三色

北京联合出版公司出版
（北京市西城区德外大街 83 号楼 9 层　100088）
河北照利印刷有限公司印刷　新华书店经销
字数 320 千字　700 毫米 ×990 毫米　1/16　20.5 印张
2020 年 3 月第 1 版　2020 年 3 月第 1 次印刷
ISBN 978-7-5596-3920-2
定价：48.00 元

目录

何想盯着眼前只穿了条背心和背带裤，浑身肌肉虬结的陈元泽，心里突然有点紧张。恐怕谁也想不到眼前这个壮得像头熊的男人，竟然就是花天下当年最高实验团里斯文秀气的主任。

这个曾如风有本事，有见解，有想法……何想第一次极其强烈地想要认识一个人。他立刻回过神来，追出教室。

李晨峰的眼睛骤然睁大凸出，他感觉自己仿佛被什么扼住呼吸，整个人被压迫得喘不过气来，出气比进气少，怎么使劲也抽不上气，很快就胸腔塌陷无法呼吸。

瞬间成为中心人物，何想也觉得不可思议，可他实在想不到自己有什么值得地下拳场主——青者看重的地方。又或者，难不成青者也对七传人感兴趣？

精致的小屋星罗棋布，如同一颗颗黑白子无规则地勾连、汇聚成各种不同的艺术图案，将巨大的中心广场绘成一幅曼妙的星空图，与头顶浩瀚无垠的夜空遥相呼应。

小冰痛斥樊力的惨无人道，控诉何想的漠不关心，哭诉它作为一个成熟的智能冰箱，竟然毫无冰箱权，强烈申请要求更换监护人，避免同样的人间惨剧再度发生。

他一个人的力量太小，但他面对的又是庞大的集团，在世界大势的角逐上，个人的力量过于渺小，唯有不断蓄积和壮大自身的力量，站在局势中恰到好处的黄金分割点上，才能在关键时刻借势予以回击，成为撬动局势的完美支点，完成七传人的使命。

一句“别来无恙”让花锦年眼皮微动，他忽然发觉，两年不见，眼前的何想跟他印象里的何想又有不同。两年前的何想，不过是个混混模样，轻易就要卖了典当行，如果不是何子天阻止，恐怕典当行早已入他囊中。

意识到这一点，温之光反而将心提起，所有的精心布置都是为了化解人的紧张和压力，同时消减对立情绪。

智脑坐在核心机控室内，面前是重重叠叠的环形立体电子屏幕，无数数据快速闪过，他的面色无比沉静，可浑身已大汗淋漓，头发和衬衣紧贴在身上，他手指如飞，声音却很冷静。

“哈哈，年轻人啊。”原战感叹地笑了。年轻人总是这样意气风发，认真笃定地做出承诺，可不知为何，恍惚间，他竟然从何想身上看到几分自己当年的影子。

第十二章　老师／257

青者也算是一个传奇了，听说发迹于微末，却得到诸多大佬的赏识，一路平步青云。据说他的产业遍布各行各业，地下拳场、假日小岛、赌坊物流、酒店会所、杀手组织、人体基因、国防飞船……没有什么是他不参与的。

第十三章　转折／281

花流年静静地讲起她这些年和花锦年在一起的种种过往，她的努力与快乐，以及他的成功与进步。可是，不知从什么时候开始，她和花锦年没有了以前那种默契，他的心胸、他的气量、他想要的东西，总是比她多很多、大很多。

第十四章　中计／300

刘连生看着天网上指示的一片被茂密植被覆盖得严实、却不断传来震荡的山区地带，微微疑惑，很快明白这可能是军方的机密驻地，因不知名的原因发生爆炸。

第一章　耐人寻味的往事

何想盯着眼前只穿了条背心和背带裤，浑身肌肉虬结的陈元泽，心里突然有点紧张。恐怕谁也想不到眼前这个壮得像头熊的男人，竟然就是花天下当年最高实验团里斯文秀气的主任。

漫天飘飞的大雪，几乎阻隔了人的视线。寒冷的白雪铺天盖地，看久了仿佛会迷失在这片天地中。

穿着厚重的皮大衣、内套防辐射服的何想深一脚浅一脚地在漫天冰雪之中艰难前行。偶尔有一两棵半截埋在雪里的枯树，黑褐色光秃秃的，在白茫茫的天地中点缀出一抹不一样的色彩，也让失焦得几乎快得雪盲症的何想能稍微喘息。

一年多以前，何想受方老爷子的邀请离开典当行，前往掩藏在大西南群山深处的方家老宅，与方老爷子深入地谈了一次。这之后的一年多时间里，他再也没有回过典当行，一直在外面过着半流浪、半参学的生活。

方老爷子的想法很简单，鸡蛋永远不放在一个篮子里。在花锦年亲自登门拜访，并开诚布公地与方老爷子畅谈一番后，方老爷子做了一个让所有人意想不到的决定——与全有集团阶段性合作，共享方家数千年来积累的宝贵资料，共同开发土星空间站项目，在保全地球家园的前提下一起寻找仙星。

此事刷新了何想对七传人的认知，原来不仅是黑仙传人，其实七传人本身也暗藏着寻访仙星的心思。这样一来，寻找剩下的七传人以及辨别黑仙传人，就更困难了。

方老爷子找来何想，给他安排了一个老师，告诉他机会难得。如果何想不是有七传人守护者的身份，对方绝不会费心费力地帮助他。而他只有尽早掌握技能、获得认可，才能在即将到来的天下大势里站稳脚跟，找对方向，并发现真正的黑仙传人。

毕竟以何想现在的能力，还不足以担当领导七传人的重任。如果何想七传人领导者的身份透露出去，他就不能再在典当行当一个混吃等死的大堂经理了。

何想起初也犹豫过，可当他知道所谓的“老师”竟然是昔年花天下研究团队的负责人陈元泽时，他立马同意了。

风雪怒号，寒冷刺骨，“扑通！”在离一株枯树几步远的地方，何想脚下一个踉跄，跌落在雪地里，整个身体几乎被雪埋没。

“该死，又是雪坑……”何想艰难地爬起来，踉跄几步走到枯树边上，瞅着腕表上时隐时现的信号源，喃喃自语：“信号好弱……”这块腕表被老陈改装过，在基础功能上增加了定向搜索航天器的模块组。

这也是他今天到这里来的目的。半个月前，老陈给他安排了个大课题——找到全有集团基地的冰山下掩藏的航天器。而唯一的线索，就是他腕表里的搜索模块以及一块冰锥形能源体。

跑到全有集团眼皮底下抢东西，只是想一想，何想就觉得很刺激。最关键的是，好像全有集团自身都不知道航天器的存在。

这说明花天下并没有告诉花锦年全有集团的全部秘密，这就耐人寻味了。

“看来还是有什么东西在附近干扰……”何想站起身，继续走了两个多小时，凭借自身的天赋与能力，他徒手翻越了一个超高压线栅栏，电弧光噼啪闪现，谁也没发现这里曾经短暂断电。

很快，何想就看到导致他信号失灵的罪魁祸首，一排几乎围成一个圈的、庞大的射电天线组，最中间是一个能聚集所有信号波的谷地。巨大的圆形机组看来是用陶瓷制造的，具有金属质地，边缘上有全有集团的英文标识。

“果然最危险的地方就是最安全的所在。”何想将眼镜式望远镜翻上去，露出笑容，“看来，东西就藏在这群射电天线的冰层下了。”

何想从背包中摸出一个由一圈金属包裹的冰锥形能量体，开始在四周转悠起来。随着他的走动，冰锥形能量体开始发出微微的蓝色光芒，偶尔光芒加强，发出共振，偶尔又信号全无。在经过一个多小时的探测后，他最终确定了信号最强的地方。

“就是这里了。”何想从背包里掏出一个 30cm 大小的黑色盒子。盒子一落地，立即快速展开成一个蜘蛛一样的多足小型挖掘机。

“吱吱……”小型挖掘机立即行动，一头扎进冰层里，同时将穿凿冰面和土层时产生的渣子飞速扒向两边，圆头形底座不断下降。

冰天雪地，寒风呼啸，在如此恶劣的天气里，这种细致工作的进展总是十分缓慢。虽然风雪天气和超强的电磁效应使这里几乎成为通信的盲点，但在地外高空，卫星监控从没放弃监视任何一个地方。何想很清楚，要是动静太大，恐怕几秒后就会触动隐蔽的警报。所以，他不能也没必要着急，就这样慢慢来就好。

何想是被“嘀嘀”的细小电信号吵醒的，他看了看腕表，已经凌晨四点多了，挖掘机工作了将近十四个小时。他从团成一个蝉蛹状的胶囊帐篷顶上出来，扒开阻拦在外的积雪，看着冰锥形能量体内蓝光不断闪烁，并不断增强。

“咦？找到了？”何想不再耽搁，收好胶囊帐篷，背起包，带上有探灯的吸氧式面罩，跳入几乎被大雪封存的洞里。一路滑到洞的深处，然后从狭窄的洞口钻出，眼前是一片开阔地带。

“原来遇到合金板阻碍了，看来就在下面。”何想跺了跺脚下平整的合金板地面，然后蹲下身拂去表面浮土，又敲了敲，随后用针刺入腕表侧面的一个细小凹陷，两根细小柔软的晶体触手很快从腕表内伸出，连接到合金板的表面。

淡绿色的微光亮起，何想盘腿坐好，等着空中逐渐构建出三维立体网格电子模型，那是一块长方体，里面似乎还有某种东西……这就是脚下合金板的大致全貌了。何想保存好模型图块，找到一块最薄的地方，掏出激光枪开始熔烧合金板。

好不容易抠下一块合金板，何想在地面固定好钢索并拴在腰间，然后，纵身跳下。

仿佛是被何想头顶的探灯惊扰，整个黑暗的空间瞬间明亮，一架黑亮如水、呈流线型的机身赫然映入身处半空中的何想眼中。机身庞大，几乎占据了整个空间，表面浮出一层光芒，在黑暗中熠熠生辉。机体通体黑色，唯独从头部两侧延伸出两道白色光晕，像两条银白闪电划过，沿着机翼直达尾部。

等何想落到机体边的实地上，主驾驶室侧面的黑色舱门立刻无声地打开，伸出一道阶梯，仿佛早已迫不及待地要迎接远来的访客。

“这就是……老陈说的飞船？”何想仰头看着眼前的黑色机体，目光里满是震惊。

据老陈所说，二十年前，花天下曾经做过类似空间通道的研究，还成功制造出理论上可以穿梭虫洞的飞船。可不知道为什么，就在所有人都觉得胜利在望、人类的未来近在咫尺的时候，花天下突然疯了般发了好大一通脾气，不由分说地毁灭了所有研究成果，就地解散相关研究团队，并全面封锁了相关研究。

此后，直至花天下逝世，空间通道研究项目成为全有集团无人敢碰的禁区。

如今，全有集团的新研究成果是由花锦年带领团队做出来的。按老陈的说法，花天下的举动，使全有集团在超纯物质与空间通道的研究上至少倒退了二十年，至今尚未完全恢复。

不过，何想没料到的是，并不是所有东西真的都被销毁，在老陈的据理力争下，花天下还是同意留下一个火种——将一架残次品的飞船藏在冰山之下——据说是当年的第一个成品，但有不少缺陷。

何想的目光变得极为热切，在他的注视下，流线型机身表面飘浮的光芒在一分多钟后才慢慢消散，整个机体也变得更有质感。

“应该是这个没错了。”

何想定了定神，一步一步踏上从机体伸出来的阶梯。他进入机身驾驶室的瞬间，阶梯回收，黑色侧门也无声关闭，整个飞船内部一片黑暗，只有头部操作台上亮起一圈幽幽蓝光，看形状是一个卡槽。

何想从背包里掏出冰锥形能量体，郑重地将它放到卡槽内，顷刻间，四周一片明亮，一个柔和的女声在驾驶室内响起：“请驾驶员就位。”

何想绕过看上去十分简洁舒适的驾驶座，又扫了一眼后面的其他七个座位。然后抬起一只手，像抚摸心爱的女人一样轻柔拂过机舱内部的每个角落。

“开门。”

何想又到机体外抚摸了一遍机身，终于从包里掏出各种各样稀奇的小工具，以及一张在半空中叠了很多层的电子图纸，仔细研究后，找准刚才定位出的缺陷点，乒乒乓乓地敲击起来。

老陈曾说，当今世界，这项工作除了何想，没人能够完成。因为谁也没有他这样得天独厚的能力——不借助任何外物、不破坏任何表层，就能对飞船内部能量场的有无、强弱，进行精准的判断。

“所以，守护者也是天生的‘修补师’，有意思，有意思得很。”何想回想着老陈一年多来对他的各种地狱般的操练，觉得后牙槽有点疼。但也正是因为老陈的严酷和认真，眼前的工作他才能做得如此轻松。

两天后。

何想坐上驾驶座，在坐上去的瞬间，腰侧自动伸出一条安全带将他牢牢护住。似乎是自动感应过何想的身材，驾驶座的大小也随之变化，令他更加舒适。很快，扶手右侧升起一根有三个按钮的支杆，红黄绿三种颜色的按钮，似乎代表三种不同的意思。

虽然手痒，但何想不敢触碰，他记得老陈再三叮嘱，绝对不能在飞船未启动前触碰支杆上的按钮，否则飞船会自动判断被入侵而自爆。

“咳……好了，输入口令：Fly to the sky。”

仿佛被一道口令注入了能量，飞船的周身瞬间喷发气浪。不知道是机身震动，还是整个地底空间在震动，何想猛然间感觉自己仿佛置身于汪洋大海之中，面前有滔天大浪在翻滚。

下一刻，何想的眼前，一道坚实的合金墙面被“轰”地掀开。

飞船化身一道黑色的闪电，一路冲飞出去！

“轰——”冰层震动，一道黑色闪电倏忽破冰，扫除一切障碍，冲入云霄。

“嗡——”巨大的震颤使四周高大的射电天线同时爆鸣、闪烁；下一刻，尖锐的警报被拉响，埋藏在雪地里的地面反击系统瞬间启动，“轰轰……”几枚巡航追踪导弹带着呼啸之声，顷刻间锁定了飞上天空的飞船，并穷追不舍！

何想乘坐黑色飞船在冰山上空飞速盘旋，看着悬浮在身前的规避炸弹的指示，想也不想就按了上去，“轰轰……”飞船尾部飞出的炮弹成功炸掉几枚追踪导弹，在剧烈震荡的轰隆声中，飞船趁机急速逃离，蹿入云层之中。

整个过程只有短短的几秒，即便早已做过几百遍的心理假设，但实际发生的时候，何想还是惊出了一身冷汗。

何想眼睛紧盯着屏幕，脑海里却不由自主地浮现出他离开方家前方老爷子说的话："在你去之前，我有句话要告诉你，就当是老头子的忠告。上任守护者，年纪轻轻就过世，死得太轻巧。那是因为，他没有找到他的贤者。所以你要快点找到……"

贤者？方老爷子明显是在暗示他是自己的贤者！

何想砸吧一下嘴，重新发出方向指令。

高耸入云的全有集团大厦，早已成为中心市最具划时代意义的标志性建筑。

一年以前，土星空间站项目正式进入大众的目光，全有集团也被捧上云端，成为引领人类未来发展的领袖。全有集团不仅制定全球性战略计划，触角更是伸入政界和商业财团，并联合解决了人类99.99%的医疗难题。如今，又与享有盛誉的万方集团合作，打造出一个牢固而庞大的世界性经济科研体。

刘连生作为全有集团的董事长秘书兼科研外联主任，除了负责花锦年日常工作日程安排外，还密切监控全球科研基地的动向。所以，在喜马拉雅冰峰射电天线基地拉响警报的影像传回集团总部后，他第一个注意到了异常。在连续下达两次搜寻命令后，刘连生认出了在保密区域内驱使过挖掘机、操控黑色飞船的人，正是何想！

没有过多犹豫，刘连生第一时间将情况反映给正在开视频会议的花锦年。

如果是平时，像这样插播一条信息，并不会引起花锦年多大的反应，顶多是瞟一眼，对发生的事情心中有数就行。可这次他一反常态地愣了两秒，引起了正在开会的其他首脑的惊疑。

花锦年很快结束了会议。

“找到他了？”花锦年坐在办公椅中，仰头看着悬浮在半空中不同角度的基地导弹追踪录像，以及漫天雪地里几乎小成一个点的人影，“他现在哪里？”

“追踪到藏区山脉群里就突然失去了踪影。”刘连生回答。

“派人跟进。”花锦年凝视着电子图像，目光变得悠远。距离何想消失已经过去近两年时间。两年间，他想尽一切办法寻找七传人下落，可事与愿违，七传人似乎追随着守护者一同消失。虽说跟万方集团的合作使得方可水、樊力都同意全有集团的邀请，成为座上宾，却迟迟没有新的进展。

“既然露面了，想必何想很快就会回来。”花锦年目光深沉，眼波浮动。他手指轻敲桌面两下，很快拨通花流年的电话。

中心市城东，圆形会议厅。

圆形会议厅是中心市最大，也是幕后老板最多的会议厅，由多股政商势力联合经营，通常较大规模的会议都会在此举行。

花流年是今天会议的组织人，虽说是组织人，其实也是受命于几大股东以及他们背后的众多势力。这些人的目标很简单，就是想要在未来通往长生的方舟上提前获得一些名额。更有甚者，想提前瓜分土星及其卫星所拥有的资源。

这一年多以来，花流年大多与这类人打交道，应对他们已极其有经验。在一年前土星空间站项目公布时，她跟花锦年就已经做了明确分工，政策外交主要交给花流年，技术支持类的则由花锦年负责。两个人也算密切配合，甚至可以说是天衣无缝。

熟悉的电话铃声在花流年内置的耳机中响起，她接通电话，花锦年温和的声线响起：“方便通话吗？”

正好会议也已经开到尾声，花流年对与会人员告罪一声，走到外面接听电话：“怎么了？哥。”

“何想出现了。”随着花锦年这句话，数张照片和视频一同发送过来，花流年点击电子屏幕查看，一双美丽的眼睛瞬间睁得老大。

“这是……进击者号？！”花流年突然拔高声音，不可思议地说，“他怎么会找到进击者号？这可是二十年前爸爸曾经研究过的一款飞船！”

“这个型号，你有印象吗？”花锦年再度发送一张图片过来，是机身腹部一张放大的字母截图，JZ00-XQ。

花流年下意识地摇了摇头：“不太清楚……二十年前有关空间通道的研究资料都被爸爸销毁了，要不是小时候曾经看过一张纪念性的照片，并对它印象深刻，我都认不出它。”

“这是今天早上的照片，飞船藏在喜马拉雅冰峰里，就在我们的射电天线组下面。”花锦年的解释让花流年更加惊诧了。

“灯下黑？”花流年的声音都有些颤抖了，“但何想怎么会知道？”

连他们俩都不知道世上竟然还存在这样一艘飞船，并且还是随着何想的复出而出现。原以为何想当初消失是为了找寻新的七传人，又或者他确实找到了新的七传人。难道飞船会与七传人的下落有关？

“不一定是新的七传人，也可能是父亲当年研究团队里的其他人。很明显，何想驾驶的就是我们全有集团的飞船。”花锦年语调沉稳，显出一种势在必得的气魄。时至今日，花锦年依旧想不明白，花天下当年为什么一意孤行，摧毁了所有空间通道的研究。他从当初遗留的极其少量、残缺的资料里分析得出，花天下当时的研究进程可以说每日都有新突破，据说他曾经突破了真纯物质的界限，制造出能稳定存在的105%的超纯物质，使得物质的所有特性都发生了极大的变化。花天下当时像打了鸡血，想尽一切办法提高物质的纯度。

就在他真正制造出接近120%的超纯物质，哪怕传说它只存在了0.0000017秒便气化了，花天下却忽然情绪大变，不顾所有人反对，停止了一切研究，毁了一切资料。花天下从此一蹶不振，重病不起，苦撑了两年，将花流年和全有集团都托付出去后撒手人寰。

花锦年在心中微微叹息，如果基于前人的研究，他重启空间通道的历程就不会这么艰难。好在最困难的时候已然度过，他现在带领集团获得了关键性突破，空间门即将问世，超纯物质的研究也逐渐明朗。

而现在的首要任务，就是找出剩下的七传人，拼出真正的“八仙宝图”，得到宝物传承的密钥。

花天下的研究受阻，也给花锦年带来启发。在他看来，那是因为花天下手中的宝物和资料太少。可现在，在集合了方可水、樊力手中的宝物，数量增加到四件后，重重叠加，所产生的共振能量效应远不是两件宝物可以比拟的。

现在，何想重新出现，假如他能认清局势，归顺全有集团，共同创造人类的未来，自然皆大欢喜。如若不然，就不要怪他花锦年采取一切可能的手段，夺回属于他的东西。因为，任何人都无法阻止他找到仙星的决心，也无法阻挡人类长生的宿命！

想到这里，花锦年带着些许笑意说道：“流年晚上是否有安排？一起吃个晚饭？”

“嗯？好呀！”花流年惊喜不已。一年多来，两个人都忙得脚不沾地，一起吃饭的次数寥寥无几，更何况还是花锦年主动邀请。或许，在她想念哥哥的同时，哥哥也在思念她。

“哥，我等会儿整理一下相关资料，到时候给哥送去！”花流年雀跃地说道。

挂断电话，花流年一阵欢欣，忽然脸色一滞，陷入沉默。何想……好久没有听到这个名字了，可不知道为什么，这个名字仿佛有种魔力，每当她快要忘记时，就会有人重新提起。当他再次出现时，竟然又给她这么大的震撼和冲击。

“爸爸……”花流年喃喃自语，心中没来由地涌起一股复杂的情绪，久久难以平复。其实，她也不太明白，为什么父亲当年要把空间通道的研究资料全部毁去，他是发现了什么才会做得这么决绝？现在哥哥重启研究会不会……不，她相信哥哥。现在集团已经将计划全面转移到土星空间站上，不在地球上试验，就不会让可能引发的崩溃给地球带来毁灭性的灾难。

摇了摇头，花流年决定暂时不去想这些没有答案的事情，还是把眼下的事先做完。没想到刚一回头，就见几个参会的代表笑着朝她走来，她连忙迎上去：“几位这是要离开吗？怎么这么早，不多坐坐？”

走在最前面的中年男人笑道：“不了，还有些事得早点回去，多谢花总盛情。”顿了一下，他打趣道，“刚才的电话是另一位花总打来的？”

“嗯。”花流年点头。

“哎呀，蜜里调油啊，时刻不忘联系着，那照这么看来，恐怕很快就能喝上两位花总的喜酒了。”此言一出，在场的人都笑了。大家都知道花锦年只是义子而已，既然是义子，也就是女婿的最佳人选。

花流年脸一红，心里不由得生出一丝甜意，却故意板着脸嗔怪道：“李总真是的，总爱戏弄人。”

“哈哈，好，好，花总脸皮薄，不戏弄，不戏弄。”一行人笑着离开。

送走了来宾，花流年也准备回全有集团。王重正守在会议厅大楼外的车边静静地等她，见她走来，立马迎上去替她拉开车门，自己再坐进车里。

王重敏锐地发现花流年的情绪和平时不一样，看起来随意实则小心地问道：“今天发生什么事了吗？”

花流年看了一眼车内前排的后视镜：“嗯，何想出现了。”

王重一怔。他几乎快忘了这个名字，但随即想到，这个名字对花大小姐的意义有些不一样。是因为这个她才情绪波动？王重本能地有些不高兴。

“他现在……”王重继续问道。

“其他几个七传人的行踪呢？”花流年问。

王重很快调出车载系统里的天网分支，一幅全球3D电子地图悬浮于车前座的空间。地图上，代表方可水的蓝色光点最为明确，指向中心市美丽大学的C座教学楼102室；代表何想的紫色光点模糊，显示三十分钟前曾经出现在藏区一带；代表樊力的红色光点……竟然直接指向了地球以外的太空，并高速接触、穿越大气层，直奔地球表面而来。

花流年微微一怔，忽然感慨笑道：“是吗？又有一艘红星飞船回来了……”

藏区。

古老的群山高耸入云，过半山体被冰雪覆盖，又有近半山体满山碧翠。

何想按照老陈的要求，乘着外形改装过的飞船在附近晃荡一圈，以尽快熟悉操作技巧，直到夜幕时分才将飞船藏一个曲折幽深的山洞里。确认这个地方不会被卫星拍摄到后，何想才爬到一块岩石边，按下一个隐蔽按钮，岩石壁上自动打开一扇门，他从容地走了进去。

“回来了？”岩洞内放着各种加工机械，各种细小的零件和组装的金属物品随处可见，包括一辆座位上覆盖皮具、浑身零件裸露在外的超引擎改良机车。除此之外，寥寥几样生活用品也杂乱地堆放在一边。在这片金属的海洋中，一个剃光了脑袋、胡子拉碴、叼着罕见老旧烟头的中年男人一边用激光焊机加工一条机械臂，一边头也不抬地问道。

“嗯。你要的东西都已经带回来了。虽然我打开了反追踪系统，也借了暴雨云掩护，可能还是会被追踪到一些痕迹。”何想将手里的包扔在桌上，发出清脆的金属撞击响声。

“把那边那个能源板的纳米线路重排一下。”陈元泽随手指了一下旁边桌上的黑色能源板，又说，“不用担心他们会找过来，反正你很快也会离开这里。”

何想拿着能源板的手一顿，虽然早就料到会有这么一天，没想到来得这么快。他的心情瞬间变得轻快起来，但又有点犹豫，两年里学的东西足够了吗？他有些拿捏不准，该不会是出什么事了吧？

盯着老陈看了两秒，很可惜并没能看出什么端倪，何想问："晚上打算吃什么？"

"梅菜扣肉吧，好久没吃了。"

晚饭时间。

何想和陈元泽对坐着在一张小凳子上吃饭，两菜一汤。与往常不同，今天何想吃饭的速度并不快。在第二次被何想目光瞟到的时候，陈元泽放下筷子："有话说？"

何想也放下碗筷，问："您准备出门了？"

陈元泽点头："我明天就走，这里我也会炸掉。"

"啊？"何想一惊，没想到老陈竟然会走得这么快，且这么决绝。曾几何时，何想还怀疑过老陈是不是也是七传人，否则方老爷子没理由这么郑重地介绍老陈，还让自己跟着老陈学东西，毕竟方家传承几千年，自然会掌握些不为人知的秘密。

可没过多久，他的猜想就被老陈否认了，不过这丝毫不影响何想对老陈的好感，因为在很短的时间内，他就被老陈熟练且高精尖的机械制造力彻底折服。此人仿佛天生该与机械融为一体，任何破铜烂铁又或者合金密钢，只要到了他的手里，都能被提炼加工，进行任意变化，成为他想要的机械零件，再被组装成极为精密的仪器。

何想曾亲眼见到老陈一无所有，白手起家，在大山里开辟现在的据点，这几乎可以用奇迹来形容。可现在，他要把好不容易设立的据点亲手毁掉？

见何想有些不理解，陈元泽继续说道："你学得很快，我暂时没什么好教了，剩下的就靠你自己了。"陈元泽倒不是在说谎，相反，在教导何想的近两年时间里，他已经极力不让何想产生任何骄傲自满的情绪，但何想在机修方面的天赋却屡屡令他咂舌，几乎到了过目不忘的程度。

陈元泽又说："那艘小型飞船也是你的，你可以带走，不用担心，它不在全有集团的编制内，算你私人所有。"

"啊？"这次何想是真的愣了，几乎怀疑自己是不是听错了。那是一艘货真价实的飞船，是花天下时代遗留下来的科技成果和宝贵财产，当世唯一一艘，价值起码几百个亿！它可不是一架哄小孩的飞机模型，就这样算他私人所有了？

何想盯着眼前只穿了背心和背带裤、浑身肌肉虬结的陈元泽，心里突然有点紧张。恐怕谁也想不到眼前这个壮得像头熊的男人，竟然就是花天下当年最高实验团里斯文秀气的主任。他还记得当初自己拿着从方老爷子那得来的电子照片，对上真人时的错愕和震撼。

当年花天下宣布解散空间通道的研究团队后，团队里所有的核心成员都跟商量好似的消失得无影无踪，留下来的只是一些边缘的、负责执行的研究员。真正最权威的核心成员之一，此时就在他的面前，两个人还亦师亦友地在一起生活了近两年。不得不说，缘分就是这么奇妙。

犹豫了一下，何想问："您接下来打算去哪里？"

陈元泽微微犹豫，叹息着说："去见见老方。我始终认为，跟花锦年合作，是他错了。但他年纪大了，胆子反而也大了吧。"

昔年花天下力排众议，强行关闭空间通道的研究，虽然具体原因陈元泽并不完全知晓，但他知道花天下认定继续研究下去会带来无法面对、极其恐怖的恶劣结果。

或许别人不能理解他，但陈元泽不得不理解。

不为别的，只凭从小就是花天下的玩伴，两个人一起长大，他见证了花天下的一切，甚至对七传人的事比身为守护者的何想知道得还多。

他还记得，在他十五岁那年，花天下第一次在他面前展现属于七传人的独特能力。原本两人谈笑风生，时空却突然静止。等他再醒来时，天地色彩早已变幻，周围场景天差地别，他甚至以为自己被外星人绑架出去溜了一圈，又被扔回来。可在几次体验后，他才真正开始了解和正视七传人的存在。

之后，两人也曾经努力寻找其他七传人，比如方家的上代传人、方可水的父亲方上仁，比如典当行曾经的守护者何夏。何夏是个心高气傲、喜欢独来独往的人，方上仁却热情好客，数次请他们到方家老宅做客。

当时，大家只谈交情，不谈交易。现在想来，彼时岁月，应该是他们这辈子最简单快乐的一段时光。

在陈元泽看来，如果说花天下目的明确，想利用宝物的磁场效应，破解其中原理，制造出独属于人类的超纯物质，开启人类真正的宇宙大航海时代；那么花锦年就是野心勃勃，妄图收集所有的宝物，将危机转嫁到土星之上，并想强行打开空间通道，用人类的未来去搏一个不可预料的未知——仙星。

从花锦年打出要带领全人类长生的旗号起，他就不再是一个纯粹的研究者和科学家，而是政治家与商人。

虽然已经多年没见过花锦年，但俗话说三岁看老，陈元泽记得花锦年少时就是个不达目的誓不罢休的人，对自己极为严苛。一旦遇到难题，他会废寝忘食，用尽一切办法解决问题。

老方对花锦年还是太不了解，所以才会被花锦年温润如玉的君子外表迷惑，甘愿跟他合作。

陈元泽忽然笑了一声，“我是不是有点皇帝不急太监急？”

何想微微一怔，陈元泽很少会笑，他把有限的时间都投入无限的研究和开发中去了，像这样明显的自嘲，更是从来没有过。“那倒不会，我就是觉得，老陈你有时候心思挺矛盾的。”在他眼中的老陈，一面保守而不冒进，觉得花锦年可能用心险恶；另一面又全力教导自己制造和驾驶飞船，只为了去探索无限的太空。

“……”陈元泽微微沉默。没错，他既不希望地球真的有危险，又不想永远都困在这个星球上。如果有永生的机会，由何想来探索或许比花锦年更稳妥保险一些。

沉默了一会，陈元泽说道："我们那个时代是失败了，或许你们可以有所开拓。但你，还是先要找准你的位置。"

"是，是，我不就是七传人之首嘛，肩负着拯救人类苍生的重大责任，时刻准备着，为保护地球的事业而奋斗！"何想既是自嘲又是调侃，虽然他近两年进步巨大，但让他接受他有保护地球的能力的现实，他还是不相信，也觉得不可能。

"知道就好。"陈元泽不理会何想的耍宝，他最欣赏何想的一点就是何想始终坚持自己的立场，从不动摇，这一点有点像花天下。

第二天一大早，陈元泽收拾起一个大背包，他将飞船重新检查了一遍又一遍，才有些不舍地跨上他亲手改良的机车。何想站在他的身边，替他把体积庞大的背包绑得更牢固。

"走了，"他拍拍何想的肩膀，"小子，走之前我再提醒你一句，你太依赖飞船的智能操作系统了。当然，出生在这个时代，这样做无可厚非，但是多试试人工操作系统吧。几百年前的人类还是自己动手，那时候的人们充满智慧。

"记住，不要过于依赖工具和数据。人有时候做选择，靠的是直觉。"

"好好对它。"陈元泽望了一眼进击者号，露出一抹怀念的神情，"它会是个好伙伴的，有缘再见。"

三天后。

中心市。

一年多以前，中心广场经过大面积改造后变得热闹非凡，各种各样的自动贩卖机器人沿着设定的轨道来回叫卖，各种可变换成小型咖啡厅、电影包房、KTV 等多样式空间的立租立还空间胶囊遍布各个角落，多维立体电子屏幕横跨了整个广场，重重叠叠，从任何一个角度看过去都有精彩的演播节目。

最关键的是，这里实况转播着红星飞船浪漫的旅途生活，以及土星空间站的每一幢全新建筑落成后的变化。

温之光漫步在通往中心广场的街道上，看着明显多起来的行人，此刻，她的心情不错。自从何想消失无踪，樊力参加工作，方可水回学校做起研究，她的生活好像又回到原点，脱离了光怪陆离的七传人传说，回归警察的原本工作。如果不是全有集团时刻播报着土星空间站的建设进程，提醒她这背后的意义，如果不是她排除万难、始终执着追寻失踪人口的案件，恐怕她都快要忘记以前的一些事情。

今天她的心情不错，因为樊力要回来了。

温之光在中心广场找了个地方坐下刷网页，没坐两分钟，她被一阵摩托的轰鸣声惊扰。

“嘿——是不是久等啦？哈哈，今天天气不错，万里无云，我在人生的道路中因为美景而迷失了一下，所以来晚了，光光你不介意吧？我知道你心胸最宽广的啦。”樊力春风得意地从电子摩托上跳下来，拿掉脑袋上的头盔，按动领口的纽扣，护体紧身衣瞬间松弛下来成为宽松的外套。自从政府一年前颁布了人体保护法之后，所有电子摩托骑乘者必须穿上防护装备，否则上路即视为违法，警方有权对其进行拘留。

温之光一身优雅的长裙，长发飘在肩后，手拿一杯带着吸管的果汁，坐在中心广场东北角的一个胶囊遮阳棚下，显得娴静而又优雅。樊力眼睛一亮，没想到一年时间没见，温之光竟然变得这么性感迷人……

可还没等樊力在心里找到合适的形容词时，温之光微笑着取下墨镜，下一刻，她脸色骤变，一个箭步冲到樊力身边，气势汹汹地一把揪住他的耳朵，边拧边骂道：“好啊，你个一声不吭就叛变进全有集团的家伙，莫名其妙消失了快一年，现在竟然还敢有脸出现在我面前？信不信我立马废了你，叫你知道花儿为什么这样红？”

樊力脸一垮，他就知道温之光的温柔是假象，就算地球毁灭，这丫头也改不了火爆的脾气。“痛痛痛！别这样，别这样，大姐头，你厉害你赢了行吧？看在你现在已经是办理了诸多大案、升级成国民警花的分上，快放手，我可以解释的！”

好不容易获得解放，樊力揉了揉耳朵，招呼智能售卖机器人过来，点了一份三明治和牛奶，开始狼吞虎咽吃了起来，边吃边讲这一年来的际遇。

一年多以前，全有集团对外公开宣布建立土星空间站，在整个世界掀起一片浪潮，无数与太空探索相关的行业与职业应运而生。其中，太空巡航宇航员——Air，就是所有人最梦寐以求的职位。Air驻扎于飞船，遨游于太空，要求拥有极佳的身体素质和应变能力，才能为红星飞船保驾护航。

虽说一年多以前樊力拒绝了花锦年关于联合七传人进行科研开发的邀请，但并不妨碍他在极度无聊，又无人管束的情况下投身于无比酷炫的太空巡航中。再怎么样，人不能饿死不是？更何况Air的薪资很高，一点也不逊色于打黑拳，足够他买各种游戏手办刷装备。

"我一年中来回了一趟地球和土星空间站，感觉还是很有收获的。真是不去不知道，一去吓一跳，目前土卫六空间站的常驻民竟然已经有了一万多人，而且这个数目还在不断扩大。你是不知道，踏上空间站的瞬间，那场景真是太壮观了。"

"数不清的高塔柱子被罩在巨大的透明防护罩里，直冲云霄的塔柱，像灯塔一样闪烁着各种颜色的光。天空一片橘红色，飘着各种各样的大气成分，抬眼就能看到被光环包裹的土星倒映在光的海洋之中。整个空间站几乎是钢铁合金与玻璃的天下，好像是宇宙空间里一个被神明遗落的八音盒乐园……"樊力的表情有些迷离，如果不是亲眼所见，他很难相信土星空间站的存在。也正因为亲眼看见了，他开始真正相信一年多以前在全有集团半圆形塔尖上，花锦年描绘的激动人心的远景或许真的能够实现。

"而且，最关键的是，"樊力一手扶下巴，笑得得意而又狡猾，"哼哼哼……哥现在也是有房产有车一族了，而且还是在土星的卫星上有房子，哈哈，这以后出去泡妞，把身份一亮出来，还愁妞不前赴后继往上扑吗？

哇哈哈哈。哦，对了，这次回来我还成为拯救全飞船的英雄，谁也想不到，我们回程途中竟然遇到爆炸的陨石群，要不要这样？这不是逼着哥风骚地露一手吗？上天为什么要把我生得这么帅，还要让我这么英勇无敌？噢，我都要被自己迷住了。”

樊力在全有集团的统一代号为“青空 Air”。他们经过全球性的选拔以及专业训练，每一个合格的宇航卫士都将无偿获得空间站塔柱里一套两室一厅的房产。在这个为了空间站而疯狂的时代，Air 确实是一份所有人都梦寐以求的工作。

“哦？这就是你叛变得来的好处？”温之光翘起二郎腿，双手抱臂，一脸不买账。

“咳，哎呀你真是，怎么老是把叛变挂嘴上呢？话不能这么说，不是早就澄清了全有集团跟黑衣仙星人没关系吗？而且现在大家都发疯一样往里挤，得到一个名额有多么困难，你又不是不知道。要不是……”樊力挠了挠头，他算是占了七传人身赋异能的便宜，但他也确实喜欢这份工作，喜欢在太空里畅游的感觉，或许是七传人的基因作祟？

“哼，你就等着何想那家伙回来好好收拾你吧。”温之光带着气愤，可两秒钟后，气愤又渐渐转为落寞。

樊力顿了顿，“老大还没回来吗？真是的，要不要这样，一消失就这么久？连典当行都不看着了，该不会是空间站的事情让他大受打击，一蹶不振，从此躲起来没脸见人了吧？”

“呸，狗嘴里吐不出象牙。还有，谁说我是在想那家伙了？你有点眼力见行不？”温之光白眼一翻，“倒是你，是不是进了全有集团，就能更好跟梅之心鬼混了？”

樊力脸一僵，挠了挠脑袋，“你不要哪壶不开提哪壶啊。我跟她根本就没见过几面，而且我知道她是什么人后，怎么还会跟她混？何况她之前接近我也只是想把我骗进全有集团而已，现在就更没理由跟我……”樊力的声音小了下去。

“哼，你知道就好。”温之光长出一口气，伸出双臂伸了个懒腰，“也不知道方姐姐最近怎么样了，前不久我才跟她通过电话，她摆脱了家族纠纷，现在回美丽大学继续读博。不过，方家也是一帮古怪的家伙，竟然会选择跟全有集团合作，据说还调出了传承几千年的数据，为全有集团提供理论技术支持。真是叫人想不通，明明之前大家还喊打喊杀地站在对立面，怎么没多久就好朋友手拉手了？而且大家都一副很相信全有集团真的是为了全人类谋求福祉的样子。”温之光觉得这世界变化简直太快太魔幻，她有些跟不上。

“呃……大姐头你不会还对全有集团有想法吧？”樊力有点不可思议。

两年来，全有集团在土星空间站的成就大家有目共睹，即使一开始有些人会怀疑全有集团的真正目的，但随着时间的推移和摆在眼前的事实，几乎全球都已经达成共识——全有集团是人类的希望之光。

只可惜，温之光却不是太买账：“怎么，不行啊？上次方姐姐就给我透露过，她有个弟弟失踪了，就跟全有集团有关……反正不管别人怎么想，我始终坚信全有集团肯定有问题，虽然我现在还没有揪住他的辫子。”

温之光恶狠狠地攥拳。就因为民众对全有集团的支持和维护，警方的调查一直难以展开，高层甚至直接明令禁止对全有集团的一切动作。上次，她暗地里的小动作也被发现了，导致她被强制放假。可如果以后但凡有人口失踪，全都往保密研究上一推，岂不是永远无法找出真相了？

“所以，你最好还是长个心眼，不要被过度洗脑了。”温之光瞪了他一眼。

“行，行，真是怕了你了。”樊力举手投降，心里却不以为然，觉得温之光实在太过固执，脑筋又死，一点也跟不上时代的进程，“不过老大到底死到哪里去了，竟然抛下了帅气又暴力的光光，要不要这样？他为什么会走你也不知道吗？他不是最后一顿饭跟你一起吃的吗？”

“不知道，他又没跟我说。还有仔细你的皮。”温之光挥舞拳头威胁。

“哈哈，那好吧，难得小长假，我现在就回典当行去看看吧。老大不在，守护典当行的光荣伟大的任务看来还得靠我了。说不定能淘出宝贝呢，到时候不告诉老大，自己留着吃香喝辣，哇哈哈哈。”樊力刚准备跟温之光打个招呼回典当行，腕表轻轻震动，竟然是方可水的短信。

“晚上一起吃个饭，美丽大学门口碰头。”

温之光也收到这条短信。

两人讶异地对视一眼，樊力大笑：“看来一时还回不去了，哈哈，快，光光上车，抓稳了。”

重新跨上电子摩托，按下紧身衣按钮，拉风地吹了个口哨，樊力载着温之光风驰电掣般离开。

中心市素来都有东富西贵、南拳北科的说法，东边是各种商业财团盘踞的所在，西边是军政机关等达官贵人的住所，南边有一座闻名于世的地下拳场，而北边则被划分为科研基地，成为研究场所。实际上，南边不仅有令人又爱又恨的地下拳场，还有一座名声响亮、实力雄厚的美丽大学。

何想站在美丽大学气势恢宏的大门前，不由得有些感慨，没想到自己竟然有重新踏入校门的一天，而且还是方老爷子替他做下的决定。

“你很聪明，也很有主见，这是最令我欣赏的品质，在这个一切都依赖电子机械和人工智能的时代，这样的人不多了。所以，为什么不抓住机遇，尽力地武装自己呢？况且……如果花锦年是一柄利剑的话，我认为作为他兄弟的你，你应当是剑鞘。”何想手中握着入学通知书，三天前方老爷子电话里说的话依然在耳边回响。

由于方老爷子事先打过招呼，何想的入学手续办理得十分顺畅。半个小时后，他就被教学主任亲自带领到宿舍楼参观过一圈并已回到教室。

“对学校感觉怎么样？”教学主任是一个很有亲和力的中年男人。

“师资雄厚，很有风采。”何想不得不感慨美丽大学能屹立中心市数百年并且声名显赫，真的是当之无愧。丰富的专业设置，国内外顶尖的研究学者，完善的高精尖实验设备，自由浪漫的学风……无论哪方面都令人心驰神往。

“多谢夸奖。”教学主任笑了笑，显然非常以此为荣，“从今天起，你也是这里的一员了。”说着，他下意识看了看腕表上的时间，脸色顿时微微一变，好像有什么事情在催促着他，再抬头时依旧笑如春风，“待会儿我还有点事要办，虽然还想陪你多转转，但恐怕只能下次了，非常抱歉。”

“没事，您先去忙，已经耽搁您很久了。”

“这样吧，我们先交换一下联系方式，你有事直接给我打电话。正好你的研究生导师还没有定下来，方老爷子的意思是让你自己选择导师。所以，这几天你可以在校园里多转转，各位导师的课都可以去感受一下，然后确定一位心仪的老师，我再帮你办理导师注册手续，你看怎么样？”

“好的，真是给您添麻烦了。”

“呵呵，不客气，能有你这么优秀的学员加入，我也很高兴。等你确定好了再给我打电话。”

跟何想表示歉意后，教学主任匆匆离开。

就在何想觉得时间还早，准备再在学校里四处转转时，美丽大学的警卫处迎来了一位重要的客人。

校门外。

一辆加长黑色私家车，在两队警卫严密而周到的护卫下，缓缓驶入校内一片宽阔的专用停车场。从车上下来一位四十岁上下的中年男人，他一身酒红色细黑条纹的西装，国字脸，眉目深邃，一双细长的眼睛仿佛能穿透一切，令人不敢与之长久对视。

如果何想在这里，他一定会十分意外，因为这个人正是地下拳场的幕后老板——青者。

同青者一同下车的还有他的司机赵珞。赵珞长了一张娃娃脸，非常爱笑，笑起来眉毛弯弯，像极了一只小狐狸。由于面相好看，十分受宠。他一下车，立即吸引了周边不少路过的女孩子的目光。

第二章　长生学

这个曾如风有本事，有见解，有想法……何想第一次极其强烈地想要认识一个人。他立刻回过神来，追出教室。

“哎呀，真是稀客呀！”刚跟何想道别不久的教学主任带着两个较为年轻的行政人员，大步迎上来，热情地跟青者握手，“青总百忙之中难得抽空来一回学校，真是令学校倍添光彩，哈哈。”

“林主任客气了。”青者点头示意，面带微笑。

“这我可一丁点儿都没跟您客气，确实很久没有见到青总，大家都想念得很，罗校长这些天几乎天天要跟我唠叨，只可惜前天他又飞国外开会，没能跟您碰上，心里估计郁闷坏了。”林主任满面笑容，显得极为热情，他一边伸手给青者引路，一边讲着学校里领导层最近发生的一些趣闻。

一群人穿过美丽大学的主楼——行政大楼，朝西面的湖心小院走去。

“上次的项目进展得怎么样了？”青者显然没有兴趣听学校里人事上的花边新闻，开门见山地问道。

“项目进展得很不错，这个您放心，我们每个阶段都会做阶段性的总结测试，近段时间的实验报告正在汇总，估计过两天就送到您的案头。”林主任笑着说道，“这还是多亏您的大力支持啊，资金和实验物资不到位的话，绝不会进展得这么快。”

“客气了，有资金和物资，也得要有人来做才行，贵校的师资和学员，放眼整个学术界，都是顶尖的。也只有你们，才能做得这么快速且精确。”

“哈哈，青总真是太过奖了，不敢当不敢当。”林主任开怀一笑。

“不过这次，我倒是有一个新想法，不知道贵校有没有兴趣……”青者细长的眼睛一转，目光落到林主任的身上。

林主任心中一跳，连忙笑道：“当然有，当然有，青总的提议哪次不是极具先见之明，惠及大众。这个我是放一百二十个心的，哈哈。”

青者哂笑一声，“那就看林主任做不做得了主了。”

何想在学校里四处转了一圈，又熟悉了一下附近几个食堂和训练场，专业的实验大楼基本都需要刷卡入内，所以整座学校除了露天场所外，也就只有图书馆、校史馆、校内公社和公共教学大楼是对外开放的。

“时间还早，要不还是去教室里转转？”何想将自己刚刚抽空查到的美丽大学的导师信息调出来，翻了几页，目光落在一个戴着金丝眼镜的长发唐装男人身上，笑了笑，“行了，就他了，近年来最负盛名的年轻博导，曾如风……连老陈都提过几次，希望不会让人失望。”

打听到曾如风正好在上课，何想立即来到课堂。这里是一个可以容纳上千人的大讲堂，出人意料的是这个地方人满为患。在如今网络教学已经极为发达、可以实时网络转播导师讲课的时代，竟然还有这么多学生到课堂里听课，就足以证明导师的个人魅力。

何想好不容易在人堆里找了个位置站着，他仔细看了看讲台上的曾如风。从外貌上来看，曾如风拥有那种颠倒众生的气质。精致而略显阴柔的漂亮五官，白皙且毫无瑕疵的肌肤，修长高挑的身材，配上素雅唐装显得纤瘦斯文，长而柔顺的黑色长发披散在后背，偶尔在侧身转头时一缕长发飘到胸前，就像从古画里走出来的美男子一样。

“该不会是刻意整容和修白嫩肤过吧？这就有点恶趣味了……”何想不由得咂嘴，可很快他就再也不记得这些外表上的东西，而完全被曾如风所讲的内容所吸引。

“好，那么现在，我想问大家一个问题，”曾如风两手撑在讲台上，目光幽深得仿佛要把人吸进去，“你为什么想要长生？好，这位举手的男同学。”

被点名的男生站起来，“导师，就我个人而言，是因为可以拥有更长久的生命去学习和感受更多美妙的事物，几十年的人生实在太短暂，更何况除去睡觉吃饭，真正的有效时间其实并不多。”

“好，请坐。旁边那位女同学。”

“谢谢老师，”女生鞠了一躬，“我觉得是因为大家都害怕死亡……一想到二十年后我就要老了，行动缓慢，牙齿脱落，脏器衰竭，就感觉很恐怖，能不能不要经历这么可怕的过程呢？”

“是这样啊，没关系，你先坐下。后面那位同学有什么看法？”

“老师，我觉得您这个问题从根本上就问得很奇怪，既然可以活着，又为什么要去死？万物好生恶死，哪里有为什么？”那名学生一脸无语。

曾如风笑了起来：“如果是这样，那么那些自行选择结束生命的人又是为什么呢？”

那名学生一噎，皱起眉头：“总有一些反人类反生物生存原则的特例存在，这很正常，但大多数人还是会遵循生物的本能规律。”

曾如风摇头：“那么在你看来，为什么我们人类只有短短几十年的寿命呢？是我们本该如此？还是造物主的精心设计？既然我们一心想求长生，那么必然是认为我们不该如此。如果是造物主的设计，那么他是谁？为什么这么设计？”

曾如风短短几句话就将那名同学问得哑口无言，但不甘心的他依旧反驳道："老师，您这些问题很奇怪，跟我们这门宇宙科学的课程根本没关系。"

曾如风轻声一笑，"那么我又要问你了，什么是宇宙？"

"宇宙是万物的总称，是时间和空间的统一。唯心者的意识宇宙、唯物者的物质宇宙和法则宇宙，统称为宇宙三心。"那名学生回答。

"呵呵……背得不错，其实这个概念在很早的时候就被提过，《淮南子》中曾说'往古来今谓之宙，四方上下谓之宇'，在宇宙空间内的一切，就是宇宙本身，人类也是宇宙的一小部分。现在这个'小部分'正在野心勃勃地想要扩大体量，成为更大的部分，这难道不是最动人的变量性宇宙科学？"

曾如风继续说，"众所周知，土星空间站的建立已经成为一种强效催化剂，像飓风一样席卷全球，催促无数人涌进太空进行探索，因此而新设的课程如雨后春笋般出现，涵盖各个方面。这是一个有趣的时代，这也是一个疯狂的时代，在未来，这个时代必定被冠以类似'大航海时代'这样的名称，而当下的我们，就是它的开端，是它的弄潮儿。

"我们所有人都很清楚，土星空间站的根本意义在于它是人类追求长生的第一步。但话又说回来，方向比行动更重要，如果一开始就踏错了步子，走得越快越远，也就错得越离谱。土星空间站项目的方向就是错误的，这么重要的课题摆在面前，难道不值得用一万分的精力去研究吗？"

曾如风这番话一出口，底下瞬间一片哗然。这句话等于从根本上否定了全有集团建立土星空间站的意义和价值，作为世界级知名学者，还是全有集团名义上的客座顾问，说这样的话代表了什么？

底下的学生窃窃私语，交头接耳，不时传出"反人类""疯了吗"一类的词语，但曾如风毫不在意，依旧笑容满面，继续说道："自古以来，长生都是人类的梦想，秦皇汉武，唐宗宋祖，无论是多么优秀伟大的人，都很难摆脱延续万代辉煌的幻想。可试想假如人类真的成功，又会是一种什么样的场景？人类真的能获得幸福？”

“答案显而易见是否定的。”曾如风一句话又再次掀起大波。他笑得笃定而神秘，似乎对台下的人因自己一句话而喜、一句话而悲的状态感到满意。

“为什么呢？我们来做个假设，以现阶段的人类数量一百亿来说，假使这一百亿人都能获得长生，但一百亿人的生活需求、生理需求以及繁殖后代需求并没有发生变化。在成功获得长生之后，欲望会进一步膨胀，那么在人类总额只升不降的情况下，所需要的资源就会急剧增加，地球、太阳系、银河系，乃至系外星系……人类的数量会像蝗虫一样爆发，所到之处都是灾难。

“紧接着会出现资源垄断，阶级固化，人权必然会削弱，可一旦变成这样又背离了长生的初衷。当自然规律被打破后，物竞天择、适者生存的法则会再度出现，人类的数量因此骤减，寿命的实际意义变得虚化。”

不经意间，教室里慢慢安静下来，所有人都瞪大眼睛屏住呼吸听曾如风侃侃而谈，就连氛围也逐渐变得凝重，众人的心都被揪住了。

“当一个物种普遍的长生成为种族生死存亡的威胁时，它就很容易变成少部分人的特权。那么，问题来了，我们能通过什么方式来获得长生呢？现阶段的医学解决不了这个问题，恐怕只有从基因上入手，不断修复、修改衰老的基因，使之逆生长。很好，在转基因作物、仿真复合文物之后，‘转基因人类’‘仿真人’即将上线！”

曾如风这句话一说出来，教室里的气氛再度爆发，议论声和争执如轰鸣的潮水一般冲击着穹顶，假如人类不再是人类本身，那么长生的意义是否会发生变化？

可曾如风依旧轻描淡写地笑着，那双显得过于妩媚的眼睛里有奇异的波光在流动。

“长生究竟是不是一件好事呢？”曾如风的声音仿佛有一种魔力，能穿透并抓住人心，只这么简单的一句话，又再度将喧闹的课堂变得死寂。“在我看来，长生之后带来的一系列的社会问题都是不可避免的。”

“谁会不喜欢长生？尤其是手中拥有资源和权势的人，希望可以永远掌控一切。但是，我必须告诉大家，单纯地延长生命的长度恐怕只会给文明带来灾难，就像用蛮力将一条蚯蚓无限拉长，最后的结果必然是——‘啪’地断掉。”曾如风握成拳的两只手突然撒开，就好像他的手中真的有什么东西断掉，让不少聚精会神的学生心中一跳。

“今天的课就讲到这里，今天的作业也显而易见了：论空间通道的可能性及方向，以及，如何让人类更好地长生！你们可以从任何立场、任何角度来阐述这个问题。当然，也可以与外星人讨论哪里反人类了？对反人类有什么误解？”曾如风调皮地眨了下眼睛，引得台下不少花痴的女学生出声尖叫。

何想目送曾如风离开教室，他还处在震撼之中。一年以前，他之所以坚决拒绝了花锦年的邀请，正是因为他觉得费尽心思追求人类长生这条路并不乐观。因为长生之路上或许荆棘密布，到处都是陷阱，一不留神就会走上一条毁灭之路。

可他的想法跟当今世界的主流想法完全背道而驰，即使他想说，也没有多少人愿意听。今天，在来到美丽大学的第一天，就听到了这样一堂课。

这个曾如风有本事，有见解，有想法……何想第一次极其强烈地想要认识一个人。他立刻回过神来，追出教室。

何想的运气还算不错，没多久他就看到了被一群学生包围着的曾如风，人数之多让他头皮发麻。反观曾如风，倒是一直轻松写意、浅笑盈盈地面对所有人的所有问题，并且归类总结、一个不落，师生氛围着实良好。

“看起来好像不太容易认识啊。”何想笑了笑。

“是不好认识，但你要是叫一声‘姐姐’的话，我也可以带你认识认识。”冷不丁的，一个熟悉的女声进入何想的耳朵。

何想微微一怔，立即惊喜地回头，“可水姐？！怎么会是你？你怎么在这里？”

“哦？我不该在这里，那我该在哪里？”方可水一如既往地用睥睨的眼神看着他，红润的嘴唇微微勾着，三分慵懒七分魅惑，此刻，方可水抱着双臂站在一边，完全是做出一副看好戏的姿态。

“在，你就该在这里，我今天过来的时候还想着会不会遇到你，没想到这么快就遇见了，这是不是说明我们真的很有缘。”何想像个大男孩一样笑着。

“哼，”方可水故意冷哼一声，勾人的目光在何想身上这么上下一扫，“快两年不见，别的没学会，套近乎贫嘴的本事见长啊。”

“哈哈，我可是完全出自本心，一丝作假都没有。你刚才也是在听课？”

“聪明。怎么样？学校里的感觉不错吧？”方可水很清楚，既然何想出现在这里，必然已经接受了老爷子的安排。一年多不见，她发现何想更精神了，皮肤更白了，眼神也更坚定，看起来这段时间过得还不错。

“确实，谁叫美丽大学里有你呢？”何想笑得眼睛弯弯。

“怎么着？还想跟姐姐发展一下？嗯？”方可水没有一丝介意，白皙修长的手指捏住了何想的下巴，另一只柔若无骨的手摸上何想的胸口，在何想恍惚之间，随着一声“嗯？”方可水狠狠地在他胸口抓了一把，力量大到痛得何想差点叫出来，满是威胁的笑容更让他不由得打了个冷战。

“惹不起惹不起！”何想连忙后退两步，做出防御姿态，惹得方可水放肆大笑。就在这一来一回的调笑之间，阔别两年的疏离感瞬间消失，再四目相对时，独独属于七传人之间兄弟姐妹般的情谊自然流淌。

“好了，不闹了，”方可水笑着拍了一下何想的肩膀，“我带你找人去。”

“什么事让阿水这么开心？能否说出来也让我高兴一下？”一个低沉中带点阴柔的动听男声靠近，引得何想立即回头。

“哎呀，说曹操曹操就到了。”方可水斜飞一眼，挂在靠近的曾如风身上。

曾如风早在方可水出现的时候就注意到她了，可令他意外的是，一向自命不凡、眼高于顶、性格冰冷的方可水竟然会这么亲近别人，而且还是个男人。

他看向何想，一双上挑的眼睛里盛满笑意，“我好像没有见过你，是新来的学生？”

只一句话，一个眼神，何想就察觉出曾如风对自己若有若无的敌意，他从没见过曾如风，那么敌意只会跟方可水有关。

何想开朗一笑，“是的，曾教授。我今天刚到学校报到，第一堂就听了您的课，感受良多受益匪浅。认识您很高兴，我叫何想。”

曾如风笑着伸出手，“曾如风。”何想微微讶异，握了上去。

“何想现在正在找导师，师兄有没有兴趣再收个关门弟子？”方可水带着一丝撒娇意味，半开玩笑地说。方可水现在跟的导师正是曾如风大学时代的导师，算起来两人确实是同门师兄妹。但即便撇开同门关系，两个人也是青梅竹马。

小时候，方可水被方老爷子送到国外读书，其间一直都是拜托同在国外的曾如风及其家人照顾她，可以说他们的关系亲如家人。

“呵呵……又乱点鸳鸯谱，这才是第一堂课，就想把人诓住。”曾如风透过金丝眼镜意味深长地瞥了她一眼，又对何想说，“我建议你多听几天其他老师的课，再结合自己的喜好综合判断，如果到时候你还是有意愿做我的学生，那么再来找我。”

“好的，谢谢曾老师。”没想到方可水竟然跟曾如风关系不错，何想自觉捡到了便宜。

“哼，没眼力见。”方可水不高兴地剜了何想一眼，“走吧，别在这里浪费时间，晚上一起吃个饭，师兄做东，再加上两个小朋友。”

方可水的心情说变就变，她将单肩包往肩上一挎，朝前走出两步又回头，“怎么？还不走？”

“你呀……”曾如风失笑，带着几分宠溺轻轻摇头，迈步跟上。

何想也耸耸肩，一回来就有人请吃饭，这么好的事，怎么会说不？

然而，何想还没走两步，脸色忽然一变，似有所觉。

“轰隆！”巨大的爆炸在三人身后响起，三人猛地转头，就看见不远处的大楼的七层火光冲天，浓烟滚滚。

曾如风面色微变，他二话不说，飞奔而去。

何想跟方可水一惊，也紧跟着跑过去。

另一边。

行政大楼西面的湖心小院外。

青者被一群人簇拥着走在通往湖岸边的长廊上，一行人有说有笑，其乐融融。

青者笑道：“这次的项目不同以往，倘若做成了，往小了说是保障民生，往大了说是国家屏障，护卫整个人类也未尝不可。林主任还是要多上心点才好。”

“那是自然，那是自然。只是……目前这方面的人才，一时半会我还没理出头绪。不瞒您说，咱们学院的人更多的还是偏重理论，虽然所有的理论都基于千百次实验去验证，但总体上实践还是差了一些。但您放心，我肯定立即发动所有资源，保证促成这件事情的完成。”

林主任作为校一级的教学主任，掌管着全校各院系的教学系统和资源分配，可以说整个学校再没有人比他更了解内部实际情况。只是这次的项目确实十分重大，丝毫不亚于一年多以前联合建立空间中转站的项目，只不过空间中转站是为往返土星空间站提供能源支持，而这次的项目却直接关系到国防科技。

林主任的心，不由得怦怦打鼓，别看青者现在笑得一脸温和，他可从没忘记这个地下拳场主人远近闻名的杀神本质。林主任深吸一口气，稳了稳心绪，重新换上一张笑脸。

就在林主任打算再说点什么时，“轰隆……！！！”巨大的爆炸声震得整个湖面都荡起涟漪，湖边垂柳不停摇摆。林主任面色一变，当下就想甩开众人赶去查看，又碍于青者的面子，下意识看了一眼他的神色。

“去看看。”青者面色肃整，当机立断，大步朝爆炸的方向走去。林主任一行人连忙跟上。

同一时刻，校门外，樊力和温之光刚刚到达，就听见校内传来一阵巨响，两个人一个不嫌事多爱凑热闹，一个身为警察职责所在，骑着摩托车飞速进入校园内。

何想、方可水、曾如风三人赶到爆炸地点的时候，大楼警报早已拉响，数不清的学生和老师正陆续从大楼的两侧急匆匆跑出来。爆炸来得太过突然，火势又汹涌蔓延，虽然楼内的应急消防设施已自动开启，但七楼还是有不少学生被大火困住。由于大楼内大多是物理化学实验室，后续的连锁爆炸也绵延不断，轰鸣和尖叫声四起。

突然，两名浑身着火的学生从窗口惨叫着坠落。

“啊！”下面围观的学生顿时惊叫。

何想心中一惊，想也没想就往前冲，可他的速度还是慢了一步，两名学生先他一步落地，但出乎意料的是，两人竟然没有摔成重伤。他抬手一挥，两人身上的火焰就“扑”地熄灭。怎么回事？从这么高的楼层掉下来不可能没事。何想隐约感觉到，刚才两人身上好像有一股能量波动，托住两个人的身体，抵消了下坠的冲击力。

难不成……附近还有其他七传人？何想忽然回头，看向四周。意外的是，他的目光恰巧和赶来的林主任以及青者撞上。地下拳场的幕后老板？他怎么会来这里？林主任刚才急匆匆要去见的人是他？何想来不及多想，目光掠过他们，又快速在人群里扫了一圈，只可惜人多杂乱，他根本找不出头绪，时间上也容不得犹豫。

眼见不少学生、老师跟随着救援机器人围了上来，大家手忙脚乱地抬起伤患准备去治疗。何想也不耽搁，飞快朝大楼冲去，两脚一蹬，迅速踏上墙面。

“哇！”混乱之中，一名学生惊呼着抬手指向大楼，只见何想在短短几秒内借助手腕上射出的纳米绳钢索攀上七楼，一猫腰就钻进了爆炸最集中的实验室。瞬间，室内的能量像是遇到什么极强的阻碍和禁锢而偃旗息鼓。爆炸和火焰顷刻湮灭，只有浓烟继续飘出来。

很快，几条绳索和光缆从窗口搭下，陆续有学生顺着爬下。救援机器人也沿着墙壁爬上去，抱着里面被炸受伤、血肉模糊的师生离开。

何想进去时急速，离开时也悄无声息，他悄然回到方可水身边，“可水姐……”

“走吧。”方可水冲他点了点头，“你的曾老师恐怕接下来要费一番功夫应对警方问话和校方的问责，没时间搭理咱们了。”

何想很是惊讶，“刚才爆炸的实验室是……”

“对，就是他的。哼，这下可有意思了。”方可水脸上露出不置可否的笑容。

何想微微沉默，脑海里不由得闪过刚才在实验室里看到的断臂残肢、鲜血遍地的凄惨场面。这个时代也不是没有它好的一面，至少，只要没有彻底的脑死亡，伤患都可以再生或是接上以假乱真的义肢。

就在这时，一辆电子摩托风驰电掣般赶来，所到之处，学生和老师纷纷闪躲，惊出一身冷汗。摩托车“嗖”的一下停在何想跟方可水的面前。

“可水姐……”温之光坐在樊力身后，一脸灿烂地挥手大叫，忽然间，她看到转头回身的何想，脸色顿时一变，惊喜，激动，还淡淡地带着几分幽怨和恼怒。她麻利地跳下车，飞一般朝何想扑去。

全有集团。

塔顶，董事长办公室。

顶层直达电梯“叮”的一声打开，花流年抱着一摞资料从里面走出来。一般来说，这样的事情都是由董事长秘书刘连生来做，但如果不这样的话，花流年都找不到合适的借口蹭到哥哥这儿来了。

自从土星空间站项目对外公开，全有集团与各方合作的力度达到空前高度，整个集团的员工都陷入一种疯狂的工作状态，几乎将公司当成了家，吃住都在公司，通常是匆匆休息几小时，又立刻投入工作。花锦年更是将卧室里的体能恢复机搬到了办公室，一天二十四小时，只有短短的一个半小时躺在里面恢复身体机能。

花流年担心，长此以往，终有一天花锦年的身体会支撑不住。可无论怎么劝说，花锦年都听不进她的意见。

“哥哥，这是你要的资料。”花流年轻叹一口气，将资料往花锦年桌上一放。

“嗯。”花锦年头也没抬，下笔如飞。

花流年痴痴看了他两眼，将白皙细长的胳膊往资料上一搁，整个上半身前倾压上去，一双美丽的眼睛波光流转，凝视着花锦年，带着几分撒娇的责备语气：“哥哥，工作狂已经工作十八个小时了，牛儿该吃草了，哥哥也该歇歇了。”

听花流年嘲讽他是勤劳的老牛，花锦年的手微微一顿，面上带了几分笑意，他抬起头，做出一副懵懂的思索模样：“好像还不饿。”

“扑哧。”花流年笑开了花，“才不是不饿，我看你这是饿过头了，都开始消耗脂肪了。看看你，本来体脂率就不高，继续下去都要成麻秆了。变成瘦猴，到时候可就没人喜欢你了。”花流年收回胳膊，直起身体，仿佛有点嫌弃离花锦年这么近一样。

她拍拍手，用声控传感器招呼刘连生，让他吩咐人备饭，“反正你饿不饿没关系，我反正是饿了，你这里环境不错，就被我征用做午餐的餐厅了。”

“呵呵……”花锦年摇头失笑，知道花流年是好意，而且也确实该进食了，“好吧，看来只有舍命陪女子了。”

“哼。”花流年撇嘴，“关于女人和男人这个问题，我先不跟哥哥多说，以后自然会见分晓。”

“真是难得。”花锦年笑了。

忽然间，明亮的顶层落地窗一暗，像是被什么信号激发，四周围陡然陷入一片黑暗。

在四下黑暗的空间里，一幅清晰描绘出整个中心市街景的巨大电子地图腾空浮现，其中正南方位，标注美丽大学的位置，有一道黄色光芒骤然闪烁。

“这是？”花流年惊异地睁大眼睛。

花锦年的眼睛骤然明亮，惊喜笑道：“太好了，是新的七传人……”可他的话还没说完，黄色光芒又突然消失，只在地图上标注了一个圆形亮点。很快，圆点迅速扩大，变成几幅电子图像叠层，爆炸失火的实验大楼浓烟滚滚，迅速疏散的黑压压的人群，用纳米钢丝索攀爬大楼救人的何想……以及被救援机器人迅速搬运去治疗室的血肉模糊的伤者。

“何想？”他回来了？怎么会在这里看见他？花锦年微微讶异，自从三天前捕捉到何想的身影，何想又如同施了隐身魔法一样消失了，直到今天才再度出现，一出现就跟新的七传人牵连起来。花锦年不禁有些迷惑，在何想消失的近两年时光里，新的七传人从未出现过，那么是不是说，何想才是寻找剩下的七传人的关键？看来，他有必要尽快安排了。

“刚刚是？”花流年有些莫名其妙，刚才天网明明标示出了新的七传人的所在，可见一定有新的七传人出现并使用了能力，可天网的捕捉信息为什么会突然消失？难道是因为何想的原因？

花锦年的手指下意识地敲击桌案，“或许有人屏蔽了天网的探测。”

“什么？”花流年大惊，“怎么可能？”至少在中心市内，天网应该是无所不能的。

花锦年也觉得事态有点超出他的控制。到底是天网出了纰漏？还是何想过于独特？又或者，近两年的时间里，何想的能力迅速增长？

花锦年清楚，就目前已知的七传人里，其他四个人无论何时何地，他们的具体方位一直都被天网系统跟踪记录。但唯有何想，只要他不通过网络系统购物或者刷身份证明出入一些场所，天网就无法捕捉他，仿佛他本人就是一个特殊的屏蔽源。

“无效化”的能力具体能做些什么，这个概念还是太模糊。花锦年极有节律地敲击着手指，越想越觉得何想的能力可能是解开许多技术难题的关键。

以前，何想消失得太快，令人没有防备，现在他回来了，这一次……不能再让何想从容地离开他的视线和掌控了。

花锦年又反复地将天网传来的图像和短视频看了几遍，同时飞速操作天网系统，发出了上百个指令进行核查，最后对天网突然的“错误”指示得出结论：“天网没有问题，问题应该出在两个坠落的学生身上。”

听到花锦年这么说，花流年像吃了一颗定心丸，原本慌乱的心很快镇定下来，“哥哥的意思是，七传人是两个学生中的一个？”

花锦年摇了摇头，“不像。如果有七传人的能力，也不至于坠楼，说明他们只是普通人。应该是有其他人……何想今天去美丽大学做什么？”最后这句话是问正进来布置午餐的刘连生。

刘连生恭敬地回答道：“从电子系统上查到，他今天在美丽大学办理了入学手续。”

“谁给他办理的入学手续？”消失近两年，回来的第一件事是去上学，难道近两年也是去修学去了？花锦年很快做出判断，恐怕修学内容还跟飞船以及义父时代的研究人员有关。

“是方家。”犹豫了一会，刘连生继续说道，“今天地下拳场的幕后老板青者也去了美丽大学。”

花锦年微微一怔，突然笑了，“虽然青者从来都不怎么老实，但应该只是巧合。如果青者是七传人……那真是太有意思了。”他又点开一张何想四处张望像是在找寻什么东西的照片，“何想好像也察觉了，他也在找。”

花锦年越想越觉得可疑，这么说何想不是故意屏蔽新的七传人的信息？而且当时在场的另一个七传人突然施展能力又突然收回，让天网无法进一步追踪？

“这个曾如风……”花流年突然开口，指着之前跟何想、方可水交谈的曾如风，“我们之前曾经多次邀请过他，但都被他拒绝了。他怎么会跟何想和方可水在一起？”一连串的信息仿佛爆炸一样充满了花流年的脑袋，她感觉自己的脑子有点不够用了。

“曾如风。”花锦年的目光顿时冷了下来。

如果说放眼整个天下，能被他放入眼里的人只有寥寥几个，那么，曾如风无疑是其中最让他忌惮的一个。这个人不仅在十八岁时就同时获得天体物理学、机电学和心理学三个博士学位，更以弱冠之年奠定了当代天体物理学的基础结构，一手创建了银河系的恒星网络。甚至有传言说身份成谜的华夏芯片董事长也是他。可以说，如果没有曾如风当年破除五十年专利保护期的举动，直接将最新的机械智能芯片免费对外公开，全有集团开发的智能主脑恐怕不会普及得这么快。

“可惜，这样的人才竟然不能为我所用。”花锦年无比惋惜。

花流年也一脸的遗憾，叹息说道：“确实，其实地下拳场能左右逢源、脚踏几条船，跟曾如风也脱不了干系，有传闻说他跟青者私交甚好，不知道是不是真的。”

“要不……我将他带过来？”她试探地看向花锦年。

花锦年坐回靠椅里，笑道：“不急。有时候要拿下一个人，缺的只是机遇。更何况，我们的重点从来都是七传人……除非，曾如风也是七传人之一，但可能性不大。”说着瞥了一眼旁边早已布置好的餐桌，“说了这么久，都差点忘了，饭还没吃呢。”

“哎呀！我也给忘了。真是的，跟哥哥这样的工作狂在一起，很容易被同化成工作狂。唉，真是要为我岌岌可危的肠胃担心。”花流年故意扁嘴叹了口气。

“呵呵……快点过来。”花锦年起身朝餐桌走去。

餐桌边，刘连生感觉手腕上轻微地震动了一下，他低头看了一眼腕表上传来的信息，“咦”的一声，引来花流年和花锦年的探寻视线。

刘连生一丝不苟的脸上，露出一丝带有玩味的笑意：“真是瞌睡遇到枕头，有人送投名状来了。”

“哦？”花锦年和花流年一同浏览了最新递上来的消息，两个人都有些意外地看了对方一眼。

抢在花锦年前面，花流年兴奋地做出决断：“交给我吧，哥哥。我一定会好好利用这次的消息，不会有问题！”

美丽大学。

起火的实验楼附近。

温之光飞扑到何想跟方可水的身边，先对方可水甜甜一笑，就当作打了个招呼，再脸色陡转，大喊一声：“何想——”挥舞着拳头、张牙舞爪地朝他打去。

何想抱头乱窜，“喂！别打，别打……你够了啊，老虎不发威，你当我是病猫？”

“你本来就是病猫，你有病，还病得很重！”温之光气不打一处来，“莫名其妙就一声不吭地跑到哪个鸟不拉屎的鬼地方躲起来，这么长时间也不见人影，连个消息都不回，要不是方姐姐说是方爷爷给安排的，我都要怀疑你是不是被人抓去肢解了！而且你什么情况？回来了都不告诉我们一声，你是皮痒还是欠揍啊？知不知道你这种一声不吭就消失的做法很让人担心？你这个家伙……你这个……你怎么会这么讨厌？”

温之光气势冲冲的怒骂声到最后突然化作一声哽咽，委屈难过的情绪突然爆发。

何想听得心中一揪。

一直以来，他都是孤儿般的存在，虽然从小跟着何子天，但那个家伙对他几乎是放养，像这样被人牵肠挂肚是从未有过的。他知道方可水见到他也很开心，但这种开心跟温之光好像又有些不同。一时间，他又感动，又高兴，又有点心乱如麻。

“老大！”樊力也扑了上来，抱住何想，一番动手动脚。

何想实在受不了了，将他一脚踹开，喝止他：“站住！不许动，老实点。”

“哈哈。”樊力龇牙笑得灿烂，又帅气地抹了一把头发，眯眼说道，“看来四小强再度回归，所向无敌，是时候发展壮大我们的势力了，哇哈哈哈——”

何想一把推开樊力近在咫尺的蠢脸，情绪也平复下来，“可水姐，我们现在去吃饭？”

“没错。”方可水抿唇一笑，目光流动，转到温之光脸上，“小光还有工作要做吧？”

温之光一愣：“啊！是的，是的，我得赶紧了，都被我撞上了，怎么能不管？都是何想干扰我！你们先吃，晚上我再去找你们。”

温之光一溜烟跑了，其实她是为了避免尴尬，刚才的真情流露太不符合她的人设了，她感觉脸上发烧，心跳加快，恨不得马上离开，越远越好。

被指责的何想无辜耸耸肩，笑道："我们也走吧。"

不远处，青者目送三人离开的背影，若有所思的目光落在何想身上，对心思早已飞走、只是勉强没离开的林主任点头打了个招呼，带上赵珞离开了。

就在赵珞替他关上车门时，青者的腕表轻轻震动，他接通电话："什么事？"

"不是什么了不起的大事，我不发表看法。方可胜，你自己处理即可。"青者挂断了电话。

车辆缓缓起动，出了车库，驶入林荫道。

吃过晚饭，夜渐浓，何想、樊力和方可水一起回到典当行。

何想跟樊力都是许久未归，一人背了个大背包，为了表达对老大归来的热烈欢迎，樊力抢在前面去开门，结果门一开，他又忽然后悔，恨不得立马把门关上。

何想探头一看，笑道："还挺热闹啊。"

整个典当行的大厅，随处可见的太空飞船、星球、负离子机枪模型，架上挂的、地上堆的都是各个公司出品的太空机战类模拟游戏头盔，走廊边放着一包印有全有集团标识的太空背包，露出游戏角色扮演用的体能训练服，而原本摆在橱窗里的分子仿制文物此时已经沦为背景。

樊力嗖的一下窜进典当行，以晃瞎人眼的速度飞快收拾烂摊子，一脸尬笑："咳咳，老大，不要看这里这么乱，有了你，典当行就有了光明，有了主心骨，有了一切。你看，现在是不是就很干净啦？你一回来，典当行就焕然一新。"

"嗯。"何想气定神闲地应了一声，招呼方可水到院子里坐下，他把背包放回卧室，又去厨房里烧水泡茶，用速食粉合成了两盘点心和水果，智能冰箱竟然老老实实一声不吭，可能是被人重新编程了。他端着盘子回到院落。

樊力已经收拾完残局，坐在方可水身边殷勤地嘘寒问暖，旁边清扫机器人正发出微小的振动声，绕着院子转来转去。

何想听了两句，发现樊力正跟方可水说着自己在红星飞船上曾见过曾如风的事。

“大姐头，我跟你讲，曾如风那家伙好像是挺神的，当时飞船不是在陨石星区域带遇到小行星爆炸事件嘛，我们其中一个在飞船外巡航的 Air 同伴还被爆炸波及，砸破氧气罩，差点就挂了。我也在外面，但我比他机灵些……”

方可水笑了：“你不是说你卡住了？”

“呃，我是倒霉地卡在螺旋回转部了，但我也凭借自己的力量逃出生天了啊。曾如风还找我帮忙来着。”

“他找你帮什么忙？”

“他好像是在什么主机控制室吧，还跟飞船智脑聊天，安排我去打碎导致失重舱不能合闸的陨石块。哦，失重仓是给游客感受太空失重感和观察宇宙全景的特殊区域。由于陨石区爆炸来得太突然，失重仓被飞溅的陨石块干扰，无法复原合闸，导致民众恐慌。他让我带负离子枪去把陨石块打碎，恢复合闸。当然，凭借我的英俊潇洒风流倜傥宇宙霹雳无敌帅，一个小陨石块什么的，肯定是手到擒来哇哈哈，要不要这样？上天不仅给了我英俊的外表，还让我有超群的实力，简直天生就是为了让我当救世主，宇宙大英雄，哈哈哈哈……”

樊力兀自仰头得意不已，何想和方可水却交换了一个眼神。

曾如风进了红星飞船的主控室？这可是一个了不得的消息。虽然何想没上过红星飞船，但也知道，在全有集团将权力高度集中在智能主脑的情况下，主控室相当于是飞船一级核心机密的所在，绝不会轻易任由外人进入。曾如风不仅进去了，还借由智脑的权限跟樊力协商？难道说曾如风在私下里已经是全有集团的人了？

“不是一个好消息。”何想一时想了很多。

“啊？什么意思？什么不好？”樊力一脸迷茫。

方可水摇头：“也未必，没确定的事，先不要当真，等看看再说。”以她对曾如风的了解来说，他应该一向厌恶全有集团的独裁做法才对，肯定还有什么她漏掉的重要东西。

“叮咚！”门铃响了。

何想一笑：“看来是温之光回来了。”

果不其然，温之光一进门就大喊“好饿”，不需何想指点，飞速直蹿后院，挂在方可水的身上。

四个人时隔近两年的时间再度坐到一起，竟然没觉得有半点隔阂，跟从前一样融洽无比。

“饿死了！你们是不是都吃了？”温之光一边喊饿，一边拿小桌上的糕点水果吃，间或喝一口茶，很快一边腮帮鼓起来了。

“我去，光光你矜持一点行不行？”樊力咧嘴笑道。

“少废话，换你忙到这个点还没吃饭试试？”温之光瞪他一眼。

“爆炸事件处理得怎么样了？”何想问。

“唔，还没找到凶手，但可以肯定，不是什么实验泄露导致的爆炸，就是人为的，有炸药痕迹。噢，这还多亏何想以最快速度熄灭火焰，我听目击者说有人爬上去以后，爆炸就熄火了，是你做的吧？”

何想点头，问道：“东西清点过吗？有什么丢失或毁坏的没？”

温之光讶异地看他一眼，笑道：“神了呀，何想，可以去当侦探了。确实，主要丢失和毁坏的就是主机文件。也就是说，八成还是个学术盗窃爆炸案，估计还有得查。”

“这也是件有意思的事情，何想一回来，就遇上爆炸。”方可水笑得意味深长。

“什么意思？难不成这事是针对何想的？不会吧，切切实实受损害的是学校和曾教授啊。”温之光眨眨眼，问何想，“还是你跟曾教授有什么不可告人的关系？”

何想哭笑不得：“我能跟他有什么关系？今天第一次见面，一清二白，纯粹的男男关系，倒是你的可水姐姐，看起来跟曾教授关系匪浅，还喊他师兄呢。”

“咦？”温之光又两眼放光地看向方可水，笑得要多邪恶有多邪恶，“可水姐……”

方可水目光流动，水波荡漾，被她的目光凝视，温之光不由自主地沉醉其中，几乎要忘掉自己刚才的疑惑。

“傻丫头，被人一带就走偏了道，过来，乖乖坐姐姐旁边，听听何想这两年销声匿迹，去干什么惊天动地的事情了。”方可水笑得温柔且魅惑。

“噢！”温之光速度靠拢。

“我也来，还有我！”樊力在站兄弟一边还是站女人一边的抉择中，以迅雷不及掩耳之势抛弃了兄弟。

何想有些无奈地笑着摇头：“怎么，三堂会审？”他简单地将他当初跟方老爷子的碰面以及近两年在外面的生活说了说，末了还说到了老陈以及飞船的事。

“你是说，你有一艘飞船？！”还没听完，樊力就跳了起来，“在哪里？快带我去看看。要不要这样，飞船这么酷炫的东西，老大你怎么能一个人藏起来？嗷嗷，我也想要操作感受一下！”

方可水也很惊讶：“竟然是花天下留下的飞船，花锦年兄妹还不知道……”

“飞船现在归你所有了，全有集团还不得气死？”温之光感到不可思议。

何想笑了笑："全有集团会不会气死不知道，但一旦花锦年知道了这件事，他肯定不会放过我。"

见何想瞅着自己，樊力抓了抓脑门："老大，你对花锦年到底是怎么想的？他到底是不是黑仙传人？"

何想笑问："你怎么看？"

"呃……其实我也搞不清楚，我没怎么跟他打交道，我虽然干着 Air 的工作，但打交道的基本上都是实验员和同行。可是……他不是把实验基地搬到了土星空间站吗？应该不会再危害地球了吧？"

"你的意思是，只要他不危害地球，他是不是黑仙传人都无所谓了？"何想笑得意味深长。

樊力一噎，又狠狠抓了抓脑袋，两边看了看，求助于方可水和温之光，见没人理他，索性把手放下来，脖子一梗，硬气道："难道不是吗？只要不危害地球，其他都好说吧？"

"如果他危害我们呢？"何想似笑非笑。

"啊？"樊力有点蒙，"啥意思？"

"意思就是说，你这个榆木脑袋，到现在还没意识到，你到全有集团担任一个 Air 的职位，自以为玩得开心，其实早就把自己卖得一干二净。"方可水说道，"包括宝物腰带在内的各项数据，对方早已获得，假如你能从始至终都乖乖听话，或许他们还不会把你怎样，但如果你反抗，有的是办法治你。"

何想神秘一笑："没错。恐怕你的基因，你整个人从头发丝到脚趾甲都让人研究了个透，整个过程中他们给你偷偷注射点基因药物或者加装个肠道、血液纳米机器人，你根本发现不了。"何想故作叹息，"说不定我们现在的一言一行，正被全有集团透过你实时监控呢，你还完全一副不知道事态严重性的模样。唉，你这不是心大，你这压根是缺心眼儿，是傻瓜。”

何想的一番危言恐吓达到了预期效果，樊力瞬间脖子一缩，伸手摸了摸自己的心脏处，又摸了摸肚子，整张脸好似因惶恐而涨红，最后憋啊憋，憋到肠道，“噗”地放了个屁。

方可水眉头一蹙，下意识离远了点。

温之光捏着鼻子，受不了地挥了挥。

何想离得最近，首当其冲。

眼见何想脸一黑，樊力连忙点头哈腰赔笑脸，屁股还在后面摇了摇，期望尽快将味道散掉，“老大，别生气，别生气啊，我的老大最是心胸宽广的，绝对不会被一个屁给崩坏。再说，我这不是给你吓的嘛，你可千万不要再吓我了，我的小心脏真是承受不起。你就说说该咋办吧？”

“继续在全有集团待着。”何想推开樊力。

“啊？可你不是说有危险吗？再说，现在老大也回来了，我总不能每天都让老大一个人独守空房，是不是？不然老大你该多寂寞多无奈多需要人的安慰呀！”樊力腆着脸笑。

何想笑：“哦？你舍得你的 Air？”

“嗯？”樊力眨了眨眼，“舍得，舍得，绝对舍得，没有任何的不舍。”

樊力嘴上说得很快，眼神却十分飘忽。糟糕，好像真的有点、十分、很不舍！怎么办？

一旦尝过了飞上太空的滋味，就再也不想固守大地，如果感受过外面的海阔天空，青蛙又怎么会愿意跳回井中？

或许也是七传人的天性，他们的骨子里充满了对天空和宇宙的向往，一旦潜藏在基因里的东西被激发，就再也按耐不住。这也是为什么何想觉得数千年前的七仙人十分了不起，只是为了完成一个守护的承诺，就愿意折断自己的翅膀。

可越是这样，何想越觉得自己要稳住，所有人都可以被土星空间站动摇心思，唯独他不能。否则，天空之下，将失去最后一道屏障。

何想又是一笑：“你先好好在全有集团待一段时间，至少在这段时间内，他们不会对你怎么样，你可以多观察一下他们，等时机合适了，你再回来。”

“那什么时候时机才合适？”樊力装可怜。

“等。”何想回答道。

樊力顿时耷拉脑袋，但心里其实又有点高兴。

“哎哎，墙头草，两边倒，立场像在飘。”方可水一眼看穿，笑得妩媚。

“哼，什么嘛，可水姐还不是一样。”樊力不服。

第三章　布局

李晨峰的眼睛骤然睁大凸出，他感觉自己仿佛被什么扼住呼吸，整个人被压迫得喘不过气来，出气比进气少，怎么使劲也抽不上气，很快就胸腔塌陷无法呼吸。

“我跟你可不一样，我们方家只是提供数据而已，我可没让他们进行研究。况且，这段时间我也获得了不少数据。”方可水迷人的笑容荡漾开来，“虽然还未对外公开，但全有集团的物质界限已经突破 100% 真纯，跨入超纯的领域内，虽说目前全有集团还在全力致力于土星空间站的超空间门的开发，暂时不会应用于军民产业，但一旦他们大面积普及，用于民生，即使只是 101% 的纯度，物质将发生极大改变，全有集团的影响力恐怕会再攀巅峰。到时候说不定就算全有集团只是轻飘飘指着你，说你是异端，你就会被人扒皮抽筋，再被一把火烧了呢！”

方可水伸出指尖，指向樊力，火光瞬间在指尖缭绕跳动，只是组成火焰的形状、发出噼啪爆响的是清澈的水和寒冷的冰渣。

樊力有点晕，她到底在说啥？能不能讲点听得懂的人话？切，真是，一个个都在他面前显摆，欺负他没文化是吧？赶明儿他也去上个大学！

“不过这其实也怪不了樊力……”温之光说道，引来樊力感激的目光，“毕竟他的脑子只有蚕豆大，我觉得主要责任在何想，谁叫他到处乱跑，招呼也不打就跑到犄角旮旯玩失踪，导致樊力被全有集团趁机忽悠。”

“没错，都是老大的错，失去了老大的英明领导，我们就像失去了老母鸡的小鸡，必然被老鹰抓鸡仔，真是弱小、可怜又无助……”虽说被温之光讽刺，但樊力还是赶紧顺杆爬。

何想没接话，而是问道：“七传人方面呢？有进展吗？”

“从数量上来说，没有增加，你离开后，剩下的七传人也跟着消失了。而且你一回来就遇到爆炸，这事儿确实透着点蹊跷。”方可水笑得意味不明。

何想忽然想到一种可能性：“有没有可能……曾教授就是七传人之一？”

方可水立即否决：“不可能，我从小就认识他，如果他是，我不会不知道。”

何想沉默一瞬，他发现有时候女人在猜疑上有着异常准确的第六感，在信任感上也有着无与伦比的执着。方可水平时看起来对所有事都游刃有余且不太在意，但一旦涉及家人，态度就会截然不同，也包括情同手足的曾如风。

见何想似乎有些不信，方可水问道：“如果他是，他隐藏又有什么意义呢？”

“你觉得呢？”何想轻飘飘地把问题推回去。

方可水眉头一动，但她不是温之光，不会因为见解不同就暴跳如雷，反而第一时间顺着何想的思路去思考，按照七传人前代父母尽丧的规律，曾如风在这一点上确实符合。

他从小就被大伯收养并带到国外，他们俩也是在国外认识的，后来一同回国。可父母双亡的人太多了，难道只要父母双亡的都是七传人？

况且，曾如风真能把一个秘密保守二十多年？如果是，也未免太可怕了。她认识的曾如风，不是这样的人。

“当然，这件事还没定论，我也就是随口一说。”何想打破沉默，继续道，“今天是我回来的第一天，虽然只经过短暂的交流，我想大家对我的想法也很了解了。”

“我是七传人，也是守护者，我们的职责，就是保护地球不被黑仙传人毁坏。花锦年是不是黑仙传人，目前有待考证。但既然我回来了，我会继续履行我的职责。目前，黑仙传人身份不明，剩下的七传人也尚未找到。花天下想通过自己的力量突破物质的界限，自主研制超纯物质，最后以失败告终。我不认为十年后的花锦年会那么容易超越他，也许这一切都只不过是他的障眼法，他最终的目的，还是要集齐七传人，开启空间通道。或许，他是真的想将所有七传人乃至黑仙传人一起送到土星空间站再打开通道，但谁也不能保证他是不是这么想。

“那么，在此前提下，任何一个致力于寻找并企图跨越空间通道到达仙星寻求长生的人，不管他是黑仙传人还是七传人，出于保护地球的目的，我都只能站在他的对立面，我不知道你们能不能够理解这一点。

“我必须明确这个立场，并且毫不退缩，这是我的底线。我希望你们能够明白。”

何想气度沉凝，神情平静，说得掷地有声。他的目光平静地扫过面前的每一个人，每一个被他注视的人，都感受到一股无形的压力。恍然间，他们意识到，眼前的男人再也不是当初成天只想着坑蒙拐骗、混饱肚子的小混混，而是胸有丘壑、心思通透的守护者！

方可水绽放笑容：“哟呵……小男生出去历练了两年，果然有了成熟男人的味道了。”她的目光轻轻一跳，柔媚的声音吐出，足以让世上任何一个男人为之心神荡漾。

可何想只是对她露出一丝笑容，眼神清明。

温之光眨眨眼，忽然说道：“放心吧，我肯定站在你这边！”

见温之光表态，樊力也挠了挠脑袋：“我去，要不要这么复杂，都要举手表忠心了？那还有什么好说的，我当然跟老大了！花锦年是谁？不认识，没听过，一边去。老大是中央，老大是核心，老大就是我心中的白月光！来，老大，亲一个，啵！”

何想笑容加深，同时附送他一个白眼。

方可水目光微动，眼睛里有久违的温情闪动，凝视着何想笑道：“说吧，你有什么安排？毕竟你是知道的，不管我家老头子怎么看，在前往仙星寻求长生的事情上，我从来都不抱乐观看法。”

听到这样的回答，何想笑得像个大男孩一样灿烂，随即收敛心神：“那么，现在就来说一说我的想法了。首先，我要拿手中的飞船做饵，钓到一切能上钩的人……”

两天后。

全有集团大厦门口。

曾如风一身得体的唐装，姿态优雅，面带微笑，还未到门前就受到了董事长秘书刘连生热情的迎接，刚进入大厦没几步遇到了才开完会就急忙赶来的CEO花流年。一群人谈笑风生，几乎是簇拥着曾如风进入直达电梯，直到到达最高精密实验室的门外，那些没有权限进入的人才纷纷离开，只剩下花流年和作为保镖兼助理的王重两个人。

两天来，曾如风可谓是受到了各种“过分”的对待，警方的问话，校方的调查安抚，各大企业机构的慰问，还有仪器设备商的热情自荐……接待了一波又一波，慰问的、试探的，林林总总，不一而足，最后他索性闭门假装不在。可他没想到的是，全有集团也发来了邀请函。别的他可以不理，但全有集团的意外出手到底意欲何为，他还是有几分兴趣的。

“曾教授真是稀客，想要请您来一次多不容易。”花流年用瞳孔刷开实验室的电子门，回首对曾如风嫣然一笑。她今天穿了一条墨绿色内绣金丝暗纹的旗袍，下端开衩到膝盖上部，衬得本就修长的身体更加完美，配上一张明净娇美的面庞，和曾如风站在一起像是一对从古代画卷里走出来的璧人。

“流年小姐的话恕我不能苟同，世上最不能饶恕的罪过就是伤害美人的心意，若是您邀请，我就算再忙也一定会空出时间。”曾如风语调轻柔，笑如春风，让人有种享受情人宠溺的感觉。

花流年目光微动，轻声一笑：“既然这么说，以后我可能会随时叨扰曾教授，不许反悔哦。”

说话间，三人已进了门内。整个实验室内一片安静，各种世界最顶级的高精尖精密仪器井然有序地分布在数千平米的弧形大厅内，偶尔传来几声机械旋转声或者试管液体碰撞声。

曾如风跟在花流年身后轻轻走过过道，除了偶尔有一两个与花流年相熟的实验者抬头用目光示意以外，其他的实验者对他们几人视而不见，各自沉浸于自己的研究中。

三人一直走到过道尽头的墙壁前停下，花流年敲击了一串密码，一道红光射出，将她上下扫射一番，然后，墙壁顿开，里面又是一座电梯。

“请进。”花流年笑着一伸手。

“就是这里了，希望曾教授不会太失望。”出了电梯，花流年笑得眉眼弯弯，清丽绝伦的脸庞让看见她的人都觉得注视她是一种美的享受。

“怎么会？”曾如风温柔微笑，当他注意到里面一个正在做实验测试的人时，微笑变为了惊讶。

埋头做实验的年轻人也下意识地回过头。“啪”，他手里的记录笔掉了下来，下一刻，原本平静的脸色陡然变得狰狞，他猛地攥紧拳头，身体紧绷，大声喝道：“花总，您这是什么意思？！”

轰！潮水般的压力忽然涌上，王重轻轻踏前一步，就这么简单的一步，就已经令年轻人无路可逃。

“你们……”年轻人努力地想要发出声音，却突然发现声音似乎卡在了喉咙口，他发动全身的力量想要逃跑，却察觉自己根本难以寸进，即使是勉力抬起一根手指，都要用尽全身的力气，仿佛被什么千斤重的东西压制着。

他想要大声呐喊，喉咙里也只发出“咳咳”的声音。他的目光顿时变得极为惊恐，惊惶地看了看曾如风，又看向花流年，流露出一丝绝望。

他惊人的变化落到曾如风眼里，曾如风幽幽地叹了一口气。

“呵呵……看来曾教授已经猜到了？”花流年笑得明丽而又娇美，她瞥了一眼还兀自想挣扎的年轻人，略显冷淡地笑了笑，“好了，放轻松点，别那么紧张，曾教授又不是什么吃人的老虎。”

年轻人立马色变，牙齿咬得咯吱响，用怨毒的眼神盯住花流年。

不用花流年开口，轰！更加巨大的压力铺天盖地朝年轻人涌去，年轻人只觉胸腔剧痛，喉咙一甜，一口鲜血吐出，反而有种压力骤减的错觉，他开口质问：“为什么……为什么？你明明答应过我……”

“是吗？”花流年反问，“可是在我看来，背叛者本身就没有多少价值。你的价值，只在于将曾教授请来而已。”

年轻人的脸色顿时灰败下去，整个人摇摇欲坠。

“我可以带他离开吗？”曾如风虽然还在笑，只是眼睛里的笑意已十分清淡，显得有些冷漠。原以为全有集团的访问邀请是有什么意外的橄榄枝在等着他，但事实上，橄榄枝确实是有，意外也着实意外。近些天来他忙着处理各方面的事宜，没来得及关心他的学生，却没想到他最得意的弟子李晨峰早已另攀高枝。

“当然，”花流年灿烂一笑，“本来邀请您来也是想跟您核实一下，既然您已经找到了实验室爆炸的罪魁祸首，自然交由您处置。”

“他带来的资料你们已经看过了？”曾如风指了指李晨峰。

“总要亲眼看看，才能评定他是不是真的凶手嘛。”花流年笑得有些调皮。

“嗯，说的也是。”曾如风垂目，又轻笑。

“但曾教授这些年的研究可不是白做的哟，全有集团无比热忱地期望您能加入，不管您有什么要求，我们都将竭尽全力地满足。”花流年的眼睛亮晶晶，有一种势在必得的味道。

曾如风失笑：“这个以后再说吧，今天有些不合时宜。”他的神色中露出几分落寞，几分遗憾，还有几分难堪和难过。

花流年微微一怔，但很快又笑了起来：“那么下次我们再约时间碰面？”确实，她应该留出一点空间让曾如风消化这件事情，毕竟他一直以来最器重和信赖的学生背叛得如此彻底，换作谁一时之间都会有些接受不了。

“如果是流年小姐的期望的话……”曾如风微微点头，又不带任何表情地瞥了一眼他的弟子，淡淡说道，“走了，既然已经被舍弃，就不要留恋。”

曾如风说完，转身离开。

高速公路，车辆如织，一路平稳。

曾如风开车回学校，副驾驶的位置上坐着李晨峰。李晨峰曾经是他最钟爱的学生，和他一起带队撑起这个庞大研究，非常有能力，也非常有野心。这本来是一种美好的品质，因为只有这样才有不断向上攀登的强大欲望，才有问鼎科学巅峰的可能性。但现在想来，人有时候太有野心也是一种缺憾。

李晨峰拘束地坐着，两只手插入两腿裤缝之间不断摩挲揉搓，内心惊惶无比。他完了，这次是真的完了。他会被交给警方吗？会身败名裂吧？被剥夺学籍，赶出校门，不，甚至会被送进监狱，整个后半辈子都要在监狱里度过，再也不能搞研究，再也不可能有所成就、被人崇拜，他就要这样碌碌无为地死去……墓碑上甚至没有任何值得称颂的东西！

不，不要这样……我不想这样。李晨峰的眼神忽然发生变化。

不，肯定还有机会的，一定会有。花家放弃自己从根本上来说是因为有曾如风的存在，毕竟比起一个早就成名并且资源雄厚的博导，像他这种初出茅庐的小菜鸟，当然不被看重，即使他带来了这么重要的研究资料……

但如果曾如风死了呢?

没错，如果他死了，这一切都会发生变化。如果他死了的话……这个念头在李晨峰的脑海里一出现，就像施了催生剂的野草一样不受控制，疯狂生长，一发不可收拾!

对，杀了他……杀了他！杀了他！杀了他！！

李晨峰坐在副驾驶上低垂着头，一张脸埋在阴影之中，眼睛里满是疯狂，却一声不吭。

车辆平稳地前行，车内气氛有些凝重，曾如风也没有兴致开口说些什么，他带李晨峰出来，只是不想这种难看的污点继续摆在外人面前。至于该怎么处置李晨峰，上次来找他喝茶做笔录的温警官应该会很感兴趣。

曾如风把车开回学校地下停车场，熄火，准备下车。

可令他没想到的是，李晨峰忽然低低地喊了一声 :“老师……”似乎还有点哀求的意思。

曾如风下意识回头，下一刻，一把尖刀露出锋芒，猛地朝他刺来!

曾如风的眼睛骤然一睁，好在他的反应极快，毕竟他从小跟方可水一起长大，“方家诀”的功法他也有所涉猎，对周身任何风吹草动，他的感知度是常人的数倍。还未回头，他就感觉一股尖锐的刀风朝他扑来，下意识将身体向旁边一侧，堪堪躲过李晨峰刺来的尖刀。

李晨峰一愣，没想到自己豁出命刺出去的一刀，竟然会被曾如风这么轻描淡写地躲开，就这么一犹豫，良机已错失。等他决定收回手再刺一刀时，曾如风已经先他一步，一把抓住他握刀的手腕，向前一拉，膝盖猛地向上顶！

“咔哒。”仿佛胸骨断裂的声音。李晨峰倒抽了一口冷气，感觉自己瞬间像被一柄真刀砍过，胸前火辣辣的痛，好像破了个大洞，让他有些分不清虚实。他忽然觉得眼睛有些模糊，视线有些失焦，耳朵里一阵嗡鸣，直到“砰”的一下撞到车窗玻璃，疼痛的感觉才将他拉回现实。

他失败了？不，不可能，他怎么可能失手？他竟然又一次失败？李晨峰满脸疯狂化为惊愕，然后灰败绝望。

曾如风冷冷地看着他，冰冷的波光在他眼里流动，他注视了李晨峰好一会儿，忽然，他笑了，但笑容却毫无温度：“这应该是你第二次蓄意谋杀了吧。第一次是在制造爆炸时？嗯？”

李晨峰的瞳孔瞬间一缩！没错，上次他掐好了时间设置的炸弹，当时的曾如风本应该在实验室里，可他却走狗屎运般被人拖在外面。而这一次，他竟然又这么好运……李晨峰有些恍惚，但曾如风却没有给他多少恍惚的机会。

“我一直觉得……你是不是对我有误解？你觉得我会以德报怨？又或者，你真的以为我不会杀你？”曾如风的笑凉得像冰。

李晨峰的眼睛骤然睁大凸出，他感觉自己仿佛被什么扼住呼吸，整个人被压迫得喘不过气来，出气比进气少，怎么使劲也抽不上气，很快胸腔塌陷无法呼吸。

“你，你……”李晨峰瞪大了眼，想要呼救却发不出更多的声音。

死亡阴影，第一次如此近距离地笼罩他。

“其实……你很像我，坚定执着地追求真理，为了研究不惜生命，甚至有时候会不择手段，这本是很好的品质，原本我很欣赏你，也很愿意培养你……毕竟在这个世间，没有对手是一件多么寂寞的事……”曾如风的声音突然变得感伤，仿佛没有对手对他来说真的是一件令他万分折磨、不能接受的事情，“只可惜……当你拿着我的成果去献媚时，你就已经变得腐烂，毫无价值。这样的人，只不过是垃圾。”曾如风突然笑了，笑得如沐春风，却让李晨峰恐惧到极点，“你想得没错，我确实不会杀你，因为垃圾根本不值得我动手。这世上，比死更可怕残酷的东西真是太多了。”

曾如风伸出手，倒映在李晨峰睁大的瞳孔里，那只手猛地凭空一抓！

李晨峰顿时痛苦地蜷缩成一团，他浑身颤抖，满脸狰狞，他疯狂地用手抓着脖子，翻江倒海般地干呕，仿佛要将什么东西掏出来，可只有鲜血从他嘴里不断溢出。

曾如风微笑着看着眼前的一幕，轻轻说道：“从今以后，你连呼吸都是一种罪过。就当是为你自己的错误……赎罪吧。”

曾如风不再理他，关上车门，走到车库外面。夕阳的余晖洒在他的身上，给他藏蓝色的唐装镀上一层暗红色的金光，沐浴在光芒中的他多了一分邪魅的气质。

他微微抬头，圆形金丝眼镜逆着光反射着清冷的光，他的表情显得很放松，又有些模糊不清。

“事实证明，人性总是险恶的。一旦突破下限，人就会变得没有下限。”他笑了笑，说了一句，“阳光真暖和啊。”

随后，他发了一条短信，又拨通了一个电话。

令他没想到的是，电话拨通后铃声离得很近，一辆私家车正从车库拐角处朝他开来，温之光打开车窗从车里探头招手，笑着说：“曾教授，真是太巧啦！”

今天是何想办好所有手续、正式入学的时间，同时也拿到了学校宿舍楼的密码钥匙，恰好樊力休假，温之光周末休息，方可水本就是美丽大学的学生，于是三个人一起帮何想搬家。说是搬家，其实也就是一个简单的大背包，但樊力实在好奇大学宿舍是个什么模样，温之光又闲得发慌，自然就拖上方可水一同来参观。

几个人在何想的宿舍待了一会儿，跟新的舍友打完招呼，又到校园后面的酒吧一条街转了转才尽兴。原本打算先送方可水回宿舍，可没想到，方可水在博导公寓大楼竟然有一套独属于自己的大房子，面积大得都快超过典当行。再联想到方可水在中心市西边的三层别墅，而且她远不止这两处房产，顿时让何想和樊力两个无产阶级羡慕扼腕，果然是货比货得扔，人比人得死。

都到这个地步，方可水自然要邀请几人上楼去坐坐，就决定先将车开进车库，却没想到会在车库偶遇曾如风。

车停下，温之光率先跳下车，随后何想、方可水、樊力从车中下来，何想眼尖，他看到在曾如风车中歪倒的李晨峰，车内似乎还有动手的痕迹。

曾如风微微一笑："温警官来得正好，我正打算找你。"他打开车门，昏迷的李晨峰出现在众人眼前，"他是我刚从全有集团带回来的，是此次爆炸事件的罪魁祸首，具体情况，都在这枚芯片里。"

曾如风将手中芯片轻轻一抛，温之光接住。

等触摸到手中的芯片，温之光才反应过来，瞬间发怒："什么?！全有集团？为什么罪魁祸首会在全有集团？"

温之光下意识地将李晨峰的受伤归咎于全有集团，甚至已经联想到是全有集团在背后下黑手，诱拐了李晨峰背叛曾如风、炸毁实验室，目的是夺取曾如风的实验研究成果。虽然温之光从前不曾涉足科研，但近年来曾如风声名鹊起是不争的事实，即便是外行也多少听说过他的名字，他在天体物理学和人工智能方面的研究甚至超越了全有集团。但温之光也很快反应过来，如果是这样，曾如风不可能那么顺利地从全有集团手中把叛徒带回来，除非他已经跟全有集团有了合作。

方可水的目光在李晨峰身上绕了一圈，又回视曾如风，笑道："这么快就破案，真是可喜可贺，是全有集团主动将他交给你的？"

曾如风注视方可水，温柔一笑，语调轻柔："阿水总是这么敏锐。"

"那你答应他们了？"

"阿水要是不喜欢，我就不答应。"

方可水露出笑容，妩媚地扫他一眼，"这是你自己的决定，跟我又有什么关系。"

曾如风耸了耸肩随后转头对温之光说："温警官，人就交给你了。"

"好的，没问题。"一提到案子，温之光顿时换了个人，变得认真而严谨，她立即拨通警局电话，让人派车过来接李晨峰回局里录口供。不过看李晨峰这个模样，恐怕得先去一趟警方医院了。

温之光打完电话，立即走到曾如风身边，正色道："曾教授，如果方便的话，麻烦您跟我到警局……"话没说完，就被方可水一手捏住了脸颊，凑近看她。

"不方便哦，小光光。"方可水笑意嫣然，"难得今天偶遇师兄，正好我跟何想还有事要找她，像处理伤患罪犯和等警方来的小事，小光一个人可以胜任的，录口供也可以明天的，对吗？"

面对方可水笑眯眯的威胁，温之光点头如捣蒜，"是的，是的……"

"就这么说定了，我们走吧。"方可水松手，恢复了优雅。

"等等！可水姐……你不是真要把我一个人丢在这里吧？"温之光瞪大眼睛，显得不敢置信又可怜兮兮。

"不是有樊力陪你吗？怎么会是一个人。"方可水很无辜。

"啊？我？不是吧？要不要这样，英明神武的我只有跟在老大身边才能发挥最佳作用……啊嗷！蠢光，放手！"樊力话说到一半就被温之光揪住耳朵往后拖。

"嗯嗯，你们先去吧，等警局的人来了，我们就会跟上。"温之光笑嘻嘻。一个人确实是很可怜，可当变成两个人时，可怜就变成可乐了。

同一时间。

全有集团，总裁办公室。

花流年收到了一条短信。

原本花流年正坐在花锦年办公桌的对面，跟他商讨着近期关于追寻七传人下落的事宜，冷不丁看到短信，脸色立即有点难看起来。

曾如风竟然拒绝了她的邀请！

“怎么了？”花锦年注意到她的异样。

“没什么。”花流年摇了摇头，露出笑容，“咱们继续说吧。”

花锦年微微一顿，抬眼看向花流年，笑得温柔而又亲和，“有什么事情，不能跟我这个做哥哥的说？还要瞒着我？”

花流年一怔，有些发呆地看着花锦年脸上绽放的笑容。突然间，花流年感觉脸微微发烫，心扑通、扑通地跳了起来。

“这个……”花流年有点恼，怎么自己这么没用，明明哥哥只是轻轻一笑，自己就好像要缴枪投降了一样。每当看到这样的笑容，她都像醉倒在春风里不可自拔，这个毛病不仅没有随着时间的推移而消减，反而愈演愈烈。这不就跟花痴一样吗？

花流年轻咬下唇，感到十分郁闷，又忽然绽开笑容，努力带着点满不在乎的味道说道：“其实也没什么，就是曾如风，我不是跟他接触过吗？他说还要再考虑一下。说是考虑，感觉已经拒绝加盟全有集团了。”就在刚才的一瞬间，原本花流年都决定老实交代了，但转念一想，她不能每次遇到事情就让哥哥来操心，他已经够忙了。既然她已经说了这件事由她来解决，她就一定要做到。

“……是吗？”花锦年的神色微微淡了下来。

花流年的心瞬间一紧，没来由的有些心慌：“哥哥也不用担心，我很快就会让他同意的。我们已经走到这一步了，空间站也建设得很顺利，他其实没什么好犹豫的。虽然不知道他为什么一直坚持在大学任教、做研究，甚至还隐藏自己华夏董事长的身份。但既然他这些年的研究成果和方向都已经暴露了，而且这几年华夏芯片也没有做出过什么卓越成绩，他的心思都放在学校里。那么加入全有集团对他来说才是最好的选择。这次的这场爆炸和他的学生的背叛，对他的打击应该很大……”

如果从花流年的角度来看，近些年来花锦年身上无形的威势变得更重了，有时候只是一个淡淡的神色变化，就让人倍感压力。尤其是在事关公司抉择的问题上，凌驾于众人之上、说一不二的气质越发明显，只要是他作出的决定，所有人都得无条件服从。有时候连她都会感觉心慌。当然，也只有她能跟其他人的感觉不一样，毕竟他们一起长大。

“嗯。”花锦年微微垂目，唇角上翘，“非常时候，需要用些非常手段。”

“我知道，哥哥放心吧。”花流年连忙表态。

花锦年微微点头，神色又放松下来：“不说这个了，你最近还好吗？会不会太累？我看你的行程每天都排得很满，总是四处跑。”

花流年的笑容顿时变得明媚：“嗯，我没事的，哥哥不要担心，看你每天都那么忙，我要是不多努力一点，都感觉对不起你。”这句话说得真诚。她专注地看着花锦年，多么希望眼前这个优秀的男人能尽早达成所愿，既为天下人谋福祉，到时候也能为自己的人生幸福多考虑。

顿了顿，她又略带点妩媚地说道：“哥哥心疼我了？”

“如果你在和我说话时脸不红的话，我倒是不介意经常心疼你。”花锦年一本正经，但看到花流年瞬间面红过耳，又轻笑出声。

“啊，真是的，哥哥实在是太坏了！”调戏不成反失陷，花流年羞恼不已。可虽然有些羞恼，但她还是不想离开，鼓起嘴一副等哄的模样。她着实感到有些懊恼，在面对其他人的时候都可以泰然自若，但每每对上花锦年，总是她完败。

这次，她决定不能总是这样轻易服输，哼了一声，“哥哥，世界上有一半的人是女人，她们每个人都在不同的位置承担着不可或缺的重要角色。哥哥总是这么不尊重女人，轻视女人，戏弄女孩子的话，终有一天会因为女人而哭的！”

“哦？一定是流年背叛我，转头飞奔进别的男人怀里的时候。”花锦年笑道，对答如流。

“你、你又在胡说些什么啊？”花流年瞪他一眼，娇嗔的模样像极了一只张牙舞爪的可爱小猫。可真当对上他满是笑意的俊美面庞时，又突然泄气，回想他刚才的话的意思，竟然感觉有些欣喜，又好像有些烦躁和期待。

“算了，不跟你说了！哥哥根本不讲道理！”花流年有些焦躁地匆匆逃掉。

“呵，这丫头……”花锦年笑着摇了摇头，将注意力放回自己手中的工作。早在很久以前，他就不会就男女的话题和花流年展开更多的讨论，在他看来，只有小姑娘才会整天纠缠在情感之中，虽然重情是女人的天性，但多说无益。

“花总，”花流年走后，刘连生推门进来，“您找我？”

“如果流年这次失败的话，后面的事就交给你来做。”其实花锦年没有说出来的是，他已经预见了花流年的失败，毕竟她应对的方法并不是最佳选择。

“这……大小姐那边……”刘连生有点担心。花流年也就是在花锦年面前才乖顺一点，在其他人面前可不是个好糊弄的对象。

“她那边我来说，你好好办事就行了。”

“是。”

美丽大学。

众所周知，美丽大学以浪漫自由的学习风气和世界级顶尖的师资力量闻名于世。但凡在中心市生活过的人都知道，美丽大学外的酒吧一条街才是真正蚀骨销魂、令人魂牵梦萦的美妙地方。

下午的时候，何想跟方可水、温之光和樊力来过这个地方，街面上行人三三两两，显得不太景气，没想到到了晚上，游人如织，各色霓虹灯艳光四照，五光十色。入夜，才是一天真正的开始。

“有一间酒吧”，何想抬头看着这个简单到了极点的名字，失笑地摇了摇头。

“进来吧。”曾如风走在前面，跟门口的迎宾小姐笑着打招呼，很显然是这里的熟客。

一进酒吧，何想就被里面五颜六色的闪烁灯影和劲爆的音乐震撼住了。酒吧里人群密集，来往的人疯狂笑闹，到处都是酒气熏天的醉汉和热辣劲舞的美女。

这里是买醉胡闹的好地方，浪荡者的天堂。

“先生，来杯酒吗？”还没走到前台，何想就已经被几拨帅气的服务生小哥或艳丽的兔女郎拦住脚步。

“怎么，第一次来这种地方？”曾如风见何想并没有过多理会拦路的酒侍，转头笑问。

何想点点头。过去三十年的时间里，他一直待在典当行附近，从来不曾涉足这种灯红酒绿的地方，长这么大去过最刺激的地方，恐怕就是地下拳场和全有集团的郊外庄园。但他也并没有觉得多不自在，只是有些好奇地打量和观察四周。

反观方可水，看起来极为适应，见何想转了半天都两手空空，便将手中的鸡尾酒递了过去，笑道：“想喝什么都随意，今天你的曾教授买单。”

何想笑着接过来，抿了一口：“味道不错。”

“坐包间还是在大厅？”曾如风征求何想意见。

“包间吧。”何想。

“红酒还是白酒？”

“红酒，小食随意。”

曾如风找吧台内的服务员要了酒和食物，顺便敲了敲吧台边一直坐着埋头看电子书的梨花头男人，梨花头男人忽然被打断有些不悦，可在看清曾如风的样貌后，态度陡转热情："曾教授，您今天怎么有空过来？真是难得啊。哎呀，老大这会儿在里面跟人谈事，还不知道什么时候谈完，您是等等还是？"

曾如风笑道："不着急，今天主要还是带他们几个过来坐坐。"

梨花头男人注意到曾如风身后的何想和方可水，热情笑道："这两位是您的朋友？你们好，我是这家酒吧的吧主陈良，很高兴见到你们。既然你们是曾教授的朋友，那就是我陈良的朋友，以后有空多来酒吧坐坐。对了，今天的酒水我买单，几位敞开了喝，不要介意。"以曾如风如今的身份地位，能跟他成为朋友还被带来酒吧的，自然非富即贵，陈良自认为这笔生意绝不会亏。

跟陈良打过招呼，曾如风带着何想、方可水跟随服务生到包间坐下。很快，服务生将东西端了过来。

"这里的老板喜欢怀旧风，所以内部装修和设施并不奢华，但也正因如此，吸引了很多人。"曾如风笑道。

何想点点头："看得出来曾教授很喜欢这里，我还以为曾教授对于科技水平不达标的地方都不感冒呢。"

"哈哈，"曾如风一笑，却凑向旁边的方可水，"你就是这么跟他说我的？"

方可水唇角上抬："怎么又是我的事？我可没跟他提起过你，少自恋了。"

"你上次还想让他当我的学生？"曾如风笑意盈盈。

方可水眉头一挑，脑袋微偏，睨一眼何想："你自己的事，自己来说。"

"好。"何想一笑。

两天来，何想将整座学校转了个遍，选择性地听了几个感兴趣的导师的课，心中感慨不少。他虽然跟着陈元泽这个曾经被花天下最倚重的实验团队主任贴身学习了近两年，但主要是实操方面居多，理论其实有不小的缺失。两天听课下来，感觉颇有收获。每个导师讲课的风格各有不同，有的风趣幽默，但需要大量时间营造轻松的氛围；有的虽然讲得枯燥，但全部是干货；有的是纯理论研究，但太过虚幻有些脱离实际；有的注重实操，但这本来就是他擅长的……

比较来比较去，何想还是觉得曾如风的授课方式他最为欣赏，只可惜最近曾如风被实验室爆炸事件弄得见不着影子，没想到今天会恰巧遇到。

“曾教授，虽然有些冒昧，但如果可以的话，还是想请您做我的研究导师。”

曾如风靠坐在沙发里，既没有第一时间同意，也没有拒绝，而是笑问：“你打算做什么方向的研究课题？”

“太空飞船。”何想回答道。他查询过，曾如风的研究方向是天体物理，太空飞船也能算其中一个分支。

曾如风用开玩笑的口吻道：“呵，你们这是全体叛变了？”

何想一怔，有点拿捏不准他是开玩笑还是认真的，“曾教授对七传人好像很熟悉？”

“不如说我跟阿水很熟。”曾如风笑盈盈看向方可水。

“谁跟你熟？自作多情。”方可水妩媚地白他一眼，“好好说事。”

曾如风继续笑道：“我跟阿水从小就认识，七传人这件事她并没有瞒着我，要说对于七传人以及背后传说的研究，我应该比你们更了解。只不过……”他笑了笑，“研究得越透彻，越有种无力的感觉。传承的七宝的科技含量，实在超越当代物理学的范畴太多。即使是号称当代天体物理学家第一人的我，也时常感觉汗颜……”

曾如风笑得低沉而感慨。

如果是常人，听到这番话，恐怕会认为说话者有自吹自擂的嫌疑，但何想却没有这种感觉，因为曾如风当之无愧。他不仅开一代银河系天体建模先河，更是打破五十年专利保护限制，将自己所有研究成果公布于世，极大地促进了现代科技的飞速发展。

何想抬手跟曾如风碰了一下杯，笑问："曾教授以前都做过哪些关于七传人的研究？"

曾如风抿了一口红酒，笑道："其实我对七传人本身并不感兴趣，我只是对七宝所代表的超越现实的科技感兴趣，比如说超纯物质。"

何想点点头，也是意料之中："你对于空间通道怎么看呢？"

"空间通道肯定存在，只是要怎么开启它，还存有很大疑点。七传人的历史记载很模糊，并没有讲明具体方法。当然，也可能是他们故意销毁了相关记录，以免后人追寻痕迹，想要重回仙星。"

何想点头："曾教授对于全有集团寻找仙星并带领人类飞往仙星寻求永生的事情……怎么看？"

曾如风抬眼飞快瞥了何想一眼，慢悠悠晃动手中的红酒杯，高深莫测地笑了笑："怎么？你在猜测我是不是黑衣仙星人？"

何想一怔，笑道："那倒不是，你怎么会往这方面想？再说了，也不一定是只有黑衣仙星人才想要回仙星，人类本身想追求长生……"

"不错。占有和侵略是人类本能中的一种，但通常是资源分配不均或者资源不够分配时才会发生。以人类现阶段的发展速度，恐怕未来也不得不走上殖民外星的道路。否则，将会重新开启大战，使得世界人口锐减。历史发展必然的规律，一向如此。"

何想发现自己还是有点不习惯曾如风学术派的思维模式，笑道："我没有那么伟大的想法，也不想控制世界的格局，但在自己的位置上，应该做力所能及的事。"

"你想找到黑仙传人，将他扼杀在摇篮之中？"曾如风微微眯眼。

"哈哈，如果有那么容易就好了，毕竟黑仙传人恐怕也和七传人一样是传承式的，恐怕永远不可能真的扼杀干净。不过，时代毕竟不同了，或许就在当代，仙星真的能被找到，为此，我也要做充足的准备。”

“你想找到仙星？作为守护者的你？”曾如风笑得意味深长，流露出一丝危险的气息，“也是，堵不如疏，只要不伤害地球，怎么都可以。不过我听说，花锦年曾亲自邀请过你，但你拒绝了？”

花锦年……不知道为什么，或许是酒精的作用，此时听到花锦年这个名字，何想竟然感觉有几分怅惘，他的心中，下意识念起另一个名字——何像。

何像是谁？

何想的视野忽然有些模糊，仿佛一下穿越了时光。

何像是他的兄弟，是他从小相依为命的朋友、同伴，曾几何时为了何像，何想连命都可以不要。为了替重病体弱的何像抢回几片被人扔掉的分合食面包，他被其他的大孩子打得遍体鳞伤。两个人不分你我，相互依存。直到有一天，何像突然被人带走。等他再出现的时候，就已经是站在云端的男人——花锦年。

就好像是小草与高楼大厦，典当行与全有集团，他和改名后的花锦年之间隔了条不可逾越的天堑。

奇怪，他怎么突然有些多愁善感起来？

何想很少喝酒，即使在最严寒的地方也从不用高度酒精取暖。他摇了摇脑袋，笑了：“曾教授怀疑花锦年是黑仙传人？”

“在没有确定黑仙传人的身份前，任何人都是怀疑对象。你、我，还有阿水、温之光，都有可能。”曾如风微微一笑，笑得很魅惑，“难道不是吗？”

“不，温之光肯定不是七传人，她方方面面都不符合七传人的特征，而且也太无脑了……”何想想起温之光的鲁莽就想笑。

“当然，现阶段来说，花锦年是最致力于前往仙星的人，是黑仙传人的概率大一点。毕竟人类真想长生，方向应该有很多种，虫洞、穿梭时空、基因延伸、转移意识、冬眠……我们想直接去往未来，可以冬眠沉睡；我们想回到年轻的时候，可以穿梭时空；我们想此身不老，可以改变基因，又或者，我们可以换个健康的新生幼体，我们还可以转移意识……为什么抛开这些方法，要坚定地追求虚无飘渺的仙星呢？你当然也可以认为他选择开辟土星空间站，是出于对地球的一种保护，但刚才我们也说过了，空间站到底能发展到哪一步，现在还不好说，也无从判断。”曾如风笑得神秘。

何想有些沉默，借着酒精的作用他忽然发现，虽然出于理智他怀疑过花锦年，但从感情上来说，他竟然下意识地希望花锦年不是黑仙传人。

何想微微感慨，笑道："没错。既然他都这么激进了，我不得保守一点？不然不就真的没有了退路？我想，上天选我作为守护者是因为了解我的天性，毕竟我从来都不喜欢只进不退的冒险。"

何想顿了一下，又说："另外，我也跟曾教授一样，更喜欢做纯粹的物理学研究，任何的政治角逐和经济倾轧都会破坏研究的纯粹性。科学就应该百花齐放，不应该只掌握在某一个人的手中或只做某一种研究。我选择能够穿越空间通道的太空飞船作为研究方向，也是如此。"

"知己知彼，百战不殆。"何想轻声一笑，朝曾如风举杯。

曾如风静静地回视他两眼，手中杯与他轻轻一碰，微笑道："真是想不到，我竟然还能再次遇见知己。看来我们真的很有师徒缘，既然如此，有个人我想让你见见。等等吧，他的会也快开完了。"

美丽大学校门外。

温之光跟搭档陆七和随行的警员打完招呼，做完交接，打着找曾如风查案的幌子，脱离警方大部队前往何想发来的定位地点。

就在十分钟前，樊力接到一个召集电话，要求所有在外的Air成员第一时间赶到全有集团，接受一个紧急筛选测试。

"真是的，结果樊力还成了大忙人。"温之光嘟哝着，很快来到"有一间酒吧”的门口。

这家酒吧她早就知道，但从没来过，据说店里有不少原生态的饮食和物件，故而价格极其高昂，如果不是有VIP客人带领，甚至在进门的时候就会被人拦下。但今天不同，温之光给门卫报了曾如风的名字，她就被顺利放行。

时间已经渐晚，酒吧里依旧热闹非凡。温之光穿过群妖乱舞的大厅，谢过服务生的好心指引，到后面边转悠边找包间门牌号。也是她警察的职业习惯发作，到了一个新环境，首先转上一圈，了解过内部的大致结构与情况，才会去目的地。

可温之光没想到的是，这家酒吧外面看着不大，里面的“套路”却挺深，她七弯八拐了好几个弯，竟然还没有到头。

相较于大厅的热闹繁华，酒吧包间通道有点曲径通幽的意境，装饰典雅，回廊交错，舒缓的音乐静静流淌，偶尔有酒侍推着餐车从包厢内出来，也都是轻手轻脚，见到客人点头示意，看起来十分有涵养。

温之光好不容易走到头，遇到拦路石墙，才心满意足地往回走，冷不丁的“哐当！”一声重响，吸引了她的注意，一扇包厢的门被打开，一个酒侍推着餐车狼狈地从里面退出来，仿佛在躲避什么毒蛇猛兽。

温之光眨眨眼，好奇害死猫，纵然已经无数次因为自己的好奇和鲁莽落入险境，但温之光从来都不是吃一堑长一智、能学得会谨慎的人，她嗖的一下蹿到门边，睁大好奇的眼睛看起里面的热闹。

包厢内。

一个梳着时下最不流行的三七分发型、穿着花花绿绿的衬衫、大约三十多岁的矮个子男人——刘开，正大大咧咧地坐在真皮软沙发上，一手夹着货真价实的雪茄烟，另一手搭在沙发靠背的边沿上，笑得恶劣而又轻蔑：“哈哈，这就生气了，受不了了？刚才不还挺横的吗？全有集团基因研究组主任……哼，他们把你当个玩意儿你就觉得自己了不起了？

在我这里，你就是狗屁！给脸不要脸的东西。让你陪我喝杯酒，你给我装清高，装啊，你怎么不装了？”

刘开放肆地大笑，他的身后站着好几个黑衣大汉，个个身材魁梧，气势凶悍，都是在地下拳场花了大价钱才得到的基因强化人。除此之外，还有一个身材壮得像头熊却穿着卡通T恤的“年轻人”，窝在包厢角落里，抱着个平板电脑正玩少儿益智类游戏。

第四章　时机

瞬间成为中心人物，何想也觉得不可思议，可他实在想不到自己有什么值得地下拳场主——青者看重的地方。又或者，难不成青者也对七传人感兴趣？

方可胜气得浑身发抖，他攥紧了瘦弱的拳头，因常年待在实验室里不见阳光、显得苍白的脸上此刻一片潮红，他孤单地站在沙发前的茶几边，咬紧牙关，用尽全身的力气和理智才不让自己摔门而出，而是低吼道："你到底想要怎么样？！"

"哈哈，我能想要怎么样？是方主任一进来就拒绝谈判，威逼胁迫，达不到目的还气急败坏地摔东西吓唬人……只可惜呀，我老刘又不是吓大的，再说了，方主任肯定是出门前没好好照过镜子，也不看看自己什么样儿，不是那根葱，就不要配那盘菜呀，哈哈哈。"刘开冷笑，完全不把方可胜放在眼里。

他原以为所谓的全有集团基因研究办公室的主任是个什么样的厉害人物，还让他之前有几分担心，并小心翼翼地向青者汇报，没想到真见到了，竟然是这么个货色。全有集团是没人了吗？什么狗东西都能当主任？

“你不要跟我扯这些没用的，我只问你，下批实验体你到底弄好没有？”方可胜口气极差，厌恶到极点。像这种下三滥不入流的人，以前根本没有机会接触。虽然这些人让他很不齿，但确实十分棘手。

他平常从来没有跟这些三教九流打交道的经验，亲自跑过来要人也是一时冲动。也是因为最近地下拳场送来的实验体质量越来越差，直接影响了他的实验进度，平时帮忙接洽的中间人也突然撂挑子不干了。他只是骂了那人几句，明明就是那个家伙自己没有完成任务，他说两句又怎么了？竟然就直接把摊子甩给他。可恶，像那种完全没有责任心的家伙根本就该扔去当实验体！

方可胜的心里无比窝火，他的时间如此宝贵，做任何事都几乎以秒来掐算，竟然要在酒吧浪费时间在垃圾一样的人身上。关键是他现在骑虎难下，走也不是，不走也不是。

“要是你做不了主的话，就把你们上司青者喊来，我跟他说！”方可胜又强调一遍。在他看来，根本就是刘开办不了事，所以才在这遮遮掩掩东拉西扯地拖延，能办事的人不就是一句话的事？

只可惜方可胜并不明白，世上有很多时候并不是办不了事，而是有人不想办事。毕竟在他打小被发现是个少年天才起，人生道路从来都是畅通无阻，除了项目进度有时因不可抗因素推进过慢以外，从没遇到过任何障碍。

任何时候要什么东西，不就是他一句话的事？

“哎哟，哎哟，哈哈哈，说你胖你还喘上了，听得懂人话不？我说啥你不明白？还想见我们青者老大？真当自己是根葱？哈，这家伙怕不是个傻子吧？哈哈哈……”刘开又大笑起来，连带屋里的黑衣大汉也嘲笑起来。

“你这个无赖……”被如此不留情面地嘲讽，饶是方可胜一直叫自己忍，却也感觉无法再忍。

然而，方可胜话才出口，刘开就径直掏出一柄枪直指方可胜的眉心，令他一震。

下一刻，“哒哒哒哒……”一连串的子弹射向方可胜的脚下，吓得他像跳舞一样乱踩着步子，又像头被惊吓的骡子，边蹦跶弹跳边将自己绊了个趔趄，摔倒在地后还不断向后爬，狼狈而可怜。

见状，刘开发出一阵疯狂大笑。

“可恶，你才是个傻子！”包厢外，偷听的温之光再也忍不住，“哐”的一脚踢开门，双手叉腰，骂道，“刘开你这个不要脸的臭流氓，少在这里欺负人！平时在你的地下拳场耀武扬威就算了，现在还跑到外面张狂，真以为天下没有法律，世间没有警察了？！”

猛地被人踹门打断，刘开吓了一跳，等看清来人后，收起枪，惊喜地叫道："哎呀，哎呀，这是谁呀？稀客啊，哈哈，温大小姐……哈哈，竟然是我的温大小姐，别来无恙啊，怎么着？来找乐子？”刘开使了个眼色，让其中两个黑衣人悄悄摸向门口，阻拦温之光离去的脚步，自己则眯起眼睛，笑嘻嘻站了起来，张开双臂做出热切的迎接姿态，咧开的嘴笑得三分淫荡，七分危险。

“哼，少来。”温之光厌恶地瞥了他一眼，像看着下水道里肮脏的老鼠，“我今天懒得抓你，你也给我少惹点事。这个人，我带走了，识相的就不要生事。”面前一群黑衣大汉，虎视眈眈围着一个穿白大褂的瘦弱青年，温之光不用想就已经做出心理倾向。

“哈哈哈……”刘开大笑，眯起眼睛，流里流气的目光地在温之光身上流连，哑着声音笑说，“我可是冤枉啊，温大警官，这次可真不赖我，是这小子约了我，来了后又冲进来乱砸一通的，我可是受害者呀，你要保护的应该是我才对呀……”

“呸！少屁话！当我没听到你刚才说了什么？我管这小子跟你约定了什么，今天到此为止。跟我走！”温之光伸手去拉方可胜。

方可胜刚被一连串的子弹打得心神俱丧，此时依旧没回过神，见温之光来拉他，猛地后退，口中惊叫，“不要抓我，你走开！”力道之大，差点拽得温之光也摔倒。

“拦住他们。”同一时刻，刘开下令。几个黑衣大汉瞬间散开，将人团团围住。

被方可胜一拉扯，温之光被绊住，失去了第一时间夺门而出的机会。她有点恼怒地回头瞪了方可胜一眼，没想到自己好心被当成驴肝肺。可见他一副吓傻了的模样，又不忍心丢开他。

“哼。”刘开冷哼一声，皮笑肉不笑道，“温大小姐，今天这么㞞就要走了？这样有点不太好吧？咱们难得见面一次，不该好好喝喝酒叙叙旧，亲近亲近联络一下感情？再说你平时不都是喊打喊杀的，今天这么㞞，可不像你的作风啊。”刘开拖长了音，眼睛眯成一条缝，审视着温之光。今天温之光这么快就想跑，肯定是落了单，才不敢轻举妄动。要是这样，对他来说不就是天赐良机了吗？

他怎么也想不到，温之光今天之所以不太想惹事，纯粹是因为刚跟何想、方可水碰头，心情不错，又是借曾如风的名头进来，不想给他添麻烦，并不是真怕了刘开。况且，碰到刘开也只是个意外。

只可惜刘开不知道，也不可能知道。

被人挑衅，温之光的眉毛登时竖起，她从来不是怕事的主，立即喝道：“废话少说，要打就打！”说话间将方可胜往旁边一推，率先攻向离得最近一个黑衣大汉，一个侧踢，劲猛无比。

砰！黑衣大汉的反应也极其迅速，身形一转，微微躬身，举臂格挡。

“哈哈，温大小姐真是猴急，我的话都还没说完……不过温大小姐有需求，自然要先满足。”盯着眼前与黑衣大汉们动手交错的倩影，刘开舔了一下嘴唇，笑得无比下流。

只可惜刘开很快就笑不出来了。

在刘开的记忆里，温之光还是当初被几个黑衣大汉轻松玩弄于股掌的菜鸟，分分钟可以收掉她小命的丫头片子。他根本想不到，一个人，尤其是一个女人，怎么能够在短短两年之间发生如此天翻地覆的变化。

不论是精湛的格斗技巧，还是超乎寻常的气劲力道，温之光就像完全变成了另一个人，没有任何花架势，拳拳到肉，纵然面前是四个实力超群、能力非凡的基因强化人，她也能以一敌四，不落下风。

刘开怀疑自己是不是在做梦，否则怎么会看到只有梦里才会出现的场景，他下意识咬紧牙关，疼痛的感觉将他惊醒，立即骂道："你们这群废物！还不快将她拿下！"

"唔……要将她……拿下吗？"角落里正在玩少儿益智游戏的壮熊青年听到命令声，终于不舍地探出头来，满眼无辜，满脸憨傻，"要现在吗？就现在吗？"纵然包厢里已经一团混乱，乒乒乓乓一通乱响，可青年的声音雄浑厚实，依旧无比清晰。

"嗯？"刘开立即注意到他，连忙笑道，"不用不用，当然不用，阿二好好玩耍就可以，小鱼小虾还用不着你动手。乖乖玩，啊，别分心。"他像哄小孩的父亲一样轻声说道。

"嗯！"青年呆呆地点头，露出天真乖巧的笑容，又把脑袋缩了回去，继续心无旁骛地玩游戏。

就在这时，"砰！"其中一名黑衣大汉被温之光猛地一脚踹开，砸到包厢的门上，直接将大门砸开，还撞倒了从门外经过的餐车。

"哗啦！""哐啷！"餐车和上面的食物连同黑衣大汉一起翻倒，泼了大汉一身。

这么大的动静顿时惊动了其他包厢里的客人，很快就有人出来查看。

同一时刻，刘开所在包厢的隔壁。

青者坐在沙发的正中间，他的旁边站着笑意盈盈的赵珞，穿着干净利落的衬衣长裤，看起来像个还没毕业的大学生。他的对面，坐着时下最知名的投资商。据说此人有着雄厚的资金、广阔的人脉、多重官方的身份背景，甚至《经济学报》上直接点明，谁要是能得到他的青睐，就等于得到了取之不尽用之不竭的宝藏大海。

青者刚刚和他洽谈完毕，正准备举杯庆贺，门外“哐唧”一声巨响引起了青者的注意。尽管房间隔音效果非常好，门外的撞击声变得极为细微，但以青者绝佳的耳力，还是听到了。

“隔壁闹起来了？”他一边给对面的投资商和颜悦色地敬酒，一边跟身边的赵珞说道。

“是的。刘秘书带去的强化人跟市局的温之光打起来了。”赵珞低头说道。

“不堪大用的东西。”青者简短评价。

“嘻，他是不知道您在，要是知道绝对不敢这么轻率。当然，要是他知道了，估计不得吓死，咯咯。”赵珞弯起嘴角笑眯了眼睛，像极了一只吃了鸡的小狐狸。

恰逢投资商喝完酒提出告辞离开，青者又与他寒暄了几句，便送客出门。

“走，我们也去看看，刘秘书平时都是怎么处理事务的。”

赵珞眉头一扬，嘿嘿，有好戏可看了。

包厢内。

温之光再度飞起一脚，将袭来的黑衣大汉踹翻，闪身出了门外。

“抓住她！”刘开神色一冷。

几名黑衣大汉立即追了出去。

这正中了温之光的下怀，从刚才偷听到的短短几句对话中，她可以断定，今天误打误撞碰到的可能正是全有集团和地下拳场的私下交易现场，只不过今天可能狗咬狗，没能达成协议，但如果能抓住机会将事情闹大，或许她和警方就有切入点可以同时介入全有集团和地下拳场了！

乱斗的动静很快吸引了众人的注意，好几个包厢的客人都出来查看，又被眼前过于强悍的武斗场面吓了一跳。“砰！砰！砰！”被击中的合金墙面凹陷出一个个坑，混凝土则扑簌簌掉落泥块。温之光和几个黑衣大汉的速度快若残影，导致外人即使想要从旁相助，都不知道从哪里下手才好。

“温之光！”何想、方可水跟曾如风也很快被打斗声吸引过来，二话不说，何想加入战局。

何想一把抓住一个黑衣大汉的拳头，另一手勾住他的臂弯，猛地向后一折。

“嘶！”黑衣大汉吃痛，下意识更加强力地催动体内的能量芯片，企图提高自己的能力，可没想到能量芯片在他体内骤然颤动，下一刻，能量像是被什么不知名的东西吸干或阻断，能量芯片再无任何动静，就这么沉寂了下去。

黑衣大汉一愣，发现体内源源不断的支撑力量突然消失，不由有些恐慌。不仅是他，以他为中心，四周围的黑衣大汉同样都有这种感受，仿佛有什么东西像瘟疫一样弥散，以致所有人的能量芯片都失去作用。

“咔哒！”失去能量支持的黑衣大汉徒有其表，温之光不再客气，纵身跃起，扑向黑衣大汉，接连几下重击，废掉了几名黑衣大汉的行动能力。

落地的瞬间，温之光灿烂一笑，回头：“何想，你来啦！”

何想微微一笑，算是回应。

“我第一次发现，其实你真的很有用耶！”温之光眼睛亮晶晶，笑容像阳光一样灿烂。

“你啊……”何想有些失笑，摇了摇头。

“何！想！”刘开走出包厢大门，盯住何想，一字一顿地喊道。他的眼睛里满是怒火，充满憎恨。他没想到竟然遇到何想。

刘开曾经暗地里找过何想，即使青者早就警告过他不许动何想。可青者越是不许，他就越是憎恨难消。何想之前开枪打掉了他的耳朵，他对何想恨之入骨。

何想来得正好，可以新仇旧恨一起算！

骤然看到刘开，何想也神色一冷，他没忘记是他带人毁了他的典当行，还差点让他尝到失去至亲的痛苦，他冷冷一笑，带着几分轻蔑的味道说：“我当是谁……也对，强化人，除了花大千金，就是你刘开最爱用了。”

“呼！”刘开瞳孔一缩，脸上顿时煞气密布，他这辈子最不能容忍的就是别人看不起他，他紧握颤抖的拳头，咬紧牙关，仿佛用尽全身力气大喊，“阿——二！”

“来了！来了，来了……”原本窝在包厢内一角玩少儿益智游戏的青年，听到召唤，原本呆滞的目光里一道亮光倏忽闪过，他不舍地将平板电脑往怀里一塞，小山一样的身形“咚咚”地跳出来，胸前发达的胸大肌不断跳动。他歪着头盯着何想和温之光看，看起来懵懂且无辜。

“把这两个家伙给我撕碎。”刘开神色阴冷，声音从齿缝里挤出。

同一时刻，长廊拐角的暗处。

听到刘开命令的青者和赵珞，正侧身站在无人发觉的阴影里。

青者的目光微微一沉。

赵珞笑嘻嘻地说：“老大不要忧心，家养的狗偶尔也有不听话的时候。”

青者的目光慢慢幽深。

听到刘开的命令，阿二并没有马上动手，而是盯住何想跟温之光看了好几秒，最后嘴巴一噘，浑厚的嗓音说出稚童才会说的话：“你们惹开开生气，不是好人。”话一说完，他神情变得无比凶狠，猛地转身，一只手狠狠地插入墙内。

“扑！”混凝土墙面仿佛豆腐一样被捣烂，阿二的手猛地一抓，从墙内抓出一根作为支撑的粗壮的合金钢柱，手臂一挥，三米多长的合金钢柱以难以想象的力道从墙内挣脱出，横扫向走廊里围观的客人！

“小心！”温之光下意识扑了过去，将两名愣在当场的客人扑倒在地，“嘭！”合金钢柱笔直撞上对面的墙，竟然嵌进去四五厘米。可以想象，如果刚才温之光没有及时救人，走廊会出现怎样的恐怖场景。

“啊——”走廊里的客人终于后知后觉地尖叫起来，四下逃跑，场面顿时变得混乱。

何想眉头一皱，喊道：“温之光，我们也走。”

“什么？”温之光一愣。

“这里人太多了。一不留神就容易误伤。”

“好。”温之光爬起来就跟上何想向外冲去。

“哼，想跑？没那么容易！都给我去把门守住，一个都不许放走！”刘开大喊道，“阿二！”

“知道了。”阿二对自己的宝贝钢柱爱不释手，听到命令，小山一般的身体顿时跳起，一跃四五米，几步就追上何想、温之光，在大厅之中瞅准了两个人的身影，手里的合金钢柱猛地一掷！

“嗖！”合金钢柱瞬间以两百公里时速向何想、温之光二人飞去，温之光落后何想一步，只觉身后突然有一股尖锐的凉风侵袭后脑，下意识往旁边一偏，就见一根拳头粗细的钢柱擦着身体掠过，疾风刮起她半身鸡皮疙瘩，几乎本能的，她两手抱住钢柱，想要减弱钢柱的势头，口中惊叫：“何想！”

何想早就发现身后异动，不等温之光提醒，也已经双手抓住钢柱——他必须抓住，否则前面的都是一些普通客人，根本不可能有人挡得住！此时他也顾不上招呼方可水和曾如风，更何况以他对方可水的了解，她恐怕更喜欢看戏。

“滋——”手掌心跟钢柱不断发生摩擦，发出尖锐的磨擦声，但好在何想在抓住钢柱向前踉跄两步后，终于让它停了下来。他也付出了不小的代价——一双手的皮肤都发红开裂。

再看温之光，她最先接触钢柱也最早承受冲击力，此时两只原本白皙莹润的手已经惨不忍睹。

“当啷！”温之光吃痛，扔掉手里抱着的钢柱。另一头的何想顿时觉得手中一沉，越发清楚钢柱的分量。想着阿二竟然能这么轻描淡写地将如此分量的钢柱扔出来，他觉得事情变得麻烦了起来。

“小心！”何想一回眸，就见阿二小山一样的身影再次猛地扑了过来，抓住掉在地上的合金钢柱，猛地一提，向两边横扫！

“砰！砰！”离得最近的温之光和何想躲避不及，被钢柱扫个正着，温之光距离墙壁较近，砰的一声撞上墙壁，何想的身体离地而起，直接飞越过两个酒桌，砸翻了第三桌。

酒吧大厅里顿时乱成一团，惊叫四起。

刘开追出来看到了温之光和何想的惨状后，兴奋地狞笑：“给我枪！”他从身边护卫他的黑衣大汉手里夺过枪支，举起枪就准备瞄准何想。

“等一下！”骚乱终于引得陈良匆匆赶来，他跟刘开差不多的年纪，但身材高挑，一头复古的梨花头、文艺衫，显出几分闷骚。他拦在刘开的面前，一脸焦急地喝道：“刘开你干什么？不要在这里闹事！”

“我闹事？”刘开眉头一扬，对有人打断他的兴致感到十分不快。但他跟陈良也是老相识了，这点面子还是要给的，他忍住开枪的冲动，骂道：“你丫的到底长没长眼睛？今天是有人找老子的事！”

陈良来得晚，也不知道前因后果，但他知道今天绝不能闹起来，不说别的，青者本尊今天就在这里……想到这里，他有点焦急，下意识压低声音，带上几分威胁的意味对刘开说道：“刘开，都是兄弟，别怪我没提醒你，今天的事要是被青老大知道了……”

陈良原本是好意，可哪想到他话还没说完，刘开突然跳了起来，扯高了几个分贝大喊道：“够了！给老子滚！”他瞪圆了眼睛，双眼充血，怒发冲冠，紧盯住陈良，咬牙道，“老子这辈子最恨的就是拿人压我……

你算哪根葱，给你点颜色，你就蹬鼻子上脸是吧？”

“不是，你怎么……”陈良突然意识到他刚才犯了个错误，他不该威胁这条疯狗。

还没等他改口，刘开就直接举枪指着他的眉心，表情阴冷狂傲到极点：“趁老子没崩了你之前……滚！不要再让老子说第二遍。”

陈良浑身一颤，任谁被一条疯狗用枪指着脑袋都会受不了，冷汗顿时顺着他的额头滑下：“你别激动，你别激动，我让开，我让开……”

陈良斜侧着身子避让。最令他意外的是，负责酒吧安保的强化人竟然优先服从刘开的命令。他头一次觉得，刘开负责实验体和强化人的事情没那么简单。

刘开发出一阵疯狂的大笑，朝屋顶一阵扫射，向大厅中央走去。

“嘭！嘭！嘭！”大厅顶上的复古水晶吊灯接连坠落，惹得厅内的客人又是一阵尖叫，不少客人几乎是趴在地上挪动，就是为了不被阿二挥舞的钢柱误伤砸到，然而从天而降的吊灯又带来了新一轮的灾难。

一切变化来得太过迅速，何想跟温之光虽有心救援，只可惜分身乏术，人群太过分散，根本不可能顾及每个地方。他们想喊方可水帮忙，却发现她跟曾如风不知何时已经消失不见。

“可恶！”眼见阿二的钢柱再度横扫，温之光心一横，猛地飞身踏上钢柱，径直在上面奔跑起来。阿二的反应也很快，手中钢柱猛地一挥，想将温之光甩下去。只可惜温之光早有防备，趁机借力跳起，落到地面后再度借力反弹，终于靠近阿二的身边，飞起一脚，狠狠踢中他的侧脸！

“唔！”阿二被踢得踉跄两步，脑袋有点发晕，下意识甩甩脑袋，“砰！”肚子上又挨了一拳。“砰！砰！砰！”后脑、脸颊、胸口、腹部一连被重击好几次，打得他痛号起来，抓着钢柱在大厅中央跳脚，每跳一次，大厅里都仿佛震动一下。

趁此机会，何想引导着厅内的客人朝酒吧门口涌去，就算门口有人堵着一时逃不掉，但总比在大厅被误伤来得好。何想一边飞踢着厅内的沙发吧台形成一道护栏，一边觉得自己现在干的事情既荒唐又不可思议。刘开这个疯子，竟然在公开场合闹事，难道他真的一点都不怕司法机关？

此时的刘开根本不考虑这些，他见阿二被温之光耍得团团转，气不打一处来，大骂道："阿二，你在干什么？"

"她，她打我……呜……"阿二像个孩子一样乱窜，想要躲避攻击。

刘开大怒："你跑什么？她的拳头对你来说不就是挠挠痒吗？"他气得抬起枪支，朝阿二和温之光一阵狂扫。

刘开一开枪，温之光不得不闪身避开子弹，这么一来跟阿二拉开了距离。

"铛铛铛铛……"子弹像是长了眼睛，全部命中钢柱，阿二将三米多长的合金钢柱舞得虎虎生风，打掉袭来的子弹。他又哭丧着脸，眼睛里水汪汪，像极了一个被欺负的小孩，扁着嘴控诉："可是蚊子叮了也很痛呀……"

刘开暴跳如雷："她打你，你不知道打回去？！"

"对哦！"阿二恍然大悟，这么长时间以来，除了教导他功夫的青者以外，从来没人打过他，突然被人打了还有点蒙。

下一刻，阿二的神情骤然一变，从天真懵懂变得凶残无比，像是未知世事就将人性最原始的邪恶散发出来："你打我……那我就打死你！"

阿二挥起钢柱，猛地朝温之光砸去！

"有一间酒吧"大门之外。

此时酒吧大门紧闭，守在门外的是几名负责安保的黑衣大汉，无一例外都是强化人。原本由实力超群的强化人来负责酒吧的安全，是最令人放心的，然而当这些"保护者"成为"叛变者"时，所带来的危害也极其巨大。

"警报！警报！请让开，请让开！我们接到报警，这里发生恐怖行动，里面的人有危险。请立刻让开，不要耽误救援行动！"酒吧的大门外，一字排开七八个巡警机器人，头戴警帽，肩佩警章，每一个都配了合法枪支和“镇定”针剂，名为“镇定”，其实就是高浓度麻醉药，一沾就倒，专门用来应对不配合警方行动的“特殊”人类群体。

从各个方向集合过来的巡警机器人越来越多，短短几分钟，警署方面接到的报警电话就高达数十起，而且都是同一个地方。

警官陆七原本跟同事交接完案犯，心中不放心温之光，开车赶去酒吧。途中接到电话，警局让他火速过去查看具体情况，如有必要，就近抽调警员协同办理。任务在身，他立即将油门踩到底。

陆七将车停到酒吧门口时，就看到是四个满身煞气的黑衣大汉挡在酒店门外跟一群巡警机器人对峙的场景。黑衣大汉坚持酒吧内没有异样，是有人调皮误报警方电话，如果巡警机器人强行突破就是擅闯民宅，需要负法律责任。

对峙让巡警机器人的内部逻辑产生冲突，机器人第一铁律：不得无故伤害人类。但第二铁律，则是不能坐视人类受到伤害而无动于衷。然而摆在面前的难题变成两道，让他们一时间难以做出抉择。

“正面突破，用‘镇定剂’让他们闭嘴，责任我来承担。”陆七快速下车，掏出警证在巡警机器人的扫描眼上一晃，下令道。

就在这时，“嘭！嘭！嘭……”仿佛爆破一般的重击声，从酒吧内部源源不断传来。

陆七脸色一变，喝道：“速度！快！”他掏出枪支，飞快朝酒吧门口跑去。

酒吧大厅里。

阿二疯狂地挥舞钢柱，就在刚才，他重拳击碎大厅地面，从中拔出一根埋在地下的合金管道，随后就在大厅里狂舞起来。他仿佛对钢柱情有独钟又别具天赋，残影快得几乎看不见。

“嘭嘭嘭嘭嘭嘭！……”合金钢柱速度极快，力道刚猛，每一击落下都砸得石屑翻飞，饶是何想和温之光的躲避速度已经足够快，也不免数次被砸中，两人仿佛觉得骨头碎裂、内脏震损，痛不欲生。虽然早在何想学习格斗技能时，就已经明白，在学习打人之前必然要学会挨打，可如果继续下去，他们恐怕真的坚持不了多久。

温之光的情况并没有比何想好多少，可不同的是，每次被打，她的眼神就更明亮一分，体内好战因子逐步被激发。可她也很清楚情况不乐观，因为她发现阿二好像越来越顺手了，从一开始疯狂地胡乱挥舞，到现在渐渐变得稳中带狠，钢柱卷起的影子连成一片，几乎无死角地攻击所有方向。大厅里各种设施，都被狂风卷上半空，视野之内一片混乱。

面对破坏力更强的恐怖钢柱，枪支在此时已失去作用，对于高手来说，只要提高警觉，拉开距离，躲避枪支攻击并不是多么困难的事，何况阿二手中狂暴的冷兵器一近身就让人根本没机会开枪。

怎么办？她将目光投向四周，她完全没有料到地下拳场竟然还有这样的高手，即使不用基因强化试剂，也让她无力招架。她辛辛苦苦努力了两年多，日日夜夜地训练，差距还是很大。

“嘭！”一个分神，温之光再度被砸中，撞到侧边墙面上，摔落在地，半天爬不起来。

“温之光！”何想焦急不已，但根本无法赶去查看。

“没……事！”温之光抬起头，她感觉五脏六腑都在搅动，痛得她眼冒金星，但她又坚持爬了起来。她下意识扫了一下四周，发现原本在走廊口观战的人群早就躲了个没影，唯独还剩刘开跟几个护卫在他身边的黑衣大汉。刘开正拿着枪，满脸兴奋，看样子想给他们来上几枪，但苦于看不清人影。

“何想！”温之光再度投入战局，只是这次她抽空瞥了何想一眼，又隐晦地朝刘开方向扫了一扫。

何想瞬间明了她的用意，低声道：“你撑一下。”他甩掉外套伪装自己的身影，一个闪身，从墙壁侧面朝刘开高速奔去。

温之光的回归，让阿二更加兴奋。这个女人跟打不死的小强一样，可以让他玩上好久，他兴奋号叫着将主要精力用于对付她，忽略了何想的脱离。

刘开同样没有注意到何想的举动，在他的眼中，阿二已经稳稳地压住了何想、温之光，用不了多久，他们就会变成一堆烂肉。虽然有点可惜温之光这个大美人，但谁叫她一直给脸不要脸，死活站在何想的一边。他刘开也不是不讲理，但凡是他的人，他总是要怜惜几分，但如果是敌人……是仇人，就一定要碾碎了踩烂了，让他再也翻不了身！

这么想着，刘开露出狞笑，满脑子都是何想挫骨扬灰的可怜模样。

异变在这时陡然发生，一个阴影突然从斜后方袭来，当刘开身边护卫的黑衣大汉们发现时，早已来不及做出反应，“扑扑扑！”连续几发消音器射出的子弹悄无声息地没入几个黑衣大汉的体内，子弹内含有麻痹的成分，几个大汉瞬间倒下。

等刘开注意到动静向后查看时，他感觉自己的手好像被人碰了一下，他下意识地甩开手朝旁边躲去，身体却猛地一僵，一支枪筒已经抵住他的后脑。

“你是？”刘开浑身一紧！他猛地握紧手，可他的手中已经没有了枪，他的枪正抵着他的后脑，这一变化吓得他魂飞魄散。

“阿二！”他下意识地喊阿二救场。

“砰！”的一声，刘开的耳边剧烈爆炸，一股腥热的血喷溅在他脸上。一块烂肉坠落在地，被炸得看不出形状。

“啊！”刘开猛地惨叫一声，一把捂住自己耳朵，却发现耳朵已经不在了，只有从指缝间不断溢出的鲜血。他发疯地号叫想要逃离，可脑后一个重击，打得他一个趔趄，让他终于安静下来，浑身止不住地颤抖。

他甚至到现在都还没看清楚背后到底是谁。

“老实点。”从耳旁传来的声音提醒了刘开，身后的人是何想。

抬头看向阿二那边，何想发现原本疯狂的阿二在听到刘开的惨叫后忽然顿住了，手里狂舞的钢柱也放了下来。温之光则趁机退到一边，警惕地盯住他，短短的时间内，温之光身上青一块紫一块，前胸和大腿的衣服上都渗出血迹，狼狈至极。

何想的眼角一跳，眼睛里杀气暴涨。

“何想？”刘开浑身一颤，猛地回头。果然，何想冰冷漠然的模样清清楚楚地映在他的眼里。

刘开瞬间暴跳如雷，失去理智，气到发疯，想也没想就骂道：“果然是你，何想！真是你这个狗日的浑蛋，你这个天杀的东西，老子要杀了……”

“砰！”又是一枪，又是一朵血花炸开，又是一块烂肉坠地，刘开张大嘴巴，啊啊地发出声音。他想要继续辱骂何想，喉咙却仿佛被什么堵住，“啊啊啊——”他猛地想要后退，都顾不上再用手去捂住剧痛的伤口，只想赶紧逃离何想的控制。

何想没有给他机会，他伸手一把抓住刘开的衣领，枪筒往前一顶，抵住他的脖子。

“告诉过你，老实点。”何想漠然说道。

温之光半跪在地上，一边休息一边重新蓄积力量，因为她不清楚阿二什么时候会再度爆发，如果不抓紧时间休息，她不知道自己还能不能挡住下一次的攻击。

可现在，眼前发生的一幕令她有些惊愕，以至于一瞬间忘记了防备。但她很快就调整了心态，只是感觉有些奇怪。眼前的何想竟然让她觉得有些陌生。她记得以前，何想是连小猫小狗都不忍心欺负，花花草草败了都要感伤半天的人，现在竟然如此冷酷又冷静了。

阿二早已转过头，手里提着两根对他来说像玩具一样的合金钢柱，一脸懵懂地看着眼前发生的事，似乎还有点没明白发生了什么。但很快，他就注意到，刘开哭了。他哭得很痛苦，很悲伤，涕泪横流，看起来很痛很难过的样子。

阿二记得，自己小时候也曾经流过血，那是非常非常痛的，自己当时也哭得很难过，很伤心。他非常讨厌那些欺负自己的浑蛋。讨厌到……恨不得杀了他们！

阿二的神色骤然狰狞，愤怒狂暴，低沉的气压瞬间笼罩全场，连空气都发出尖锐的爆鸣！他一把抓紧手中的钢柱，无论是何想的喝止，还是刘开惊恐的尖叫，都充耳不闻。他猛地拔地而起，疯狂大吼，不顾一切朝何想杀过去！

“住……住手！不要……”刘开的声音被淹没，他发现阿二已经发狂，不再受他控制。

何想目光一沉，没想到擒贼先擒王的招数竟然不管用，他来不及多想，抓住刘开朝侧边一跳，想避开攻击。

谁也没想到，一只手突兀地从后面抓住了阿二的脑袋，猛地用力一拽！

阿二的神情骤然一变，瞬息之间，从满脸凶狠变成不敢置信，从不敢置信变得胆小怯懦，小山一样的身形扑通从半空砸落，浑身止不住地发抖，合金钢柱“当啷”两声从他手里脱落，他伸出手想要拍掉抓在他脑袋上的手，却在碰到的瞬间又缩回来。

“好痛……啊！痛，痛，痛啊……快放开！呜！阿二好痛……阿二错了，阿二再也不敢了！阿二听话，阿二对不起，呜……”阿二哭得满脸泪水，惨叫声令人不忍听闻。

如果温之光不是才见过阿二疯狂与强大的模样，说不定她都要上前去制止那只手，为阿二打抱不平。可到底又是什么样的强者，能够凭借一只手就让阿二这种级别的高手束手就擒呢？

“扑通！”即便脑后正被枪筒抵住，刘开还是忍不住腿一软，直接跪在地上，嘴里打着哆嗦地念道：“青……青者老大……”他的目光里满是震惊，他怎么也没想到，青者竟然会出现在这里，怎、怎么办？

都怪陈良，他是酒吧的主人，怎么可能不知道青者老大在这里？他既然知道为什么不说？难道是故意挖坑，就等着他往里跳？一瞬间，刘开对陈良痛恨到极点，脑子里已经设想出好几种下死手对付他的计划，全然忘记陈良曾经提醒过他的事实。

“嗯。”青者高大的身形站在大厅中央，他抓着阿二的脑袋，脸上毫无表情，轻描淡写地说了句，“阿二乖，滚出去。”

“是，是，好的……阿二乖，阿二听话，阿二滚出去。”阿二如蒙大赦，刚才还哭丧的脸瞬间雨过天晴，既懵懂又乖巧，忙不迭地抱住自己好不容易脱离掌控的可怜脑袋，当着所有人的面就地一滚，“骨碌，骨碌……”一滚又一滚，很快滚出了酒吧。

青者站在大厅的中央，面对所有人，环视一圈，将所有人的狼狈和惊疑尽收眼底，忽然两手背在身后，温和一笑，显得雍容华贵又气质谦和：“诸位来宾，大家晚上好，我是青者。非常抱歉，发生了这样的事情。为表歉意，今天所有酒水饮食费用全免，库藏原生食全部对外开放。”

不出意外，果然有不少客人意动，别的东西或许没有什么，但产量少得堪比黄金的原生食却是极为难得。

青者继续道：“除此之外，我将赠送每位客人一张‘青者偃月’贵宾卡，欢迎诸位常去做客，以此聊表歉意。今天的事情，以后绝不会再次发生。”

所有看向青者的目光瞬间变得狂热起来。

众所周知，中心市东富西贵，东边群商云集，是各种百货大厦、商务大楼、高档会所的聚集地，可但凡在中心市高端场所、顶级圈子里混迹过的人，无人不知“青者偃月”，传说是地下拳场的幕后主人青者所开设的私人会所，只针对最顶级的客人开放，又或者他私人的朋友。

如果前面还有人在青者自报家门后，小声嘀咕和怀疑过青者的身份，现在已经没有任何猜疑。再联想到青者一出现，就轻飘飘地解决了令所有人都惊惧的阿二,一时间，强大、多金、帅气、有底蕴……所有赞美的词语像潮水般聚拢到青者身上，他的身上仿佛笼罩了所有光环，亮得令人睁不开眼睛。

温之光有些诧异地看着眼前的变故，怎么也没想到峰回路转，地下拳场的主人青者会突然出现，公布他才是“有一间酒吧”的真正主人，并一下就镇住场面。但是闹事的罪魁祸首呢？刘开，阿二……如果她没记错的话，他们都是青者的部下。

他们这是窝里反？可是看着又有点不太像。

何想在看到刘开像一摊泥一样跪下去的时候，就知道今天的事止步于此，青者出现得太恰到好处，又太出人意料，让他根本没什么准备。他下意识环顾四周，只见群情激昂，在场的虽然也大多非富即贵，可没几个人真的见过青者本人，现在既然有机会跟他当面套近乎，自然是热情高涨，一浪高过一浪。

只可惜青者并没有让浪潮继续，他像是水中的游鱼，自然而然又极其轻巧地从人群中走出，来到何想面前，在所有人惊讶而又略带嫉妒的目光中，对何想伸手笑道：“何想，很高兴再见面，这应该是我们第二次见面了？”

何想微微讶异，伸手握住青者的手。如果他没记错，第一次见面他们双方应该都很不愉快才对，那也是何想长这么大以来第一次对人开枪。甚至于他们两个人，其实连话都没有真正说过。

“你的枪法后来有练过吗？看你今天出手，不像专门练过。”青者笑容温和，像见到一个老朋友一样。

何想一时间有些拿捏不准青者的意图，但还是笑着回应：“确实没有，这两年被别的事情绊住了，除了基本的体能训练，其他的多少有些荒废。”

“看得出来，你的训练做得不错。”青者点点头，“跟我来一下。”随即转身，朝大厅中央的舞台上方走去。何想有些不明所以，但还是将手枪扔给温之光，让她将刘开看紧点，自己跟了过去。

舞台上，随着青者双臂抬起，整个大厅顿时音乐响起，灯光摇曳，几十上百个小型家装机器人行动起来，穿梭在人群之中，将沙发、桌台迅速恢复摆正，一盘盘瓜果酒水重新上桌。被破坏的地面和墙壁在最短的时间内以最小代价被填充修复，重新贴起的新装饰在灯光的照耀下熠熠生辉。

客人们在短暂的惊愕后，热情再度高涨，所有人都知道青者肯定有话说，但没人知道站在他身边的那个小子到底是什么来历。难道青者想要向大家引荐他？这小子怎么这么好的运气！

可很快，客人们就知道什么叫真正的好运气了。

“今天事发突然，我也没有料到会突然出现这样的事情。”青者声音如酒醇厚，“对此我很遗憾，但更让我遗憾的是，作为酒吧代理主人的陈良，在事发之后的毫无作为。”

“铛”的一声，酒杯落地，碎得清脆，在悠扬音乐声中不是那么显眼，但也引起周围不少人注意。有几个跟陈良相熟的人注意到，他在不小心打翻杯子后整个人就陷入恐慌。

陈良正站在吧台不远处，既不让自己离开主吧台的范围，显出他作为酒吧主人的立场和身份，又不让自己过于显眼，抢了青者的风头。他很清楚自己只是代理吧主，虽然在今天青者公布他的身份之前，几乎所有人都以为“有一间酒吧”归他所有，连他自己有时候都忘记，他并没有所有权。

但今天之后，恐怕跟他熟悉的那些朋友要用新的眼光来看待他了。不过不要紧，虽然他确实没有丰厚的身家，但起码他是青者身边亲近的人，就算看青者的面子也少不了要巴结讨好他，也许他的日子说不定反而会更好过。

但他所有的猜想和自鸣得意，都在青者带着何想上台、说了几句话之后被击得粉碎。

陈良有些惊恐地盯住青者，紧盯他一开一合的嘴巴，几乎是祈求似的企盼着他不要再说出任何对自己不利的话。只可惜，他的祷告并没有被神明听见。

青者笑了笑说："好在今天在我到来之前，有另一个人帮忙主持了局面，将酒吧内的伤亡损毁降到最低，这个人想必大家都很清楚，就是我身边的小伙子——何想。"

原来如此，看来青者是打算在众人面前公开表达赏罚态度。一时间，客人们交头接耳起来，不少人都说这小子走了大运。可当真正的大运降临时，除了何想和温之光，几乎所有人都被打得晕头转向。

"所以，我决定，从今天起，'有一间酒吧'的所有权无偿转让给何想，以此表达我的谢意。在此请诸位做个见证人。"青者笑得轻松写意，仿佛只不过送出一件再平常不过的礼物。

整个大厅骤然如沸，谁也没想到青者竟然会做出如此决定！无偿转让"有一间酒吧"的所有权，这不等于白送吗？他跟何想到底是什么关系？难道真的只是为了感谢他今天在酒吧里替他阻止人闹事？

根本就说不通！一个人要感谢另一个人的方法实在太多，一家面积庞大、极富盛名、享誉已久的高端酒吧说送就送，这礼物未免也太贵重了。

估计何想有什么其他青者非常在意和看好的地方，此事只不过是个由头而已，而青者只是抓住了这个机会向他示好。可什么样的人需要青者这种级别的人如此大费周章地向他示好？

几乎是同时，所有人看向何想的眼光变得不同，探究、热切，并且充满了敬仰。

瞬间成为中心人物，何想也觉得不可思议，可他实在想不到自己有什么值得地下拳场主——青者看重的地方。又或者，难不成青者也对七传人感兴趣？

这么一想，何想的心忽然提了起来。

为什么不可能？全有集团将空间通道和土星空间站的用意宣扬得全球皆知，地下拳场会有兴趣不是很正常？何况如青者一样的人物谁不渴望长生？

何想很快反应过来，带着一丝歉意看向青者："抱歉，青总，无功不受禄，我不能接受……"

青者没有让何想有机会继续说下去，而是十分肯定地笑道："我送出去的东西，从来不会收回。执意拒绝的话，很容易让朋友变成仇敌。"

何想一怔。这句话说得十分有威胁性了，再联想青者的身份和他的发家史，何想发觉，青者这句话绝不是玩笑。

微微一犹豫，何想笑道："那就恭敬不如从命，多谢青总了。"

青者露出有几分满意和愉悦的笑容："那么，诸位，继续狂欢吧。"

青者手一扬，大厅的音乐骤变，激昂绚烂，无边辽阔，狂欢在继续。

青者跟何想一起从舞台的中心旋转下落，将一众喧嚣和似火的热情甩在身后。等二人从地下一层的电梯里出来时，温之光拎着刘开很快迎了上来，同样赶来的还有解决掉外面"闹事"的巡警机器人，并配合警官陆七匆匆做了几句笔录的赵珞。

赵珞一丝不苟地错开半步距离，跟在青者的身边，仿佛他一直都在该在的地方，从未离开。

"咳！"温之光清了一下嗓子，引起青者注意，不知道为什么，她感觉自己好像每次在面对青者时，就会莫名有点㞞，唯有通过虚张声势才能撑住气场，"青总，打扰一下，关于这个刘开……"

青者打断她："温警官按照流程走吧。"

听到这句话，刘开猛地抬头，一脸不可置信的惊愕表情。可任他怎么努力去看，青者依旧是一副淡然的样子。或许是他想错了？今天的事情闹得太大，还惹得警察系统出动，为了息事宁人，青者需要他配合警方去走一下流程？很快青者大人应该就会派人把他捞出来，他虽然是一条狗，但至少也是青者大人最衷心最得力的狗。

温之光也愣了愣，没想到青者竟然这么好说话，事出反常必有妖。她有些担忧地看了何想一眼，将欲取之必先予之，这个道理连她都懂，希望何想这个笨蛋不要被冲昏了头脑。

何想冲她点点头，笑道："先去办案吧。"

"嗯。啊！差点忘了。"温之光一拍脑袋，"姓方的那个小子现在也不知道去哪里了，该不会在混乱中出什么事了吧？"

"方？"何想疑惑。

"对，好像说是全有集团基因实验室的方主任，我跟刘开打起来就是因为他，他好像跟刘开在闹矛盾。算了，不跟你在这里浪费时间了，我得赶紧去看看。"说着温之光拎起刘开就往外走，两名黑衣大汉立即在青者的授意下替她带路。

"那么，我们也去一边坐坐吧。"青者笑道。

何想点头，毕竟他也想看看青者的葫芦里到底卖的什么药。

可意想不到的是，电梯走廊的尽头，休息室里竟然早有人坐着等在那里，他抬头眯眼一笑，灰色的瞳孔里倒映出何想微微诧异的脸。

何想惊讶："曾教授……"

曾如风笑得如沐春风："何想，我们果然是有缘，又见面了呢。"

第五章　姐弟

精致的小屋星罗棋布，如同一颗颗黑白子无规则地勾连、汇聚成各种不同的艺术图案，将巨大的中心广场绘成一幅曼妙的星空图，与头顶浩瀚无垠的夜空遥相呼应。

何想笑着摇头，见青者好像一点也不意外曾如风出现在这里，看来两个人是老朋友了，曾如风说要见的人就是青者？呵，真是怪事年年有，今天特别多。曾如风一个学院派清高自傲的教授跟地下拳场杀伐果决的主人关系颇深……这有些颠覆他以往的认知。

想了想，何想说道："我刚才还在担心曾教授去了哪里，现在看你没事，我就放心了。"

"呵呵……"曾如风笑得眯起了眼睛，偏头对坐下来的青者说道，"他这是在埋怨我刚才没参战呢。"

青者淡然回道："这事你本来就不太厚道，不过你也是想着要让何想独享英雄救美的机会，用心也是良苦了。"说到最后，微微一笑。

被人一句话连续涮几次，感觉着实不太好，何想有些无语地笑了笑，还做了个抱拳的姿势，"行，二位还是高抬贵手吧。"

"哈哈。"青者和曾如风一起笑了。

曾如风笑着，带着一丝嗔怪的语气说道："不过青兄今天确实是大手笔，这酒吧说送就送。”

青者说道：“我倒是有点好奇，曾老弟从不会无缘无故收徒，为什么又会为何想破例？”

两个人对视对方，似乎都想一探究竟，反倒是本该成为中心的何想，自觉无法插足其中，成为彻彻底底的局外人。

不知道为什么，何想隐隐从这两个人身上看出旗鼓相当、分庭抗礼的架势，越发让他觉得奇怪起来。忽然，何想意识到自己遗漏了什么，问道：“可水姐呢？她没跟你一起吗？”

酒吧外大街上。

温之光将刘开扔给正跟黑衣大汉们周旋的陆七后，自己就匆匆跑出来找人。她原本以为方可胜在受到刘开开枪惊吓后，应该会吓得瘫软在地、走不动路，可没想到自己在酒吧里转了一圈也没看到他的身影。

“难道他真的走了？”如果是那样，就太可惜了！今天好不容易抓到刘开，如果再能以纠纷的名义将姓方的小子也给扣留了，说不定就能套出全有集团跟地下拳场的内幕，她一直以来追查的失踪人口案说不定也会多一些头绪。

她记得姓方的那个小子好像还提到过什么“实验体”？

温之光咬咬下唇有些不死心，从街巷里一路跑到大马路上，可马路上车来车往，哪有方可胜的身影，气得她直跺脚。

然而，虽然没见到方可胜，她却见到一个令她倍感意外的身影。

方可水一反寻常妩媚又霸气的模样，在大街上徘徊，显出几分失魂落魄。她好像在找人，看起来迷茫得找不到方向，但又始终没有放弃。

“可水姐，你在这干什么呢？”温之光拉住她。

见到温之光，方可水才猛然回过神来。她勉强笑了笑：“没什么，刚才好像看到一个熟人。”

“真的没事吗？你脸色看起来好差啊。”温之光担忧地问道。

方可水摇了摇头，神色渐渐平稳，笑道："怎么了？你怎么突然出来了，事情解决完了？"

"是的，刘开已经抓住了，青者出来稳定了局面，神奇的是，他竟然把酒吧送给何想了。不过还是有个事情让我觉得不高兴……"温之光习惯性地嘟哝。

"什么事？"

"就是有个姓方的小子嘛，说是什么全有集团基因研究室主任的……"

"你说什么？！"温之光话没说完就被方可水猛地抓住手臂，"你再说一遍？"

"什么？"看着方可水急切的举动，温之光有点愣，毕竟方可水从来都是一副淡定优雅的样子。

见温之光有点吓到了，方可水努力平复情绪，轻柔说道："小光，把刚才的话再说一遍，全有集团基因研究办公室主任……方可胜？"

"咦？他叫方可胜啊，怎么听起来跟可水姐的名字这么像？"话一出口，温之光恍然大悟，露出不可思议的神色，"等等？难道你们认识？他跟你什么关系？啊，这么说起来，你们俩是长得有点像啊……我之前就觉得这家伙有点熟悉。难不成你们是兄妹？还是姐弟？"

方可水没想到温之光竟然真的见过他，那么她刚才在酒吧里看到的一闪而逝的身影，不是错觉？阿胜真的来过酒吧？

"你把刚才见过阿胜的具体细节，详细告诉我。"

温之光跟方可水一边往回走，一边讲述刚才在酒吧包厢里的情况，在听到刘开朝方可胜开枪时，方可水的神情异常冰冷，冷得让温之光感觉身边跟着一块千年寒冰，冻得她直打哆嗦。

温之光没想到，方可胜竟然真的是方可水的亲弟弟。两年前，方可水就是为了寻找她失踪的弟弟才强行探访全有集团的郊外庄园——却望庄。后来，她确实确认弟弟就在全有集团从事科研相关的工作，可不知道为什么，姐弟俩这么长时间都没能见上一面。

眼见已经到了何想、曾如风和青者所在的休息室门外，方可水打断了与温之光的谈话：“先不说了，进去吧。”

“阿水，来了。”曾如风立即站起笑着迎接。

“我能不来吗？师兄隐藏得这么深，我若是不来，又怎么会知道师兄跟青总这样的人物都关系匪浅？”方可水笑得温柔妩媚。

曾如风却从里面听出了几丝暗藏的杀机，轻轻一笑：“是我的错，没有及时引荐。阿水，来，这位是地下拳场的幕后老板青者，青总。这是万方集团的大小姐，方可水。”

“幸会。”青者友善地伸出手。

“久仰。”方可水轻轻握住。

由于方可胜的出现，方可水意兴阑珊，简单地跟众人寒暄一番，就以时间已晚为由提出离开。何想见状也提出离开，毕竟他很清楚，青者今天才对他施了恩惠，恐怕不会立即提出要求，以后来日方长，不用急于一时。

重要的客人要走，聚会自然就无法继续下去，好在青者也不在意，亲自将几人送出了门。

出了酒吧大门，冷风一吹，何想感觉清醒了许多，转身对曾如风几人道：“曾教授跟可水姐回公寓？温之光回警局？”

曾如风点头，方可水却摇了摇头：“我回别墅。”

曾如风微微讶异：“怎么了？出什么事了？”刚才在酒吧里，他就觉得方可水状态有些不对，若是平时她不会独自一人提出离开。

方可水又摇了摇头，她不想跟曾如风谈论此事，因为两个人曾就方可胜的问题多次产生分歧，曾如风始终认为她太过宠溺方可胜，内心里将方可胜当作永远像个长不大的孩子。而她也一直认为曾如风在方可胜的事情上太不尊重她，除了反对就是干涉，所以后来只要事情和方可胜有关，她再也不会跟他提起。

见方可水不想说，曾如风也不勉强，而是道："我送你吧。"

"不用了。"方可水一口拒绝。

曾如风微微沉默。

"我送可水姐吧。"虽然不想成为曾如风的眼中钉，何想还是开口道。

不等曾如风回答，方可水立即说道："就这么办吧。小光呢？"

温之光忙说："我回警局，今天有两个案子得了结，不能耽搁。"

曾如风目光沉静："好吧，你们路上注意安全。"

和曾如风、温之光一一告别，何想坐进驾驶室，打开无人驾驶系统，问道："去西边的别墅？"

"不。"方可水幽幽一叹，"再去找个地方，好好喝一杯吧……"

中心广场。

精致的小屋星罗棋布，如同一颗颗黑白子无规则地勾连、汇聚成各种不同的艺术图案，将巨大的中心广场绘成一幅曼妙的星空图，与头顶浩瀚无垠的夜空遥相呼应。

何想跟方可水坐在一间立租立还的空间胶囊音乐清吧内，相对无言。

何想知道方可水肯定有事，但不知道是什么事，发了条短信问过温之光后才对情况有了大致了解。

"问好了？"何想一抬头，方可水就出声问道，着实吓了他一跳。

何想点点头："有个疑惑……"

"你想问，既然万方集团、方氏家族已经跟全有集团建立了密切合作，方可胜身在全有集团又是双方都知道的事，怎么这么长时间我还没有见过他？"

方可水微叹一口气，笑容依然妩媚动人，可唇角却多出一丝苦涩。

"你们感情不太好？"话一说完，何想就觉得自己该打嘴巴，因为方可水眼见着神情就落寞了下去。

方可水笑了笑："没错，我们姐弟的感情，至少……没有我想的那么好。至少，他不愿意见我这个姐姐！"

其实，方可胜为什么不愿意见她，方可水一直都没有弄明白。明明小时候方可胜极其黏她，两个人是亲姐弟，又从小父母双亡，虽然因为她七传人的身份受到爷爷诸多庇护，但小时候的他们还是彼此依赖，认为只有对方才是跟自己相依为命、不离不弃的人。

难道只有她一个人这么想？又或者其实那个时候方可胜只是年纪太小、迫于无奈才跟她在一起，等到大一些有了实力就远走高飞，再也不回来，就像现在这样？小时候到底有没有发生过不愉快的事情她早已不记得，她只记得自己跟弟弟在一起很开心，而弟弟是一个倔强又怯懦的小哭包，其他的……

方可水发觉自己连方可胜具体在全有集团担任什么职务都不太清楚，只知道他曾经参与过分合食料理机的研究，是举足轻重的研究人员。现在他全有集团基因研究办公室主任的身份，还是刚才温之光告诉她的。如果不是今天意外遇到方可胜，她几乎以为他都快从她生命里消失了。

"有可能……是他从事的研究比较特别，不想连累你。"何想安慰道，虽然他自己都觉得话一出口就没有了力度。如果方可胜的研究如此高危，岂不是让方可水更担心？

方可水意味不明地笑了笑："算了，也没什么，只能说明以前姐姐这个角色没做好，本来我也不太擅长照顾人。只不过……"她的眼睛危险地眯起，像是忽然捕捉到猎物踪迹，笑得既迷人而又危险，"刘开敢伤害他，后面的事情就交给我了，顺便也替你小子解决一个敌人。"

不用想，阿胜肯定吓坏了，他小时候胆子就很小，即使是很小的威胁他也会无限放大，陷入恐惧。作为他的姐姐，她有义务替他排除危险。

何想微微一怔，没想到方可水竟然要亲自动手，但他只犹豫一瞬，就点头笑道："那就多谢可水姐了。"以他对方可水的了解，只要是她决定的事情，谁也拉不回来。反正以方可水的实力，只要她不欺负别人就谢天谢地了。

“好了，不说扫兴的事了。小樊力呢？跑到全有集团去了？你准备将他放在那儿多久？”一瞬间，方可水的笑容再度明朗而洒脱，骄傲而妩媚，上翘的凤眼有种勾魂摄魄的美。

何想也笑：“不着急吧，毕竟他也有自己的想法，何况绳子拉得太紧了也容易断。”

“扑哧——你真确定他有自己的想法？他那个浆糊脑子，不怪我说他。”方可水轻蔑一笑。

有时候方可水在对待何想和樊力时，就像对待两个稀里糊涂的笨蛋弟弟，看不下去了总得拉上一把，也算是表达她的“疼爱”，只是这种疼爱的方式一般人可能有点消受不起。

何想点点头，忽然有点明白为什么方可胜会躲着她。要不是他跟樊力和温之光都神经粗壮、精神强大，说不定看到她也得绕道走。

“没想法，人总得有本能不是？况且他在全有集团也能锻炼自己。”

“说得也是。但总归还是早点拉回来，否则风筝线放得太松，也可能会跑得无影无踪。”方可水笑道。

“我对他有信心。”何想笑说，神情平谈。

“哼。”方可水哼了一声，“不说这个了，反正阿胜……你以后有机会遇到了，就照应一下……”

“那当然。可水姐开口，哪能不照办？”何想笑道，“那必须上刀山，下火海，在所不辞呀。”

“哼，贫嘴。”虽然微笑着，但方可水的神情里依旧有少许落寞。

何想定神看了看她：“要不再喝一杯？”一向不爱喝酒的何想主动提起。

“哦？想灌醉你姐姐？”方可水笑容加深，妩媚而醉人。

“我可没这么说，小酌怡情，大饮伤身，可是我的一向准则。”

“呵呵……就你会说。”

何想怎么也没想到，方可水竟然那么能喝，一个人干掉了两斤多白酒，再加若干红酒和啤酒，真是实打实的酒中仙。

眼见方可水喝得烂醉如泥，摊在桌上，看起来像是睡着，但偶尔又抬手高叫两声：“喝！再喝——臭小子阿胜！喝不死你？再来——”

何想真是犯了愁。

已经这么晚了，再开车送她回别墅也不现实，带回典当行？何想微微犹豫，压下内心隐隐冒头的小激动。行，就这么办吧。他绝不是想趁人之危，他只是带方可水回去照顾一下，他是君子，很妥。

带上方可水，打开无人驾驶系统，一路平安回到典当行。何想架起挥舞手臂乱打人的方可水，好不容易才把她扔进自己房间，关门，上锁，抹了抹额上虚汗。

事实证明，女人，即使是美女，喝成醉鬼也是毫无美感可言。

何想在原地站了一会儿，转头打开樊力房间一看，果不其然，乱得一塌糊涂。得，他今晚要在这里将就一晚了。摇了摇头，何想转身进厨房弄了点醒酒汤，今天前后加起来真是喝了不少，头有点痛。

何想不知道的是，就在他跟方可水进门不久，一辆黑色私家车远远地停在典当行大门外的街道上。曾如风坐在车内，目光静静地落在典当行关闭的大门上，眼神中带着一抹清冷。

坐了有两分钟，曾如风又掉转车头，往学校的方向驶去。

夜凉如水，一轮弯月高悬，清冷的光辉洒照在风景秀丽的美丽大学。偶尔有清风吹过，树叶发出扑簌簌的声音。

时间已近深夜，校园里鼎沸的人声早已被宁静所替代。一辆车平稳地驶进美丽大学的地下车库。

曾如风熄了火，看了一眼车上的电子表，时间是01：28。今天的酒喝得有点多，肚子里空空的，其实他平常也会工作到这么晚还没有吃饭，甚至有时候干脆就以断食养生的名义不吃晚饭。不过今天，他想吃点什么东西来填饱肚内莫名的空虚。他在驾驶室里又默默坐了一会，才开门准备出去，没想到一推开车门就见到了两个让他有些意外的不速之客。

曾如风微微一怔，不由得轻笑一声："没想到一天之间竟然会遇见两次，我们还真是有缘，对吧？流年小姐。"

花流年带着王重从楼道的阴影中款款走来，和白天专门为了跟曾如风相配的墨绿色古典旗袍不同，现在的她一身淡紫色的勾丝长裙，蓬松柔软，飘然若仙。她凝视着曾如风，眉目温柔："今天曾教授走得实在太匆忙，流年还有很多知心话都没来得及和您说，可曾教授是个日理万机的大忙人，哪里真的能随叫随到，所以流年只好自己过来了。"

"是吗？"曾如风笑得有些意味不明，"我真是好奇，是什么样的知心话需要摆出这么大的阵仗来说呢？"

曾如风目光一扫，便发现车后、楼道里、拐角处甚至是高处的横梁上都藏满了人，加起来大概有几十个。

花流年神情不变，笑得雍容自然，只是睫毛却微微一动："好了，不要躲了，都被曾教授发现了。看来大家的功夫不够，回去还得好好练一练。"

四周围的隐匿者陆续走了出来，大多是十五岁到三十五岁之间的年轻人。

"全有集团的基因修复强化人，第一次见到活体，真是百闻不如一见。"曾如风一笑，"不过我记得基因修复试剂的副作用还没有解决。基因修复不仅会加速实验体的基因衰老，还可能产生不可逆的突变，要想控制这些逐渐不可控的怪物，恐怕还需要加一重基因锁，但一旦突破开锁次数的极限……"

花流年眼睛一眯，带着一丝嗔怪打断他："曾教授，这可就是你的不对了。之前明明说绝不拒绝流年的邀请，可转过头就回绝了。现在明明知道流年的来意，却还要装糊涂。真是叫人不知道拿你怎么办才好。”

“哦？”曾如风微微低头，金丝眼镜在地库灯光的照射下微微反光。

“我还是热忱希望曾教授能加入全有集团，这个决定一定不会让你后悔。”花流年笑意嫣然，眼睛微微眯起，有一种不容拒绝的霸道气场。

王重周身气势瞬间一变，他神情凌厉，紧盯住曾如风，像是要牢牢将他锁在原地。四周的基因强化人也不断靠近，慢慢形成一个包围圈，将曾如风包围在内，紧张的氛围一触即发。

“呵呵，原来这就是全有集团的作风，还真是叫人……”曾如风低头一笑，眼睛里却没有丝毫笑意，他伸手抚摸自己鼻梁上的眼镜架。

可就在这时，“警察！所有人都给我举起手来！”一声清喝，温之光掏出枪支大步走到场中，目光扫视一圈，心中有些沉重，因为人数实在太多。可沉重之外更多的是愤怒。

“全有集团，你们这帮家伙，竟然又敢……这次我绝对不会放过你们！”温之光怒发冲冠。近两年来不知道多少人曾劝说过她，要她别再盯着全有集团，去做些更有意义的事。都说全有集团是合法企业、纳税大户、人类的希望，有时候连她自己都觉得自己是不是太过分。可是眼前的一切都说明，她的执着不仅没有太过，反而是太少。

本来温之光和众人打过招呼回了警局，可今天曾如风去过全有集团，又跟地下拳场的老板关系不浅，她总觉得此人极其神秘，现在又跟七传人搅合在一起，出于警察的直觉她无法放心，索性回来蹲守曾如风，看看有没有新发现。果不其然，曾如风的车并不在车库，可她没想到，曾如风只是出去了一趟，就把花流年给招惹了回来。

“都给我举起手来！”温之光飞快跑到曾如风的身前，挡住他与全有集团众人对峙。即便面前有几十人，她也丝毫不惧，只是心中急切地期望何想能快点赶来。她刚才已经联系过他，现在需要做的就是拖延时间。

曾如风瞥了一眼温之光，随后将视线移到一边，看全有集团怎么打算。

“温之光。”花流年微微蹙眉，对她来说，温之光也算“老朋友”了，明明就是个小小的女警，却三番五次不自量力跟她作对，跟个狗皮膏药似的死咬住她不放。要不是这丫头的爹是温景阳，像这种不知天高地厚的人早就不知道死了多少次了。

“花大千金，我们又见面了。”既然目的是为了拖延时间，温之光干脆摆出一副闲聊的架势，“怎么感觉好像每次见你，你都是一副兴师动众、肝火旺盛的模样？要知道女人脾气太差，可是容易老的。花千金长得这么漂亮，要是老得太快岂不是太可惜？”

“哼。”花流年冷哼一声。王重身形微动，目光一冷，铺天盖地的压力顷刻间如潮水般向温之光压去！温之光身形顿时一晃，好在她早就对王重有所了解，就在王重准备发动能力时，她就猛地就地一滚，逃出了王重缩小的压力圈，同时“砰！砰！”连续几枪射向花流年。

果不其然，王重第一时间选择保护花流年，根本无暇多管她。温之光回头抓住曾如风的臂膀，喊了一声“快跑！”。

“抓住他们！”花流年气恼不已。

没跑出几步，温之光和曾如风就被拦住去路，多方位的攻击同时来到，温之光下意识将曾如风拉到自己身后，抬枪还击。可是一把枪又怎么抵挡得了从四面八方来的攻击？温之光拉扯着曾如风同自己一起躲避危险，可一个人应对群攻尚且自顾不暇，何况还多拉了一个人，更显得狼狈不堪。

就在这时，一柄电光长刀从不可思议的诡异角度，以迅雷不及掩耳之势朝温之光的胳膊斩下！

温之光下意识缩回手，一瞬之间，两个人被迅速分开。三五个基因强化人将温之光围成一团，穷追猛打，配合极其默契。温之光跟基因强化人对战的经验依旧太少，纵然两年间她跟随方可水苦练方家诀里的古武术，可对上能力千奇百怪的强化人，她依然左支右绌，并且深深理解了方可水曾说过的“绝不能让高手近身，否则以他们的速度，你根本不会有出枪的机会”。

温之光被人缠住，曾如风再度被层层包围起来。

花流年整理了一下不悦情绪，站在包围圈外看着曾如风，再度优雅地笑了笑：“曾教授真的不再考虑一下吗？毕竟流年也不想对一个享誉全球的知名学者动粗。”

“呵呵……”曾如风轻笑了一声，似乎有点感慨，他轻轻地摇了摇头，说道，“好了，继续刚才没说完的话，你们的做法令人生厌，所以只好说抱歉了。不过我还是有一句忠告想要告诉流年小姐。”

“哦？愿闻其详。”花流年微微眯起眼睛，不知道为什么，她感觉曾如风好像并不怎么害怕，明明局势已经完全倒向自己一边……难道他是故意在虚张声势？还是有什么其他的倚仗？

曾如风笑着说道：“流年小姐应该很关心自己手中的集团吧？可全有集团倘若一直采用极端方法，那么我感觉应该离败落不太远了。”

“你！”花流年的脸色顿时一变。王重神色一冷，紧盯住曾如风。紧张的氛围一触即发。

“我说完了，那么，开始吧。”

曾如风轻笑着，带着毫不在意的轻慢味道。他慢条斯理地取下鼻梁上的金丝眼镜，仔细地放入唐装的口袋里。接着朝前踏了一步，他看似踏着悠然的步子朝前走，脚步却不断加快，仅仅几步之后就突然像风一样朝前刮去。

曾如风的速度极快，带起一阵风。不断有人扑上去想要拦截，却被他轻易穿过。他仿佛真的是一阵风，既能排山倒海，又能无孔不入，在短短的一瞬间，就已经有七八道身影被他甩在身后，直到他突然撞上一堵墙，一堵人墙。

砰！气浪喷发，名为曾如风的风浪终于被拦截下来，而这时他距离花流年只有不到两米的距离。

花流年微微一怔，这才下意识往后退了两步，眼神里满是惊骇。

“你！你……”她吃惊地张开嘴，对于眼前所见情景完全不敢置信。到底怎么回事？这是什么能力……姑且称之为能力吧！

难道他是七传人？可为什么他没有发出七传人独有的宝物能量波动？天网系统也没有任何指示？还是说，他跟方家人一样，有怪异至极、得天独厚的能力？又或者说，他其实也是一位实力强大的基因强化人？可是不应该，全有集团从没有和他近距离接触过，难不成是他自己私下里独立研究，将自己当成实验体来做实验？

如果是这样，花流年觉得眼前的曾如风就太可怕了。一般来说，如果不是穷凶极恶的亡命之徒，普通人绝不愿意去承受基因试剂改造时生不如死的痛苦，以及之后可能引发的基因突变。而作为知名学者兼教授的曾如风，更没有必要。可如果他这么做了，只能说明他是个疯子！

相较于花流年的万分惊诧，周围的基因强化者则冷静许多，在发现曾如风超乎寻常的实力后，迅速调整战略。

下一刻，人墙飞速分散开来，又重新十分默契地组成一个更小的圆，将曾如风重新包围起来。

“铛！”一个身材壮硕的大汉飞身而起，手握重锤以迅雷不及掩耳之势，狠狠砸到地面金属管道上，而曾如风早已错身闪开。

“嗖！嗖！”东西两面飞来两条细密的金属绳，在曾如风还在半空中时就缠绕上他的手腕和脚踝，可曾如风好像化身为风，无形无影，他两手迅速抓住金属绳，手臂上的肌肉肉眼可见地震颤起来，两边的偷袭者突然惨叫着飞了出去，猛地砸向旁边的人，场面顿时七零八落。

王重护在花流年身前，眼神有些凝重。

一个扎马尾辫的女孩悄无声息地凌空跃到最高处，她的身前一个黑色金属球“滋滋”闪动电流，其他基因强化人面色一变，疯狂跳向一边。曾如风身边忽然形成一片真空。骤然间，金属球变为刺猬，铺天盖地的长针暴雨般射来！

曾如风瞳孔一缩，捡起一柄刀，双臂高速挥舞，“唰唰唰”一阵风刀像飓风一样卷向暗器，飞来的长针像遇到狂风，被吹回来时的方向。“啊！”一声惨叫，半空中的马尾辫女孩猝不及防被扎成一只刺猬，在半空爆出一团血雾，掉落下来。

地上落满钢针，偶尔有电流游走，谨慎地避开锋芒的基因强化者们踢开脚下长针，再度飞速靠近。一个二十岁出头的平头青年欺近曾如风，一套忽快忽慢、借力打力的拳法给曾如风造成不小的干扰。

几枚子弹从意想不到的角度射击，配合其他强化者的攻击，让曾如风烦不胜烦，他一拧眉，身法速度骤然变快，一伸手抓住一个强化者，就朝子弹射来的方向扔去。“扑！”子弹精准击中还未反应过来的强化者，射穿了他的肺腔，他急促呼吸几下，惊恐瞬间爬上他的面容，又转眼凝固了表情。

曾如风如法炮制，再没顾及其他，身形如风，穿梭在强化者中间，左拉右挡，强化者们很快就折损过半，且大多死伤在自己人手上。

看着眼前的一幕，王重的眉头皱成川字，他的眼睛一闭，片刻之后又猛地睁开了双眼！

轰！

绝强的压力，顷刻间降临整个地下车库，强化者们只觉呼吸一滞，心脏在刹那间仿佛停止跳动，胸腔里的内脏都像要被挤碎，几乎呕吐出来，就连车库里停留的私家车都“吱呀”一声，发出被压迫变形的呻吟。不少人痛苦地跪下去，额头上满是大汗。

曾如风平静地站在原地，可如果仔细看，他一向平淡带着笑意的眼睛此时也变得认真，他的眼睛深处有两团烈火在燃烧，嘴角带着一丝嗜血的微笑："试探的游戏结束了？现在开始美味的正餐？"

王重凝神看着他，曾如风明明应该倍感压力，脸上却是一副云淡风轻、游刃有余的模样，这是王重最讨厌的故作轻松的作派。

"你的实力不错！"王重眯起了眼睛，刚才短短的交锋已经让他看清曾如风的实力，"你跟方家是什么关系？"

或许不擅长格斗的花流年看不明白，但王重却一清二楚，曾如风所用的手法，几乎跟方家的人如出一辙。

"多谢夸奖。"曾如风淡笑，他没有回答王重的问题，而是兀自侃侃而谈，"通常来说，一个人拥有什么样的能力，一般取决于他的性格特质，否则不同的特质与人格之间容易造成相互干扰，造物主不会创造如此矛盾的存在，即使偶尔出现，也会很快崩溃消亡。你知道吗？我很早就研究过七传人，他们的能力都很有意思，有的是内在的体能强化，有的是外在的能力显现，有的需要通过某种媒介才能施展自己的力量……都和后来开发出的基因强化人有异曲同工之妙。所以，我想是不是每个人其实都有自己独特的能力，只不过强弱有别，深度不同，但总体来说，个人能力都应顺应本体的性格、习惯。"

曾如风继续笑道："比如我崇尚自由，我就喜欢像风一样四处游走，所以我能将我的速度训练到极致；马尾辫小姑娘一看就性格尖锐，所以选择了将金属分化形成电磁钢针的能力；而那个光头大汉性格鲁莽，拿着一柄'雷神之锤'就四处砸……王重先生虽然是七传人，但本质上来说恐怕只是能力比常人更强一些，你操控的是空间重力束缚，那么是不是可以说，王重先生内心里时刻背负着难以承受的重担，却还在努力地背着它踽踽独行？"

曾如风用一种怜悯的、看透世情的目光微笑着打量他，令王重面色一变。

王重的神色骤然冷了下来，他不耐烦地挥了挥手，强化者们知道王重的本事，当即如蒙大赦，飞快地四散逃开。

曾如风笑得十分惬意，似乎有点享受眼下的感觉："其实我是第一次有机会跟传说中的七传人动手，毕竟以往只不过跟普通人小打小闹，没什么意思。只可惜啊……如果连七传人的力量也不能在举手投足间就摧毁一座大山、一条江河的话，那么我还是更喜欢用科学的力量来掌控世界。比如轻轻地按键，几枚氢弹下来，一个小型城市就突然从地球上消失，不是更有效吗？"

"疯子。"王重眼神一沉，懒得再跟他废话，一个箭步拔地而起，整个人朝曾如风飞一般射去，抡拳就砸。

"砰！"

即使有重力束缚的压制，曾如风的速度依旧很快，他轻巧躲过王重的攻击，侧身点地身形轻轻飘起，"嘭！"他迅速掏出圆筒形机枪朝王重射击。

可惜，曾如风失算了，子弹在射到王重身边一尺范围内时，像突然遭到难以抵挡的恐怖压力，被硬生生阻挡，并掉了下来。王重眼珠向下，瞥了一眼地上的细小子弹，是最先进的爆炸式胶囊弹头，倘若射入人体，会在极短的时间内爆炸，破坏内脏和动脉系统。

曾如风微微讶异，没想到王重的能力竟然恐怖如斯，看来战斗策略需要调整。

"你……很好！"王重怒极反笑，脸上瞬间煞气密布，一股恐怖的压力顷刻间笼罩着曾如风，好像一根巨柱从天而降，贯穿周身。

曾如风只觉喉咙一甜，一股陌生的血腥味充斥鼻腔，他下意识地佝偻着后背，不由得微微睁大眼睛。他感觉周身的细胞都在一种不堪承受的压力下屈服，第一次，他忽然对自己的生命感到担忧。

王重冷酷地注视着曾如风狼狈的模样，吐出冰冷如铁的声音："你说你自由如风？那么当风也重得吹不起来的时候，又会怎么样呢？”

曾如风的脑袋里“嗡”的一下，耳朵中嘈杂的喧嚣瞬间退去，他忽然抬头看向王重，又再次笑了，嘴角有些猩红：“王重先生应该到极限了吧？维持现在的压力，还能坚持多久？”

王重目光一冷，冷哼说道：“曾教授的体力更耗不起。”

“不一定。人类千万年来都未灭绝，最强大的原因就是适者生存、优胜劣汰的进化机制在起作用。在最初的防御机制崩溃后，很快就会建立起新的体系。王重先生确实是我这些年来难得一遇的强敌，但是……我也曾对自身做过无数次的调整！”曾如风缓缓直起身体，神色中带着淡然、感慨和几分笑意，“或许，我已经渐渐适应了你的压力。”

“那么，接下来……”在王重惊讶的目光中，曾如风缓缓抬起他的右手，猛地向前一挥！

王重静静地看着一股被极至的力量压迫到扭曲、发出爆鸣声的风刃朝自己吹来，无形之风化成有形之刀，几乎让他无处可躲。

好在风刃只是起了个势，才到半途就突然停止了。同时，风沙定格在半空中，曾如风抬起的手也定住不动，潜伏在四周围的强化者们表情惊恐，像一具具看到美杜莎的眼睛后被石化的雕塑，就连激战中的温之光，也一脸愤怒地跳起凝固在半空。

王重此时才后知后觉地回头查看，原来整个天地间，只剩他和花流年两个人可以自由行动。

“速战速决，免得有人过来。”花流年面不改色。但熟悉她的人知道，她已经有些生气了。

大小姐的能力提升了？王重并没有问出口，而是低头应声：“是。”他快步走上前，一个手刀劈在曾如风的颈后，抓住他的后颈朝花流年拖去。

然而，就在两人准备离开时，一个意想不到的声音阻拦了两人的行动。

“哎呀，真是，没想到散个步都能碰到一场大戏，还是说我天生就是招事的体质？”何想施施然从楼梯口踱步而出，一手插在裤子的口袋里，另一手好像有些不好意思似的摸了摸鼻子，笑道：“两位，这是打算带我的导师去哪里呀？”

何想出现的瞬间，整个时空静止的场域顿时破碎，所有的一切回复原样。风沙像是失去支撑的来源，往前吹了几米就飘然散落，温之光扑通一下砸落在地，有点发蒙地看来看去，曾如风被人拎着后颈低垂着脑袋陷入昏迷。

周围的强化者们已经感觉不到时空的停滞，只觉得眨眼之间战斗结束，胜负已分，他们看着王重的眼神充满敬畏，又好奇突然跑出来的小伙子到底是谁。时间已经过去了近两年，当初跟何想交锋过的那批人已然不在，全有集团是一个日新月异、淘汰率很高的地方。

乍见何想，花流年满是惊异：“何想？”

“何想！”另一个声音更是惊讶中带有几分惊喜，分贝完全压过花流年。温之光一溜烟从人群里蹿出，来到何想的身边，笑嘻嘻地招呼，“太好了，你终于过来了！”

说着又突然色变，打了何想一拳：“你干吗不早点出现？都要打完了才过来，差评！”

何想嘴角一抽，决定不和只长胖不长脑子的笨蛋温之光说话，转而看向花流年。

“花公主，好久不见，没想到又是在这样的情况下见到你，真是美丽依旧。”何想笑了笑。

花流年微微一怔。没想到，竟然会在这里见到何想。

听何想调笑，王重神色一冷，拎着曾如风后颈的手一紧。在他没发现的时候，曾如风的眼皮动了一下。

“不过也是，”何想继续笑着说，“花千金的排场如果不显赫，岂不是彰显不了你的身份？”

花流年嘴唇一抿，凌厉眼神中夹杂着一丝复杂。当初何想果断拒绝了全有集团，然后就彻底消失近两年。两年来，几乎所有的七传人都全力配合全有集团的研究和行动，唯独何想超然于众人之外。饶是全有集团的监控系统遍布天下，也没能找到他。现在他再度出现，看起来好像变了很多，气度更加沉稳，又好像一点也没变，还是那么难缠，一出现就想搅乱她好不容易设下的局。

“你……”花流年刚想开口说些什么，只见王重冷喝一声，握紧拳头，杀机毕现，朝何想迈出一步。

何想一挑眉：“都老相识了，还一上来就喊打喊杀，王重你这样是永远都无法成长的，而且还交不到朋友。”

要说所有七传人里王重最讨厌谁，无疑就是何想。不只因为何想总是一副凌驾在他之上的自在性格，更因为何想跟花流年之间有种若隐若现的别人插不进去的独特关系。他很清楚，就算没有全有集团和花锦年，他也绝对不会跟何想成为朋友！既然今天天赐良机，那么他不介意将何想也一起拿下。

王重前踏一步，脚下发力身体前倾，朝何想奔去。可令他意外的是，何想站在原地毫无防备，但是笑得诡异：“如果风太重了，它就吹不起来，可如果重力消失了，你又会怎么样？”

什么？王重本能感觉不好，一瞬间危机感遍布全身，多次经历生死练就出来的本能让他猛地止步，下意识使用重力阻挡危险，可是重力已经消失。他像被什么烫到，猛地收回手向后跳开。

与此同时，曾如风忽然动了，他依旧低垂着头颅，手中不知何时多了一把紧握的利刃，猛地向上挥斩！

“嘶！”一块挂着皮肉的衣袖高高飞起，在半空中洒溅鲜血，再跌落到尘埃里。

王重的手臂上多出一道血肉模糊、鲜血淋漓的口子，看起来恐怖至极。

“王重！”花流年惊呼一声，声音都颤抖起来。她这么多年来第一次见王重受这么重的伤。在此之前，她几乎要以为七传人是仙人的使者，是不死化身，好在她的震撼只持续了几秒，强行收回心神，神色复杂地看了何想几眼。

她最担心的就是万一哪天何想的“无效化”能力可以进化到实行有差别攻击，那么一旦他身边有其他七传人在，对于对手来说就是一种灾难。

她以为只有她成功地提升了自己的能力，没想到何想也做到了。

花流年几乎咬碎了银牙，她当机立断道：“王重，我们走！这是命令！”

王重出道以来首次受重伤，根本不愿意离开，尤其是看到花流年流露出惊恐忌惮的神色，更是感觉脸上被人打了一巴掌。他曾经针对何想的能力做过诸多的格斗技巧训练。如果大家都失去能力，拼的就是力量和技巧，可如果只有自己单方面失去能力……挫败的感觉笼罩了他，他狠狠盯住何想，最终还是听命离开。

“不留下他们吗？”曾如风狼狈起身，剧烈咳嗽了几声，仿佛要把胸腔里的浊气全部排出。见何想无动于衷，又笑了笑，“对方可是恨不得吃了你。”

何想无所谓地耸耸肩：“典当行庙小，装不下。倒是你，我的曾教授……隐藏得还真是深啊。”

“呵呵……”曾如风轻笑，站起来伸手轻柔地整理了一下自己皱巴巴的唐装，将黑色长发拨到脑后，笑道，“虽说时间已经不早了，但我有点饿了，一起去吃个宵夜怎么样？”

"都这么晚了，还吃？你不要处理下伤口啊？"温之光无语。

曾如风摇头："温警官日理万机，明日还要早朝，约莫是没有时间……"

"谁说我没有？吃就吃，了不起啊？"温之光立即改口。

曾如风跟何想对视大笑。

"笑什么笑？"温之光恼怒，"曾如风你记得明天一大早就来警局报案。"

"报什么案？"曾如风微讶。

温之光瞪眼："当然是全有集团袭击案，你今天都被整惨了。要不是我在，并且何想及时赶来救你，你就被人抓走了。"

曾如风失笑："结果不是他们失败了吗？"

"哎，你不会是不想报案吧？"温之光感到不可思议，怎么会有人明明吃了大亏，却说什么也不肯报案？曾如风不主动报案，她就没有办法申请立案调查。

"好了，这个本来就没法报案，口说无凭，又没有证据，全有集团完全可以打死不认。"何想打圆场，他知道曾如风肯定另有打算。

"谁说没有证据的？"温之光洋洋自得，像极了一只吃了鱼的猫，从胸口上把一个装饰用的胸针取下来，在两人眼前一晃，"锵锵锵，看我的胸针摄像机，温氏特别军用装备，品质优良，图像高清，保准将犯罪分子的一切都记录得清清楚楚，让一切的罪恶都大白于天下！温氏出品，必属精品。"

可当温之光兴致勃勃将录像播放出来后，却大失所望，摄像机里前后拍摄都十分清楚，唯独在地下车库里的一段仿佛被什么干扰了信号，图像上一片雪白。

"怎么回事？到底出了什么问题？"温之光大惊失色，将胸针摄像机翻来倒去的研究，差点销毁了所有历史记录，最终只好认命放弃，"可能是他们事先设置了电子设备干扰器吧……”她感觉自己化身为一条被榨干的咸鱼，脑袋往旁边一偏，可怜兮兮地哼唧，“我的线索……都没了！”

“哈哈。”何想大笑起来，“温之光，你真是，路边老奶奶摔倒了我都不扶我就服你。论要宝，你自认第二，没人敢说第一。”

“去，去，一边去。”温之光气恼地赶他。

清晨5:00。

全有集团，塔顶圆形办公室。

电梯门照常打开，刘连生抱着一叠资料快步入内：“董事长，这是最新的基因复制的研究成果。”

“嗯。”花锦年头也不抬。

“另外，大小姐跟王重刚刚回来了。”

“哦？人带回来了吗？”

“没有。”犹豫一下，刘连生说道，“王重还受了伤。”

“是吗？知道了。”

“听说何想也出现了。”

花锦年的手指微微一顿：“说详细点。”

“是。”刘连生将温之光跟何想的先后介入以及曾如风的战斗实力简要讲述一番，还顺带提了一下花流年和王重以及四十多名强化人的阵容。

“四十多人？看来她打完包票之后还是很上心的，只可惜还是失算了。好了，这件事到此为止，后续就交给你来做。还有，何想……”花锦年微微停顿，“以后关于七传人的事，也交给你吧。流年对他们的情感，还是太深了，会影响她的判断。”

“是，花总。”

花锦年手指敲击着桌面，一时间心绪有些纷乱。何想已经回来了，他也应该抽时间与他再见上一见，毕竟时间能够改变一切。还有本应该属于全有集团的飞船，也得聊一聊归属问题。

看来何想“无效化”的能力得到明显提升，只是具体发展到哪一步还未可知，不能再毫无作为地放任他在外面活动。目前，四种宝物的联合模型已经做出，效果出乎意料，那么五种宝物联手呢？

“何像。”恍惚间，花锦年好像听到何想在喊他，年少时何想单纯的笑脸浮现在他眼前。

花锦年微微愣神，但很快收心。脑子里想着：计划，要再加快点……

想到这里，花锦年问刘连生：“樊力呢？”

“已经召回来，注射完毕。”

“好，先放回去吧。”

“是，”想了想，刘连生又说，“普通仪器虽然无法检测出，但如果……”

“不用担心，在此之前，该知道的也知道了。”

“是。”

“另外，何想的事情，尽快。”花锦年再不说话，专心看起手中的资料。

全有集团。

Air 空间研究室。

“叮”的一声，休息室的门自动打开。

走进来的是跟樊力对接的 Air 实验研究员小姐，每一个 Air 成员都有与之对应的合作搭档，专门记录各项数据并加以分析调整。实验员小姐怀里抱着一叠分析报告，她下意识地扶了一下眼镜，一抬眼就看到樊力锻炼得十分彪悍精壮的身体，眼睛里倏地闪过一道光。

“你的检查结果已经出来了，各项数据都很不错。”岂止是不错，研究员小姐心想，简直是怪物。樊力可以说是这一批 Air 实验对象里最强的存在，身体的各项指标远超其他人，甚至在特定的情况下，他能达到人形炮弹的速度和毁灭力。不过她本身就是基因遗传项目组里专门调过来的人，“七传人”对她来说不算是秘密。所以她虽然惊讶，却可以接受樊力身为七传人的超常提升。

“是吗？那是当然的，毕竟我是个天才嘛哈哈哈……”前半段樊力还想装帅，后半截又破功像个傻瓜。不过他脑瓜不好用的天真模样，反倒正戳中研究员小姐的喜好。她本身就是极其聪明的人，一般人想在她面前要心眼都会落个被打击得体无完肤的下场，樊力这种“笨蛋”反倒更容易相处。

“没错。”研究员小姐上前一步，欺身贴到樊力身上，一根手指挑住他的下巴，笑得十分魅惑，一反她平时认真严谨的模样，“某种程度上来说，你确实很天才。”

第六章　挑逗

小冰痛斥樊力的惨无人道，控诉何想的漠不关心，哭诉它作为一个成熟的智能冰箱，竟然毫无冰箱权，强烈申请要求更换监护人，避免同样的人间惨剧再度发生。

樊力完全愣住了，一瞬间脑袋有点宕机，难道所有女人都是性格多变的？是世界变得太快还是他脑子转得太慢？

不过他很快就明白这个平时一丝不苟的女人现在是在吊他，情绪瞬间激动，兴奋感不断飙升，像这样的大好机会可不多，他一定要好好把握住才行！

研究员小姐另一只手抚在樊力肌肉发达的胸口，一路向下探寻而去，拉长了嗓音："这个周末，要不要约……？"

"哐当！"休息室的大门突然被人踢开，梅之心穿着一身学生气质的短裙，扎着青春靓丽的卷发马尾辫，嘴里含着一根香甜的棒棒糖，就这么带着满身香气、毫无顾忌地走了进来。一进门她就上下打量研究员小姐，充满青春气息的目光、嫩得能掐出水的靓丽模样直把研究员小姐比成了一颗干瘪的老白菜。

“你，出去。”梅之心指了指研究员小姐，竖起一根大拇指朝外一晃，一副胜利在握的模样，偏头盯着樊力瞧了起来。

樊力顿时头皮一紧，小腹的暖流也凉了半截，激动的情绪更是跑得无影无踪，浑身的细胞都在叫嚣：不，别，别出去，姐姐，不要让我一个人面对她啊！

只可惜樊力心中的呐喊研究员小姐是没机会听到了，她十分忌惮地看了梅之心一眼，虽然不悦她打断自己的“狩猎”，但什么都没说，冷着脸抱着资料匆匆离开。

“呃……”樊力几乎有点绝望地看着研究员小姐离开，内心悲痛不已，他好不容易才有一次的艳遇就这么无疾而终了。他想偷偷地跟在后面溜走，只可惜才动了半步就被梅之心拦在身前。

“去哪？”梅之心仰头看着他。这个女孩不管是什么模样，什么装扮，时时刻刻都在散发着致命的魅力，而且是不重样的，永远让你保持新鲜感！

樊力只多看了她一眼，就觉得心里直打鼓，恨不得立马给自己一巴掌：樊力啊樊力，你也是有节操的，梅之心骗了你这么多次，就算她确实长得既漂亮又可爱，聪明伶俐、智商在线，简直是男人心目中的最佳女神，还可以陪你打游戏刷副本……完全就是理想情人的完美代表……

节操什么的也可以不要了吧？啊呸！清醒一点樊力！跟她搭上，你死都不知道是怎么死的！

樊力费了九牛二虎之力才做到强迫自己不去看她，身体不断后仰，扭过脸去，想要离这个可怕的美女蛇远一点。

只可惜他的姿态总有那么点欲拒还迎的架势。

“哼。”这么赤裸裸的无视是对她自尊的挑战，梅之心很不高兴，本该到手的东西却脱离自己的掌控，这不是让人开心的体验。她一把抓住樊力光溜溜的胳膊，踮起脚就作势朝他脸上亲。

“嗯？”樊力一回头，顿时吓得魂飞魄散，“啊啊啊——”他惨叫出声，以火箭般的速度跳起向后弹开，被抓的那条胳膊还做着高速挥舞运动，力求摆脱魔女的掌控。

樊力本能想起自己当初被梅之心一个吻控制住去暗杀温之光的场景，心里直发凉。但再面对梅之心突然扁起的小嘴和一副被樊力伤到的可怜模样，顿时有种被戳了一刀的感觉，整个心都被揪住了般痛苦。

要命！樊力心道。他一面十分想再看看她，一面又怕她怕得要死，根本不敢多待，嘴里嚷嚷着：“我有事，我有事，我真的有事！”

樊力一溜烟跑掉了。

“嘁。”见自己的诱惑没有奏效，梅之心不满地撇撇嘴，但想想樊力狼狈的模样，她又笑得十分得意，“哼，真是个没用的男人。”舔一口棒棒糖，她施施然离开了休息室。

出了休息室，樊力一直冲出老远，直到他觉得安全了才猛地停了下来，不由得长出一口气，在心中感慨：果然古人说的对，齐人之福不好享，让他差点连命都被收了。要不要这样，真是水深火热……忽然，他想对能在花千金、温之光和方大魔女之间游刃有余的何想报以崇高的敬意。

想到何想，樊力觉得自己该回典当行了。昨晚全有集团紧急把人召回来，结果只是新加了一项测试，虽说是全新的设备让所有人测试一遍，但自从听了何想的恐吓，他总觉得哪里怪怪的：“应该是我想多了吧？”

大清早，典当行杳无人声。

樊力估摸着何想就算去上课也还没出门，哼着小曲轻车熟路地开了典当行大门，进门的瞬间却又蹑手蹑脚起来，一溜小跑，飞一般奔向何想的卧室，一个招呼也没打就直接推开房门。

几乎有两年没有干过这么暗搓搓的事，樊力一脸欢欣，十分激动，大叫道：“老……”

"大"字还没说出口，"砰！"一只洁白干净的光脚丫就以迅雷之势踢到樊力脸上，力道之大，令樊力猛地倒飞回去，"哐当"砸到对面房门上，像一条风干的咸鱼顺着门板滑落在地。

方可水清笑一声："呵呵，终于想袭击你姐姐了？嗯？"

恰在这时，对门的房门也被打开，何想听到声响，一推开门就看到眼前的场景，不禁愕然。

方可水哪里还不知道踢错了人，她蹲下身，戳了戳"重伤患者"樊力，笑得香肩颤动："哎呀，是小樊力呀，怎么也不打个招呼？害姐姐下手都没个轻重。"一句话不仅推脱了责任，反而让自己成了受害人。

樊力不能忍，绝对不能忍，说好的回来给老大惊吓，怎么被吓的变成他了？先不提为什么方大女魔头会出现在典当行，他必须让老大负刑事和民事双重责任，给他受伤的小心灵予以最深切的安慰，并且高额赔偿！

樊力猛地起身抬头，差点跟方可水来了个近距离的"碰撞"，可不看不打紧，一看吓得哇哇叫："你！你……你们！"

樊力满脸不可思议，伸出颤抖的手，指着穿睡衣的方可水，又指向同样一身睡衣的何想，颤抖地叫道："你们这对狗……"

"狗男女"三个字还没说出，樊力就浑身一个哆嗦，长期的高强度训练让他对杀气达到了不可思议的敏感程度，他的身体先脑子一步反应过来，立马抬眼看向方可水，只见她妩媚艳丽的脸上虽然笑意可掬，可一双秋水一般荡漾的眼瞳里早已杀机勃发，如果眼神可以杀人，他感觉自己已经死了一万次。

"Go Go Go！哦咧哦咧哦咧……全世界，都跟我们走，噢噢噢……"极强的自救机制让樊力瞬间改口，配合一番蹩脚、尴尬的唱跳，才把场面给圆过去。

好不容易糊弄完，危机解除，樊力长出一口气，抬眼瞥向方可水，眼神突然定格！

不怪樊力眼神发直，实在是方可水的打扮太容易令人浮想联翩，她穿着一身到膝盖的白色蕾丝吊带裙，除此之外不着片缕。一头长长的波浪卷发飘散肩头，更是衬得玲珑身体若隐若现，勾魂夺魄，曼妙绝伦。

樊力十分没骨气地脸红了，红得好似苹果，他一向是个出门就打黑拳、回家就是游戏的万年大宅男，什么时候经历过如此场面，立马忙不迭地往后退，边退边捂着眼睛从指缝里偷窥，还一边嘴里嚷嚷："啊啊，没眼看，真是没眼看，光天化日，朗朗乾坤，可水姐你带球撞人不说，还带胸器出来伤人！实在是太，太……"

方可水一脸邪笑地瞅着樊力，靠着门框双臂环胸，大大方方任他看，只是在她抱胸之后，胸部的线条更加明显。

"噗！"樊力终于承受不住，鼻腔里一热，两股鲜血从鼻子里涌出来。他下意识摸上鼻子，结果摸得半张脸都是血。

方可水终于看不下去，眉头一挑，飞起一脚。

世界终于清静了。

何想瞪着眼睛注视着眼前的一切，深感自己昨晚的行动太过明智，果然，高度的自觉自律能够拯救人于水火之中。他顶多也就大着胆子让自己被酒精充斥的脑袋畅想一下，绝不敢在现实里有半分逾矩行动。毕竟清醒的方可水可能只是把他打个半死，醉酒的方可水则会化身人形凶兽，有什么下场就不好说了。

看着樊力悲剧的案发现场，何想无比庆幸自己的英明和自控力。

见方可水终于有空将目光投向他这个局外人，何想立马装作老僧微笑入定状，眼观鼻鼻观心。但方可水带着魅惑笑意的眼刀子让他觉得这还远远不够，痛定思痛，他立即朝地上的樊力奔去，"焦急万分"地喊道："樊力！你没事吧？醒醒啊……"

"哼。"方可水冷哼一声，手一带，房门"砰"的关上了。

听到声音，何想终于放松下来，脑海里下意识浮起刚才方可水飞踢的一幕……唔，浅蓝色的？

同一时刻，樊力也睁开眼睛，偏着脑袋偷偷朝房门窥伺，又朝何想挤眉弄眼，张大口型、哈着气无声地说道：“喂，到底怎么回事？小爷今天差点挂在这里啊……”

何想扑哧一笑，小声说道：“回头跟你解释。赶紧起来，去洗把脸，你这样都没法见人。”

“嘁。”樊力撇嘴，也不装晕了，爬起来就往洗手间走去，边走边嘟哝，“我这招谁惹谁了，还不都是为了回来看你，小没良心。”

何想摇头笑了笑，心里却很愉悦。毕竟昨天方可水才说绳子会断风筝会跑，风筝今天就飞回来了。

“吱呀”一声，樊力房间的门被再度打开，另一个长发飘飘的身影探出头来。

“咳。”曾如风轻咳一声，掩饰自己的尴尬。昨天晚上发生了被花流年群殴的事情，为避免再被花流年抓走，曾如风提出跟何想一起回典当行的方案，毕竟事出有因，何想也就答应了。可曾如风没想到的是，一大早就遇到樊力被惨殴、何想装孙子的场景，而他作为性别一致的男同胞，住在主人屋檐下，还不帮主人出头，实在尿得没道理。

“那个……”

“不用多说，我理解。”何想摆摆手，颇为大度的模样，令曾如风越发有几分不好意思。

既然帮不了忙，索性不再添乱。曾如风立即闪身出门，以流星般的速度来到典当行门口，长发飘飘，回眸一笑：“我就先走了，今天我出去办点事，晚上再回来。”嗖一下，没了人影。

何想愣了愣，摸摸鼻子，低笑说道：“跑得还挺快。”走了两步，回过神来，“不行，我也得出门。”何想直接出门叫了辆车，直奔美丽大学，留下樊力一个人面对美丽的残酷。

美丽大学。

科技的高速发展使得钢铁大楼布满了中心市的各个角落，但美丽大学里的风景依旧像落后于时代的风景画，就像一句诗里所说的一样：春有百花秋有月，夏有凉风冬有雪。

时值春末，百花绚烂，作为中心市享有盛名的“百花园”——美丽大学整体看上去就像一幅明丽灿烂的油画。

对何想来说，今天算是开学的第一天，他到教学处跟教学主任递交了导师申请，又到学生宿舍混了个脸熟，再到教学楼听了两节课，就收拾东西准备回家。一天下来，他没在学校里碰到曾如风，听代课的老师说，今天本该有曾如风的两节课，但他请假了。联想前两天才出的爆炸事故，大家知道他现在肯定忙得分身乏术，倒也没人指责他。

何想以为第一天就这么平淡的过去了，没想到临近下午四点的时候，一则大型学术盗窃案的新闻像风暴般席卷了整座校园。

同一时间，二十多家新闻媒体同时报道以曾如风教授为中心、跟全有集团有关的大型“学术盗窃门”事件。

林荫道边、教学楼下、食堂、宿舍，甚至于校外的大街上……只要有电子屏幕的地方，近半都在播放相关消息。

环球时报：“大家好，我是环球时报主持人江飞。昨天上午，著名的世界级学府美丽大学发生了一起轰动整个中心市的实验大楼爆炸事件。爆炸当天，就被多家媒体追踪报道，各种各样的猜测五花八门，甚至有人将其升级到政治与经济的角逐较量……但谁也没想到，只不过一天时间，就在刚才，经曾如风教授确认后警方公布，罪魁祸首已被抓获……”

东方卫视：“……谁也没想到，一宗大型学术盗窃案，竟然会牵扯到全有集团。曾如风教授的学生因为嫉妒和对权势的向往，背叛了自己恩师，带着恩师近些年所有的研究成果向全有集团投诚。可以说是史上最卑鄙、性质最恶劣的学术盗窃，因为这不单单是实验成果的盗窃，而是在盗窃后将世界级知名学者曾如风的实验室，用‘爆破’手法彻底摧毁，并导致多名学生和研究人员重伤……”

科技之光：“……可令人意想不到的是，全有集团却将这个叛徒主动送到曾如风教授手里，并同时热忱邀请曾教授加入全有集团。但更令人想不到的是，曾教授不仅拒绝了全有集团颇具诚意的邀请，并自行联系媒体，将整个事件对外公开……”

一时间，几乎所有相关频道都在播放着曾如风对外公开的采访视频：“我非常感激全有集团能够公正处理这件事，将叛徒绳之以法。作为我个人来说，我其实非常愿意加入全有集团，为人类共同的事业尽一份力量。但为教育奉献，桃李遍天下，是我生命的意义所在。所以对于全有集团的热忱邀请，我真的深表遗憾……预祝全有集团能够真正开启宇宙大航海时代，谢谢大家！”

视频非常简短，但信息量巨大，关键这是向来低调的曾如风教授第一次高调面对公众媒体，也让采访视频在短短十几分钟时间就飞速窜上热搜榜，点击率居高不下。

美丽大学作为事件的发生地，一时间也成为众人讨论的焦点。

何想抱着几本从图书馆借出来的大部头，看着腕表电子新闻频道的报道，沿路听到学生和老师们不一而足的评判，不由得摇头苦笑。怪不得昨天晚上曾如风说只是暂住一晚，有个时间缓冲过渡，原来是早有打算。

敲山震虎，向世界公布全有集团跟自己的“交情”，那么倘若他事后再出什么突发状况，恐怕不少人会把目光聚焦到全有集团身上。就算是为了避嫌，起码一段时间内全有集团将不会再找他的麻烦。

何想给曾如风发了个消息：“曾老师，恭喜翻盘成功。”

很快，曾如风回了消息：“客气，晚上一起吃饭。”同时，还给何想发了一个宇宙天体和机械物理相关的书单，附言要求他在本学期将这些书都看完，期末要进行测验，测验结果直接跟学分挂钩。

何想大笑，回复道："晚上见。"

何想大约晚上六点回到典当行，不一会儿，曾如风也到了，令何想意外的是，一起来的还有方可水。

原本樊力看到曾如风还感觉有点惊奇，可一看到方可水，就跟霜打的茄子似的，变得无比老实。

方可水也不客气，直接招呼樊力去准备饭菜，同时对何想说道："问问小光在干什么，有时间让她过来一趟。"

何想跟温之光打电话时，温之光正在局里忙活。

市公安局，拘留所。

"刘开！"一个尖锐的声音在拘留所的铁栏杆外高声响起。

"哐当！"一个有几分颓废的身影撞上栏杆，急切地看着来人慢吞吞地靠近，掏出钥匙打开门。

"是来放我走的？"刘开一脸兴奋，明明只过去二十多个小时，他感觉呆了二十多天，整个人透露出一股颓丧的发霉感。此时他抓紧栏杆，脸色一扫刚才的萎靡，亮得吓人。在他目光炯炯的注视下，门被打开。

"有人过来接你了。"开门的人把刘开拉了出来，"走吧。"

离开监狱，刘开感觉获得了新生，提到嗓子眼的心终于落回肚里。还好，他猜得没错，青者老大只是要他走个过场，并没有真正放弃他。当然，可能还想敲打他一下，毕竟他没有听从老大的吩咐，还是去动了何想。

刘开出了拘留所的门，温之光和陆七正在外面等他，和他们一起的还有赵珞。只要是地下拳场的核心成员，几乎所有人都知道，和刘开最不对付的人就是赵珞。

"是你？"刘开眉毛上挑，不大高兴。

“没错，是不是很想我？”不等刘开接话，赵珞立即道，“你要说不想的话，我就不接你出去了。”赵珞笑得露出两颗虎牙，看起来特别可爱。

“……”刘开只觉见了鬼。他脑门上的青筋立刻跳了起来，他就说这小狐狸怎么会这么好心来接他，敢情是故意过来看他的笑话。可这节骨眼儿，他还真不敢闹事，只能咬牙先忍了，等回去了再找机会教训赵珞。

见刘开不吭声，赵珞立即笑眯眯地抬起腕表说道：“看到没，我赢了吧。刘开说他想我，你们赌输的快给我转账。”

“靠！格老子的，赵珞！”一听这话，刘开立马不淡定了，这小贱人还拿他的事情赌钱？！

“老实点！还没出公安局呢，想再进去是不是？皮痒我不介意成全你。”温之光抬脚就踹了刘开一个趔趄，不高兴地喝道。

刘开膝盖一打弯，差点跪了下去，但是敢怒不敢言，狠狠瞪了赵珞一眼，恨不得一口吞了他。

赵珞却笑得很开心。

“行了，出去吧。”温之光没好气地说道。她跟陆七一起将二人送到公安局外面，一辆黑色私家车正好停了过来。

“上车吧。”赵珞眯眼笑。

“欢迎常来。”陆七也笑得温柔。

“应该说欢迎刘开常来。”赵珞眨眼。

刘开一噎，他妈的有病吧！看守所谁愿意常来？

温之光：“……”以前她怎么没发现，陆七还有点腹黑的特质？

刘开又将温之光和陆七瞪了一遍，没敢发作，不情愿地上了车。

目送车辆远去，温之光的心中生出一丝“不舍”，好不容易才抓住地下拳场的小尾巴，又这么送了出去。

“哈哈，好了，不要依依惜别了，这次虽然让他们走了，但用不了多久，他们肯定还会再回来的。”陆七笑说。

“真的？”温之光有些不信。以地下拳场盘根错节的庞大关系网，要不是出了捅了天的事，根本不会有什么问题。就像这一次，明明刘开身上一身骚，可他们就是没法真的动他。虽然这次不少人受伤，事情也公开了，可也才意思一下拘留了一天，人就被保释出去。

“肯定的，放心吧。”陆七很肯定地点头。

“为什么啊？你怎么知道？”温之光觉得陆七有什么事情瞒着她。

“这个嘛……难道你不觉得，这次刘开能被我们带回局里，就是一个很明显的信号？”陆七微微一笑。

温之光怔住。

还不及多想，腕表震动，是何想来电，温之光接通电话：“好的，我马上过来。”她跟陆七打了个招呼，发动车朝典当行开去。

警局跟典当行离得很近，温之光十多分钟就赶到，何想等人的晚饭刚开了个头，一堆人在小院里围着圆桌边吃边聊天，十分惬意。

说着，话题又回到了七传人身上。

“光光，你一个警察局查户口的，真的没遇到过让你怀疑是七传人的人？”樊力边吃东西边含糊地问道。

温之光翻了个白眼，说话间完全不耽误从何想筷子下抢走一块分合食鸡腿：“废话，真要有我不早就说了吗？更何况七传人又不是在脸上贴着‘我是七传人’的字条，你以为那么容易看出来？要不是全有集团搞得那么煞有其事，我都以为你们几个联合起来骗我玩呢。”

“哎呀。”樊力一拍大腿，突然担忧，“会不会被全有集团捷足先登了，他们找全了七传人，而我们还蒙在鼓里？！”

何想笑道：“不是没有这种可能，不过看上次花千金的态度，可能性不太大。”

“啧，真是麻烦，找个什么七传人，我们完全靠运气呀，难道除了父母双亡以外，就没有什么别的方法和线索提示一下？”樊力一用脑，头发就要掉，他抓着脑袋，一条腿踩在凳子上，要多纠结有多纠结。

“哈哈，方法当然有，线索也一堆，就看你何爷高不高兴，你伺候得尽不尽心啦！”何子天一声长笑，从院外直奔桌边，抓起桌上鸡翅塞进嘴里，一屁股挤掉樊力，坐上他的座位，吧唧嘴吃得不亦乐乎，手上如风连连出手，速度快得连温之光都抢不过。

温之光举起筷子呆呆地看着他风卷残云，好半天才回过神来：“何爷？”

“何老头！你……！”同时叫出声的还有樊力。

樊力怒发冲冠，一跳老高，直逼何子天面前，但一看到何子天一副不知道从哪个犄角旮旯钻出来，黑黢黢油腻腻、浑身邋遢一头鸡窝的模样，伸出的手指又慢慢缩回来，默不作声后退，原想退到安全位置，却不想何子天比他速度更快，一把揪住他的衣领，骂道：“你什么？臭小子，话没说完，跑什么？”

“呃……”樊力认命地放弃了身上的新衣服，心痛地闭上眼睛，又换上一张笑脸，笑道，“哎呀，稀客呀，何爷，您这是打哪儿来？好久不见……”

何子天在樊力脑袋上敲了一下：“稀你祖爷爷！你是客还是我是客？住上几天连自己是谁都忘记了？真不是我说你，臭小子，见过鼠目寸光没脑子的，就没见过你这么没脑子的。全有集团随便下个套，你就乖乖自己送上门了，现在还敢大摇大摆坐在这儿？”

“呃！”士可杀不可辱，何子天这是戳他脊梁骨来了，连老大都不说他，何子天更没有资格，樊力觉得自己不能忍，绝对不能，梗着脖子道，“我才没有送上门，我明明是经过深思熟虑……”

何子天摆摆手：“行了，塞翁失马，焉知非福，你能顺利混进全有集团，说不定也是件好事，知己知彼百战百胜不是？”一句话又把樊力说得眉开眼笑，连连点头。

“少胡说八道忽悠人了，也就没脑子的樊力会上你的当。”何想打断他。

果不其然，何子天贼兮兮抖动肩膀笑个不停，显然刚才是戏弄樊力，气得樊力牙痒痒。

何想眉头一挑，笑道：“还记得回来？我以为何爷乐不思蜀，都把典当行忘了。”

“去，臭小子，懂不懂什么叫尊师重道？古有张良桥下拾履，得太公兵法，今有何想以身侍师，得七传人之道。”何子天得意地翘起二郎腿，身形晃荡，一副老神在在的得意模样。

何想一笑，也是十分能屈能伸，立马给何子天夹了个鸡腿，给樊力使了个眼色让他捶背：“您老说说？”

有了何想的鸡腿，樊力的捶背，何子天心里顿时舒爽，大笑道：“哈哈，这才像点样子，老头子心里高兴了，自然记性就好了，记性好了，关键的东西就不会说错，你们也不会掉进沟里，对不对？所以说嘛，兜转了一圈，你们还不是为了自己，老头子可是半点便宜都没占到，一辈子都辛劳勤恳，无私奉献……”

“行了，赶紧说正事。”见何子天又要开始话说五千年的长篇唠嗑，何想及时打断他。

何子天咂嘴，脑袋一歪，眼缝里斜看何想：“你这个年轻人，真是一点耐心都没有，要知道心急可是成大事者的大忌，学着点。”唬了一顿何想，他终于开始言归正传，“想知道七传人都有什么特性？这个很简单。以前就跟你们讲过，七传人有三个特点：第一，缺心眼儿；第二，后代的新生来自于前代的心血耗尽，所以多半都伴随着父母双亡的悲惨身世；这第三嘛……他们都有雏鸟情节，或者说叫万有引力。”

“万有引力？什么意思？”樊力嘴快，立马问道。

“万有引力嘛也很简单，月亮绕着地球转，地球绕着太阳转，都来源于天体间的引力，懂？”

樊力点点头。其他人都默不作声，继续听何子天讲。

见众人认真听课，何子天也来了兴致：“要说七传人呢，其实类比来说，就像是七颗星球，其中守护者为主星，在中央，其他六颗星球是辅星，也可以叫做恒星体系里的行星。辅星围绕主星转，虽然每颗星距离主星的距离有远近的不同，但总体来说，他们都被主星深深吸引。所以要找七传人，很简单，把守护者放出去多溜达就好。根据引力定律，新的七传人一定会出现在守护者的身边，你们要是看到哪个人要死要活掏心掏肺就是要粘着何想，对何想好，多半就是七传人无疑了。怎么样？简单吧？大道至简，懂不懂？”

“呃……”樊力纠结地仰起头，脑袋里开始掰手指数人头。

其他几人都陷入沉思，思考着何子天一番话的可信度和理论根据。

“可是，我觉得王重、花流年他们，也没对何想多好呀？他们不也是七传人？”温之光提出异议。

“哦？你真这么看？”何子天似笑非笑，瞥了一眼何想，笑得意味深长，“丫头，看事情不能光看表面现象，花流年、王重虽然跟何想立场对立是没错，但你怎么就知道他们私下里不能跟何想关系好，不能欣赏喜欢他呢？”

“啊哈？”温之光有点狐疑地盯住何想。

“咳。”何想轻咳一声，回视温之光，“别听他胡说八道。王重都恨我恨得想把我吃了，你难道看不到？”

“对哦，这又怎么解释呢，何爷？”温之光问道。

“很简单啊，行星跟行星之间也是有引力的嘛，其中两颗星离得很近，一颗小一些，被大的一颗捕捉，自然就以大星为主，对于遥远的主星就疏远了许多，但从大的局势上来说，他不会讨厌何想的。”

“无稽之谈。”何想回应。

何子天混不在意地大笑：“哈哈，道理我已经告诉你们了，会不会用就是你们的事了。毕竟老头子授人以渔而不授人以鱼，要是何想这小子冥顽不灵，悟性太差，就得你们几个替他找，毕竟遇到这么个废材主星，多担待，多担待。”

方可水笑了笑：“何爷的意思是，要出现在何想身边，还要对他好？”

“没错，你们俩不就这样吗？”何子天笑眯眯，“花流年跟王重不同的地方是，他们受花锦年影响太多年，好比是一盘七星的棋局，突然跳出一颗暗星的棋子，打乱了原本的布局，才让两颗星球脱离了轨道。但剩下的星球不同，他们并没有受到干扰，所以一般情况下，他们还会具备原本的特性。”

“就比如他，”何子天突然手一指，直逼一直默不作声微笑倾听的曾如风，“说不定就是七传人呢？哈哈哈……”

曾如风也笑了笑，毫不动摇：“只可惜，何爷猜错了，我并不是七传人。”

“那你是谁？干吗坐在这儿？你小子能不能给点面子，何爷的台你也拆？”何子天挑眉，很不乐意，很不高兴。再仔细瞧瞧，“哟，生面孔，也不对，不太生，看起来挺面熟的，今天电视上见面好多次。”

何子天圆溜溜的眼睛滴溜溜直转，将曾如风上下扫射一遍，笑眯眯道。

何子天话一出口，差点把温之光乐得够呛，她大笑：“得了，何爷，别装了，他可是炙手可热的曾如风，现在谁人不知谁人不晓？您要说不知道，可就孤陋寡闻了。”

何子天笑道：“对，对，曾如风，把全有集团呛了的家伙，干得好干得妙干得呱呱叫。”

温之光更加乐不可支，樊力也笑个不停：“行了，何老头，别打什么鬼主意了，我告诉你，人家可是高知，不吃你那套。”

“高知怎么了？再高有我老头高？我老头子可是上知天文下知地理，前知五百年，后知五百载，是百事通万事灵，有什么不知道？你们几个臭小鬼，高人在前也不识真面目，哼！”何子天撇过头去，不理他们。

“哈哈。”这下不只樊力和温之光，连何想跟方可水都一起笑了起来。

笑归笑，何想也没忘了正事：“何爷的意思是，花锦年十有八九还是黑仙传人？”

“你要问这个，我只能说不知道，不清楚，再看看。”何子天耸耸肩。

“为什么？你刚才不是还把他比作暗星？”

“因为他的所作所为，太像黑仙传人，致力于寻找仙星，并且全力打击守护者。黑仙传人的头号敌人就是守护者，没有了守护者，七传人就会成为一盘散沙，再要收拢聚合就十分容易了。但据我观察，他可能还没觉醒。”

“没觉醒？”何想有些意外，其他人也是面露讶色。

“怎么，没觉醒很奇怪？谁跟你说剩下的七传人以及黑仙传人就一定觉醒了？我之前有这么说过吗？谁给你们的勇气和自信这么肯定？”

“这……”被何子天这么一说，何想脑袋里的思路瞬间打开，不错，谁也没有规定七传人和黑仙传人一定已经觉醒，就连他也是被樊力和花流年等人多番刺激，才觉醒传承，可如果剩下的七传人缺少这种刺激呢？

“先不说七传人，你们知道为什么黑仙传人很有可能没觉醒吗？因为他一旦觉醒，你们的目标就变得极其明确，简直是黑夜里的火光，是活靶子，岂不是等于公开向七传人挑衅？为了保护自身，同时保护传承，黑仙传人通常不会先你们而觉醒。但你们也不用太过担心，七传人的本能是潜藏在基因里的，他们会不自觉地围绕守护者存在，何想觉醒传承，就好比打开了自身的引力雷达，用不了多久，剩下的七传人以及黑仙传人就会慢慢浮出水面。”

“好了，老头子也不跟你们多说了。”何子天像高人一样摇头晃脑，享受够了三个年轻人的注目礼，才得意一笑，站起来大模大样地伸了个懒腰，嘴里念叨着，“真是，你们这些年轻人呀，也忒不上道，我老头子难得回来一趟，对你们又是教导又是宽慰的，苦口婆心这么长时间，口都说干了，连个茶都不给老头子喝一口。唉，还要一把年纪的我自己去求助小冰，真是世风日下，人心不古。老头子我半截埋在黄土里的人，竟然还要受这种委屈，这个家真是待不下去了，果然只有三缺一才能够抚慰我千疮百孔的心灵……”

何子天嚷嚷着走到智能冰箱小冰的面前，伸手在它肩膀上拍了拍：“嗯？小冰，咋回事？哑巴了？”他连续拍了好几下，突然惊叫道，“我的老天，小冰怎么不会说话了？”

在好一阵伤心欲绝、白发人送黑发冰的哀号中，何子天终于在何想的帮助下了解了事情真相——原来之前樊力因嫌弃小冰太吵，直接开启了禁言模式。

等小冰恢复语音模式，第一件事就是跟何子天哭诉：“何爷啊——您怎么才回来呀！您要是再不回来，小冰都不知道还能不能再活着见到您了哇，呜啊——”真叫一个曲调回转，一波三折，闻者生哀，听者悲泣。

接下来又是一番“祖孙俩”的相互安慰，相拥哭诉，小冰痛斥樊力的惨无人道，控诉何想的漠不关心，哭诉它作为一个成熟的智能冰箱，竟然毫无冰箱权，强烈申请要求更换监护人，避免同样的人间惨剧再度发生。

何子天好一番安慰，批评何想、樊力不能这样毫无人性地恶意欺压小冰，以后一定要和谐相处，他会定时回来检查。

唠叨完这些，何子天也吃饱喝足，拍拍屁股，决定走人：“行了，只有你们这些年轻人好好干活，努力奋斗，保护好地球家园，我们这种老头子才可以潇洒生活。哈哈哈，哎呀，我的老伙伴找我谈生意了，紧急，回见！”

何子天来如一阵风，去也不带一片叶，就这么消失得无影无踪了。

饶是樊力早就对何子天的不着调有所了解，还是不由得发问：“啥情况？他走了？他到底干吗来了？”

温之光眨眨眼：“大概来讲课？”

何想耸耸肩，不表态。

反倒是方可水，深深看了何子天离去的方向一眼，她觉得何子天肯定还知道些什么，但又不愿一下子都讲明，所以才隔一段时间特意回来引导他们一下。这个人到底是什么身份？真的只是守护者的管家？她总觉得应该没那么简单。

何子天一走，院落里重归宁静，几个人相视一笑，何想站起来说道：“我再去厨房里拿点吃的，樊力你把桌面收拾一下。”

几分钟的时间，何想就端着一堆水果和糕点回到院落，温之光和樊力帮忙摆盘，方可水笑着刷网页，间或跟曾如风聊上两句。何想难得无事一身轻，轻轻站起身，走到院落边上的台阶上，静静地仰望灿烂星空。

夜凉如水，夜风吹拂，在远离一切尘嚣的清风和黑暗里，何想闭上眼睛，感觉精神一振，思维清晰了很多。最近几天的生活过得实在忙碌，甚至有几分荒诞，他感觉自己都差点跟不上接二连三的变故，好在终于可以休息。很快，他就将脑子里一些无意义的负面情绪驱除，走到院落正西北角，那里放着最近新买的天文望远镜。何想躬起身体观测群星。

一时间，时间缓缓流淌，一切的声音都在远去。

曾如风此时也轻轻站起身，凝视何想专注的背影，不由得走上前，笑问：“在看什么？”

何想转过头，有点讶异地看了曾如风一眼，黑夜里的曾如风一头黑色长发，皮肤因长期待在实验室不见阳光显得十分白皙，再配上过分精致的五官，在夜色下竟显得有些妖艳。好在胸前一马平川，能时刻提醒别人他是个男人。

何想笑了笑：“随便看看。”

“对星空感兴趣？还是对仙星？”曾如风走到何想身边，他示意何想继续看望远镜的镜头，他则在后面一点点缓慢地扶着镜头移动位置，向何想指认一些星系的名称和位置。

“你观察星系应该时间不长吧？不知道你已经看到了多少。目前已经被观察到的星系已经有十几万个，不过由于距离遥远，它们通常看起来只像一团朦胧的云雾。其中，一些距离较近的星系看起来是很有意思的。你看这个，它是有着椭圆形状、明亮外观的椭圆星系；还有这个，它是圆盘形状加上弯曲尘埃的旋涡臂的漩涡星系；再看这个，是形状不规则或异常，受到邻近其他星系影响的不规则星系……还有邻近星系间交互作用导致星系合并的星爆星系。”

曾如风每说一句，就变换一个位置，以便能让何想对应看清楚。

“到目前为止，宇宙起源最有力的证据学说还是大爆炸理论，主要来源于星系的红移现象。红移现象说明这些星系在空间视线方向上正在离我们越来越远。所以，有时候还真是有点心急，呵呵……因为时间只有这么久，寿命只有这么长，人类的科学脚步如果赶不上宇宙膨胀的速度，那么本就遥远的未知会更加遥不可及，是不是觉得很可惜？”曾如风的声音悠扬，让聆听的人有一种美的享受。何想从他的声音里听到了深深的惋惜，还有一丝潜藏的激动。何想蓦然觉得，曾如风就是一个对无限宇宙充满探索热忱的学者。

“其实距离我们最近的星系是四万光年以外的半人马座，只可惜我们现在所处的位置看不到。但能看到的也有很多，比如你现在看到的就是十分知名的仙女座，关于仙女座的美丽传说有很多，你可以找来看看，往下一点就是猎户座，再往旁边是大熊座、天蝎座……”

曾如风就这么陪何想看了半天星星，直到被温之光和樊力不断催促叫唤，才有些不舍地回到座位。

难得能有闲暇好好看着星空，两个人都意犹未尽，尤其是在温之光嘬嘴嘟哝“星星有什么好看”的映衬下，越发有种心照不宣的愉悦感，不由得一起大笑。

温之光虽然不懂，但方可水却隐约明白，她笑了笑，说道：“如果按照何爷的说法，青者其实也有可能是七传人？他不是一出手就送了何想一间酒吧吗？”

曾如风点头，可樊力抢在他之前说道：“要这么说，我觉得曾教授也可能是啊，不是说七传人可能根本就没觉醒吗？说不定曾教授也是七传人，但他自己不知道罢了。”

“这……”曾如风笑了笑，长发在夜风中飘舞，他的神情温和至极，“如果这是真的，是我的荣幸。”

“是吧？是吧？我说的没错吧？”樊力十分得意。

“你少来，我觉得你说的不对，还是青者的可能性更大一点。曾教授是伟大的学者兼科研人员，跟你们这群外星基因的家伙混在一起，太掉价了。”温之光反驳。

“我去！光光你搞清楚，之前青者还绑架过你呢，你还替他讲话？你斯德哥尔摩啊？”樊力不爽。

“呸！你才斯德哥尔摩，会不会说话？找揍是吧？找揍，姑奶奶今天就成全你……”

“来啊，来啊，怕你是小狗！”

众人一阵笑闹。

夜渐深，人将散。

方可水、曾如风和温之光都各自离去，典当行终于迎来了真正的清净。

何想和樊力将残局扔给清扫机器人收拾，分别去洗手间冲了个澡，然后各自滚上床。

虽然躺在床上，可何想的思绪始终停不下来，脑海里不断浮现各种各样的星系图景以及曾如风的解说，“你想看仙星？”这句话一直在他的耳边回荡，令他翻来覆去怎么也睡不着。

索性，何想一个鲤鱼打挺坐起来，嘴里喃喃说道：“真是不知道过去的几千年里，代代相传的七传人都是怎么遏制住自己对仙星的向往与好奇的……”明知道归宿就在天空，还能克制住不去攫取，确实是太考验人的意志。他忽然觉得对故土的思念和向往，是生而为人的本能，他有点能理解黑仙传人的想法了。

“嗯？”何想浑身一个激灵，被自己这突如其来的想法吓了一跳，冷不丁的，曾如风在酒吧里那句“可能是你，也可能是我”的猜测划过脑海，让他思维瞬间更为混乱，干脆下了床，来到大厅里拿了本书坐下看。不知道为什么，明明他已经很累了，身体疲劳得催促他睡觉，但脑海里的思维却极其活跃，两年前发生的一些事情像连环画一样不断闪过脑海。

何想还记得在他觉醒七传人传承的当天，典当行有过十分邪门的一刻，他感觉典当行里光芒闪烁，不如说是有极快的共振频率，肉眼根本难以发觉，他当时因为身体异常才有所察觉，但也可能是他的错觉。

按理说，大厅和卧室都是新装修的，如果有什么异样不应该发现不了，那么，后院和阁楼呢？

何想越思考越发现自己的思维有些不受控制，他鬼使神差地推开门来到后院转了一圈，又摸进了紧锁的阁楼里。阁楼里还是简单堆放了一些不值钱的破铜烂瓦，这些东西早就被他把玩过无数次，不可能有什么异样。那么墙壁里面？一股怪异的执着攥住了何想，让他下意识做出当初在飞船里做过的举动——无声无息地开启自己的能力，轻抚阁楼的墙面。

忽然，像是触碰了某个奇妙的机关，何想的身影在原地消失了。

下一刻，他一脸震撼地看着眼前漫天星空、无数星云。还有星星点点的文字飘浮在半空，仿佛记录着万古不朽、广袤浩瀚的太空。

四周，无限的黑暗。

何想出神地看着眼前的场景，他感觉自己脚下仿佛踩到了一片虚空，念头一动，他顿时觉得脚下一空，整个人扑通一下朝下摔去，又忽然打了个倒转，以半躺的姿势飘浮在夜空中。

没错，就是夜空，又或者是星空，好像整个人躺在浩瀚无垠的宇宙的怀抱里，一伸手就能触碰星辰。

何想下意识伸出手去，在空中挥舞了一下。

刹那间，星河倒转，天地骤然变化，宇宙星辰不断轮换，何想瞬间觉得自己找不到方向，心中生出莫大的恐慌，感觉像要被吸入黑洞，掉入宇宙鸿沟、暗黑深渊，他猛地将手伸向前方，想要抓住什么，企图让自己停下来。

忽然！

他真的停了下来。他的怀抱里多了一团星云，炽亮的星星的点点光芒在星云中闪动，亮得刺眼，热得发烫。他吓得手一松，整个人瞬间坠落，又跌入到到另一片星空里。

这是哪里？这又是哪里？

经历几次奇妙的感觉后，何想终于找到诀窍，他将自己稳固在一颗行星上，轻轻地拨动行星外的所有星空。

星空变幻着不同的色彩，各种不同形状的星云流水般从自己眼前划过，有很多星云及星体都有各自不同的标记，但更多只是寥寥记录甚至并未标记。不知道为什么，何想有一种奇妙的亲切感，他感觉他以前应该来过此处，只可惜上面的文字他一个都不认识。

这是谁记录的？这个空间又是谁留下的？前代的守护者吗？除此之

外，他实在是找不到别的解释。可为什么会记录这些？难道前代的守护者其实也一直在致力于搜寻星空？为什么用的又是他完全不了解的文字？不，甚至不是地球上的任何一种文字。

难道前代的守护者其实是异族？

这片星空到底又是哪里？

何想隐约感觉这不像是单纯从太阳系出发的星空视角，因为他两天来一直在多方位浏览和定位星空角度，对星空有了一定的了解。但他也不太确定，毕竟他并不是相关方面的专业人才，何况他主要修习的是机修与飞船模块。

何想来不及多想，他不断变幻着星空的形貌，仔细记忆和比较前后看到的星空图。如此不断重复，他沉浸在浩瀚的宇宙星图里，不知道过去多久，终于，他感觉到一丝疲累。

就在疲劳感顿生的时候，整个天地骤然颠倒、旋转，并且转得越来越快，何想感觉自己被一股不知名的力量挤压撕扯，几乎被碾碎。就在他感觉自己被搅进黑洞里发出一声惨叫时，“扑通”一下，他突然摔了出去，跌落在自己的床上。

巨大的失重感令他瞬间清醒。

嗯？是自己的房间！他穿着睡衣正四仰八叉地躺在床上。

呃……等等。

他怎么会在自己的房间？他刚才明明应该……难不成只是一个梦？他其实就是在自己的床上睡了一晚？可是梦境也未免太真实了，他到现在都还清清楚楚记得梦中的所有场景。

一看腕表，已经早上五点多。何想一个鲤鱼打挺坐起来，立马冲进后院的阁楼，施展能力抚摸阁楼的墙壁。然而不管他怎么尝试，他依旧待在原地，一切毫无改变。难道真的是他做了一个梦？

何想感到匪夷所思，又回到屋子里来回踱步。不行，他必须要把“梦境”记下来，他发现就这么一会儿，他的记忆竟然已经有点模糊。冥冥之中他觉得刚才的“梦境”对他至关重要。

来到桌前，何想打开笔记本，点开宇宙星系构建模块，追寻脑子里的记忆快速地勾勒。

窗外，天渐渐地亮起来……

中心市西面，郊外。

高大的群山亘古不变，耸立在中心市的西面，成为一道巨大的天然保护屏障。山形高低错落，山间曲回婉转，让人不断追寻却难以测知其深处。在山间密林深处，一个鸟巢形状的弧形堡垒掩映在郁郁葱葱的山体中。堡垒三面环山，一面是高绝的峭壁，坐落在山中间突然凹陷下去的一块平地上。据说平地是天然形成，从前平地的西面还有一条小溪从山涧泄下，后来经过设计改造，利用遮天蔽日的古树作为遮掩，这里成为军方的机密驻地之一。

此时，一辆挂军方牌照的黑色汽车正缓缓行驶在山中。终于，在七弯八拐到无路可走即将撞上面前一道岩壁时，岩壁突然虚化，悄无声息地将驶来的车辆吞没，随后又恢复了原来的形貌。

第七章　调查

他一个人的力量太小，而他面对的又是庞大的集团，在世界大势的角逐上，个人的力量过于渺小，唯有不断蓄积和壮大自身的力量，站在局势中恰到好处的黄金分割点上，才能在关键时刻借势予以回击，成为撬动局势的完美支点，完成七传人的使命。

车辆进入“岩壁”内，视野骤然明亮，各种现代化的监测设备一齐上阵，一道道激光朝车体扫过，智脑得出确切信息。

【车主：温景阳

职务：中心市公安厅副总警监

任务：会见原战

予以通行】

车辆快速且平稳地行驶过一段半机械化道路后，终于进入堡垒的大门。

温景阳下车后，先跟卫兵交接车辆，随后才朝堡垒的深处走去，他在一扇高大的合金大门前停下，按响门铃。他微微抬头，方便电子探头对自己进行扫描。

“进来。”一个略显苍老的声音从门内传出。

合金大门打开，温景阳走了进去。一进去就受到原战热情的招呼。

“哈哈，景阳，你来了，一段时间不见，小伙子长得越发精神了。”原战亲昵地抓住温景阳的手腕，眼睛笑得眯起来。

岂止是一段时间，应该有一年多没见了，温景阳心想。自从上次别墅爆破，守卫人员重伤，何子天被人强行带走后，原老将军这些时间可以说发生了翻天覆地的变化。一改从前半退隐不爱管事的状态，开始积极投身军备事业当中，甚至亲自督查起特种兵部队的训练，还专门成立了特殊部队反恐小组。虽然别人可能对原老将军的改变无迹可寻，但温景阳却完全清楚个中原因。

上一次的战斗令人印象太过深刻，结果也太过惨烈，他们甚至不清楚对方到底用了什么技术，就像科幻影片里的操作……

不过，就这件事的结果来看，它让原老将军重新振作，整顿军纪，革新设备，使整个军方防备体系焕然一新，也不失为一种好结果。

眼看原战气色不错，不仅不显老，反而看起来年轻了好几岁，温景阳也感觉有几分欣喜，笑道：“托您的福，工作还算顺利。”

虽然温景阳现如今已经年过五十，但以原战的年纪来说，他可不就是一个小伙子？

“哈哈，工作顺利是好事呀，对了，你可不要怪这里程序太多，这只是初步试验阶段，等整体系统完善过后，有些东西就会从表面隐去，不会让人看着这么不舒服了。”原战笑道，引着温景阳朝里走，两个人一起坐到沙发上。

“来，喝点茶。这是刚泡的野生古树红茶，可比原生食还要金贵上千倍，一般人我可不给他这么好的待遇。”原战笑道。

“那是，”温景阳笑着接话，“不然怎么说跟着原老将军混，吃香喝辣的？多少人别说削尖了脑袋，就是削尖了脑髓都求不来。”

“臭小子。”原战笑骂，“来看一下这个。今天找你来，就是想让你帮我看看。”

原战按了手边的按钮，3D 立体电子影像顿时腾空升起。

其中有两个是视频，两张是图像。第一个视频是拍摄于喜马拉雅冰峰，全有集团的射电天线组所在地，一架飞机形貌的东西从地底冲出，被地面反恐系统追着打的场景；第二个视频是暴风雨天气下的云层内，“飞机”突然隐没消失，再也追不到踪影。

两个视频让温景阳有片刻愣神，因为他发现视频里的“飞机”不管从体型还是构架上来说，并不是已知的任何一种型号，但真正让他突然皱了一下眉头的，反倒是两张静止不动的照片。

这两张照片上都是同一个人，第一张穿着厚重的防辐射服，在冰天雪地里在吃东西，第二张则是“飞机”里驾驶员的惊鸿一瞥。

两张照片都受限于天气等因素，拍得极其模糊，几乎让人没有办法辨认。即使是让军方智能主脑打开人口普查的数据库进行一一核对辨认，恐怕也很难得出正确结果。可温景阳还是一眼认出，又或是下意识里察觉，照片上的人或许跟他的宝贝女儿曾经带回来的朋友有着密切联系。

一个人的样貌可以面目全非，但一个人的精神气质却难以磨灭，尤其是在他气质出众又没有刻意伪装的情况下。

“哦？看来我这还是歪打正着了？”原战一直紧盯着温景阳的表情，没有漏过他每一丝细微的变化。虽然别人不清楚，但作为几十年来最为关注和乐于提拔温景阳的老上司，原战知道温景阳一个最重要的秘密：但凡是温景阳曾经见过的人，他的脑子里都会下意识记住对方，哪怕只是匆匆打过一个照面。

这种恐怖的超级记忆能力对于一般人来说可能是极大的困扰，但对温景阳来说，却多次救了他的命。所以在认人方面，温景阳是比智脑更恐怖的专家。

温景阳回过神来，笑了笑：“还不能完全认定，我需要先去确认一下。”

“好，好，你去吧，老头子等着你的好消息。”原战爽朗笑道，“记住，这可是两天前才捕捉到的‘机密’消息。等你确认好了，我们再来讲讲关于飞机或者说是飞船的事。”

“是！”温景阳领命。

等走出堡垒，重新坐进车里以后，温景阳微微吐出一口气，心中不由得想：希望不是什么麻烦事，否则小光这个难得的朋友可就……

一路开车，温景阳回到家中。

今天是跟温之光约定的每月一次的“父女日”，意思是平时不管在外面怎么嚣张怎么潇洒，规定的日子就得按照规定的规矩来，两个人只要没有特别紧急和意外的情况，都必须老老实实回家，老温下厨，小温吃饭。分工完美，合作愉快。

中心市西面，军区大院的别墅内。

温之光早就窝在沙发里不断调换电视频道，但今天十分诡异，很多频道都是蓝屏静音，没什么节目，她打电话到电视台问情况，可电视台却三缄其口，只说有重要节目马上上映，请客户静待几分钟，令她感觉万分奇怪。

温景阳推开客厅大门进来，一进门就遇到摇着尾巴飞速上前欢迎的机器狗，还受到几声热情的“汪汪”迎接。他随手将外套递给电子管家收到衣橱里，走上前跟温之光一起窝进沙发，笑问：“看什么呢？蓝屏？我的小光真是爱好独特，越来越不拘一格。”

“切，什么不拘一格？根本是没节目看好嘛。”温之光没好气，瞪他一眼。

“是吗？我看看。”温景阳拿过遥控试了试，突然想起来，“对，我这两天听说，今天全有集团会有新动作了。”

“啊？又是他们？阴魂不散啊。”温之光出言评价。

土卫六。

土星空间站。

橘红色的天幕下，一个巨大的半圆形透明光罩将整个空间站的地面监测体系笼罩其中。名为泰坦的土卫六，在夜空里像一个安静驻守了数十亿年的的伟大卫士，正静待着新一轮的革命性变化。四周光线昏暗，唯独透明光罩里的地面空间站不时光芒闪烁，建筑施工中的灯塔不眠不休。

正如新闻中报道的，像这样的动态生态透明光罩空间站体系，在土卫六上已经成功开发出两个，目前正在加紧施工建造第三个。面对越来越多的参观民众，全有集团的态度除了满足还是满足。虽然价格水涨船高，但依旧不能阻挡人们拥抱太空的热情。

今天，土星空间站所有研究人员、施工监测人员，以及观光民众，都不约而同地放下手边的事情，紧紧盯住电子屏幕。

电子屏幕上，一艘外形不同以往的红星飞船正减速靠近土卫六。

98 号红星飞船是一艘史无前例的无人飞船，船上没有任何一个碳基生命体，飞船由智能主脑控制，负责运送建造环形空间门的材料。

飞船已经越来越接近土卫六的卫星轨道，几架智能修理接驳机已经从卫星空间站飞出，准备迎接新来的“同伴”。

终于，飞船精准地驶入预定的轨道，并且逐步解除尾部衔着的一个巨大的圆形光环四周的束缚，同时从飞船上飞出四个黑色致密的四方体匣子，被赶来的几架接驳机成功捕捉。

圆形光环通体黑色，浑身上下找不到丝毫接缝，是一个完整的黑色闭环。它静止地悬立在高空，如同一只在土卫六上方的黑色眼睛。

“空间门已就位，98 号红星飞船已撤离，四架接驳机能量已安装，准备开始。”地面空间站发出指令。

卫星轨道层，黑色的环形空间门变换角度，垂直于土卫六地表，四架接驳机分别飞到正对空间门的四个位置，展开机体，伸出机叶，露出花蕊般的黑色能量内芯，银灰色的外壳在高空中看起来像四颗明亮的星。

一切就位。

“发射！”最终指令下达。

“轰！”同一时刻，四架接驳机迸射出四道集中的能量光束，四道光束打到环形空间门的四个顶点上，一瞬间，红、黄、蓝、橙四种光芒相继游走在环形空间门的四周，随后汇聚到门的中央，滋滋响的电弧若隐若现。整个环形空间门在瞬间仿佛开启了通往另一个世界的通道，空间门内被电光铺满，像潮水一样波浪起伏。

随着波涛起伏的，还有地面和卫星空间站所有监测人员的心。成败在此一举。

突然，所有能量像遇到某种吸力般，猛地向内一缩！

空间门的中央瞬间射出一道能量束，所有光芒突然湮灭，再也找不到踪迹。

环形空间门上的光圈也蓦地消失，恢复了原本的黑色。

整个空间死一般的寂静。

这是……成功了？

地面和卫星空间站的监测人员快速查看各项能量指标，无数数据飞速刷过电子屏幕，每一项都显示这个受万众期待和瞩目、花费了无数人心血的研究项目首次测试圆满成功。

没错，成功了，虽然只是最简单的能量束打击，但真的成功了。因为能量不会无缘无故地消失，如果它消失，只可能是进入特定的通道。

“哇——！”几乎能掀翻穹顶的欢呼声骤然迸发出来。空间站里所有研究人员欢呼雀跃，热烈拥抱，甚至有人放肆地在研究所内奔跑起来，以释放无与伦比的喜悦和欢愉。受到感染，空间站里近距离第一时间观看到的居民也热烈欢呼，“嘭！嘭！嘭！”一连串的礼花在半圆形透明光罩内迸射，只为纪念具有划时代意义的这一刻。

一个小时后，激动人心的场景终于传回地球。

全有集团，塔顶办公室。

“好！”花锦年高喝一声，仰头望着横贯整个塔顶的电子图像，两手掩藏在背后隐隐发抖，显示他难以抑制的欢喜和激动。

从他接手全有集团、正式成为董事长开始，他几乎将所有的时间、精力都投注在土星空间站项目上，没有任何一个人比他承担的压力大，比他更疯狂努力。如果说土星空间站的建立只不过是整个项目的开端，那么环形空间门的构建才是真正意义上跨出的第一步。

有了第一步，才能继续踏出第二步、第三步……直到仙星！

“哥哥！”花流年笑容灿烂，一双美丽的眼睛里闪动着激动的光芒，她小鸟依人般依偎在花锦年的身边，抓住他的胳膊。

“流年！”花锦年一把将花流年拉入怀中，一向冷静自持的面容上浮起明显的笑意，直达眼底。

被花锦年一抱，花流年的眼中更是充满惊喜，还有一种算计得逞的小得意，她心满意足地回抱花锦年，又觉得自己真是有点狡诈。不过，哥哥不生气了，这样真好。上次的事情确实是她没做好，她后面肯定会努力找出其他七传人，不让哥哥再操心。

同样在考虑七传人事宜的还有花锦年，空间通道的建设已经迈出关键的第一步，但真正重要的是如何找到仙星的所在，以及怎样完好无损地实现载人通过通道。他根据已有的四种宝物的结构原理，建立了四个可存储不同能量的黑匣子，虽然因为纯度问题还远远达不到宝物的能量级，但原理和方向并没有错。

只要方向正确，终有一天会到达目标，但在此之前，他必须要得到更多宝物以辅助解析。必须要再加快进程了。

花锦年和众人陷入欢呼和喜悦之中，没有人注意到，就连空间站的研究观测人员也没有发现，土卫六的核心地层里缓缓地出现一连串细密的裂缝，磁场隐隐振动，一时间还来不及传到地表。

全有集团内部，空间门成功建立的消息迅速传播，各部门第一时间将振奋人心的消息发送到各个地方。所有人充满期待，好像下一刻就能冲出太阳系，随心所欲到达宇宙的各个角落。

在全有集团全速运作起来后，整个世界也随之沸腾，80% 以上的频道都第一时间播放有关土星空间站环形空间门的新闻。

全球时报："下面为大家播送一则消息：土星空间站今日再传重大突破，全有集团在卫星轨道层所在高空，成功建立起一道环形空间门，并在一个小时前完成首次实验，并获得成功……"

华西卫视："土星空间站的环形空间门意义重大，是当代除了分合食料理机之外最有价值的研究成果，堪称本世纪两大之最……"

今日热点："……就在刚才，多名学者联合展开讨论研究，环形空间门的能量通道，到底是基于虫洞理论？还是……"

中心市西面，军区大院里的一幢别墅内。

温之光反复调换了几个频道，发现到处都在为全有集团的"丰功伟绩"歌功颂德，终于不耐烦地关掉电视机，跟客厅里的温景阳两人大眼瞪小眼。

面对温景阳眼神的无声控诉，温之光振振有词："某些人就是喜欢拉风作秀，还搞前戏跟噱头，一点也没有研究人员该有的低调朴实的美德。作为一个有道德、有良知、有学识、有理智的四有公民，我有义务帮他们纠正这种错误。最好的方式就是，身体力行地降低他们的收视率！"

温景阳抱臂偏头，挑眉看着温之光，见她以一副大义凛然的姿态坦然回视，不由得哈哈大笑："哈哈，你啊你……羡慕嫉妒人家就直说，还歪理邪说一大堆。"

"哪有歪理邪说，本来就是！"温之光很不服，难得的一个月一次的回家聚餐，居然还被全有集团给恶心到了，"老爸你又不是不知道，前两天他们刚陷入曾如风教授的学术盗窃案里，今天就立马甩出这么个大新闻，这不明摆着转移大众视线吗？故意将不利于自己的丑闻压下去，还爆出热度更大的利好消息，这下没谁记得他们的不好了。”

“哈哈，这有什么问题吗？”温景阳笑得爽朗，没有安慰温之光，而是说道，“这也是做事的一种方法，我倒觉得他们做得很不错，一切都拿捏得刚刚好，说明他们有一个优秀的领导人。”

“哼，什么优秀，根本就是政客的手段，明明是举世瞩目的伟大研究成果，却被一个商人拿来当政治玩，尤其是花锦年，最讨厌了！”温之光，脑子里回想着一年多以前见到花锦年的情景，却发现记忆有些模糊了。不管怎么样，反正是个讨厌鬼，她记得当时花锦年就很嚣张。

“哎呀，酸，真酸，我们家小光自己没能成为那么厉害的人物，还要嫉妒人家的非凡成就，心理失衡的可悲模样简直没法看。噢，爸爸真的好心痛，我的小光竟然不知不觉长成一只歪果子……”温景阳捂住胸口，脸皱到一起，做出万分悲痛样。

“喂！你个臭老头！再说我就揍你了啊！”温之光爆炸，从沙发上跳起来，张牙舞爪要战斗。

“哈哈……”温景阳大笑，连忙安抚，“好了，好了，快坐下来。真是的，这么点小事就要炸，可见平时没少虐待可怜的犯罪分子，遇到你一定是他们上辈子没积德。”

“你！”温之光瞪眼，没想到老爸竟然能毒舌到让她抓狂的程度，一时被噎得忘记反驳。

温景阳没有给她反应的时间，继续笑道：“好的东西值得赞扬，糟糕的事情理应批评，不管什么时候，都不应该因为敌我立场不同而是非不分，否则错误的立场会蒙蔽你的眼睛，让你看不透事实真相，从而做出错误的抉择，酿成不可挽回的可怕后果。”

“先不要急着反驳，”见温之光又有冒头趋势，温景阳立即先行打压，谆谆善诱道，“花锦年的所作所为，如果只从正面看，你就会发现他确实有勇有谋；但如果从另一个角度看，一将功成万骨枯，他肯定在旁人看不到的地方，也会有诸多能让人戳脊梁骨的把柄。关键是看你从哪个角度出发。”

“我是从警察的角度！”温之光立即道。

“哈哈，我当然知道你是警察。但一个好警察关键就在于，有时候能抛开警察的身份，从意想不到的角度去看待问题，这样才能真正‘反侦查’，避免陷入对方刻意制造的伪犯案心理，你说是吗？”

“嗯。”温之光老实点头，这一点她还是赞同父亲的，可她依旧不服，“但是……”

“我知道以你九艘飞船都拉不回头的性格，不让你亲眼见到事实，你根本不会相信，也理解不了。但你可以先记住：以多种角度看问题，时刻进行换位思考，不要轻易给一个人一件事下结论，那么困扰已久的难题或许就会迎刃而解。”

见温之光还是一脸似懂非懂的样子，温景阳笑道：“听不懂没关系，先记住，乖啊。”说着，温和地摸了摸温之光的脑袋，觉得手感不错，又多摸了两下。

不得不说，全有集团的发展速度真是出乎意料的快，照这个势头下去，军方的装备要跟不上了。全有集团的科技虽然只限于民用，但如果要用在军事之上，也只是“举手之劳”的事。温景阳蓦地想起原战给他看过的几张照片，脱口问道：“你的那个朋友呢？是叫何想吧，回来了吗？”

“当然回来了，那个臭家伙，切，还知道回来，没有死在哪个犄角旮旯的山沟沟里，都算他命大。”虽然这么说，但温之光的唇角无限上扬，显然提到某人让她心情不错。

“是吗？回来了……”温景阳微微沉吟，时间也对上了。

“嗯，而且他还嘚瑟地去美丽大学上课去了，好像报的是物理学专业吧，搞天体物理和机械什么的。”

“哦？”温景阳的脑海里一道光闪过，他已经完全确定，是何想无疑了。

既然已经确定，温景阳也不再浪费时间去思考这件事，而是放松身心跟温之光插科打诨，好好享受了一个娴静的周日。第二天一大早，温景阳一身军装，开车往典当行所在的市中心而去。

清晨，八点。

何想花费了几个小时，构建出一副庞大而又零碎的星系图。记忆里的图像随着时间推移变得越来越模糊，他已经很难再画更多，否则精准度根本无法保证。何想摇了摇有些发僵的脑袋，靠坐在椅子上，就在刚才记忆产生偏差时，他多次去阁楼转过，可不管怎么尝试，再也没法开启神秘的黑暗空间，就好像它真的只是一个别有寓意的梦。

他曾翻阅过大量的星系图，他知道现有银河系的模型大多是曾如风一手构建的，其他人做的都是一些补充工作。可他现在画出来的星系图好像跟任何一块已知的星域都对不上。

或者……应该给曾教授看一下？

既然曾如风是现代银河系建模的鼻祖，那么应该可以轻易辨别和映证他所画的内容。可何想又有些不确定，或许只是他与曾如风还不够熟悉，也或许是他太执着于一个梦，这样的东西说出来未免有些夸张，更不用说煞有介事地拿给曾如风看。

想了想，何想决定再等等。

“也不知道老陈现在怎么样了。”何想从抽屉里翻出陈元泽留给他的可驱动飞船的冰锥形能量体反复摸索。据老陈说，冰锥形能量体不仅是钥匙，还是定位基准点，一定范围内可召唤飞船进入无人驾驶模式前往定位点。除此之外还可以小范围干扰磁场运动，让他一定要收好。

“要是老陈在，也说不定会有点头绪……”何想不由得自言自语。这段时间他给陈元泽发的消息全都石沉大海，电话也打不通，虽然这在他的意料之中，毕竟以老陈独来独往的性格，如果不是迫不得已，他根本不会与人联系，更不会让外人插手他的事。

“真是麻烦啊……”

既然没有头绪，何想索性把东西都收好，洗漱收拾一番后，打开典当行的大门，拿了本书，打开笔记本，坐到典当行的大厅柜台后，跟以前一样营业起来。毕竟是周末，生意也不能荒废嘛。其实算起来，何想手下已经有两家店面的所有权了，一家典当行，一家酒吧，但是酒吧的权限前天刚到手，该不该操作，该怎么操作，他还没想好，再说现在重要的也不是经营酒吧，而且青者肯定也会有一番安排。

八点多钟，樊力才晃悠悠地爬起床，跟游魂一样在洗漱间和走廊里乱晃，直到被大厅明晃晃的亮光晃得眼瞎，才发觉今时不同往日，典当行真正的主人，他的老大已经回来了。

“嘿，早啊，老大！”樊力穿着大裤衩，嘴角挂着牙膏沫，笑嘻嘻地打招呼。

“嗯。”何想头也没抬地回道。

“我去，要不要这样？一大早就正襟危坐，装出一副好学生的样子，这还让不让人活了？”

“一边去。”

“嘿嘿。”被何想怼，樊力也不恼，“行，行，那我麻溜地一边去，继续攻打我的喀尔加城堡。‘噢，土星地底原住民的反攻浪潮是很凶猛的，我们要集结更多的战士！不顾一切，摧毁他们！’”樊力用低沉厚重的嗓音喊着口号，一脸贱兮兮地握拳朝天，然后迈着轻浮的步子浪回卧室去。

何想早就看过相关节目，知道樊力沉迷的游戏叫《土星集结号》，自从土星空间站公之于众后，各大公司出品了无数关于土星题材的影视节目以及游戏，近期最火的就是《土星集结号》。不得不说，现在确实是天下形势一片大好，尤其是环形空间门刚刚问世，所有人对空间站都热情高涨。

大势不可逆，人心不可违，君子当藏器于身，待时而动。

就在这时，“你好，有人在吗？”一个醇厚的男声从大厅外传来，沉稳有力。

何想微微一怔，本能觉得声音有点耳熟，像在哪里听过，一时间有点想不起来。他立即起身迎接，看见一个身着军装、头发疏得一丝不苟的中年男人正缓步进门。

中年男人看到何想，微笑道：“我看见门开着，就进来了，你们正在营业？不知道会不会打扰？”

温景阳一脸温和的笑容，阳光从大门外投射进来照在他的身上，给他镀上一层金光，显得肃整而又温暖。

“当然，不打扰，怎么会？”何想万万没想到，竟然会在典当行看见温之光的父亲——温景阳。他的表情有些惊讶，立即转为惊喜，热情地迎上前去，“温叔叔，您怎么会有空过来？也没让温之光提前打个招呼，不然我去接您。”

虽然只去温之光家陪温景阳吃过一次饭，但就一次，却给何想留下了深刻印象。

何想脸上笑得灿烂，脑海里的警钟却瞬间狂响。温景阳来得太不寻常了，一定是有事，而且还是不想让温之光知道的事。可什么事还要特意避开温之光，单独来找他？

难道是七传人的事？不对，这件事温之光早就知道，恐怕温景阳也知道，一直以来也从没因为此事找上门。

对，还有一种可能。何想下意识想到被自己藏起来的飞船。如果有什么东西能劳驾一位军方大佬亲自登门拜访，或许就只有它了。

总不可能温景阳是来考验未来女婿的吧？

咦？似乎，可能，也许……也不是不可能？

何想被自己的想法吓了一跳，脸上还有点尴尬。

温景阳笑意盈盈看着何想微微色变，知道他心里可能七上八下，这个年轻人很有意思，年纪不大，但心思沉稳。只是有时候过于沉稳了，缺少了一种年轻人应有的血气方刚、冲冠一怒的朝气。不过这样的人配上他们家小光倒是刚刚好，一个过于活泼好动、冲动易怒、做事不顾后果；一个又过于老成世故、凡事谋定而动，中和一下就是刚刚好。不过这想法在他脑海里只是一闪而逝。

“不好意思，今天来得匆忙，下次一定事先打招呼。”温景阳平易近人地笑道。

温景阳这么说，反而让何想有点不好意思，本来就只是顺口一说，顺便试探一下。他摸了一下鼻子，笑道，“温叔叔快请进来，您先坐，我给您倒杯茶。”

“呵呵，不用忙活，我坐坐就走了。”温景阳在大厅里转了一圈，典当行翻修以后装饰十分豪华，又有方可水送来的古老摆件撑场子，俨然是一个高端大气上档次的古董店，就是面积有些小。

何想端来茶水时，温景阳也已经浏览完毕，笑道：“你在典当行倒也过得惬意。我听小光说你最近去上课了？”

“是的，我去读研究生，刚刚找好了导师。您喝茶。”

温景阳点头：“美丽大学可不是个容易进的地方。”

何想谦逊一笑：“这还是多亏了方老爷子帮忙……”

“方远东？”温景阳有点明白，“也对，你跟小光都和方家的孙女关系不错。”

温景阳又随意挑了一些家长里短的小事跟何想聊了聊，反而让何想有点迷惑。难不成温景阳真的是来考察他？不可能呀，而且他和温之光也没到谈情说爱的地步……何想的内心有点哭笑不得。好在他是一个比较有定力的人，温景阳不说，他也就不主动提起，只是他的淡定只维持到樊力出现之前。

“这是？”洗干净脸，又顺便冲了个头，樊力现在浑身清爽，一出来就看大厅坐了个人，看样子还是何想的熟人。

“这位是温之光的父亲，温景阳温叔叔。”何想介绍道，“这是樊力，是我跟温之光的朋友，目前借住在典当行。”

“温叔叔好！”樊力目光一亮，瞬间笑容灿烂，目光下意识朝何想身上一斜。

“呵呵，你好，我经常听到小光提到你。小光平时总是冲动莽撞，还是需要你们这些朋友对她多提点帮助。”温景阳笑道。

“好说，好说，哈哈哈。”只一句话，樊力就对温景阳感观不错，觉得这个大叔真是上道，“其实光光也很好，为人热情，又富有正义感，虽说凶了点，但女孩子只有这样才不被人欺负，你说是吧？”

温景阳只笑不语。

“咳。”何想轻咳一声。

“干什么？怎么了，老大你感冒了？还是嗓子坏了？都跟你说了烟酒要适量，酒色误人啊，你懂不懂！”樊力一副恨铁不成钢的模样说道。

何想脸上写满了问号，这家伙又想作什么妖。

“唉，温叔叔，我跟你说，你是不知道，我们家老大什么都好，年少多金又帅气，关键还特别有能力，天天都有各种女人喊他出去吃饭喝酒，排着队地往上凑，这不，昨天晚上还……”

“咳！”何想打断他，用眼神无声威胁：你想干什么？给我老实点。

樊力眨了眨眼，装作没有看懂何想的眼神，满脸虚假的担忧：“老大，你又怎么了？不仅嗓子坏了，连眼睛都不好使了吗？要不要这么衰，我不在的这段时间里，到底都发生了些什么？”

樊力发现在面对温景阳时，何想虽然表面看起来镇定，其实好像有点慌，这种小细节让他玩心大起。乖乖，老大果然是居心叵测，宽广博爱，所以见到温叔叔有些心虚，啧啧，只要老大出糗他就喜欢！

何想很快明白了樊力看热闹不嫌事大的态度，有些无语地瞥他一眼，又转动目光，朝茶杯里的水看了一眼。

如果是别的，或许以樊力的脑子，没那么快反应过来，但有关水……他最近真是领教颇多。樊力心里一个咯噔，一脸笑容忽然僵了一下，他可以不惧何想的百般威胁，但是却不能不忌惮方可水的恐怖淫威，假如老大随便在方大魔头面前撩拨两句，他一定会死得很惨。

“啊哈哈。”樊力嘻笑，“我知道了！一定是老大刻苦学习，挑灯夜战，把眼神熬坏了，嗓子也累哑了。哎呀，要不要这样，都一把年纪了还像个中学生一样……”

“行了，赶紧一边去，没事不要老打岔。温叔叔还有话要说。”何想开始轰人了。

樊力一顿，见温景阳正从上衣口袋里掏东西，果然是有事的样子，“切”了一声，也不走，一屁股坐下打算看他们玩什么花样。

温景阳将口袋里的照片放到桌上，也不顾及樊力在，笑问：“照片上的人，你们认得出来吗？”

“这不是老大吗？！”樊力眼疾嘴快，一把抢过其中一张照片说道。

何想微微一怔。一张照片上的人正在冰天雪地里吃东西，另一张则是有人坐在飞船中。毫无疑问，是他！只是他没想到，不是全有集团，却是有军方身份的温景阳先找上他。全有集团不太可能将照片交给军方，让军方替他们出面，那么只可能是军方早就监控了全有集团的实验基地，发现异象所以找到他。那么温景阳找他做什么？要他交出飞船？还是……

见何想没有反驳，温景阳的笑意深入眼底：“能说说这艘飞船的来历吗？”

何想并没有隐瞒，简要将飞船的来历说了一下，甚至连老陈的身份也提了一句，毕竟他面对的不是温景阳一个人，而是他身后代表的整个军方，越是简明直白，反而对他越是有利。末了他又强调一番，这是私人飞船，不隶属于任何组织。

温景阳还没有太多反应，樊力却炸了起来："说到飞船我就郁闷，老温我跟你讲，自从老大拿回了那什么破飞船，宝贝得跟什么似的，到现在了，我连根毛都没见到，要不要这样东躲西藏？就连兄弟想过把瘾都不让！啧啧，我觉得吧，要是你们一分钱不出就想抢飞船，我估计是不成的，我跟你讲，那东西很值钱的……"

眼见樊力越说越歪，何想哭笑不得，连忙摆手："行了，先别闹，一边待着。"

樊力嘿嘿一笑，真的听话歪在一边。

事情涉及全有集团和花天下昔年的研究团队，温景阳明白想要以"公开征用民间飞船"的名义让何想上交飞船恐怕是不可能了，搞不好可能反而被全有集团介入夺走。

温景阳虽然默不作声，但何想已经从他的沉默中渐渐猜出端倪，他笑道："温叔叔，以我们的关系，我也没必要对您撒谎。虽然我从没想过将飞船以任何形式、任何代价交出去，但是，如果您所代表的一方有意制造和修理飞船的话，我很乐意提供帮助。"

"哦？"温景阳眉头一挑，脸上顿时露出一抹惊喜，"你的意思是说……你可以再制造出同样的一艘飞船？"

"是。"何想笃定地答道。

在得到何想肯定的答复后，温景阳也就不多耽搁了，他心情大好，跟何想告别后就迅速赶往军区机密驻地。毕竟比起一艘现成的飞船来说，如何制造飞船才更重要，今天真让他有意外之喜。

温景阳离开后，典当行里安静了下来。樊力跟何想对视一眼，瞬间兴奋："老大！怎么样？看我今天表现不错吧？嘿嘿，那么飞船……"

何想立即拒绝："想都别想，好好做你的事。"

樊力瞬间泄气："我能有什么事好干？还不是打游戏……"

何想挑眉："这么说你也知道打游戏没意思了？"

"不，谁说的？游戏是人生，游戏是生命，游戏是意义，谁也不能阻止我打游戏！我去也。"樊力顿时精神，一溜烟跑了。

何想摇了摇头，重新将视线放到手中的书上，目光又仿佛穿透书本，延伸到很远很远。

温景阳的到来虽然有点出人意料，但何想也不是完全没有准备，他的回归以及花天下时代飞船的重新现世，势必会在暗流涌动的局势之上掀起更大的波澜。

他一个人的力量太小，而他面对的又是庞大的集团，在世界大势的角逐上，个人的力量过于渺小，唯有不断蓄积和壮大自身的力量，站在局势中恰到好处的黄金分割点上，才能在关键时刻借势予以回击，成为撬动局势的完美支点，完成七传人的使命。

现在最重要的，还是尽快找到剩下的七传人。

想了想，何想改变主意，既然已经决定借势，为什么不借得更彻底？时间不等人，他不够了解银河系的体系，但曾如风了解。将星系图复制到一枚金属芯片中，何想打车去了学校。

到了学校，约了曾如风见面，令何想感到意外的是，方可水也在他的身边。

方可水媚眼如丝，笑得总是那么优雅迷人，还带着一丝挑逗："找你曾教授有事？"

何想也不多绕弯子，直接把芯片递给曾如风："这是一份庞大但零碎的星系图，我也是机缘巧合拿到，但总觉得有点奇怪，你知道这方面不是我的强项，所以拿来给曾教授看看。"

"哦？回头给我也发一份。"方可水笑道。

"好，但可水姐要替我保密。"

“呵……神神秘秘的。”方可水妩媚地白了何想一眼，“好了，你们俩慢慢聊，我还有事，先走了。”微微犹豫，方可水又看向何想，眼神中有几分关切，“最近我可能不在学校，你自己照顾好自己，有什么事就多找找你的曾教授，明白？”

何想有些惊讶：“你要出远门？”

方可水点头：“我回一趟方家老宅。”

“噢……你放心，没事的。”何想露出笑容。

“你别不把我说的话当一回事，”方可水的话里有寻常没有的几分认真，“最近全有集团不知道会有什么举动，我知道你现在的能力比之前强上许多，但也要更加小心谨慎。可以徐徐图之，但不能轻举妄动，知道吗？”

何想越发惊讶，看来方可水真要离开一段时间，是有什么很重要的事去办？他说道：“放心吧，可水姐，暂时我会在学校里待着，搞搞学术研究，不会有多余动作。”

“以后也不要放弃学业。”方可水一笑，目光温柔了几许，“不管以后发生什么，你的周边有怎样的变化，你的身份有多少重变换，都要保留在学校的身份。现在是研究生，以后可以是学者、导师，或者客座教授……

“你现在所处的位置，就是最好的位置。”方可水粲然一笑，“走了。”

何想微微一怔，体悟着方可水的一番话。现如今，全有集团引领全球拥抱太空的热潮，军方致力于打造与之相配的战略系统，政商两道为此一路开绿灯。此时，一个恰到好处的身份确实尤为重要。如何不被裹挟站队、失去自己的立场，又能站在科学技术的最前沿，时刻掌控最新动向——与无数政商势力盘根错节在一起的世界著名学府美丽大学，就是这样一个可进可退的绝佳位置。

何想忽然明悟，或许方老爷子也有同样的考虑？

再回首，曾如风在三步远的地方等着他，金丝眼镜在阳光下闪着微光，对他微笑：“上楼坐坐？”

何想轻笑："好。"

三天后。全有集团。

清晨的阳光洒在全有集团高耸入云的智慧生态大厦上，呈现出美轮美奂的色彩，却无论如何都照不进高高的半圆形塔顶。此时，塔顶笼罩在一片黑暗中，四周的玻璃变成纯黑色，董事长办公室一丝光亮也没有，唯独休息室的正中央有一台人体机能恢复机，偶尔闪动一丝蓝色的暗芒，显示正在运作。

花锦年平躺在恢复机中，双目紧闭，眼皮偶尔动一下，显示出他的大脑正在高速活动。

黑暗无边广阔，远处有或明或暗的群星，近处，一个漆黑的圆形黑色光圈在半空中熠熠生辉。那诡异幽深的漆黑，仿佛吞噬了一切声、光，所有靠近的东西都将淹没消失。

花锦年飘浮在漆黑的空间里，感觉黑色光圈向他发出无限的召唤，让他下意识地想要靠近。他轻轻抬腿往黑色光圈挪去，在稍稍靠近的过程中感觉到越来越强大的吸引力，他略微挣扎了一下，忽然被一股能量吞噬！他感觉自己像是进入了一条通道，四周五彩斑斓，各种不规则的力量扰动，他不受控制地滑向深处，不断坠落……

花锦年猛地醒了过来，他睁开眼睛，恢复机感应到主人的苏醒，立即打开上盖，一阵雾气同时升腾起来。

花锦年坐起身，下意识地将额前碎发捋到脑后，几滴汗珠顺着碎发抖落。他起身从恢复机中走出，随手整理了一下有点贴在身上的衣服，脸上露出莫名的笑容。

梦境的感觉真是太真实了……他认为这是上天给他的预示。

花锦年扫了一眼恢复机，迈步朝浴室走去。

全有集团秘书室。

刘连生在任职董事长秘书一职的同时，也兼任了秘书室的秘书长，处理大大小小的各种事宜，繁忙程度比起全有集团的实际领导人花锦年甚至有过之而无不及。一般的事情无论大小都要先向他汇报，等上报给花锦年时已经筛选减少了很多。好在他工作能力强、效率高，对秘书室的下属拿捏也十分得宜，极少出什么岔子，也很少会出现什么让他头疼的事情。

但最近，却出了一桩让他无比棘手的大事。

几天前，全有集团基因研究项目组的负责人方可胜头脑发热，单枪匹马跟地下拳场负责人体买卖的混混头子对峙，指责对方尸位素餐，强行要求对方提供更好的实验体，结果被对方一番羞辱恐吓，差点没把魂给吓掉。

在他看来，方可胜不知天高地厚，他一个成天跟实验数据打交道的研究人员，协商和讨账的事情干不了不说，还砸了摊子让他擦屁股。这就算了，更是跑到花总面前大吵大闹，惹得花总下令要求他全力配合方可胜的“胡闹”——不管方主任有什么科研上的要求，一律优先配合。

他算是见识了，像方可胜这样的科研高知除了过于发达的大脑，一点人情世故都不懂，提的要求都中看不中用。高质量的实验体也就算了，竟然还要求在地下基因研究室配备庞大的武装系统，保护身为人类瑰宝科学家的他……

刘连生又叹了一口气，反正他也要为下个计划做准备，照办也并非不可。

“刘！连！生！”一声严厉的高声叫喝，充分显出主人高涨的怒气，花流年怒视刘连生，眼神冰冷如刀。

刘连生眼角一跳，注意力又被拉回来，他最近是流年不利吗？怎么老遇到麻烦事？

就在刚才，花氏集团的花大小姐直奔他而来，气势汹汹地质问他凭什么降低她的权限，就差指着他的鼻子骂他是哪根葱。

事情的起因也很简单，花流年上次邀请曾如风失败，反倒将全有集团置于不利的位置，虽说花锦年很快采取了补救措施，但花流年依然过意不去。原本想等事情平息下来，她带上王重和一干基因强化人再见何想，或者从其他地方补救，比如去挖掘新的七传人。可没想到，不仅王重被派遣出去做其他事情，就连基因强化人也不再和从前一样任由她予取予求。

如此不寻常的变故让她有些无所适从，一问之下，发出相关指令的人竟然是董事长秘书刘连生，也没多想，花流年便直奔秘书室。

秘书长办公室内，刘连生看着眼前怒气冲冲的花流年，心中叹息，只要一涉及花锦年的事，大小姐就极容易失去分寸。

微微沉默，刘连生还是道出了实情："大小姐，是花总下的决定，属下只是听命行事。"

"什……么？"花流年微微一怔，惊诧以最快的速度爬满她的眼睛。同时，一股难以言喻的愤怒、羞恼让她头脑发热，脸色通红。是的，她该想到的，她怎么会想不到？刘连生就算是董事长秘书，但他也只是下属而已，不可能拥有高过她的权限。

如果没有哥哥的授意，他又怎么敢管到她头上来？可哥哥为什么？

一瞬间，她感觉既懊恼又难堪，冰冷地瞪了刘连生一眼，转身匆匆离去。

刘连生注视着花流年，见她大受打击，往日骄傲仿佛被瞬间击溃，显得无助而彷徨，出门时连手臂重重地碰到门框都没有在意。他摇了摇头，好在全有集团的实际掌权人是花锦年。如果当初花天下真要将集团交给花流年，还不知道会变成什么模样。

董事长办公室。

沐浴过后，花锦年觉得无比清爽，他换上惯常的工作装，坐到办公桌前刚拿起文件准备批示，花流年就冲了进来，直奔桌案前，两手撑到桌子上，白皙秀丽的面庞因愤怒而显出两抹红晕。

“流年？”花锦年轻唤，带着疑惑。

流年……一句轻唤，仿若一盆清凉的冰水，瞬间将花流年浇了个透心凉，她的怒火，她的埋怨，她的不可置信，她一路上的气愤、怀疑、担忧、悲伤，全都在这一句轻飘飘的“流年”中被击个粉碎。

她呆呆地看着花锦年，忽然意识到，她不应该怀疑花锦年，一个心怀天下、满脑子都是苍生的人，又怎么会有时间和心思特意对付一个小小的她？更何况他们从小一起长大，他们之间的感情和信任是多么的牢不可破。

花流年感觉思绪有些混乱，好像忽然发觉自己不再是花锦年最特殊最重要的那个人，她的信念都快崩塌了。虽然她极度不肯承认，但她内心里却很清楚，花锦年其实是有些小看她的，或许不止是有些……

“流年？”见花流年只是盯着他，面色几度变幻却默不作声，花锦年又好脾气地出声喊道，只是多带上了些许关切，身体也靠近了些，“到底怎么了？”

“什么？”花流年下意识地回问，然后才突然反应过来。

第八章　动机

一句“别来无恙”让花锦年眼皮微动，他忽然发觉，两年不见，眼前的何想跟他印象里的何想又有不同。两年前的何想，不过是个混混模样，轻易就要卖了典当行，如果不是何子天阻止，恐怕典当行早已入他囊中。

“呵呵……”花锦年轻笑，伸出手将花流年耳边散落的一缕头发轻柔地别回去，“发什么呆？出什么事了这么一副大受打击的样子？还能有人给我们秀丽的‘铁娘子’难看不成？”

“铁娘子”的称号是近两年才在全有集团内外传开的，因为花流年擅长与人谈判，尽一切可能为全有集团争取更多的利益，有时候几乎到了寸步不让、需要花锦年现身唱红脸的地步。久而久之，“铁娘子”的名头就响了，为此花锦年也取笑过她两回，但遭到了她极力抵制。

再度听到“铁娘子”的称呼，花流年扁了扁嘴巴，有些落寞地垂下眼睛，长而浓密的睫毛将她的眸光遮住。她想要开口说话，却发现一时间开不了口。该说什么？该怎么说？难道像质问刘连生一样质问哥哥吗？他会怎么回答呢？

花流年突然发觉，喜欢一个人真的是最大的罪过，因为喜欢会让人失去自我，会让人患得患失，会让人变得小心翼翼，再也不敢有脾气，甚至喜欢会让人很卑微。

花流年深吸一口气，眼泪都快要掉下来。她努力克制，不让自己显得更狼狈。

花锦年一面注意着花流年的情绪，一面扫了一眼刘连生发来的消息，对眼前的情况大致有了判断，他走到花流年身边，低头凑近，食指在花流年的眼下轻轻擦了一下，轻声道："爱哭鬼，还不想告诉哥哥？"

在被花锦年食指轻碰的瞬间，花流年的眼泪再也忍不住，如决堤般一发不可收拾。她哭起来寂落无声，只有眼泪跟断了线的珠子一样不断落下，真叫人心都化了。

花锦年幽幽叹了一口气，将花流年搂在怀中，轻声哄道："哭吧，放心地哭吧，谁让我的流年受了这么大的委屈，等你哭好了，我们一起想方设法整治他，一定叫他后悔活在这个世界上。"

"扑哧，"花流年哭中带笑，终于肯开口，"谁相信你啊？"

"嗯？怎么就不相信哥哥了？"

"哼，难道你还能把你自己整治得后悔来到世上？"

好似真的思考了一番，花锦年故意停顿几秒，回答："唔……我没欺负流年啊？"

"你有你就有！"花流年急了，脾气上来，"我说你有你就有，你要不是有，为什么会、为什么要……限制我的权限？"

花流年的声音越说越小，似乎有些心虚，又突然觉得自己没有什么好心虚的，明明就是哥哥的错！

"没错，你为什么要限制我的权限，还把王重也调走了？"花流年忽然大声说道，满脸幽愤。

花锦年故作惊讶："这是说的什么话？我什么时候把王重调走？王重

是真有任务外出，而且事情很重要，交给别人我不放心。”

花流年信了一半：“调用基因强化人的权限呢？哥哥为什么要限制？”

花锦年轻轻叹了一口气，松开搂着花流年的手臂，看到花流年微微有些失落的表情：“流年，我不希望你再参与这些事了，你明明是个温柔美丽又娴静可人的女孩子，却整天跟一群被基因试剂催化出来的大汉混在一起，去做打打杀杀的事。你不该是这样的……”

你不该是这样的？我该是怎样的？……花流年有些迷惘，她坠入了花锦年饱含复杂感情的叹息中。哥哥是什么意思？难道他不喜欢她这样？他喜欢温柔美丽而娴静的女子，但自己却老是想着带人去打打杀杀？

她是从什么时候开始变成铁娘子的呢？好像是从当初跟王重去典当行捉拿樊力开始。她只要一个念头，就可以让周围的一切静止，任她为所欲为，掌控一切的感觉让她既新奇又欣喜。

然后，她又在却望庄遇到了跟杀神一样的方可水，她的命差点丢了。或许就是从那个时候开始，她深刻认识到力量的重要性，无论去哪里，她都会带上强有力的保镖。而现在，哥哥要将她的保镖们全部调走。

花流年微微地发起抖来。

察觉到这一点，花锦年再度搂住她，并轻拍她的后背，轻声说道：“流年，这段时间不要再去管七传人的事了，好吗？”

花流年微微一僵，她是何等聪明的人，只要小小的一个提示，她就能在电光火石间明白过来。原来哥哥不是要架空她的权力、限制她的行动，而是希望她不要插手七传人的事。为什么？难道哥哥准备动手了？他打算怎么做？可是现在剩下的两名七传人不是还没有确定吗？

“可是哥哥……”确定了这个信息后，花流年心中一松，感觉自己之前真是胡思乱想，尴尬羞愧之余顿时使出撒娇大法。

“不行，这件事情你必须要听我的。”花锦年声音淡淡的，说出来的话却不容置疑。

花流年一噎，不由有点恼怒。敢情她之前哭半天都是白哭了？花锦年虽然神色温柔，但态度却极其坚决。

这件事情没商量，花流年从他的眼中读出这个信息。

“哼，哥哥最过分了。”虽然这么说，但花流年也不打算再跟他犟了，毕竟她很清楚，继续闹下去只会让他觉得烦恼，不如见好就收，再做打算。

不知道怎么的，她忽然又有些不安。哥哥准备怎么对付七传人呢？还有青者和曾如风……这二人之中到底有没有七传人？如果有，他们又为什么要潜藏起来呢？

带着这些疑问，花流年离开了花锦年的办公室。

花流年走后，花锦年陷入了深思。流年心思细腻，多愁善感，又爱钻牛角尖，如此性格在商场上或许是优点，但是在感情上却容易让人负累……好在她还是很敬重他，并不会经常闹，否则他可能真的要做点其他打算了。

世上没有任何人任何事，可以阻挡他探寻仙星的步伐。

伫立在塔顶的落地玻璃窗边，花锦年看着脚下白云浮动，偶尔云开雾散，露出芸芸众生。他拨通秘书刘连生的电话：“计划……继续执行吧。”

美丽大学。教师住宅区。

坐在电脑面前一夜未眠的曾如风依旧神采奕奕，看不出丝毫疲惫。他细长的眼睛里闪烁着奇异流光，紧盯着电子屏幕上投射出的3D立体全息影像上。

三天前，何想给他送来一份神秘的图像资料，说是意外得到的星系图，想要他帮忙鉴别和整理一下。作为当代权威的银河系研究专家，曾如风当然不会拒绝。他在粗略地翻阅过资料后，就被资料里精密详尽的星空结构所震撼。关键是，这些资料与他脑海里已知的任何一处的星系结构都无法相对应。

难道是未知的星系？

与外行人何想不同，曾如风对天体构造可以说是如数家珍，他很清楚，如此细致且结构缜密的星像图不像是人为虚构出来的，就算是，虚构者的物理学水平绝对达到了难以想象的高度。可如果是高水平的专家学者，绝不可能无聊到去造假。

那么，是真的？

联想到何想的守护者身份，曾如风立时兴奋，在送走何想后的几天里，除了必要的课程外，他所有的时间都用来构建3D星系模型。这些模型区块显得极为分散，何想在给他的时候就极其零碎，好像是凭借模糊的记忆拼凑起来的。好在有张图是空间范围图，虽然比起区域图来说显得模糊和失真了不少，但却建立了大致的宇宙空间分布结构，能够将所有的模型区块加装其中。

现在，他手中的“成品”3D星系模型还显得十分稚嫩，缺失了绝大多数内容，但循着线索去摸索，终将抽丝剥茧，真相大白。

曾如风带着金丝眼镜靠坐在椅子上，镜片在沉默中反射着微微亮光，随即他从抽屉里拿出一个文件纸袋，将所有信息拷贝到记忆芯片中，封存到纸袋里，并在封面上写下“全有集团（收）”的字样。

做完这一切，他开心地站起身来，招来一直在厨房中待命的、看起来像市面上最常见的玩具机器狗，将纸袋放入它口中，笑容隐没在阴影里：“去，把资料邮寄了，不要被人发现。”

两天后。天气晴好，万里无云，明媚的阳光照在郁郁葱葱的树上，给林荫道洒上了变化多端的斑驳光点，像一群欢乐起舞的精灵。

何想怀里抱着几本书，走在美丽大学优美的露天艺术长廊里，心情难得的放松。

今天是周末，学校没有课，但他还是一大早来到图书馆借书，毕竟曾如风给他列的书单很长，他需要抓紧一切时间，才有可能把书看完。

借完书，何想很快回了典当行，刚进门就听到樊力的大嗓门。

“老大——老大？去哪里了？我去，今天不上课啊，难不成一大早就被人绑架抓走了？”正在屋子里浪荡地跳着，樊力一转头就看见进门的何想，立马飞扑过去，“老大——”

何想闪身一让，樊力扑了个空，不由得幽怨地掩面泪泣：“老大好过分，嘤嘤嘤，难得的周末休息都不陪人家，一大早就到处跑，害人家一个人独守空房……”他像个受气的小媳妇翘起兰花指，恨不得在大厅里如泣如诉唱上一圈，只可惜他面前的何想是金刚铸造、铁石心肠，对他视而不见，充耳不闻。

见无人欣赏，樊力也不演了，往大厅的柜台上一靠，呻吟道：“啊，好无聊啊，有没有点什么乐子呀？”

何想放下手中的书坐在柜台边，翻开其中一本，还没看两页，就发现面前一片阴影投射过来，他抬头：“干吗？”

“啧啧……”樊力咂嘴，盯着何想上看下看，摇头晃脑，末了十分严肃地说道，“老大你眼下青黑，眼窝深陷，皮肤黯淡没有光泽，脸上却又虚浮潮红，这个样子……怎么看起来像昨晚大战了一场，被榨干了一样？哇哈哈哈，要不要这样？是哪个女人如此生猛，将老大像擀面条一样摧残碾压？真是令人潸然泪下，心痛不已，我见犹怜。”

樊力的严肃半秒钟破功，自己把自己逗得大笑不已。

“滚。”何想无语，干脆利落。

樊力没心没肺地笑道：“要不要这样嘛，老大，你看，我刚才是不是一口气说了好几个成语？厉害吧，最近我玩了一款古典游戏，学了不少东西，我跟你讲，你不玩游戏绝对是你的损失。喂，真的生气了？不要不理人嘛，我还不是希望老大能早点给我找个嫂子回来，一起爱护我这个可亲可爱又很帅的小弟。对了，老大，你今天休息吧？有空吧？要不我们……”

“没空。”何想直接拒绝，让樊力张大了嘴巴。

樊力不可思议地瞪着他：“真没空假没空？我再给你最后一次考虑收回错误路线方针、重新做人的机会，不然你一定会失去我。”

“真没空，今天我约了……曾教授谈事情。”何想说道。

“真的是曾教授？你刚才那个可疑的停顿是怎么回事？”樊力狐疑。

“你的错觉，我什么时候停顿了？你也该减少打游戏的时间了，游戏打久了脑子都会傻，人会活在幻觉中。”何想约了曾如风是没错，但聚会真正的发起人却是青者，只是青者说曾如风既然是何想的导师，这次的事也绕不过他，所以就一并请了曾如风。定的时间是上午十点，他收拾一下也该出门了。

眼见何想真的换好衣服准备出门，樊力终于不淡定了：“喂！老大，你玩真的？要不要这样……”然而他刚追到门口，就被眼前的阵仗弄得一愣。

“什么情况？”樊力瞪眼。

门口是三个头戴护士帽、身背机械医疗包的医疗机器人。

为首的机器人礼貌鞠躬，吐出温柔且动听的声音：“您好，我们是中心市安全卫生厅的医疗小队，目前正在对全市居民进行新一轮的免费医疗诊察，请您配合我们的工作。”

“时间会很长吗？”何想有些不解。

医疗机器人：“不会，只需要几分钟就好。”

“好的。”何想伸出手臂，将袖子挽到上臂。

“什么鬼？它说让你查你就查啊？”樊力不能接受。

“最近中心市在进行人口普查和健康体检，我知道。”何想点头。

“呃……”樊力有点纠结，不由得悄然后退两步。可他一动，就立即被旁边一个医疗机器人捕捉到。

医疗机器人立即上前两步，露出亲切得体的微笑：“请您配合工作。”

“什么？我也要？不要了吧，我每天都做检查的，身体倍棒！不用不用，不用查我。”如果说在全有集团被美女扎针，樊力还能勉强觉得是一种痛苦的享受，可是被几个破机器人在身上戳两个洞，实在让人无法接受。

被樊力视为“变态”的何想转头一笑，戏谑说道：“怎么？怕打针？”

“切！怎么可能。我都多大的人了，还怕打针？”虽然这么说，但樊力盯着针头的模样明显有几分忌惮。

听到“怕打针”几个字，医疗机器人像是瞬间开启应激模式，一段欢快童趣的音乐放出，同时柔声唱道：“宝宝不哭，宝宝不怕，打针不疼的，是美的享受，是甜蜜的温暖，伴随着酥酥麻麻，我们健康长大……”末了还甜甜地补充一句，“乖乖打针的小朋友们，有好吃的和玩具作为奖励哦！”

医疗机器人腰间立即自动弹出一个金属盒，盒子里有五彩斑斓的水晶球和包装可爱的动物糖果，伴随着一声“想要我吗？想要我吗？要乖哦”的语音还震动了几下。

“……”樊力张大嘴，傻眼了。

何想已经笑得浑身颤动，好在医疗机器人的机械手臂十分稳，扎针取血精准迅速。

樊力不可思议地眨眨眼，很快玩心大起：“不，不，我不是害怕，我是有病，我有神经病！扎我我会发狂的！”他故意像个野人一样又跳又叫，力求逼真。

何想：“……”

医疗机器人红色的电子眼盯住樊力一秒钟，似乎在判断他说话真假，随即电子眼红光大作，“紧急任务，困难模式！病人图像已上传，请求批准。批准成功！为确保居民人身安全，开启强制治疗模式。”

"啊？"樊力一愣，就见医疗机器人一改之前温柔姿态，变得高度紧张、充满气势，两条机械臂嗖地伸出，机械爪在半空中冷厉地"咔嚓"抓了两下，随后朝他迅猛扑来。

"什么情况！"樊力号叫一声，猛地弹起倒退，飞快退出医疗机器人捕捉范围，只可惜他面前的是个获准采取特别手段的医疗机器人，坚决拿他当精神病人看待，不达治疗目的绝不罢休。

"喂，你不是吧？你来真的？要不要这样！……"眼见医疗机器人连对付精神病人的捆绑带都扔了出来，樊力终于尝到调戏机器人的恶果，掉头就往后院跑，企图躲避这个疯狂的机器人。

医疗机器人举起针头，奋起直追。

何想简直笑得窒息，机器人果然是冷面无私、大公无情，以完成任务为第一要义。面对千奇百怪的民众，交给呆萌的机器人来做是最合适的了。

医疗机器人替何想抽完血，现场分析完毕，显示各种数值正常。它将血液搜集到保存箱中，并对何想解释说要带回卫生厅的血库里收藏。

何想点头："全都检查好了？"他收回手臂，拉下袖子。

"请等一下，还需要接种疫苗，用于防治最近新出的一些病毒，每位居民都需要接种。"医疗机器人机械手嗖地变换，又伸出另一个小型注射器。

何想下意识愣了一下，最近有出现新的病毒吗？好像没有看到相关新闻……

就在他犹豫的瞬间，医疗机器人手中的针头在他手臂上飞快地扎了一下。

何想顿时觉得不好，可为时已晚，他眼前一黑，身体一软向后倒去。

医疗机器人迅速接住他，二话不说将他扛在肩头，电子眼的红光闪烁，它身边待命的机器人也同样闪烁回应，两个机器人准备掉头离开。

与此同时，樊力被身后的医疗机器人追得满屋跑，正从回廊里冲出来，才到大厅口就看见两个医疗机器人默契地扛着何想，从容离开。

什么鬼？樊力一脑门的问号。

两个医疗机器人发现自己不寻常的举动已被樊力发现，微微愣了愣，电子眼忽闪两下，猛地加快速度，一溜烟小跑出去。

“我去？！”樊力觉得简直见了鬼，事已至此，再怎么样他也发觉不对了，飞起一脚就把后面赶来的机器人踹倒，连忙追了上去。

被踹倒的医疗机器人保持躺倒姿势，“嗖嗖”朝樊力射出两针麻醉飞针，只可惜樊力速度太快，转眼工夫樊力就跑得没了影。

“老大！喂老大——这是搞什么鬼？”大街上，樊力一路狂奔，他眼看着两个医疗机器人飞快地将何想扔进典当行门口停放的车里，随即一踩油门，汽车轰鸣着离开。

他急忙拨通何想电话，奈何电话一接通就被立马挂断，再拨过去就显示关机。

老大真被机器人劫持了？机器人都成精了？反人类了？要不要这样科幻？

樊力来不及多想，撒丫子就追。刚追到十字路口，迎面横过来一辆大巴车阻断了他的视线，等他越过障碍再看时，前面原本只有一辆医疗机器车，不知何时变成了好几辆。从外观上看去，这几辆医疗机器车没有任何差异，而且都密封得严严实实，他也没法在短时间内辨认，但老大肯定在其中一辆车里。

不管了！先追一辆再说。樊力的单细胞脑回路让他本能地选取了跟他正对的医疗机器车，立即飞奔追去。

樊力加快速度，一步一个飞跃，很快追上医疗机器车，一个飞跃，樊力“砰”的砸落在车头上。

“滋——”黑影挡住视线，车辆猛地打滑，机器人下意识猛打方向盘企图将樊力甩下车。

可是樊力两只重拳砸破车窗玻璃，身体虽被惯性甩起来，手却牢牢抓住了车框。他咧嘴一笑，带着得意和狠厉，说道："虽然我喜欢生活中多点乐子，但我不喜欢殴打机器人……把老大交出来！"

樊力骤然大喝，两手猛地发力，腰身一挺，直接翻身上车顶，一个飞跃扑到车身尾部，两手臂肌肉剧烈膨胀，噼啪的黄色电光闪烁游走，车厢后门发出"吱呀"的呻吟声，就被他一把扯掉。

"哐当！"两扇车门落地砸向后方，"嗖嗖！"两枚麻醉针从车厢内急速射来，樊力猛地抬头躲过，一手撑地，人已经跳了起来。刚才虽然十分仓促，可他已经看清，车厢里除了两个医疗机器人以外，没有何想。糟糕，跟错车了！可恶，现在去找别的车还来得及吗？

不管了！樊力脚下猛地发力，腿部肌肉暴起，一个飞跃，轰然砸下！

"轰！"整个车身骤然塌缩变形，发出令人牙酸的倾轧声。医疗车像一条被踩住尾巴的猫，车头顿时不受控制地晃动起来。在一通泄愤般的蹂躏后，樊力又两步跨上车头，像故事里的英雄般直立，头朝下观察着车里的人。

"我去！帅啊！拍电影了这是？"医疗车的后面，一辆黑色私家车车主兴奋地拍了一把方向盘，同时立即减速，躲避潜在危机。也有不少车主和行人观察到了大街上神奇的一幕，纷纷退开，再找个安全点看戏。有几个不怕死的，不仅不远离，还抱着侥幸心理往上凑。

很快，公路上的电子眼捕捉到了这一景象，并第一时间上传到警务系统，让警方尽快介入。

两条街外，温之光骑着警用摩托巡逻街道。在短短几天时间内，她就协助处理了学术盗窃案和酒吧伤人案，温之光的作为点燃了局长李元生异样的热情，坚决认为她作为一个片警的价值比刑警更大。自从温之光被迫在放假和做片警的选择中当上片警后，里里外外碰上的大案比刑警都多，他决不能浪费如此独特的人才。

温之光虽然恨得牙痒痒，但顶头上司发话，她也只能无奈接受，继续每天憋屈地到处巡逻，憋着股劲要再破几个惊天大案，她就不信了，到时候李局还能一直压着她？

警用胸针在她胸前闪烁起来，温之光停下摩托，打开视频信息，一看顿时气炸："樊力？这家伙又搞什么鬼？就不能老实消停一阵？"

温之光咬牙，一看地点就在这附近，立即发动摩托车，风驰电掣地赶去。

街道上。医疗车终于稳定了方向继续向前，车箱里两名待命的医疗机器人也在千钧一发之际从尾部逃脱，翻身朝樊力射击。樊力猛地从车头坠落，躲过麻醉针的同时也将车头里的两名医疗机器人吓了一跳。副驾驶的机器人瞬间举枪射击，没想到樊力不是要入侵驾驶室，而是直接落到地面。

就在两名机器人疑惑之际，樊力忽然两手推车，以难以想象的力量连续狠踏地面，每踏出一步，地面就多出一个碎石坑，几步以后，硬生生让车辆停了下来，任由油门轰动、车轮在地面疯狂打滑也没用。

这一幕实在太过惊险也太过神奇，与医疗车平行驾驶的旁边车辆的车主几乎看呆了，下意识刹车想要看得更清楚，结果，"砰砰砰……"一连串的追尾导致交通立马瘫痪。

一切都发生得极为迅速，又极其不可思议，街道两边的行人和店面里的客人只觉眨眼之间，一场超大型车祸现场就摆在眼前，纷纷瞪大眼睛看着现场。

等温之光骑着摩托车狂飙而至，看到的就是眼前一幕，顿时一个头两个大。她飞快跳下摩托车，摘掉头盔，怒发冲冠，大吼："樊力！你个混账东西，你一天不消停就会死吗？信不信我今天就废了你，让你后悔活在这个世界上？！"

“光光？”骤然看到温之光，樊力很欣喜，他拼命挥手，“光光快过来帮忙，这几个机器人都疯了……哇啊啊！”话还没说完，被一连串从多角度射来的麻醉针弄得手舞足蹈，哇哇乱跳，地上一阵“叮叮当当”，到处都是掉落的针头。

一名医疗机器人注意到温之光，朝她迅速跑来。

温之光下意识摆出防备姿态，没想到机器人十分官方地表示它们正在执行卫生厅的任务，捕捉一个危害极大的精神病人，为了保障居民的人身安全，希望她不要妨碍公务。在看了一眼温之光的警车之后，更加“和颜悦色”地请求：“如果您是警务人员，还请协助我们尽快将他逮捕，以免造成更大危害。”

精神病人？温之光有点摸不着头脑，可四下里扫一眼后，她忍不住冷笑起来，可不就是精神病人，不然能干出这种事？这个樊力，就不能长长脑子？

“我知道了。”温之光点头。几步飞跑加入战局，却是帮助几个医疗机器人捕捉樊力。

随着温之光的加入，樊力压力骤增，“喂，温之光你搞错了吧？要不要这么快就被机器人洗脑，你的脑容量只有 2kb 吧？”

“闭嘴！给我老实点，快点投降，跟我回警局，我还可以给你从轻发落。你臭小子搞出这么大的阵仗，是想上天啊？真不怕被以妨碍治安罪关进去？”温之光气得牙痒痒。

“不是，我是有原因的，对了，我想起来了，我抓错车了！不是这辆车！”

见温之光用关爱智障的眼神看着他，樊力连忙道：“不是，我的意思是说，老大被它们抓走了！这群机器人打晕了老大，将他偷走，我是追着他们的车过来的。”

“什么？”温之光一怔。

就在她愣神时，两边医疗机器人分别扔了一张捆绑网过来，樊力下意识往后一跳，结果他没被抓住，温之光反而被捕了。

“啊？”樊力有点傻眼，就见温之光越挣扎，捆绑网缩得越紧，一两秒的时间就将温之光捆成一个粽子，要是她挣扎得太激烈，还会激出电弧打在她身上，让她浑身不停地哆嗦。

“可恶！”樊力大怒，再不对医疗机器人留情。

街对面。青色咖啡厅。

青者和曾如风坐在一张靠窗的圆桌边，十分默契地看着窗外的街景。不，此时应该说是闹剧。

青者轻叹了一口气，细长的眼睛微微眯起：“看来今天何想小朋友不会来了。”

“呵呵。”曾如风轻笑，“是不是感觉很失落？还有人敢放你的鸽子？”

“虽然事出有因，但确实如此。”青者站起身来。

“怎么，难不成青者大人要亲自出马？”曾如风笑得轻柔，金丝眼镜在高挺的鼻梁上微微闪光，一个堂堂大男人竟能笑得如此妩媚。

青者哂笑一声，没接话，径直朝外走去。

大街上。

温之光还在地上被裹成粽子，樊力气急败坏地下死手破坏医疗机器人。只是机器人不懂得什么叫害怕和恐惧，也就不畏惧死亡，对付它们除非彻底拆毁，但凡给它们留几个零件，说不定都能变成攻击的武器。

就在战局有些僵持时，一辆军绿色的警车迅速逆行驶来，几个警务人员快速下车，“砰砰砰……”一连串密集的电网和激光枪以不可阻挡的迅猛势头向剩下的两个医疗机器人攻击，“滋滋——噼啪！嘭！”两个机器人的中控系统被精准烧毁，电子眼立时熄灭，变成两堆废铁停在路中央。

警务人员很快走上前去进行善后处理，一切都在瞬息间完成。

青者走到温之光的身边，弯下腰将她从捆绑网中解救出来，又退后一步，给温之光留出足够的安全距离，末了一笑。

“温小姐，好久不见。”

温之光有些讶异地抬头看向青者，完全没想到会在这里以这种情形看到他，更没想到帮助自己的还是他，感觉有些奇妙，以至于一时之间都没想起来要去跟新来的警务人员交接。

“那个……”虽说别扭，但温之光还是觉得要向人道谢，可话还没说出口，樊力的一声急吼却惊了她一跳。

“温之光！离他远点！”樊力脸色大变，一把拉住温之光的手腕，将她狠狠拉到自己身后护住，浑身紧绷，战栗不已，精神高度紧张，如临大敌。

温之光被弄得有些莫名奇妙，可随即发现，樊力好像在害怕，而且还是很害怕的样子！

樊力虽然挡在青者的身前，可他浑身止不住地微微颤抖，或许在外人眼里可以将他的举动误认为是遇见强敌的兴奋，但温之光知道，他在害怕。他用尽全力紧咬牙齿，才让牙关不打颤，他耗尽所有的勇气，凭借保护温之光的强大欲望支撑着，才让他稳稳地站在青者的面前，不低头，不卑微，强行与之对视。

青者给他的印象实在太震撼，他的强大，他的压迫感，在年少的樊力心中像是播了一颗恐惧的种子，在时间的长河里不但没有湮灭，反而生根发芽。

虽然樊力早就知道自己已经今非昔比，但即便是现在，青者依旧能给他极强的压力，或者正因为他现在比以往更强大，更敏锐，才更能够感受到面前的青者那股如山一般的气势。但是，现在的他不会后退，也绝不能后退。

此时，樊力的脑子里一团乱，青者为什么会突然出现？难道他跟老大被抓走的事有关系？如果有，是为什么？又该怎么办？不，现在应该让温之光离他远一点，温之光那么单纯，很容易就会上当受骗，青者可是说起谎来连眼睛都不会眨一下的角色。

青者注视着昔日勉强可称作下属的樊力，细长的眼睛微微眯起，忽然爽朗一笑："樊力，别来无恙。"

樊力神情骤然一紧，头皮顿时有点发麻，青者笑起来比不笑更恐怖。

正当樊力头一次高速用脑时，曾如风也已经来到几个人的身边，笑着出声："温警官，又见面了。"

"曾教授？"温之光惊讶地看着他，"您也在这里？"如果说青者的出现让她倍感意外，曾如风的出现就让她匪夷所思了。他们是约好的？难不成还一起等着谁？

见到曾如风，樊力忽然回过神来，他眼神乱飘，盯着曾如风和青者一阵乱看。

"怎么了？"温之光问。

"今天老大说过他要出门去见曾教授。"樊力说道。

曾如风微微一笑，瞥了一眼身旁身形高大的青者，笑道："何想要见的可不是我，他要见的是旁边这一位，我只是个顺带的。"

樊力一愣，什么意思？老大要见的是青者？是这个姓曾的骗我还是老大骗我？

倒是温之光的反应更快，从刚才樊力的态度来看，恐怕他跟青者有过不愉快的过去，如果何想要见的是青者，说不定还真会假借曾如风的名义。

"这个不是重点，"温之光说道，"重点是到底谁劫走了何想？"说着又看了一眼青者，"如果不是地下拳场的话，那我几乎可以断定就是全有集团。毕竟何想又没有什么敌人，除了他们，也没谁会这么干。"

借人口普查和健康体检操控医疗机器人去抓人，能有如此手笔的，整个中心市也没几个。

“没错，说得好，温警官真不愧是大案专家，敏锐度让人另眼相看。”曾如风笑得灿烂。

温之光白眼一翻。这个家伙真是讨厌。

“可要是全有集团的话，他们总部就在对面，为什么还费事开车运走？”近些年在全有集团和他们的工作人员朝夕相处，他下意识还是有点相信全有集团。

轮到温之光鄙视他的智商了：“你是不是傻？如果那样不是明摆着是他们干的？装也要装着走一下过场啊。”

“呃……”樊力词穷，动脑子真不是他的强项，“好吧，行，你说了算，现在怎么办？”

“还能怎么办？当然是救人。”温之光一咬下唇，对青者和曾如风简单致歉告辞，拉上樊力就要去救人，走之前她又忽然转头对青者鞠了一躬，“今天谢谢您。”说完也不等青者做出反应就逃之夭夭。

“……”青者笑着摇了摇头。这个温小姐，还是个小孩心性。

回首望着身边的曾如风，青者笑道：“不去救你的弟子？你们不是有同居之谊？”

曾如风挑眉：“啧，你学坏了啊。”这个一本正经的家伙也学会调侃了？真是太阳打西边出来。他耸耸肩，满脸无辜，“比起我这个孤零零无权无势的研究学者，难道不是某位位高权重的大人物更合适当英雄？”说着，还对青者俏皮地眨了眨眼睛。

青者定神看了看他，开玩笑道：“这样一来，你岂不是要欠我个人情？”

曾如风也笑：“随便了，债多不压身嘛。”

全有集团。基因研究实验室。

不知过去多久，何想幽幽地醒来。

他感觉身体很沉重，无比疲惫，血液里像灌了无数的重金属，他连抬起一根手指都极其费力。他想睁开眼，眼皮却重如千斤。他这是怎么了？他记得……对，他好像在进行健康体检，然后医疗机器人要给他注射抗菌疫苗……好像是那个疫苗有问题？对，肯定是……否则，他脑袋怎么会有种撕裂一样的痛感……

他现在在哪里？

过了很长时间，何想终于聚集了足够的力气，费力地张开眼。

是一个实验室，对，还是一个极其高端的实验室。这段时间，他在学校里见过各种尖端的实验室，这里的设备和气氛有过之而无不及。

有几个研究员一言不发地在做测试，而实验对象就是他本人。

他被摆成十字绑在一个圆形的巨大金属面板上。这么说他被绑架了？

这是哪里？

虽说心里早有预料，可当看到被簇拥着进来的人时，何想还是惊讶了一下，同时感到一些遗憾。

是花锦年。

何想下意识活动了一下的手指，果然，戒指没有了。

花锦年进门时脸上是惯常的冷漠淡然，可在看到何想后，冷淡变成了一脸的温和，甚至还带着几分动人的温情。他在注意到何想惊讶的神色时，心情甚至还有点愉悦。

“何想，我们又见面了。”花锦年温和一笑。

何想也静静地看着花锦年，平静地笑道：“何像？不，花锦年，花总。别来无恙。”

一句“别来无恙”让花锦年眼皮微动，他忽然发觉，两年时间不见，眼前的何想跟他印象里的何想又有不同。两年前的何想，不过是个混混模样，轻易就要卖了典当行，如果不是何子天阻止，恐怕典当行早已入他囊中。

就算是上次被邀请来见证土星空间站的建立，事后拒绝他的仙星计划邀请，也是冲动赌气多过理性思考。他原以为在上次的不欢而散后，他应该很快会跟何想再见面，毕竟事实摆在眼前，何想必然会改变主意，就和后来投诚的方可水和樊力一样。

但是，何想消失了，消失得十分彻底，消失得无影无踪，直到现在才再度出现在他的面前。

见花锦年只是看着他，却默不作声，何想又笑了："花总就是与常人不同，迎接客人的方式也是这么独特。"

"你还觉得自己是客人？"花锦年觉得有些好笑。

"那我是？"

"俘虏。"花锦年轻声说道。

在说出这个词的时候，花锦年一瞬间有点恍惚。仿佛回到他跟何想相依为命的时候，虽然都是一无所有的孤儿，但何想有一样比他强得多的地方——健康的体魄。平常大家吃了都会拉肚子的东西，何想吃了却没问题。原本应该冻得人直哆嗦的天气，何想却手脚热乎，就连打架动手抢东西，何想都比他力气更大……小时候他受过何想太多施舍性的照顾和怜悯，何想高高在上，他卑微地依附，虽说彼时他们眼中至关重要的东西不过是几片被人扔进垃圾堆的面包。

对他来说，何想确实是独特的，或许在他潜意识里甚至比花流年更加特别。可是，他们的身份现在已经对调，他掌控着生杀大权，而不是再被何想攥在手里的小可怜，随时担心可能被扔掉。

被扔在角落里的记忆忽然浮现，让花锦年下意识地感到不快，不由得皱了皱眉。

何想注视着他的神情，听着他给出的答案，不由得笑了，连续不断地笑了好久。他第一次由衷地感慨，花锦年果然还是花锦年，但何像已经不是那个何像，他该放下了。

何想幽幽地叹了口气，再抬眼时，冷静和理智已经回到他的身上，他笑问："花总打算怎么处置我？"

"这取决于你的态度。"

"花总想要我做什么呢？"

"你真不知道？"

何想微微一顿，又笑了，眼神很真诚："其实这次回来，我很想再见你，但真要行动时，又近乡情怯……"

这仿佛是一个信号，花锦年的神情缓和了许多，他更加胜券在握。毕竟何想已经到了他的面前，除了答应他，何想没有任何底牌，别无选择。

想到这里，花锦年带着几分亲昵笑道："其实，我们兄弟又何必这么生分？全有集团的大门随时都对你敞开，你什么时候来我都热忱欢迎，就像回到小时候那样，我们一起为目标奋斗。"

"哦？可花总的目标太远大了，一般人连想都不敢想。"

"你又怎么会是一般人？我听说你前不久还从全有集团的射电基地挖出了一艘飞船，藏得那么深都能被你找到，可见很不一般……"

何想哈哈一笑："这可赖不了我，是有人指点和派遣我去找出来的，之后，飞船就跟人走了，我连毛都没得到一根，想想我也确实不一般，不一般的傻。"

"……"花锦年的神色顿时冷淡了许多，他看着何想装傻打哈哈的模样，忽然觉得，这家伙跟两年前比起来也没有长进多少，识时务者为俊杰，连这个道理都还没悟到。

话谈到这里，花锦年已经意兴阑珊："看来你应该记得什么，你还需要再好好回想一下，等你想好了，再告诉我吧。"说完不等何想回应，转身朝实验室的大门走去。

何想却叫住了他："何像——这是最后一次叫你何像——当一个人想要的东西都用巧取豪夺来获得时，他离灭亡就不远了。"

花锦年稍稍停顿，目视前方，他对门边的方可胜说道："不用对他客气，该怎么做就怎么做。必须用最快的速度解析他的基因。”

方可胜点点头。等花锦年离开后，他抬头转身，看向被固定在金属面板上的何想，眼中露出几分疯狂。既然花总都已经吩咐了，也就没有什么需要顾及的。

何想……如此新鲜强大的实验体样板，啊……有多久没有碰见过了？方可胜捏着何想基础实验数据的手忍不住颤抖起来。他下意识舔了舔干涩的下唇，猛地攥拳，手背上青筋凸起，贪婪地朝何想看去。

见他看过来，何想连忙一笑，可惜的是，何想“友好”的情谊被彻底地无视。方可胜像挑拣猪的后腿肉一样用挑剔的眼神上下打量着何想，并露出满意的表情。然后，随后跟研究人员讨论关于何想的研究问题。

看来日子不会好过了，何想心道。

全有集团的西面，一家胶囊旅馆外的遮阳棚下。

樊力跟温之光鬼鬼祟祟地缩在这个地方，虽说救人，但两个人都不是擅长策划的人，尤其面对的还是全有集团这样一个庞然大物。到底人被抓进了什么地方，有多少看守，谁也不知道。可如果继续在这里耗着，每多耽搁一分钟，何想的危险就增加一分。至少在温之光的眼里，全有集团就是个吃人不吐骨头的地方。

就在刚才，他们给方可水打过电话，可方可水竟然没接。两个人心里没底，但总不能这样干等着。

“算了，不想了，就这么着吧。你继续以你 Air 的身份大摇大摆地进去，见机行事。我用我的方法进去，咱们分头行动，随时保持联系，互通消息就行。”在苦思冥想三分钟后，温之光拍板说道。

本来她就是一个喜欢独闯龙潭，然后让别人收拾烂摊子的人，现在让她来做一个详尽周到的计划实在有点强人所难了。

“行。”樊力也觉得计划不错，两个人就这么定了。

装出一副跟平常没两样的吊儿郎当的模样，樊力迈着浪荡的步子回到全有集团，一路上畅通无阻。只不过半途中遇到梅之心，刚见到她半个影子，吓得樊力飞一般绕道逃跑。现在被梅之心抓住，他肯定就完蛋了。

樊力费力地绕了几圈，才回到 Air 成员的休息区。他有些心虚地长出了一口气，突然又暗骂自己没出息，他跑哪里不好，跑回 Air 区有什么用？真是，要不要这样？间谍的工作太难做，心理素质不好的人真是干不了。

如果说樊力就是诚心来踢馆，他不会有任何压力，大不了就是折在这里，以前就是过着把脑袋拴在裤腰带上的日子，也没什么大不了。可是要玩心理战，绝对是他的弱项。何况他打心底还是有些怀疑，全有集团为什么要来这么一出？温之光的判断真的对吗？或许里面有什么他们不知道的内幕！

毕竟就他两年来在全有集团工作的感受，这里并不是温之光所想的毫无人情味、吃人不吐骨头的魔窟。而且，就算老大真的在这里，可全有集团这么大，没有权限，很多地方更是进不去，他要怎么找才好？难道直接奔上顶层去威胁花锦年？

“唔……好像也不是不可行？”

樊力正倚着 Air 休息室的门胡思乱想，冷不丁门一下打开，他一个踉跄，差点摔进来人的怀里，仰头一看，是 Air 的另一个成员，金发碧眼的李斯特。

李斯特有着一身标准的健美身材，他低头瞅着撞到他胸口上的樊力，嘴角上扬，笑得暧昧：“怎么？投怀送抱？”说着就用手环住樊力。

樊力一个哆嗦，跟被电了一样跳起脱离李斯特的怀抱，还比划出拳击手势“嘿哈”来了几下。没办法，他对何想玩的套路只是调戏逗弄，可李斯特这浑蛋都是玩真的！据说折在他手里的好汉，没有十个也有八个，这种浑蛋加人渣，他必须离得远点。

“哈哈，好了，不逗了。”见樊力摆出防御姿态，李斯特笑个不停，觉得他这样特可爱，“你刚才在干什么？躲在门后鬼鬼祟祟的。”

“谁鬼鬼祟祟了？我这么正大光明伟岸，哪里鬼鬼祟祟了？”

“哦？”如果说刚才只是随口一说，现在李斯特的笑意就加深了许多，显得有些意味深长。他走到沙发边坐下，给自己倒了一杯冰水，视线一直没有从樊力身上移开。

樊力被他看得有些心虚，下意识移开视线，但还是强装镇定。

“扑哧——”李斯特笑得肩膀抖动，“好了，别憋着了，樊，来说说吧，是什么事情让你这么困扰，心神不安？放心，我是一个会为朋友保守秘密的人。”

樊力盯着他看了两眼，没错，李斯特一直都是Air成员里最神秘的人，对什么事都显得漫不经心，很少有人能从他嘴里听到关于某个人的消息，但却总让人感觉他好像对所有事情都心知肚明。要不打听一下？

“咳。”樊力清了一下嗓子，立马也凑到沙发边，眼神清亮，带着明显的好奇，“我听说今天好像有人被抓回来了？”

“抓回来？”李斯特偏头，好像在搜索脑子里的记忆。

“嗯嗯，就刚才九点钟左右。”

“呵，你消息还挺灵通。”李斯特笑。

“哪里哪里，没有你灵通。”樊力适时谦虚。

“你们汉语种的人老喜欢说‘哪里，哪里’，要是直译成英文就是‘where，where’，一开始的时候，我总搞不明白，到底‘where’在哪里呢？”李斯特自顾自地讲了个冷笑话，樊力只好陪着一起笑。

“好吧，我好像听说今天有个人被带进来，走的渠道还有点特别，但既然直接送到了方主任那里，应该是实验体吧。”

“实验体？方主任？”

“你连方主任都不知道？What？How？”李斯特做出夸张的惊讶表情。

樊力有点尴尬，实验体他肯定知道，毕竟全有集团那么多基因强化的黑衣人又不是凭空掉下来的，但是方主任……他没接触过啊。

“噢，你的搭档真是太护你了。”李斯特遗憾地摇头。

“啥啥？”樊力有点蒙。

李斯特站起来，伸展了一下身体：“我能告诉你的就只有这么多了，其他的需要你自己去发掘。”

“诶？那你总该告诉我方主任大概在什么地方吧？”樊力有点急。

“这个嘛……Air 和空间站相关的研究要往上面找，基因研究这种有些阴暗的东西呢……”李斯特朝地下瞅了瞅，递给樊力一个“你懂的”眼神，打着哈欠往休眠舱走去，“噢，对了。”他忽然回头，“你不要用电梯，如果想要自己的行踪更隐秘的话，可以先从大厅离开，再从外面下去，多找找，一定会有新发现。记住，出了休息室，外面到处都有监控哦。”

李斯特抛了个媚眼，樊力打了个冷战。

樊力心神不宁地离开休息室，嘴里念叨着“往下？往下……”走到接待大厅犹豫了一下，接着离开全有集团大门，随后隐蔽地绕到离主楼大厦最远的车库出口闪身进入，逆着车流跑到地下五层。

按理来说，这里已经是全有集团最底部了，可樊力看李斯特的意思，其实应该还有更深处？然而，在密密麻麻看不到头的车辆之间翻来覆去找了好几圈，樊力什么也没有发现。

什么鬼？该不是被忽悠了吧？

第九章　被困

意识到这一点，温之光反而将心提起，所有的精心布置都是为了化解人的紧张和压力，同时消减对立情绪。

同一时间，全有集团大门外的街道上。

樊力离开后半个小时后，温之光也从遮阳棚里出来，她将警官证别在胸前，就这么直接朝全有集团闯去。不出意外，在楼下大厅就被人拦了下来。

“您好，请问您有预约吗？”大厅接待处设置了咨询台，有四个服务员，分别是两男两女，迎上前询问温之光的是其中一名男服务员。他一身衬衣西裤，头发打理得一丝不苟，俊朗的外表与极具亲和力的微笑让人心生好感。说话间，他注意到温之光胸前的警官证，微微讶异。

温之光注意着他的表情，露出一脸官方微笑：“不好意思，我没有预约，但……”说话之间神色陡转，变得严肃而冷厉，“但现在事态紧急，已经没时间预约。就在刚才我接到警报，今天全有集团将遭遇恐怖袭击，整栋大楼的人员都会有危险，我第一时间赶来，就是为了提前布置，警方后续动作会很快跟上……没时间了，让开！”

温之光不再多费口舌，直接往里冲。

男接待脑子里“嗡”的一下，一瞬间没反应过来，他进入全有集团工作虽然不长，但从没听说过有人敢对全有集团进行恐怖袭击，疯了吗？

他下意识拦住温之光：“哎……您等等！要不我还是先替您预约？”

温之光猛地回头，揪住他的衣领，神色严厉，“再耽误时间，出了事你能负责吗？全有集团上下所有人的安危，你担负得起吗？！”

被劈头盖脸一顿责骂，男接待有点蒙，他只是一个前台接待，当然担负不起这么大的责任。就在他愣神的时候，温之光已经绕过了他。

可温之光的计划并没有那么顺利，她没走出几步，刘连生就带着人从里面迎了出来。

挥挥手，刘连生让有点慌张的男接待下去，十分热情而周到地对温之光笑道：“温警官，我们又见面了。我是董事长秘书刘连生，你的来意我很清楚，正好我也想跟你谈谈，这边请！”

还没说话就被人抢白，温之光本能觉得这人不好对付。但既然来了，她也不可能后退：“带路吧。”

会客厅内。

刘连生盘腿坐在古色古香的茶桌前，亲自泡上一壶清香四溢的好茶，茶盘边摆放了精致好看的甜点，四周点缀着修剪精巧的绿植，脚下的榻榻米与软沙发靠垫在色彩上相得益彰，屋内布置怡人，温馨而柔软，让人在无形之中不由得放松下来。

意识到这一点，温之光反而将心提起，所有的精心布置都是为了化解人的紧张和压力，同时消减对立情绪。手法正好跟警察局相反，局里的布置十分单调，简洁刚硬的线条，刻意的冰冷色调，无不是为了刺激嫌疑人的神经，增加压力。

全有集团是打算打温情牌了？

但温之光却没有兴趣陪他演戏，开门见山道：“何想在哪里，让他出来见我。”

刘连生微微一笑：“温警官好像对全有集团很有敌意？”

“你们没做什么不好的事，我就不会有敌意，我是警察，又不是疯子。可以不要浪费时间吗？我很忙的。”

“当然，温警官不要担心，重要的人很快就到。不如我们先来谈谈什么叫做‘不好的事’？”刘连生眯眼笑道。

温之光眉头一竖，这家伙竟然还有脸说，“什么是不好的事，难道你心里没点数……”总不可能他级别不够，不知道何想的事情？

就在这时，一阵细微的震动从刘连生的腕表上传来，“不好意思，接个电话。”刘连生露出歉意的笑容，站起身来走到一边，像是不想让温之光听到电话，随后又走远了几步，仿佛随意地走到会客厅的门口。

原本温之光看他穿的是拖鞋而不是工作用的皮鞋，就没多想，可等她回过神来，下意识想要跟上，“咚！”合金闸门已经落下，将室内室外隔成两重空间。

在闸门完全合闭之前，温之光看见刘连生已经回过身来，仿佛在屋外对她露出嘲笑。

“……”温之光立马扑上去猛捶闸门，恼怒地大喊，“刘连生！你这个浑蛋！快开门！你……”

“滋滋——”合金闸门上闪起一道电弧光，噼啪的紫色电流击打到温之光身上，让她猛地后退，整条手臂都被电得生疼。她不敢置信，再一次扑上去，结果被电得跪倒在地，肌肉抽动，怎么也使不上力。

她手指哆嗦着，用最快速度找出通讯录里的“樊力”“陆七”两个名字，却发现根本拨不出去，这里屏蔽了所有信号。

也就是说，刘连生从一开始就设好圈套，全有集团一开始就知道她会来。何想果然在这里，可是，她现在却被困住了。

可恶！巨大的挫败感瞬间将她掩埋，温之光紧咬牙关，气得大喊：

“混蛋！你们这样做是袭警！！”

温之光想的没错，刘连生确实在策划整件事之前就已经想好对策。不管是温之光还是樊力，又或者是方可水乃至方家前来，他都有完整的应对方案。

现在温之光已经是瓮中之鳖，方可水目前并不在中心市内，樊力还在地下车库里来回转悠，就算他有进一步动作，也会有新的陷阱在等着他。

刘连生舒适地坐在塔顶董事长办公室内，瞥了一眼凌空飘浮的多重监控立体视频，端起一杯茶慢慢品着。他是个爱喝茶的人，这个习惯传承于当年的花天下。当时他就在秘书室工作，现在更是一跃爬上了秘书长的位置，成为花锦年的左膀右臂。

今天，作为全有集团真正“智脑”的花锦年离开了他惯常所在的位置，亲自跑到高能电磁实验室，去监测七宝之一“戒指”的解析过程，也让他第一次有机会坐在他梦想已久的地方——好像并没有他预想中的开心。

刘连生一向都很清楚，自己只适合秘书的角色，而不适合当真正的领头人，因为真正的决策者所要承担的压力和风险一般人根本难以想象。而当错误的抉择所酿成的苦果显现时，也非常人的肩膀所能承担。他所要做的就是成为无人能替代的、最强大的执行者。

如他所愿，樊力确实在他的安排下被引向了地下车库，一向冲动又没脑子的樊力，竟然真的在车库里像没头苍蝇一样乱转，并且里里外外、上上下下转了几个小时都没出来。

疑惑之余，刘连生只能感慨高看了几分樊力。

地下车库。

距离何想被绑架七小时后。

温之光还被关在密闭的会客厅内束手无策，樊力也仍然在车库里转来转去，没有头绪。按他平时的性格，此时早就折腾起来，可今天，或许是李斯特那句“监控无所不在”的威胁影响到他，樊力有一种束手束脚的感觉，每次烦闷地冲出地下车库，想不管不顾地硬闯全有集团时，那句话就仿佛魔咒一般在脑子里盘旋，硬生生又将他逼了回来。

可他在车库里瞎晃，什么也不干，也不可能找到老大。又或者，李斯特的意思是地下车库里一定另有乾坤？只要他不放弃，好好找，就能找到突破点？

樊力很清楚，如果就这样直闯全有集团，可能还没找到老大，自己就先陷进去了。几个小时前他联系过温之光，可温之光不在服务区内。

樊力感觉自己长这么大，头一次将自己不够发达的大脑运用到极致。他想来想去，以至于车库里偶尔出现的集团员工都开始变得可疑。

又是六个小时的蹉跎和煎熬，樊力感觉饥肠辘辘，终于将耐性耗尽，决定先出去找点吃的，假如回来以后他还没找到什么好办法，就不要怪他硬闯了。

想明白后，樊力从角落里走出来，打算离开车库。

就在这时，一阵细微的、极有节奏、让樊力感觉有几分熟悉的脚步声远远传来。如果是别人，或许听不到远处的细微动静，但樊力的耳朵何等灵敏，他又听了一会儿，顿时露出惊喜之色，悄无声息地飞快靠近声源。只见声音的主人停在一面隐蔽角落里的黑色光滑金属墙壁前，轻轻按上自己的手掌。

下一刻，原本光滑如镜的金属墙壁亮起一道光，一扇电梯门凭空打开，一直以来作为樊力 Air 的研究搭档——实验员林薇——旁若无人地走了进去。

樊力惊讶地张大嘴，他猛地高喊出声：“林薇！”身形化作一道残影，迅猛飞跃，在门即将关闭的瞬间闪身钻了进去。

下一刻，电梯里“嘀嘀嘀……”警铃大作，红灯闪烁。

同时，二十八层的按键灯自动亮起，电梯急速下坠！

一切快得让人来不及反应，林薇微微一怔，才反应过来，一脸焦急地看向樊力，埋怨道："你怎么突然跑进来了？这是发什么疯？你知不知道，这是入侵！警报系统将你当做入侵人员了。不行，你得赶快出去！"

她急速按着二十八层键想要取消，可中控系统下达的命令哪里是她个人的权限所能取消的。她有些莫名其妙，樊力怎么会突然闯进来？而且好像在这里蹲守很久的样子？她今天休假在家，晚上是临时起意，想起有份资料还想再研究一下才会过来，樊力不可能在这里等着她。那么是巧合？可他在这里干什么？是在找什么？

林薇的思维非常迅速，几乎在瞬间，她的推断就极其接近真相，看向樊力的神色带着担忧与焦虑。

樊力看着她担心的神色反倒有点开心，他从小是没人疼没人爱的孤儿，但凡有人真心实意地关心他，他都觉得万分宝贵。他刮了一下林薇的鼻子，笑道："行了，没多大事，不要害怕。"

冷不丁被当成小孩刮了鼻子，林薇微微发愣，多少年没有人对她做出这种举动，可樊力"没多大事"的结论却让她哭笑不得，该说这个傻子是心大呢？还是真的傻得冒泡？但被樊力这么一打岔，她也冷静了下来。

今天她休息，樊力恰好在今天出岔子，是不是也太巧合了？关键是……看樊力的表现，他知道有地下研究所？他今天就是等在这的？如果不是等她，他在等谁？谁告诉他的？

"你不要认为这是小事，地下研究所是公司的最高机密，你贸然闯进来，又被中控系统捕捉到，等下到了地方，还不知道有什么在等着我们呢。"林薇边说边观察樊力的神态。

可林薇能看到的，却是樊力傻开心的笑容。

"我们"这两个字莫名地取悦了樊力，他忽然觉得到全有集团来的两年里也不是没有收获，起码他的实验员小姐姐到现在都没有放弃他。

"嗯，我知道，今天我是来找人的，我老大被人抓了。但你不要担心，我是七传人，你是我的搭档，等下就说是我挟持你，他们不会对你怎么样的。”樊力说道，忽然想起早上遇到的医疗机器人，又有点不敢肯定，如果对手是人，肯定没问题，毕竟他跟王重、花流年也打过多次交道了，但如果是机器人呢？

等再度抬眼看向樊力，林薇的目光里带着一股怜爱傻子般的温情：“你啊……以后不要这样想了，也不要再这么说。其实你……你没有你自己想的那么重要，明白吗？”林薇轻声道。

樊力眨眨眼，点头：“哦。”

林薇被他装乖的模样逗得一笑：“是要真听进去了才好。”不过他说的没错，至少这次他应该不会有太大危险，毕竟他是七传人，毕竟仙星还没有找到，七传人还有很大的利用价值，虽然也不是完全不可替代。

两人说话间，电梯已经落到第二十八层，“叮”的一声，电梯门打开。

映入眼帘的是紧密包围在电梯门外的一圈举起枪械的机器人，枪口森然；更外层，是黑压压一片、手持武器的基因强化黑衣人，严峻肃整，气势凌厉。

樊力面色微变，闪身抢在林薇的前面，将她牢牢护住。

紧张的局势下，战斗一触即发。

“等一下。”林薇的声音冰凉沉静，她伸手将樊力拉开，将自己暴露到众多枪口之下，一脸平淡地说道，“这是个意外，我有必要向上级申请解释。”

夜。漆黑。大风呼啸，树影斑驳摇曳，像张牙舞爪、择人欲噬的鬼怪。

城东，一座富丽堂皇的别墅中，高高的水晶吊灯折射出令人炫目的光彩，映照得光洁如镜的地面辉煌灿烂。屋子里的陈设极尽奢华之能，高雅的古典风格与现代科技完美结合，展现出主人独具一格的品味。可大厅里一丁点人声也没有，唯独二楼大厅角落里的唱片机演奏着不合时宜的欢快曲调。

正是因为那欢快高亢的曲调以及弥漫在别墅内的淡粉色的烟雾，掩盖了隔壁书房里涕泪横流的求饶与呼喊。

书房的门轻掩着，七八名保镖瘫了一地，目标人物身前的屏障已然破碎，他彷徨惊恐，哭得像个年幼无助的孩子，再没当初在有一间酒吧里时，面对青者谈笑风生的狂傲与洒脱。

杀手代号——魍魉，喜欢蒙面，戴红色隐形眼镜和半圆形网状头盔。他抬手一枪，精准射入目标人物的眉心，“砰”的一声，目标人物颅内炸开，睁着眼睛瘫软倒下。

“喊。”魍魉收回吃饭的家伙，撇嘴咕哝，声音蒙在面罩里，“今天真是亏大了。没想到这家伙惜命到这种程度……”

原本魍魉的计划可谓精密周到，为了今天的暗杀，他以各种不同的身份多次到别墅游览，本该万无一失，没想到目标人物的安保系统超出他的预料，害他差点打破零失误的历史记录。好在虚惊一场，得手后的他依旧可以高居杀手榜的首位。

收好家伙，程式化地毁掉所有记录信息，魍魉对自己的杰作感到满意，虽然有一点小瑕疵，但瑕不掩瑜。他跟别的杀手不同，虽然他实力强大，但细心稳妥，绝不打没有把握的仗。不像那些仗着自己有几把刷子就不知道天高地厚的小年轻，狂妄得六亲不认。他还记得好像就是前年，有个本来很有实力和前途的后辈，就因为多干掉了几个政要和不听话的经济学家暴露了行踪。最后被一个年轻的小警察给抓住，还是个女警。那个女警为此捞到不少好处，还立了功。这简直就是杀手界的耻辱。

轻叹了口猫哭耗子的气，魍魉觉得这里也没什么留恋的，轻轻纵身一跃，从敞开的窗户跳出。在没入夜色里的刹那，他手上的腕表轻微闪烁。

【青者：去全有集团救个人，把东西带回，允许调动一切可调动的资源，任务完成后来见我。】信息的末尾附带了两张照片，一张是一个一脸淡笑的年轻男人，另一张是他手指上一枚黑色戒指的特写。

“就这么简单？”暗夜的街道里偶尔有行人和车辆经过，魑魅坐进一辆黑色私家车里，设置了无人驾驶模式，他用胳膊肘撑在车窗玻璃的边缘，瞅着立体屏幕上的信息，忽然笑了一下，“很大方啊，难不成是失散多年的私生子？可年纪有点对不上呀！不过也未必，说不定青者老大天赋异禀呢？呵呵呵……”

魑魅痴痴地笑，随后将信息发到杀手群里，并附上邀请“来人合作，多多益善”，刹那间，一石激起千层浪。

“群聊 李白：什么情况啊？”

“群聊 杜牧：魑魅大佬跪求合作。”

“群聊 千钧：哈哈，顶楼上，力挑全有集团，魑魅这次大手笔呀！”

“群聊 铅笔：这家伙谁？值得花这么大价钱去救？”

“群聊 狂上加狂：谁知道？给钱就行了，给钱我天王老子都杀。”

“群聊 李白：别杀了，任务说是救。”

“群聊 亿万：成天只知道打打杀杀，生活毫无乐趣，果然教育该从娃娃抓起……”

“群聊 狂上加狂：就你有乐趣？你除了赚钱还知道啥？”

眼见人越来越多，群里也越来越乱，魑魅赶紧跳出来。

“群聊 魑魅：别废话，来的报名，不来闭嘴。”

“群聊 杜牧：乖乖，大佬就是牛气。”

群消息提示：群成员 杜牧被禁言二十四小时。

“群聊 狂上加狂：哈哈哈哈哈哈哈……杜牧你活该！叫你嘚瑟，衰了吧？我报名！”

“群聊 千钧：阿狂机智，哈哈，我也报名！”

“群聊 李白：报名。”

“群聊 智脑：我也来。”

“群聊 魑魅：嗯？智脑你来得正好，有你在，这趟任务就靠谱多了。”

“切……”一时间，杀手们纷纷嘘声。魍魉看着电子屏幕上一溜骂他该去挂眼科，否则终将为眼疾而哭的话眯眼笑着，一一怼回去，在享受了一把舌战群儒的感觉后，“艾特”群里的“伪装者”。

“群聊 魍魉：@伪装者，不一起来吗？”

“群聊 伪装者：那就算上我吧。”

“群聊 魍魉：哈！等的就是你这句话。行，齐了，准备准备出发吧。”

同一时间，地下拳场。

青者给魍魉发完短信后，随手点开通讯录，在“温景阳”的名字上虚按一下，电话很快接通：“两件事。第一，何想被全有集团抓了。第二，你闺女去救他了。就这样。”

青者的声音平稳清晰，带着不易察觉的笑意，简明扼要说完，不给温景阳过多的反应时间，迅速挂断电话。

公安厅副总警监办公室，温景阳微微一愣，等他反应过来打算详细询问时，对方已经挂断，再打过去，竟然提示“您拨打的电话已关机”，气得他差点抓起腕表扔掉。混账东西！一天到晚跟他玩捉迷藏不说，还每次都搞出幺蛾子，害得他不知做了多少善后工作。

几乎没人知道温景阳跟青者私交不错。当然，说是朋友，不如说是相互诋毁、下绊子找碴儿的损友。契机源于温景阳所在的军方和青者所代表的地下拳场多次发生摩擦，经过交涉，最后双方竟达成微妙的协作关系。

一方面，在这个国民精神高度匮乏、无数人寻求刺激和享乐的时代，地下拳场作为能够正确“引导”潜在暴力因子合理发泄的场所，政府方面在最初的打压后，反其道而行之，默许了它的存在。自那以后，犯罪率反而大幅下降，因为绝大多数穷凶极恶之徒都蜂拥至地下拳场，通过暴力获得高昂的报酬，成为大众眼中明星般的角色，接受万众喝彩。更有甚者，不少具有非常规、暴力倾向的青少年，也被人有意无意引向地下拳场，主动进入恐怖的“牢笼”之中。

如果说上头对全有集团和地下拳场之间的交易不清楚，那显然不可能，但多多少少都睁一只眼闭一只眼，毕竟地下拳场也是基因计划成果绝佳的展现场所。

温景阳回想了一下青者给的两条线索，眉头不由得皱了起来。且不说他的宝贝闺女一天到晚唯恐天下不乱地瞎掺和，全有集团会去抓何想，显然跟飞船脱不了干系，但对于飞船，又或者说对于何想，军方的态度也是势在必得。

看来他有必要跟原老爷子商量一下了。温景阳不再犹豫，起身拨通了原战的电话。

全有集团，地下基因研究实验室。

林薇拦住了打算动手的樊力，跟机器人交涉起来。她跟樊力的认知不同，人是世上最善变的生物，但机器不会，机器只会按照程序行事，所以与机哭人打交道，她反而比面对人时更从容。

林薇的打算很简单，今天樊力擅闯机密要地已经是板上钉钉的事实，但怎么定义却有多重说法。最关键的是，鉴于樊力身份特殊，作为他的搭档，她也被赋予了越级上报董事长花锦年的权利。她要赌的，也是从来没有用过的权利。

林薇猜测的不错，经过一番解释，机器人暂时放下敌意，第一时间将林薇汇报的“误入”事件上报，请求上级指示。所谓上级，一是基因研究实验室最高领导人方可胜，另一个就是全有集团真正的掌控者花锦年。

“误入”警报也确实第一时间摆在了花锦年和方可胜的面前。对此，花锦年只是瞥了一眼，就直接扔给秘书刘连生，并附言一句“记得妥善安置失败的实验体”，他本人则继续全神贯注于七宝之一——戒指的解析研究。相较于花锦年的不在意，身处密闭实验室内的方可胜却在一番犹豫后，放下手中的实验，满脸严峻地大步走出。

自从上次酒吧事件后，方可胜就把自己锁在屋子里，一道又一道电子锁、机械锁还不能让他放心，又舍弃了酷爱的“体能快速修复机”，因为担心会被人从外面封死陷害。

只有回到全有集团，他才有一点安全感，从小离开家族入住全有集团几近二十年，他早已把这里当成家。他从没想过，自己有一天会受到生命威胁，当子弹打到脚下时，他感觉自己心中多年构建的钢铁大厦瞬间倾覆。他记得当年他毅然决然离开方家、来到全有集团，目的就是让自己能够更多地掌控命运。

小时候因为身体差，他受到家族和姐姐的严密保护，他讨厌被当成易碎品保护起来的感觉，更厌恶方家的传统和腐朽，明知道他身体天生有缺陷，却不用现代医学从基因层面上进行干预，反而崇尚天生自然，要他靠后天的努力去弥补。他好不容易离开家族，来到全有集团，凭借自己的优秀和天赋，改善身体缺陷，成为世界级顶尖科学家。

他是千金之子，他该坐不垂堂。他有改变人类的任务，对这个世界来说，他不可或缺。所以，他更应该保护好自己。任何潜在的威胁，他都应该亲自捕捉和了解，不能再像以前那样，把一切都交到别人手里。

“什么情况？”方可胜在看到电梯大厅里夸张的阵仗时，心中顿时警铃敲响，看了好几遍重重叠叠的黑衣人和机器人，才稍稍心安，冷声问道，“都在这里干什么？林薇，你想干什么？”

见到先来的是方可胜，林薇心中暗道一声不好。如果可以，她不希望樊力接触方可胜。

方可胜虽然是青年天才科学家，有无数耀眼的名头和众多显赫的成果，但他本性太过残酷，根本不把任何人的尊严和生命放在眼里。对他来说，人就跟家禽没两样，分为“可研究”和“不方便研究”两类。一旦被划分为可研究那类，无论是解剖还是切片，灌毒还是电压，剜肉剔骨，拆解重组，根本百无禁忌。任何痛苦哀号的反应，在他来说都是极端的美妙乐曲，是宝贵的记录资料。像樊力一样体能异于常人的人，是他最喜爱的玩具种类。

“他是我负责的 Air 成员，之前在地下车库里，行动快过脑子，看到我想也没想就蹿了过来，被中控系统误认为是入侵。”林薇解释道。

“误认？”方可胜眉头一动，“真的不是故意？我听说，他是力量型人吧？这样的人容易冲动误事……”方可胜无声哑笑，一脸阴郁的神情和长期见不到阳光的苍白皮肤，让他的笑容有几分阴冷。

以往的方可胜，对这种突发的“小事”是不屑于插手的，毕竟他时间宝贵，哪里有空和一些没有意义的人周旋？但自从改变想法后，任何风吹草动他都要亲自过问。而乍见樊力，令他有种意外之喜。

方可胜很早就知道樊力是林薇的 Air 测试搭档，他曾多次动过心思想要将樊力调到自己的手中来，却被花锦年数次阻止了，这让他恼恨不已。

现在，这小子自己送上门来了？

“呵呵呵……”方可胜笑起来，显得有些愉悦，将目光移到林薇的身上，“你想怎么样？”

林薇严肃道：“既然是误入，立即退出就好了。我已经跟 Air 的负责人解释上报过……”

方可胜摆了摆手，盯着樊力的目光十分贪婪，像毒蛇看到美餐：“既然来了，为什么着急走？”他上下打量樊力的身体，像欣赏一幅美术作品，赞叹道，“身材真不错，肌肉健硕没有过度膨胀，真是让人好奇，到底是什么支撑了那种力量？”

方可胜将人当作一件物品的侵略性目光，让樊力感到极其不爽，他生平最讨厌的就是跟这种人打交道，故而很不客气对方可胜喝道：“你到底能不能管事？不能管事就滚！”

“樊力！”林薇脸色一变，喊道，“这是方主任。”

方可胜的目光肉眼可见地冰冷下来，他用一种看死人的眼神看着樊力："可惜了……"

"你就是方主任？"樊力有些厌恶地看着方可胜。李斯特说的方主任就是这个人？老大就是被送到这里来了？他下意识地朝里面看去，"你把老大带到哪里去了？把他交出来！"

"老大？噢……你来找何想？"方可胜突然笑得灿烂，"哈哈，这真是太好了，正好他一个人有点寂寞，要不你来陪他？我一定万分欢迎。"

听到这里，如果林薇还不明白情况就太傻了，她怎么也没想到，樊力竟然真是来找人的，而且他找的那个人就在方可胜的实验室里？如果真是那样……林薇神色微变，她有点不敢想象，等樊力找到人时，那个人会变成什么样，樊力会不会因此发狂？

方可胜带着一点疯狂的味道继续说道："刚才我就跟何想在一起进行实验研究，他真的是太好用了，我从没见过抗药性和抗压能力那么优秀的实验体，哈哈。不过这一切是在看到你之前，我相信，你一定比他更具有研究价值，更能抵抗各种药物的侵蚀，哈哈，这真是上帝的垂怜，知道我最近为此万分苦恼，所以接连派遣你们过来……"想到这里，方可胜突然盘算起把樊力留下到底需要付出多大代价，就算他们是七传人，但只要没真的弄死他，花锦年应该不会把他怎么样。毕竟他这样的人才根本无可替代。

眼见方可胜神色变幻，言语嚣张，樊力气不打一处来，尤其是一想到何想可能经历的事，他再也无法保持理智："混账——！"

樊力猛地飞跃腾空，重拳击出，浩荡的声势汇聚成一股震动声波，只听"嗡"的一声，震荡传递到每个人的耳中。

霎时间，在场的所有人都产生一种头晕眼花、天旋地转的感觉，身体稍弱者，耳朵里更直接溢出血丝。即便是在樊力后方并不直接承受攻击的林薇，也忍不住闷哼一声，痛苦地倒了下去。

樊力的速度不可谓不快，甚至快到众多黑衣人都来不及反应，但相较于受干扰的人类，机器人卫兵的优势此时显现出来，它们第一时间举起手中枪支，十多只枪齐射，“哒哒哒哒……”

密集的子弹朝半空中的樊力射去，他眉头一皱，凌空侧身，又是一拳迅猛击出！

“嗡——”又是一声几乎炸进耳朵里的爆鸣，一股肉眼可见的强大冲击波硬生生阻挡了子弹的去路，噼里啪啦，一连串的子弹在半空中凝滞一瞬，随即接连掉落。

黑衣大汉们神色微变，有些忌惮地掏出武器，正要加入战斗时，电梯门“叮”的一声再度响了。里面的人还没走出，外面的世界已然变色，庞大的压力毫无预兆地降落，所有人都在瞬间感觉陷入深海泥潭，巨大的压力令人腰脊弯折，膝盖打抖，即使费力抵抗也忍不住“扑通”一声跪倒在地。就连机器人卫兵关节连接处的钢合金，都发出不堪承重受压的“吱呀”声。

樊力也落在地面，一脸不耐和烦躁地盯着逐渐打开的电梯门，看着王重从里面走出。

王重没有带任何人，他目光冷漠地扫了一圈，最后落在樊力和方可胜的身上。

对待樊力，他只有一声轻蔑的感叹：果然是一只养不熟的狼。

对于方可胜，王重轻轻点头，说道：“方主任，花总有令，此事交由我全权负责。”

见方可胜沉默，王重继续道：“樊力，请吧。”虽然说请，但王重根本没有请的态度，浑不在意地转身朝电梯走去，将樊力甩在身后。

林薇松了一口气，只要是全有集团内部的人几乎无人不知，王重只对花锦年和花流年两兄妹负责，其他人的调遣一概不理。他的出现代表这件事大有转机。

可林薇低估了樊力闹事的能力。

“我不走，”樊力大声说道，“你让我走我就走，你以为你是谁？况且，我事情还没办完。”

“樊力！”林薇低喝，强龙不压地头蛇的道理不懂？可樊力却根本不理她。

“哦？你有什么事？”仿佛知道樊力不会这么配合，王重回头似笑非笑地问道。

“我来找老大，他就在这里。”其实就连樊力自己都没有想到，何想竟然真在这里，方可胜的态度消灭了他心底最后一丝怀疑。

王重哂笑一声，轻蔑到了极点：“你是不是还没搞清情况？首先，谁是你的老大？其次，就凭你？你能做什么？”

挑衅的话一出，轰！一股绝强的气势从樊力身上喷涌而出！与之相对的，王重的能力也飙升到极致，两股力量对冲，交织碰撞，缠绕吞噬，竟然斗了个齐鼓相当。

两年的时间过去，王重的能力早已从当初简单的小范围重力控制，提升到可以定向控制对方的重力场。樊力也再不是单纯的强化体能，开发出了冲击波的能力，大大突破原本狭小的攻击范围。这两年因立场问题，两人没有机会交手，如今动起手来，都发现对方比当初更为难缠。

就在樊力全力抵抗重压、伺机反弹的时候，身上的重力突然消失，整个人猛地反弹升空，仓促之下来不及反应，狠狠地撞上穹顶。

随即，王重漠然开口：“多角度，射击。”

不知何时，机器人卫兵和黑衣人已经分散开来，各自据守最有利的位置，听到命令同时开火。

“哒哒哒哒哒哒……”散乱的子弹密急如雨，一路追着樊力的身影扫射。

樊力被弄得手忙脚乱，没有了重力的支撑，唯有不停打出冲击波强行挡开子弹。短短几秒的时间，樊力就被子弹逼到走廊，等到他意识到空间狭小想要逃脱时，林薇忽然大喊：“不要动！樊力！”

林薇的喊声前所未有的高亢焦急，几乎盖过了所有的枪响。就是这一瞬间，走廊中红色光线亮起，并直接穿透樊力的身体。

樊力下意识身体僵硬。

“不要动！”林薇再度尖叫，她焦急地几乎带着哭声向王重质问，“你想做什么？你想杀了他吗？那是伽马射线！足够强度的伽马射线能够瞬间切割人体，他是七传人！你是不是疯了？”

听到能切割人体这句话，樊力越发不敢妄动，汗水顺着他的额头滑下。

王重斜眼瞅着情绪激动的林薇，神色冷漠：“林薇小姐是不是忘记了自己的立场？你是研究员，难道可以跟实验对象谈感情？”

“你？！”林薇的目光尖锐地刻在王重脸上。

“如果你认为这个位置不适合你，会有很多人愿意接手。”王重漠然道。

林薇攥紧拳头，浑身隐隐颤抖，她不得不承认自己的力量太过微小，根本改变不了什么，而实力不够的人命运往往掌握在别人手里。

王重不再理她，下令道：“机器人卫兵，动手。”

听到命令，所有机器人卫兵手中的枪支齐刷刷调换，在轻微的机械旋转声中，麻醉枪被调换出来，目标樊力，下一刻就要射击。

樊力顿时紧张到极点，他最担心也最害怕就是出现眼下的局面。何想已经被人抓走，温之光已经落入困局，如果他也被人抓住，岂不是全军覆灭？后面全有集团将怎样动作，他连想都不敢想。

可现在王重就在他面前，四周机器人和黑衣人虎视眈眈，还有那个据说能切割人体的伽马射线正停留在他身上……

“我的老天、佛祖、菩萨、元始天尊、太上老君、耶稣基督、圣母玛利亚……要不要这样？今天要是没有人来救场，小爷就栽大了啊！”

就在樊力死马当活马医、祈求各路神佛保佑时，实验基地的电却突然停了。

四周陷入一片黑暗。

谁也没有料到，一瞬间，大家都不知所措。

就在这停电的片刻，樊力抓紧机会迅速逃出生天。

中心市的中心广场。

中心广场是整个中心市最中央的地方，也是毗邻全有集团大厦最近的标志性建筑。

杀手魍魉在私人群内布发完任务公告后就着手进行准备，现在人已经到了中心广场。他将劫来的车停靠在路边，靠在座椅上边打盹边等人。

夜已深，路上行人已经很少。原本他今天刚刚完成任务，按理是应该休息几天再做打算，但青者的短信明显透露出时间不等人的意思，他也就只好打起精神再战一回。好在青者给出的条件极其优厚，他可以放心调遣其他人。没错，杀手也有组织，并不会完全独来独往，甚至在他们的体系里，级别高的杀手可以征调级别低的杀手进行配合，相互之间也可以雇佣，只要能不露痕迹地暗杀目标，怎么都做可以。

虽说准备打盹，可今天魍魉却怎么都睡不着，精神高度兴奋，他几乎每隔十分钟都会睁开一次眼睛，瞅瞅近在眼前的全有集团大厦，想着今夜举世闻名的大厦就要在他手中绽放绚丽的花朵，竟难掩激动。

突然间，仿佛不夜城的全有集团大楼一片漆黑。

“嗯？”魍魉猛地坐起身，眨了眨眼，怀疑自己是不是看错了，或者半睡半醒地在做梦。

可事实是，全有集团真的“熄火”了。

出了什么状况？被他们提前发现了？还是说有别的人也对全有集团下手了？难不成青者还找了别人？看不起他？魍魉微微挑眉。

发现这一情况的显然不只魍魉一个人，杀手群内立即热闹起来。

“群聊 李白：兄弟们，全有集团灭了。”

“群聊 亿万：被灭了？谁灭的？简直不干人事，挡我的财路。”

“群聊 狂上加狂：死财迷，能不能不要钻进钱眼里，谁他妈这么有本事，能这么快灭了全有集团。”

“群聊 千钧：是闹停电吧？天才啊，好主意啊！”

千钧还随手甩了一张熄灭的全有集团大厦照片到群里。

“群聊 亿万：好黑。谁干的？”

“群聊 智脑：我。”

短暂的沉寂过后，群内顿时炸开了锅。

“群聊 狂上加狂：真的假的？智脑你要不要这么速度？你什么时候变得这么高效了，我都不敢认了！”

“群聊 千钧：真的是智脑？厉害啊你小子，平时深藏不露啊。”

“群聊 智脑：也没有，其实我也是试试，没想到就成了。我也很意外，怪不好意思的。”

“群聊 狂上加狂：老子不知道该说什么好了。”

“群聊 魍魉：行了，该集合的集合，速度了。”

全有集团，地下基因研究实验室。

谁也没想到，突如其来的停电事件竟成了樊力的转机。

樊力想也没想，直接顺着走廊往里冲，将十几只麻醉针通通甩在身后，同时打开腕表屏幕，借由微光辨认方向。他很清楚自己来的目的，就是找到何想，除此之外，其他一切都不重要。

王重喊了一声追，就听声辩位追了过去，同时感到疑惑，樊力还有同伙，会是谁？方可水不在中心市内，应该不会是她，难道是方家暗中出手？他给花锦年和刘连生各发了一条示警消息，就不再分神而全力追赶樊力。

机器人卫兵也打开了自带的指示灯，开启热源探索追踪模式迅速跟上，黑衣大汉们更紧追不舍。

然而王重不知道的是，不仅是地下基因研究实验室，同时失去电力的还有整个全有集团大厦。

密闭的会客厅内。

温之光一系列的折腾都以失败告终后，终于呈“大”字瘫在榻榻米上，整个人就是大写的“废材、悲伤、无助”。她甚至没心没肺地吃了点心又睡了一觉，养足精神才重新坐起，盯着通了高压电的合金闸门瞎琢磨。她并不是樊力那种人形装甲车可以无视厚重的金属墙壁和合金闸，直接撞出去。但她也不是没有其他办法，然而不论怎样，都必须先撤去烦死人的高压电流层，每次她还没能贴近闸门，就被电流层先干趴下，可怎么办才好？温之光苦思冥想。

就在这时，“啪”的一声，灯光熄灭，整个屋子陷入一片黑暗。

温之光的眼睛，却骤然明亮起来。

“哈哈，太好了！”温之光再不耽搁，掏出工具，贴上合金闸门。

没多久，她从密闭的会客厅里成功溜出。重获自由后的第一件事就是举起恢复网络的腕表给樊力打电话。

全有集团，高能电磁实验室。

绝对密封的超大空间，被隔成两个部分。一部分摆放了各种机组和测试数据处理器，二十多个研究人员正不眠不休地工作着；另一部分则集合了超电磁炮、大型粒子对撞机和全密闭反应集装箱等超大型精密仪器。从全方位监控摄像视频里可以看到，超高压激光、电磁探头正对准悬浮在半空的黑色戒指不断释放高能粒子，尝试性地进行碰撞接触研究，产生的新数据流不断刷过电子屏幕，被加以整理综合。

花锦年站在高压电磁隔离区外，全神贯注地看着在电磁微光下浮动的黑色戒指，偶尔根据情况下达几个命令，令研究人员又是一阵忙碌。

忽然间，数据处理室内的灯光熄灭，好在实验机组和大型仪器都有内置电源，所以工作并没有受到过多干扰。研究人员也没有过多疑惑，或者说他们没有时间去疑惑，继续投入紧锣密鼓的工作中。

花锦年微微皱了皱眉头，灯光熄灭意味着外部电源断掉，但这里是高能电磁实验室，连这里的电源都断掉，恐怕其他地方就更不能幸免。

有人对全有集团动手了？因为何想吗？

花锦年连自己也没察觉到情绪有一瞬的低落。好在从一开始，他就专门为大型反应集装箱组设置了绝对独立的庞大电池组，即使外部断电，内部也能继续运作。他绝不允许任何人以任何方式打乱他的布置。

腕表在这个时候轻轻震动，花锦年看了看收到的信息，王重和刘连生汇报说确实出现了新的入侵者，刘连生还特别强调有内鬼的可能。

吩咐完刘连生启动应急电力，花锦年再不关心外界，继续观察起戒指在高能碰撞后的反应情况。尽管研究七宝物质已经十多年，可花锦年始终无法真正参透它们的奥妙，虽然知道它们是由纯度超过200%的超纯物质构成，但如何达到如此纯度，依旧是个难以逾越的关卡。

随着他经手过的超纯物质法宝的增多，他也越来越了解它们各自的特性。他发现，这些宝物相互之间有着极为隐秘的联系，当多重宝物联动时，如果遇到高能粒子的撞击，甚至还会引发不同寻常的空间扭曲——空间之门的建造就是基于此成果。

花锦年很清楚，何想作为典当行的守护者，他的宝物一定有着其他宝物所没有的特殊性质，或许能破解一直以来的困局。这也是花锦年对这枚戒指投注了前所未有的关注的原因。

虽然花锦年稍稍有点走神，但敏锐的眼光让他不会错过任何细微变化，他发现戒指的表层忽然浮起一丝不同寻常的电流，刚要阻止进一步动作，就听见“啪”的一声，高能粒子反应探头应声爆掉。

如此不同寻常的反应，令在场的研究人员不约而同地朝能量主区看去，又看向花锦年。

花锦年也有些意外，自从他拿到戒指进行研究，无论外界的能量有多么强大，超强电磁、高能粒子、又或者定向激光靶……不管用什么手段去撞击它，它都毫无反应。以往拿高能粒子去撞击其他的宝物，虽然会被排斥，但经过大量的撞击次数，也能窥探到宝物部分的内部结构，从而进行粒子成像，多维建模。

可戒指却仿佛完全与外部隔绝，让人感到万分棘手。

现在它竟然自主产生电磁反应？

“花总，好像是能量被抽干了才爆掉。”一名研究人员及时做出汇报。

“嗯。更换探头，继续。”花锦年下令。

“是。”

看着实验器材在隔绝空间内缓慢而精细地更换，花锦年的视线一瞬间有点模糊，仿佛被无限拉远。

戒指的能力被发动了？为什么？即使不在主人身边也能感应主人的心意吗？

这么说是何想想要发动能力？他想逃出去？还是他遭遇了什么？

花锦年觉得自己不能也不该再多想，宝物就在自己眼前，他应该更全神贯注地去解析。

没错，现在戒指的能力已经发动，只要闭环露出一丝开口，那么就可以窥探了。

花锦年命令刘连生在这段时间全权接手全有集团的安保工作，直到他成功解析戒指的结构及特性，在此之前，任何人不得以任何理由来打扰他。他又对大厦中控智能主脑下令，除非他主动走出高能电磁实验室，否则任何人都没有权限出入；如果遇到外部袭击，在保全高能电磁实验室的情况下，智脑有权作出任何攻击。

全有集团，基因地下研究实验室。

身前是借助腕表微光才能窥探一二的黑暗，身后是穷追不舍怎么也甩不掉的追兵，樊力左拐右转，在这个仿佛迷宫一样的地下实验室里转圈圈，摸不清正确的方向。

虽说是找人，可他根本不知道该去哪里，只是下意识地觉得机密的地方肯定在深处，所以到处乱窜希望瞎猫碰上死耗子。他一路跑来，闯了几个房间，惊起无数尖叫，也让樊力实吓了一大跳，尤其是当他看到一间巨大的屋子里摆满各种各样方形大培养槽，培养水槽里立着的都是高矮不一的人体标本时，樊力对全有集团的恶心和厌恶达到极致。难道真的如温之光所想，全有集团就是个反人类的地方？

第十章　抗争

智脑坐在核心机控室内，面前是重重叠叠的环形立体电子屏幕，无数数据快速闪过，他的面色无比沉静，可浑身已大汗淋漓，头发和衬衣紧贴在身上，他手指如飞，声音却很冷静。

他刚想到温之光，就接到了温之光打来的电话，樊力心中忍不住涌起一阵感动，还有莫名的委屈："喂，光光……"

"樊力，你在哪里？"电话那头，温之光的声音清脆利落，像一针强心剂令樊力精神一震。

"我在地下二十八层，你得从非常规电梯进入。"情况紧急，樊力也省去那些闲扯，咬牙说道，"另外，我觉得你的案子快破了，你的猜测可能是对的，全有集团有许多犯罪事实……"

话还没说完，一阵嘶哑的吼叫引起了樊力的注意，吼叫声虽然极其细微，可落在樊力聪敏的耳朵里却又那么的清晰。

樊力第一时间反应过来——是何想的声音。

何想那个家伙，那个凡事都爱假正经装淡定的家伙，怎么可能会发出这种凄惨、痛苦的声音？老大他到底发生了什么？！

电光火石之间，樊力想到之前方可胜说的话，浑身颤抖，牙齿咬得咯吱响：“浑蛋……大浑蛋！”樊力爆喝一声，高速奔跑的身形猛地停了下来，一拳狠狠砸向身边的一个培养水槽，“哐当”一声，培养水槽破碎，里面的人体标本顺着黏滑的液体一起流了下来。

“樊力！怎么了？发生什么事了？！”电话那头温之光焦急大喊。

可樊力已经完全听不进去，他脑子里只有一个念头：能惨号到这个地步，老大绝对遭受了非人对待，不可饶恕……全有集团的所有人，通通都不可饶恕！

“啊——！”樊力气得发狂，猛地大吼一声。

仿佛是被吼声震颤，整个实验基地的灯光突然亮了起来。

王重和一众黑衣人、机器人卫兵也在同一时间赶到。

“怎么，不逃了？还是放弃了？”王重冷漠地瞅着樊力，轻蔑说道。

可下一刻，他就注意到樊力有些不对劲。

樊力低垂着脑袋，脑子里努力回想着何想之前发出嘶吼的方位，可是，他的脑子此刻被愤怒的火焰所充斥，根本无法冷静判断，索性一咬牙一抬头，双目赤红，龇裂的牙根震颤，仿佛从地狱深渊爬出来的魔鬼，向眼前众人下达了最后通牒：“你们，我一个都不会放过。”

同样是基因地下研究实验室，堪堪一墙之隔。

这是一个隐蔽的实验室，即使是基因研究实验室的成员也不全都知道这个地方，即使偶有所闻也不清楚里面具体的情况。

实验室面积很大，三面是高台，那是监控室和工作人员工作的地方，剩下那一面竖着一块巨大的布满了各种卡槽、金属线和液晶管的金属面板，金属面板连接着一个巨大的密封透明罩。

何想就被绑在这个密封透明罩里，贴着金属板挂在半中央。

透明罩内充斥了大半的水，水面与何想鼻子处平齐。

何想不停地抽动颤抖，他需要费尽力气昂起头，才能让自己呼吸到更多的空气，可被各种药物刺激、电击、水压、真空试验折磨得精疲力尽的身体，根本不足以支撑他做如此简单的动作，使得他不时力竭垂头，再被水呛得喉咙管里猛咳，周而复始地重复这个动作。

他此时不由得感慨，人生真的是处处充满惊喜，时时充满意外，他怎么也没想到惠民医疗、大众体检，竟然是个专门针对他布下的局。

何想内心十分疲惫，他很失望，很难过，可到底在失望什么，他又有点想不起来了，或者是懒得去想。

他只觉得自己的运气好像还“不错”，原本他正被操纵着做溺水实验，观测他的人体极限到底在哪里。期间，方可胜忽然一脸难看地离开，过了没多久竟然又停电了。令何想万分庆幸的是溺水实验即将完成，整个透明罩内的水位在不断退去。等停电时，水位堪堪停在了他下巴的位置。如果说再稍微往上涨个几公分，恐怕他现在就真的成为第一个溺死在实验室水槽里的守护者了。

想到这里，何想吓出一身的冷汗。

他现在已经没有丝毫力气，他仅剩的力气都用在刚才的一声嘶吼上了。

方可胜的匆匆离开，离奇的停电，其他研究员慌张地进进出出，整个实验室里只剩下他一个人。这样不寻常的景象，何想怎么能不多想？甚至不用多想，是有人来救他了。或许是温之光，也可能是樊力、方可水。

何想的眼睛有些模糊，他感觉有些丢脸。两年时间里他从不懈怠，一直都勤奋努力，有时候连他自己都不认识自己。可是，只要一次小小的失误，一个小小的不留意，就足以击垮他所有的自信和成果。

不，不是这样，没有那么简单。

何想猛地睁开眼，他的耳朵虽然在流血，他的大脑虽然在嗡鸣，但他还是听到了身后一墙之隔传来的细微动静。

有人在大吼？

是樊力！真的是他。

何想的目光骤然明亮。

下一刻，整个实验室的灯光亮起。一切的动静再也听不见。

何想微微疑惑，随即明白实验室里恐怕安装了隔离电流层，能够隔断外界的一切干扰和动静。

刚才突如其来的断电，是他唯一将自己的声音传达出去的机会。

全有集团，顶层电梯。

电梯门“叮”的一声打开，花流年从里面快步走了出来。

原本她正在会议室里跟工作人员开会，没想到突然停电，这是从未有过的事情，也根本不该发生在全有集团身上。相较于其他工作人员的讶异和疑惑，花流年十分确信肯定有什么意外情况出现。她立即解散了会议，第一时间赶往塔顶的董事长办公室。刚走到电梯门口，电力系统就已经恢复。即便如此，也依旧显得不同寻常，花流年觉得有必要跟花锦年确认一下。

可花锦年并不在办公室内，整个全有集团核心的控制系统就在塔顶，出了这么大的事，他不在这里又跑去什么地方？花流年立即给花锦年打电话，可显示的是“您拨打的电话已关机”。不同寻常的状况令花流年的心倏地提了起来。哥哥该不是出了什么事吧？还是说有人趁他不在的时候对全有集团发动袭击？刘连生呢？他跟哥哥在一起还是在秘书室？

花流年又立即拨通了刘连生的电话。

刘连生在电话里十分简短地解释了一下花锦年正在高能电磁实验室，因实验进入关键阶段，为防打扰才关的机；电力系统故障初步判断是受到不明人士攻击，现已恢复，但故障的来源正在加紧寻找中，请花流年不要担心。

所有的解释看起来合情合理，但花流年总觉得哪里不对。好端端的怎么会突然受到袭击？谁干的？又是谁有本事做到这一点？全有集团的科技水平几乎可以说是当世之最，整个生态大厦有独一无二的安全系统，难道说是内部的人？刘连生在遮掩什么？花流年很清楚，刘连生对她的恭敬一直都流于表面，但是，他的工作能力确实极强，又是哥哥不可或缺的左膀右臂……

花流年轻叹一口气，匆匆进电梯离开。按照她的想法，她应该先去核心机控组，因为任何机电系统的故障都会最先汇总到那里，她早一步赶到，或许就能更早知道具体原因。

没想到的是，花流年刚出电梯就撞到了匆匆朝电梯奔来的温之光。

温之光刚进门就被刘连生摆了一道，让她深知自己一个人的力量太有限，所以她必须想办法争取一些筹码。她向来都是一根筋，一旦有想法了立马就去做，她的目标就是直奔塔顶。在温之光的概念里，不管是花流年还是花锦年，没有理由不待在最顶层的地方。只要她接近了塔顶，她就会想办法去劫持或影响最有决策力的人，虽然具体该怎么做，她完全没有想好，但她向来都是走一步看一步，随机应变。

所以，当温之光跟花流年撞了个正着时，温之光惊喜不已。两个人毫无防备地撞了个结实，温之光微微退了一步，稳住身形，随即迅速反应，一把拉住花流年的胳膊猛地一扯，就将快要摔倒的花流年直接拉入自己怀中，随即将她锁住。

冷不丁被人撞到，差点摔倒时又被人一把扯了回来，花流年感觉头很晕，可更令她犯晕的是，身后那个人竟然抱住她不放，要不是从对方白皙的手臂和柔软的身躯判断出是个女孩子，她差点就要惊叫起来。

“你……”花流年刚开口，身后的女孩就轻轻一笑。

“花大小姐，好久不见。”

“是你？”花流年脸色顿时冷下来，“放手！”

“那可不行，我还指望花大小姐跟我走一趟地下实验室去救何想呢。”温之光毫不避讳，直奔主题。

“什么？”花流年一愣。

“你不知道吗？何想被抓到全有集团了，现在正囚禁在地下二十八层。”

“什么时候的事？怎么可能？”花流年猛地转头，目露震惊之色。

温之光看花流年的神色不似作伪，心中不由得疑惑：难道这件事跟花流年无关，是花锦年一个人做的？如果是这样的话，倒显得她有点可怜了……明明是花氏家族的千金，到头来重要决策却被排除在外。

“你说清楚，到底怎么回事？”花流年显然也想到这一点，表情有些难看，还带着一点哀伤。

“要不我们进电梯边下楼边说吧，本来就耽搁了很长时间，再晚点都不知道会怎么样。”温之光有些焦急，推着花流年往前走。

“等等，通往地下的电梯不在这儿，你跟我来。”花流年带头往前走。

温之光简单说了一下事情的经过，也没隐瞒樊力好像在地下跟人打起来的事实。花流年将信息串起来想了想，也就是说，哥哥命人将何想捉来，扔到地下基因研究室，自己拿了宝物去高能电磁实验室做研究？这么大的事，他为什么一点都不跟她商量？她就像是个局外人！

她也终于明白，为什么花锦年之前会禁止她再插手七传人的事，原来是他想要暗中主导一切。可是为什么？难道因为她也是七传人之一，所以在他的眼里可能会成为叛徒，需要被排除在外？她感到十分恼怒、气愤、悲伤，但同时又深深地感觉委屈，甚至有点疲惫。

“你为什么认为我会带你去？”花流年盯住温之光。

温之光以一副理所当然的语气说道：“因为你是七传人啊。”

花流年觉得这个回答简直不可理喻：“难道只是因为七传人的身份，我就该去救他？”

“难道不是吗？”温之光奇怪地看着她，反倒觉得她的问题才是匪夷所思，“七传人天然是兄弟姐妹，就算姓氏不同，但根本上同气连枝，互帮互助不是应当？而且他还是守护者，你们的祖训里不也有过交代，要集合到一起共抗黑衣仙星人。现在黑衣仙星人还没出现，总不能让守护者先死了吧？”

“你……强词夺理。”问题是，花流年忽然意识到，她竟然从内心里接受了温之光的歪理邪说。对，总不能让守护者先死了。

一瞬间，花流年的心情变得微妙，她竟然真的担心全有集团会对何想下杀手。不，不会的，哥哥不可能真的杀了何想，但何想会遭受什么样的待遇就很难说了，毕竟他一直以来都跟全有集团针锋相对。

犹豫了一会，“走，进去。”花流年带着温之光踏入电梯，错过了启动备选电力后准备回塔顶的刘连生。

全有集团，核心机电控制室。

机控室是全有集团人工智能的核心机组所在，同时也是众多核心电子电气工程师和智脑研发控制人员汇聚的场所。它的面积极大，但工作人员很少，偌大的机控组只有寥寥十几个工作人员，可以说是用最少的人维持了集团的运转，因此让核心机密的泄露风险大大下降。

杀手“智脑”正是其中的工作人员。

作为一个高智商的专业杀手，智脑的本职工作其实是人工智能及机电一体化的研发者，并且还是其中的佼佼者，但这并不妨碍他喜欢杀手工作，并将之当作枯燥无聊生活中的调节剂，毕竟能赚钱又能调节心情，真是没有比这更好的买卖。

今天的智脑跟往常一样穿着标准的衬衣加西裤的工作服，配上抹了发蜡的帅气发型，显得斯文儒雅。他在完成切断整个全有集团电源的“壮举”后，若无其事地带着身边数百个散发着幽幽蓝光的悬浮电子监控走到茶水间打算泡杯咖啡。大概是他泡好一杯咖啡的时间，全有集团的电力供应全面恢复，让他不由得喝了一声彩。

他推了推鼻梁上稍稍下滑的眼镜，自言自语道：“看来一开始就全面备份过，隐藏得挺深，准备得还挺完善。”随即他调出监控记录，一共弹出五个断电后还有高能反应的地方，除开他这里还有四个。也就是说，目标人物和目标戒指应该就在四个启用备份电源的特定地点之中。

智脑哼了一声，将得出的结果转发到杀手群内。

忽然间，一股淡不可闻的味道轻轻飘到智脑的鼻尖。他面色一变，说道："竟然玩这套……""扑通"一声倒在地上，咖啡杯也砸落在地，香淳的咖啡四处流淌。

同一时间，分布在各个位置的核心机控组的成员相继倒下，整个控制室内灯光顿时变得昏暗。

又过了三十秒，控制室内的光线微不可察地闪动了一下，整个内部的监控画面再无变动，智脑从茶水间爬了起来，整理了一下被弄乱的衣服，有点厌恶地瞥了一眼胸前口袋上沾到的咖啡污渍，他无奈地掏出一方丝质手帕折叠遮挡在那里，才起身走回自己的座位。

无视座位旁边瘫倒在地的同事，智脑打开通讯软件，开始回复杀手群里的信息，只见群里几个性急的家伙已经刷屏好几页。

"群聊 李白：智脑已经到位了？"

"群聊 千钧：哈哈，速度呀！怕不是比魍魉还快吧？堪称世上最快的男人！"

"群聊 亿万：楼上好像有歧义，如果上交一百万封口费，我可以考虑一下帮你隐瞒。"

"群聊 狂上加狂：智脑呢？人呢？怎么还不回话？"

"群聊 狂上加狂：该不是已经被抓了吧？这么烂？"

"群聊 智脑：刚处理事情去了。"

"群聊 狂上加狂：哈哈哈哈哈，智脑回来了！我就说嘛，我的智脑不可能这么烂。"

"群聊 智脑：你们尽快到位，目标是我圈出来的几个地方，各自选择。这是内部地图。"智脑随手把全有集团的楼层结构扔到群里，还是个RPG模式的游戏地图。

“群聊 智脑：魍魉那里有自动巡航的定位器，你们选好‘任务’路线，导航眼镜会提示线路位置。我也会随时提醒你们潜在的危险，破解路障。”

“群聊 智脑：另外，不建议暗中潜入，因为每一道关卡都由指纹、瞳孔及身份卡等多重锁定。人数一多，漏洞太大，直接奇袭吧。”

“群聊 魍魉：行，那就出发吧。”

中心广场上，魍魉一踩油门，调转车头，迅速朝附近的全有集团大厦开去。

全有集团前门的街道上，两名从不同方向赶来的摩托骑手，一前一后朝集团大门笔直冲去。

全有集团后方的围墙上，一架小型遥控飞机缓慢飞到围墙上方，突然像是遇到什么阻碍般停滞，刹那间，垂直射入高空的电磁感应受到干扰，一双巨大的鸟翼从后墙滑翔入内，悄无声息。

“砰、砰……”轻微的碰撞声，一个高大雄壮的身影，肩上似乎扛着不知名的圆筒状物体，在黑暗里像猛鬼一样大步飞跃。

还有一个穿着笔挺西装夹着公文包的年轻人，笑意盈盈地跟门口守卫打招呼，堂而皇之地用加班的借口入内……

时间是晚上23:45，此时大多数人都已经入睡，全有集团仍旧跟往常一样灯火通明，甚至因为之前的停电事件，不少工作人员变得格外精神。

前台大厅里，几个服务员正小声议论着刚才的异状，毕竟以前从未出现过，但大家脸上都带着笑意，显然只是当成了谈资。没有人会想到，有一天全有集团真会面临奇袭。所以，当袭击来临时，前台的工作人员并没有太多准备。

魍魉戴着头盔和护目镜，身穿覆盖金属软甲的夹克，站在前台大厅的门外，吸引了前台服务员的目光。

一名服务员带着疑惑问道：“您好，先生？”

魍魉对着护目镜上的通讯器说道：“开始吧。”

“好嘞！”同时回答的有两个人，他们从夜色里走出，手持机枪，从魍魉的两边前进，一边随意朝里走，一边抬起机枪，口中笑着提示“小心了”，却毫无征兆地疯狂扫射，盛宴开始！

“哒哒哒哒哒……”密集的子弹高速射向全有集团大门内，像暴雨一样横扫所有角落。几名工作人员立时尖叫，抱头躲到前台柜子下，速度慢点的直接被子弹扫中，像筛子一样被打倒在地。

全有集团的反应不可谓不快，十多个守卫机器人立即出动，高声警报“敌袭！注意敌袭！”并从各个角度包抄反击，霎时间，整个大厅石屑、合成板与子弹翻飞。

“砰、砰、砰！”魍魉抬手就是几枚小型破击弹，精准地射穿几个机器人的头部和胸口，耳朵里听着智脑沉静的指示：“对，就是这样，破坏它们的中控系统，不同机器人的中控系统位置不一样，护目镜会提示你们准确的攻击点。不要觉得麻烦，因为你们躲起来没用，机器人针对人体热能的扫描装置会让你们完全暴露，必须先发制人。”

“知道了。突破。”魍魉下令。

“嘭！”一枚重型火箭炮击中大厅的显示屏，巨大的电子屏幕瞬间破碎。

大厅处下落的防护合金闸立时卡在半空，不再下降。

“轰轰……”两辆摩托车风驰电掣滑入半合的合金闸内，一名机枪手吹了个拉风的口哨，赞道：“帅啊。”

“帅的是我，眼睛长屁股上了？”肩扛重型火箭炮的壮汉身高两米，穿了件防护金属背心，一头短发乍起，显得狂放不羁。

“不要耽误时间，进去选地方。”魍魉一边向机器人射击，一边稳步前进。

“得令。”全有集团大厦后方，一名身材瘦削的光头男人裹在一件胶状的薄体紧身衣内，像一只壁虎在暗夜里飞速朝高楼上方窜去，他在光滑的墙壁上如履平地，将脚下的深渊甩得越来越远。

“哐当。”两个黑色身影在半空中打破高密度防弹玻璃，翻身入内，对视一眼，很快与机器人卫士打成一团。

全有集团，塔顶董事长办公室。

刘连生看着悬空的电子屏幕上各处的爆破和交战场景，面色沉静如水，心中疑惑渐深。虽然早就料到必然会有人来捣乱，可他没有料到对方竟然会用这么大张旗鼓的方式。这种视人命如草芥的态度并不像私人保镖，更不可能是正规军，反倒有点像亡命之徒，或者杀手？

是谁召集了这样一群人对全有集团大动干戈？未曾出面的方可水？不像……

忽然间，刘连生注意到原本有几个朝高能电磁实验室方向奔去的入侵者调转了方向，突如其来的变故令他目光一凛。他下意识调出核心机控室的监控录像，核心机控室里一片昏暗，十多名工作人员七零八落地瘫倒在地，可见催眠瓦斯的效果不错。在刘连生看来，如果没有核心机控室的参与，全有集团绝不可能会发生全面停电的意外。所以，为了保险起见，他第一时间迷倒了工作人员，防止他们继续作乱。

对于花锦年和刘连生来说，任何时候永远不会只有一种方案。只有一开始就备下多种预案，在危机来临的时候才能从容应对。能全面接管全有集团机电系统的新团队就在此时派上了用场。

入侵者为什么会突然调转方向？是谁跟他们泄露了什么？刘连生不由得陷入沉思，手上快速拨动悬空电子屏幕，企图找出更多线索。

全有集团，核心机控室。

智脑坐在自己的座位上，他的四周，多个监控摄像头正睁着光彩熠熠的“眼睛”监视着屋内的一切，只是监控视频上的画面仿佛沉睡般一成不变，丝毫没发现作为“异端”的智脑正飞快操作。

智脑手指如飞，一道道指令分别落到各个不同的电子屏幕上，使得集团大厦里各个方位上的合金闸门下落的势头稍稍延迟。只需一瞬间的延迟，就能让魍魉等人前进并突破。

“咚！咚！咚……”一道道合金闸门飞速落下，企图阻挡入侵者的前进。

突然，一道黑色身影犹如一支离弦之箭，飞入闸门内，很快消失得无影无踪。

“咻咻咻——”一根根纳米绳不断勾住前方未落的闸门边缘，带着绳索的主人左躲右闪，在避开攻击的同时不断进入闸门。

“轰轰……”两名摩托车骑手飞速超越，成功穿过一道又一道闸门，同时举枪反击，将众多伸出墙壁表面的机枪筒一一摧毁。

忽然间，前排的合金闸门上缘伸出两排激光枪口，密集扫射，突如其来的袭击让短发的摩托车手措手不及，下意识地让车头拐了个弯，就这么一个迟疑瞬间，前后闸门轰然落下，他被封锁其中。

“我靠！”他惊叫。更关键的是，密闭空间弥漫着催眠瓦斯的味道。

“耶！我赢了。”另一边的摩托车手是个长发女孩，比了个胜利手势，继续突进。

正当短发摩托车手心想着“见鬼”的时候，“趴下。”一个粗壮的嗓音从通讯器里响起，他迅速抱头趴下。

“轰隆！”巨大的爆破声从身后传来，原本密闭的合金闸门被炸开一个大口子，一个扛着火箭炮筒的高大身影出现在他面前。“走了。”火箭炮手毫不耽搁，继续朝前轰击，“轰！轰！轰……”一路爆破过去，似乎有用不完的炮弹。

很显然，这些人实力强大，训练有素，远超一般人的水准，比起强大的基因强化人来也不遑多让。

但全有集团也不是吃素的。

在经过最初的接触后，中央电脑快速收集战斗数据，根据不同目标做出针对性调整，力求有效打击对手最薄弱的环节。很快，全有集团的联防系统就展现了无比强大的实力。

一把粗壮的水枪忽然迸射，仿佛洪水一般直接撞到魍魉身上。魍魉速度骤减，黑色箭矢般的身形终于暴露在电子眼下，就在他微微愣神之际，强大的高压电流突然出现，通过水流迅速引导到他身上！他咬牙闷哼一声，防电衣迅速覆盖全身，可就在他迟疑的瞬间，无数激光交织成一张巨大的网，铺天盖地朝他袭来。

“麻烦。”魍魉哼了一声，挥刀狂斩，斩断激光的发射器。就见整个密闭空间密密麻麻的刀影，天花板上铁屑如雨。什么叫削铁如泥，看到这一幕的人就会真正明白。

另一边，火箭炮手不断轰击，势不可当。忽然，他好像受到什么干扰，捂住脑袋，头痛剧烈，他发狂般狠狠甩了甩脑袋，“叮叮当当！”下意识挡掉七八枚朝他射来的麻醉针，但仍然有一针射中他的手臂。顿时，他感觉半边身体失去了知觉。

“怎么回事？”后面的短发摩托车手迅速追上来，替他挡掉紧接而来的偷袭。

“朝我开枪。”火箭炮手咬牙说道。

“啊？”虽然疑惑，但短发摩托车手毫不犹豫，连续几枪射到他的伤处。

“咴！”针头被打掉，鲜血从伤口溢出，疼痛感让火箭炮手感觉自己的脑袋终于清醒了一点。

“你小心点，这里有干扰神经的古怪东西。”他低声说道。

短发摩托车手嗤笑，“是你不喜欢内循环呼吸机，老仗着自己体能强健，着了道吧？”

“这帮王八蛋，老子非扒了他们的皮！”火箭炮手气得怒吼。

电梯间。两名机枪手好不容易摆脱机器人追兵到达电梯间，忽然，整个视野像流水般微微震荡，眼中尽是野外丛林的景色，耳朵里是鸟兽鸣叫的声音，青草和泥土的气味充斥鼻腔，让人再也辨别不出方向。刹那间，一声野兽凄惨的尖叫刺破耳膜，一只金色长臂猿猴拽着树藤飞速朝他们撞来。两个人下意识朝两边躲开，“吱吱——”无数吸血蝙蝠蜂拥而至，张着血色獠牙朝他们扑来。

“攻击！”一名机枪手当机立断，毫不犹豫地攻击。半空中爆出无数血雾，遮蔽了所有视线。另一名机枪手速度慢了一步，两只吸血蝙蝠张口咬在他身上，令他猛地发出一声痛号。

“砰！砰！”两声枪响，两只吸血蝙蝠应声爆裂，“怎么样？”开枪的机枪手紧急问道。

“腐蚀毒液，你小心。”另一名机枪手咬牙，掏出刀快速削掉被腐蚀变黑的皮肉。

“进电梯，别耽搁。”凭借到达电梯间的瞬间，说话的机枪手猛地加大火力，闭上眼睛，一头撞上一颗“参天大树”，他掏出刀发疯般一阵猛刺，使得这片区域的丛林景象微微颤抖。忽然间，他感觉手中刀的刺感有种细微的变化，“就是这里！过来！”他猛地撬开电梯门的缝隙，硬生生将门拉开，野外丛林终于被撕开一个大口子，仿佛一道能穿越时空的黑色裂缝。

与此同时，电梯间发出“叮”的一声，电梯恰好到达。

“进去!”虽然机枪手有点犹疑，但已不容多想，两个人迅速闯进电梯。然而，电梯在关上门的瞬间开始迅速坠落，两名机枪手面色微变，如法炮制强行将门打开，只见楼层在自己眼前快速掠过，“跳！”两道身影接连飞出，落在不同楼层。

“没事吧？”一名机枪手在通讯器里问道。

“死不了……”另一名机枪手哑声回道，他看着眼前快速集结的机器人卫兵，骂道，“他奶奶的，全有集团果然不好进！老子以前不接他们的单子是有道理的。”

“老狂，回话！”魍魉的声音带着急躁，出现在总频道。

死寂一般的两秒钟后，喘着粗气的急吼声响起，“智脑？智脑在哪里？能不能把这混账的电力系统再给断掉，啊——！”又是一阵“哒哒哒哒……”的密集响声和“轰隆”的火箭炮响，“这群‘电力屎壳郎’简直无穷无尽了！智脑？！”

智脑坐在核心机控室内，面前是重重叠叠的环形立体电子屏幕，无数数据快速闪过，他的面色无比沉静，可浑身已大汗淋漓，头发和衬衣紧贴在身上，他手指如飞，声音却很冷静，语速很快：“正在破解，需要时间。”

“要多久！”

“时间未知，但你们先不要强行突破高能电磁实验室，情况有变，把目光转到地下基因实验室，已经有人动手了。”智脑说话之余，抽空传了一张王重和樊力对战的图片，图中机器人和黑衣人分散四周，“具体作战方案魍魉负责。”

魍魉接话：“行。伪装者？”

“在。”一直从未出声的伪装者突然开口，“已潜入。”

“很好。那边交给你了。其他人分成两部分，一部分跟着我，强攻高能电磁实验室，另一部分集合，朝基因实验室进发。”停顿了一下，魍魉又道，“在保全自己的情况下，竭尽全力。都小心点。行动！”说完最后这句，魍魉关闭语音。

伪装者轻哼一声，比起其他人的艰难入侵，他一身轻松，衣饰整洁，轻车熟路地刷卡、核对指纹和瞳孔，如入无人之境。在他神色从容地通过关卡时，一名被剥得只剩个裤衩的实验人员毫无知觉地蜷缩在密闭的角落里。

“今天的守备不同寻常，看来该加价了。”伪装者轻笑一声，继续朝前走去。

全有集团，塔顶董事长办公室。

刘连生注视着屏幕上各个区域的战况，心中的评价只能是“尚可”。在他看来，既然敌人都打到全有集团的大本营来，不管对手多厉害，如果不能尽快消灭，那么全有集团花了百亿巨资打造的生态大厦就没有意义。更何况对方并没有任何重量级的大型武器装备。

他注意到入侵者渐渐分为两拨，分别向高能电磁实验室和地下基因实验室进发，心中的担忧反而稍稍平息。或许是他想多了，他们可能确实有内应，但对方也没有真到无孔不入的地步，现在的情形还是符合他的预期。刘连生又将核心机控室的视频调出来确认一番，暂且将核心机控室放下了。

可就在刘连生稍稍心安时，一个红色警报又忽然响起，视频自动跳出，竟然是花流年跟温之光一起从特殊通道坐电梯通往地下基因实验室。他的心瞬间提起来，大小姐又作什么妖？总不可能是主动去救何想？难道被挟持了？

刘连生当机立断，拨通王重的电话：“大小姐跟温之光去你方向了，注意点。”

“什么？”地下基因研究实验室内，正和樊力斗得如火如荼的王重微微一怔。只这一瞬间，立即被樊力逮着空子反击，连番的冲击波将他直接砸入机器人卫兵堆里，连带一众机器人卫兵护卫的机组和实验装备也遭了秧，令王重狼狈不已。

塔顶董事长办公室。

通过监控视频，目睹王重失利的刘连生微微皱眉。王重别的都还好，吃苦耐劳又认真听话，唯独有一点——但凡碰到大小姐的事，就会失了分寸。痴情的人都是无药可救的傻瓜。无奈之下，他又给机器人卫兵和基因强化人下达了全力阻止温之光的命令。

基因研究室内，樊力趁胜追击，猛地飞身跃起，一连串的冲击波紧追王重的身影。

王重面色一变，猛地朝旁边一滚，其他几名强化人也迅速逃掉，唯独剩下机器人卫兵慢了一步，不得不承受冲击波的攻击。就见机器人铠甲“嗡”地震动，“滋滋”的电流声噼啪作响，忽然“砰”的一声爆掉。

王重翻身跃起，重新用重力束缚樊力，对自己刚才的走神十分恼怒。在战斗中一不留神连命都会丢掉，可是大小姐到底是怎么回事？怎么会跟温之光在一起，而且朝地下实验室赶来？发生什么事了？就在他担忧大小姐时，耳边又传来刘连生的声音：“行了，你解决好眼前的事，大小姐的事我已经交待下去，不用担心。”

王重余光一扫，果然看到大半的机器人卫兵和强化人都已经退走，王重又四下里扫一眼，研究人员不知何时已经全部消失，整个实验室里除了他们几个以外已经空无一人。这样反倒好了，强化人和机器人卫兵的实力他很清楚，一个温之光还不至于对付不了，既然这样，他也该专心对付樊力。

想到这里，王重冷漠地盯住樊力，杀机勃发：“臭小子，你还真以为自己能上天？”

王重手一抬，无数尖锐的实验器材顿时腾空而起，布满整个空间。樊力眉头一拧，浑身肌肉虬结，大吼一声，脱离重力束缚，朝王重抡拳砸来。

“落！”王重冷漠出声，无数器材瞬间下落，重力加速下几乎超越子弹的速度！

“轰！”樊力不得不改变攻击方向，冲击波接连朝上方和四周打去，挡掉袭来的器材。器材即使被樊力打散，很快又再度集结反攻，一时间让他难以寸进，更让他烦不胜烦。

明明何想正在等他，明明何想危在旦夕，可他还困在此处跟人纠缠，他甚至到现在都不知道何想身在何处，明明找了这么久，闹得这么大，要是这时候能有其他人帮个忙……樊力头一次觉得同伴是多么的重要，自己一个人其实力量很小，什么也做不了。可明明他就是以力量著称，七传人里又有谁能比他力量更大?

一时之间，樊力简直要被自己气炸。

密闭的实验空间内，电力早已恢复，电脑系统发出指令，询问是否恢复中断的实验进程，然而偌大的屋子里一个研究人员也没有，屏幕上的指令就一直停滞在那。

何想仍旧被绑缚在金属面板上，鼻子里偶尔扑着水，此时整个空间一片寂静，也不知道外面的情况怎么样了。樊力还好吗?他跑到全有集团的大本营里动手，真的不会出事吗?一旦被抓住，可能也会遭受他经历过的那些噩梦。

何想从没想过全有集团会用这么残酷的方式对待实验体，还是说只是专门对付他?

何想现在的状态十分糟糕，刚才的一声大喊几乎用尽全部力气，好在折磨终于停止，让他有时间喘口气。

何想下意识地瞥了一眼自己空荡荡的手指，心中有点不甘地想要再尝试一下，感应戒指的所在，依旧毫无所获。

他沉浸在低落的情绪里，以至于没有发现他身上在瞬间有细微的电流闪过。

既然知道自己暂时无力折腾，何想索性沉静下来，他很清楚，人体本身是会自行恢复的，或许七传人的能力会更强大一点，但到底能做到什么程度他并不清楚。他现在能做的，就是休养生息，静待时机。

想通这一点，何想闭上眼睛，让自己纷乱的心思停止下来。毕竟思维活动对身体来说也是一种消耗。

何想在等，杀手们也在等。

在魍魉下达任务命令后，所有人都明白他的意图，攻击顿时猛烈起来。

与令人心惊胆战的战斗相比，伪装者所在的地方无比安静。他之前已经来过，基本上是轻车熟路。只是今天全有集团的防备空前森严，但即便如此，也不能阻止他的行动。他每到一个地方都会换一个身份，直到成功潜入地下基因研究实验室。

一切都在他的预料之内，可他没想到的是一出电梯就遇到一堆好像专门在此等他到来的机器人卫兵和强化人。可他更没有想到的是，在他好不容易下手解决了麻烦之后，身后的电梯的门“叮”的一声打开。

他愣了愣，忽然明白自己是替别人挡了灾。他饶有兴致地看着从电梯里走出来的两位大美女。一个一头短发，眼神坚定，看起来爽朗明丽；另一个如秋水婉约，却带着焦急忧虑，可愁绪反倒令她平添了几分柔美。

更关键的是，两大美女里有一个他十分熟悉，毕竟全有集团的花大千金近年来频繁出现在公众场合，这样的天之骄女谁能不晓？但另一个他也隐约感觉有点熟悉，是谁来着？

在看到电梯外的情形时，温之光也是微微一愣，地上躺满了强化人和机器人卫兵，不用说是眼前的人干的。温之光的眼睛瞬间亮起来，看到强者就感到欣喜。可下一刻，她就看到对方眉头一挑。敏锐的感官在刹那间救了温之光，她当机立断，大声喊道：“自己人！不要攻击！”

“嗯？”伪装者再度挑眉。

温之光立即说道：“你是来救人的吧？我也是。我们目标一致啊！”

“呵。”伪装者紧盯温之光，忽然轻笑一声，真的收手。他总觉得温之光给他的感觉有点熟悉，但一时半会儿又想不起来在哪里见过，看她周身气度，也不可能是杀手中的同道中人。

莫非是目标的亲朋好友？不过她竟然能把花流年抓来，倒也不是一点本事都没有。

“进去吧。”伪装者说道，转身打算朝里走。

“你是谁？”花流年忽然开口，神色凝重。虽说她答应温之光的请求，带她过来见何想，可并不代表她能容许外人对全有集团进行攻击。她现在觉得温之光根本是别有用心，甚至怀疑自己是不是引狼入室。

伪装者听到花流年的发问并没有回答，继续朝前走。

“站住！”花流年厉喝，“你最好现在就站住，否则……”

花流年目光冷峻，胸前的吊坠微微发光，可就在这瞬间她脖颈上挨了一击，身体立时软倒在温之光的怀中。

“呼……”温之光接住她，长出一口气，自言自语道：“还好我速度够快，不然让她发动了可就麻烦了。”想了想，又觉得这样还不够保险，干脆给她扎了一针警用麻醉针。

伪装者才回身，疑惑地看她。

温之光对他一笑：“没事，咱们继续走吧！”说着将花流年扛在肩头。

伪装者意外地看她。

温之光懂了他的意思，眨眨眼：“总不能把她一个人放在这里。毕竟一个姑娘家，没有行动能力太不安全了。放心吧，我扛着她不费事的！也绝不拖你后腿！”

说着，灿烂一笑。

伪装者的眼里飞快闪过一丝笑意，也就不再多废话，继续朝前走。

没走几步，伪装者收到智脑传来的消息：加快速度，他们顶不了多久。

“呵，看来我们得快点了。”伪装者瞬间提速，温之光紧随其后。

等温之光带着花流年赶到时，伪装者已经加入战局，以肉眼难以捕捉的速度与一众强化人跟机器人卫兵缠斗起来，另一边则是樊力与王重的对峙，两个人周围几乎成真空状态。

“光光？”樊力首先看到温之光，目光陡然明亮。

王重也斜眼看去，大惊失色：“大小姐？！温之光，你！”王重又惊又怒，眼中的怒火喷涌而出。他立即甩掉樊力，想朝温之光扑来。可樊力又怎么会让他如意，两步赶上，冲击波频频朝王重身上招呼，逼得他不得不费心抵挡，无法脱身。

与王重的愤怒焦急不同，樊力可谓是心中一松，畅快不已，之前压在胸口的气闷瞬间吐出，边打边大笑："光光！哈哈，我的光光果然不可能那么弱鸡，终于出现了！哈哈，这里交给我，快去找老大！"

"一群废物！"王重拧眉怒骂，他发现短短的时间内，周围的强化人和机器人卫兵几乎被突然出现的伪装者清理个一干二净，他又是什么人？何想他们的新同伴？难不成还是新的七传人？

樊力也注意到新出现的伪装者，他的攻击方式非常诡异，速度超乎寻常的快，他每次都是迅速贴近强化人或机器人卫兵，朝他们身上撒下点什么，被攻击目标在短短一两秒内就会被电击报废。温之光这是从哪里找来的帮手？身手真不赖！

"何想在哪里？"温之光也不多废话。

樊力："具体不知道，但肯定就在附近。我之前听他喊过一声。"

温之光："什么时候喊过？"

樊力："停电的时候。"

王重咬牙恼恨："你给我闭嘴！"

"哈哈！"樊力大笑，"怎么？你来打我呀，咬我呀，要不要这样，打又打不过还要威胁叫嚣，你这样让我很难办啊哈哈。"

王重更加恼怒，手下攻击更快，几次差点甩掉樊力，又被樊力给拖回去。

温之光没有理会两个人的缠斗，而是琢磨樊力那句"停电的时候"，她记得自己也是在那时趁机逃出来，那么说明何想只有在停电时才能传递出信息？可她能怎么办？总不能再来停次电，这也不是她能操控的。

"需要停电？"就这么一会儿工夫，伪装者已经解决掉其他人来到温之光的身边。

"嗯。"温之光下意识回答。

“那就停电吧。”伪装者说道，又通过通讯器对问智脑，“把电再断一下？”

智脑的声音响起：“系统还未完全破解。”

伪装者：“就断我这里。”

智脑：“行。”

毫无征兆，整个基因研究实验室瞬间陷入一片黑暗。

“……”温之光还有点没反应过来。

王重顿时瞪圆了双眼，他虽然听到伪装者的话，但他没想到他真的能让这里断电。他到底什么人？全有集团负责电力的一帮人又是干什么吃的？！

就在这时，一声喑哑的嘶吼再度传出，虽然极其细微，但在场的所有人都听到了。

王重面色一变。

温之光浑身一颤。

“老大！老大你在哪里？”樊力再度焦急喊道。

“闭嘴！别吵……”温之光声音颤抖，阻止他，还想再听听。

“在这里。”伪装者随手朝地上扔了几个一立方厘米大小的光球，刹那间整个空间都亮了起来。他站在不远处的一面金属墙边，一只手在上面摸了摸，又朝里敲了敲，声音厚实，很显然是极厚的金属混泥土墙壁。

“看来得开花，你们站远点。”伪装者从怀里摸出两个黑色的小方盒，轻轻一按，以间隔一米的距离分别贴上金属墙壁。

樊力还有点蒙，温之光却立即惊叫：“快退！”

王重怫然色变，骂道：“混账！你想干什么？！”可看到伪装者也猛地朝后飞扑，不得不转而奔逃。

樊力也终于反应过来，叫道：“我去！要不要这样？也太刺激……”

一墙之隔，密闭的空间内。

四周一片黑暗，何想大半个身体泡在水中，在黑暗降临的瞬间，他聚集全身力气猛地大吼，随后用最快的速度沉静下来，调整呼吸。

黑暗的空间里，绵长和均匀的呼吸清晰地响起，何想闭合的双眼倏然睁开，眼睛里似有闪电划过，他将所有气劲汇于一点，“咔”地挣脱掉一只手腕的束缚，如法炮制，接连踢掉其他束缚。他用最快的速度潜入水里，找到最薄弱的地方，开始猛砸玻璃壁。

就在何想好不容易打碎玻璃壁，随着流水冲出牢笼，“轰隆！”剧烈的爆炸声在他身后响起，将他拍飞到对面墙壁上。

何想吐出一口鲜血，身体砸落在地，再也没有任何力气将自己撑起，耳朵里嗡鸣不止，但还模模糊糊地听到似乎有人声。

樊力第一个冲了进来：“我靠！还真有个洞，要不要这样，藏得这么深，是要搞非法行动啊？”说着，他脸色一变，他想起来何想就在这里面，他飞快跳进炸得稀烂的实验室里，“老大，老大？！老……”

随后就看见软倒在地的何想，半边身体血肉模糊，整个人被水浸泡了个透，头发粘在脑袋上，趴在那边一动不动。

“老大！”樊力面色大变，几乎像子弹一样朝何想冲过去，他一把抱起何想，“老大，老大你还好吗？老大你不要吓我，啊——！！是哪个混账，是哪个混账把你弄成这样的？我杀了他！”

樊力浑身颤抖，抱着何想又不敢用力，他不知道何想到底是什么情况，甚至不知道他的骨骼和脏器是否完好。

第十一章　突破

“哈哈，年轻人啊。”原战感叹地笑了。年轻人总是这样意气风发，认真笃定地做出承诺，可不知为何，恍惚间，他竟然从何想身上看到几分自己当年的影子。

温之光用探灯照向何想，她呆呆地看着何想被湿漉的乱发盖住的苍白的脸，不知道该做出怎样的反应。她感觉心像破了一个巨大的洞，里面的能量不断流失，怎么堵也堵不住。她感觉有什么东西在身体中挣扎嘶吼，愤怒地呐喊，想挣脱束缚，破茧而出！

她紧抿嘴唇，僵在原处不动，直到牙齿将嘴巴咬破，一股浓重的血腥味才将她激了个清醒。

“何想！”她脱口而出，带着些颤音，眼睛里无比湿润，她从没见过这样的何想，这样的柔弱和奄奄一息，和以往的潇洒随性、机灵古怪、惹人讨厌全然不同，仿佛随时可能消失……

她突然感觉有些害怕，她不希望这样，她希望何想永远平安快乐，希望他和她吵架斗嘴，希望时常能看到他顶着一脸欠揍的坏笑，笑着说“温之光你这智商不行啊，看来还是得依赖善良睿智的我”。

温之光深吸一口气，努力地将情绪控制住，将盈满眼眶的泪水逼回去，她将肩上的花流年交给伪装者，快步上前，低声道："你别动，我检查一下。"

接过花流年，伪装者微微一笑，看着王重。

王重神情木讷，他没想到竟然会看到这样的何想，浑身上下插满了各种晶体管线，各种小型注射器留下的痕迹遍布每一寸肌肤。可以想象，在短短的十几个小时内，他遭受了怎样的非人对待。可是，花总怎么会这样做？他怎么会允许这种事发生？他和何想不是童年伙伴？还是说是下面的人自己干的？可如果没有花总的授意，恐怕他们没有这么大的胆量。

一瞬间，王重几乎忘记关心花流年的安危。虽然立场上何想是敌人，但何想也同为七传人，隐藏在血脉里的天然联系，让他没来由的生出一丝不忍。何况何想还是传承里再三叮嘱的守护者，花总难道想弄死他？

温之光很快伸手在何想身上确认一番："骨头没问题，内脏的话……"忽然，她听到何想呻吟一声，立即焦急问道，"你怎么样？还好吗？"

何想有些无奈又无力地回了一句："本来是没问题，但快被你摸出问题来了……"

"扑哧！"樊力差点笑喷，见何想睁开眼睛说话，他心里就放松了许多，再看何想还有空开玩笑，心中大定，嘴贱的本性立即冒头，"哈哈，老大就是老大，什么时候都不忘展现雄风，真是我辈楷模。啧啧，光光，不要再摸了，再摸老大要是兽性大发怎么办？要不要这样？让人感觉心里好怕怕，还有一点小娇羞。"樊力故作娇羞。

"滚。"何想有气无力。

"滚！"温之光翻了个白眼，这混小子永远没个正形。不过何想开口说话，也让她心中的大石终于落下。

见何想性命无碍，王重心神稍定。就这么一瞬间，他察觉到自己内心的变化，不由得有些懊恼，他明明很厌恶何想。他将目光转移到花流年的身上，冷声道："把大小姐交给我。"

"不行。"伪装者一笑。

另一边，温之光已经收敛心情，对樊力道："你背好他，我们现在就出去。"

伪装者也跟着众人一起往外走，可王重却出手拦下："站住！你……"

王重的话只说了一半就噤声，因为他看见伪装者手中的枪正对着花流年的太阳穴。

"你敢！"王重眉头一挑，怒道，"你要是敢对大小姐动手，我一定让你……"

伪装者打断他："闭嘴，废话真多。"他似乎有点不耐烦，拿枪的手指动了两下，王重投鼠忌器，不再多言。

王重有些焦躁，敢怒而不敢动。他理智上觉得对方应该不敢，但感情上害怕万一，尤其是伪装者的眼里毫无感情，仿佛杀过千万人一般机械冷漠。

伪装者偏头一笑："不要担心，你乖的话，到了外面大厅就还给你。不然你可以试试，是你快还是我快？"

王重眉头一拧，他当然知道伪装者的速度，目光又在花流年美好的睡颜上轻轻一瞥，露出一抹不易察觉的温柔，挣扎一瞬便迅速作出决定："说话算话。"

"当然。"伪装者满意地笑了。

阵营不同的人达成共识，同朝电梯赶去。

塔顶，董事长办公室。

在地下基因研究实验室断电后，刘连生的脸色就沉得能滴出水来，一方面，断电令他没法再得知下面的具体情况；另一方面，他也确信了躲在暗处的家伙就在集团内。可他的备用团队到现在也没能找出内鬼具体所在。按理来说，能全面高效地控制和影响集团内机电系统只能是体系内的人，可备用团队他一直在严密监控，不可能会出问题，难道……还是在核心机控室？

刘连生看着监控屏幕上安静如常的机控室画面，终于丧失信心。他连通机动组的通讯频道，下令道："027 小队，去核心机控室看一下。允许强行突破。"

忽然，一个警示屏幕自动跳出，屏幕上温之光、樊力一行人已经回到地面，正飞快赶往大厅。

刘连生眉头一动，果然花大小姐已经被劫持，就连王重都跟他们混在一起。他微微叹了口气，感到头痛，不由得伸手按了按眉心。同时下令，尽一切可能阻拦他们。

不知怎么的，刘连生莫名生出一种预感，七传人……呵。

全有集团，走廊通道。

樊力将何想交由温之光背着，自己打头阵，一行人按照伪装者给出的路线建议，不断向前推进，但速度并不理想。因为一路上受到的阻拦实在太多，如果不是伪装者一早就对樊力、温之光和王重进行分工，并附赠了几枚小型防毒呼吸机，恐怕寸步难行。

此时，樊力几乎是闭着眼睛往前冲，但凡遇到阻碍都是冲击波先行，再用远超常人的巨大蛮力强行将合金闸拉开。而他所遭遇的各种攻击都由温之光一手挡下。在温之光掏出警枪的瞬间，伪装者就想到了她的身份——借由抓住重量级杀手而获得功勋的女警。但他不是魍魉，没有要为同伴寻仇的心思。弱肉强食，天经地义。相反，他还有些欣赏她，难得遇到这么有意思的女人。

虽然伪装者并未吩咐过王重，但眼见伪装者全心护住何想的不要命的打法，王重早就吓得魂飞魄散——花流年在他威胁中，王重就算再不愿意，也不得不保护他和花流年的安全。此时此刻王重才真正体会到入侵者在全有集团内到底承受了怎样的攻击。

“轰隆！”即使隔得很远，巨大的炮火声也依旧无比清晰。温之光没想到全有集团里除了他们外竟然还有其他入侵者，而她之前借口的恐怖袭击，真的在全有集团上演了。

“轰隆……”又是一发炮弹，火箭炮手一行人距离温之光等人并不远，毕竟一开始就是冲地下基因实验室而去的。可令火箭炮手焦躁无比的是刚才已经是他的最后一发炮弹。虽说一开始为了强攻全有集团，他准备了足够多的弹药，可全有集团内部的复杂程度和武装力量远超他的想象，以至于他们炮弹耗尽却还没有接触到目标。

不行，再这样下去非栽在这里不可。火箭炮手果断拆解了炮筒，肩扛盾牌，跟同伴一起抵挡纷至沓来的攻击，一边在群内通讯器上狂吼：“智脑！出来！你他妈就不能再停次电吗？让攻击全部消停下！”

智脑冷静的声音响起：“不能。攻破全新的系统需要时间。而且，时间不够了。”他注意到有人正迅速接近核心机控室，他也不能再继续留在这里了。

火箭炮手却继续叫嚣：“你不是一直自吹能上天吗？给我更能耐点啊浑蛋！”

“少废话，撤吧。”

“啊？”火箭炮手有点愣，没想到竟然听到这个指令。其他频道的杀手也都精神一震。全有集团的武装系统实在完善得令人发指，即使有智脑不断提前通知，但众杀手也双拳难敌四手，对三百六十度无死角的攻击基本也就只有招架的份。好在他们的目标本来也只是吸引炮火。

“你没听错，目标已经获得，伪装者正带着目标一离场。觉得扛不住的就都撤。有兴趣目标二的，再找机会。”智脑快速将撤退路线发送到每个人的终端，“我也撤了，断联，呼叫不应。”

一阵短暂沉默。

“喂！智脑?！”火箭炮手没想到智脑说断联就断联，一点缓冲时间也不给，恼怒之下，抱着怀里没弹药的火箭炮筒，回身几步迎上追上来的机器人卫兵，大吼着挥动炮筒将它们击飞，同时对其他杀手喊道，“还愣着干什么？撤啊！不然留着过年啊？”

另一边，高能电磁实验室附近，魍魉下达命令招呼众人撤退，虽然打到这里实在不容易，但智脑提示过，高能电磁实验室只能智取，不能硬攻。这次权当是走个过场、熟悉路线了。

虽然有些不甘心，但看来还真得等下次了。“走！”魍魉一马当先，带众杀手飞速撤离。

通往一楼大厅的路上，樊力肌肉膨胀，猛地拉抬起合金闸门，“走！”他大喝一声，让温之光、伪装者等人先走，自己一步越过，再松手时，合金闸门轰然落下。

一路上樊力用这种方式闯关无数，让伪装者都忍不住为他喝彩，简直堪比人型装甲车。可仅凭这种方式真的能顺利通关吗？伪装者并没有这么乐观。大厅……恐怕就是分界点。他瞥一眼紧跟在身侧的王重，看来是时候做出决定了。

04：58。

一名夹着公文包的年轻人匆匆走在天刚亮的道路上。他是全有集团的一名行政人员，工作有四五年了。一直以来他对自己的工作很满意，薪资高，又体面，说出去也足够让一帮哥们羡慕。他自己也是名牌大学毕业，从小刻苦学习，工作后更是认真负责，常常一个人干两三个人的工作。他的目标就是尽快升职，离自己的理想更近一步。

每天早上，他基本都是五点左右就赶到办公室，今天也不例外。然而，不知为什么，他总觉得今天路上格外安静，似乎有什么不寻常的事要发生。他不由得加快了脚步，忽然，身后传来一阵剧烈的震动。他感觉脚下的大地都仿佛在震颤，不由得回过头去。

只见远方烟尘滚滚，从烟尘中驶出几辆军用小车，接着驶出几辆装满人的军方战车，紧随其后的是几辆攻守兼备的装甲车，后面甚至还有几辆大型消防车。

这是要干什么？就这种配备，都可以去攻打一个团了吧？年轻人吓得躲到一边。“轰隆！”一声爆炸从全有集团内部大厅传来，年轻人又瞪大眼朝全有大厦看去，完全搞不清楚状况，一定是他今早出门的方式不对，否则怎么会撞上魔幻大片里才会出现的场景？

全有集团的守卫人员也立即跑出来，被眼前的阵仗弄得有些慌张，情况很快汇报到刘连生那里。

董事长办公室。

刘连生看着监控里不断驶入的军用车，感觉十分不可思议。一个何想而已，何至于连军方都出动？难道是他以前低估了何想的分量？还是说，何想有军方也觉得非同一般的价值？是七传人的秘密？还是那艘飞船？

不管是哪种，事情都变得麻烦。眼见温景阳从车里走出来，全有集团的机器人卫兵立刻呈半圆形包抄上去，两边战火一触即发，刘连生眼角一跳，再不敢耽搁，迅速下达停战指令，立即乘坐特殊电梯下楼。

全有集团，一楼大厅内。

不知何时，伪装者带着花流年和王重一起消失了，小队成员只剩樊力、温之光和失去行动能力的何想。大厅的大门是紧闭的，厚重的大门将整个大厅围成绝对的封闭空间，明亮的灯光将大厅映照得金碧辉煌，也让三人清晰地看到敌人的数量。即便是天不怕地不怕的樊力和温之光，也感觉万分棘手，明明只有一墙之隔了，却仿佛还有千山万水等着跨越。

忽然间，所有的攻击戛然而止，一切的扰乱全都消失，温之光有些反应不及，子弹叮叮当当打到机器人卫兵的身上，它们既不躲闪也不反抗。

很快，大厅的大门缓缓打开，刘连生从门后迅速出现。

等门完全打开时，温景阳也跨入大厅，他身边的两队特种兵手持枪支鱼贯而入，警惕着门内的武装力量。

温之光睁大眼睛看着温景阳，眼睛里满是惊喜，她真的不是在做梦吗？这是真的吗？

“老爸？！真的是你！”温之光背着何想朝温景阳冲来，速度太快以至于她背上的何想一颠一颠的，差点飞起来。

“行了，别冒冒失失的。”温景阳挥挥手。

“哈哈哈。”温之光无比开心，有老爸在这里，不就什么事都没有了吗？“老爸你来干什么？”

“还能干什么？当然是给你收拾烂摊子。”温景阳冷哼一声，朝她摆手，让她退到一边。樊力也连忙跟着一起退开，打了这么长时间，也把他累得够呛。

刘连生已经走到温景阳的面前，两个人相距大约十多米，都是一脸笑容。

“温副总监，今天是哪阵风把您这尊大神吹来，还带了这么多士兵压阵？”刘连生笑得温和、客气却疏离。

温景阳则笑得爽朗，爽快道：“全有集团的门槛太高，要是不多带点人压阵，恐怕连门都进不来，哈哈。我今天来是带了调令，喏，送给刘秘书看看。”他将电子版调令的画面调出，又将平板电脑交给身边的一名特种兵。

看完调令，刘连生眉头皱起。调令上的内容十分荒唐，直接说何想是军方的高级顾问，可调令的落款人却令人心惊——原战，原中心市军区总司令，虽说三年前退役，可在军方的人脉和影响力却毋庸置疑，甚至最近有消息说他要重新复出，只是保密级别太高外人无从得知。

看来今天温景阳不把何想带走誓不罢休了。

再抬眼看向温景阳，刘连生越发感觉到一股无形的压力。一直以来他都很少直面军方的人，一方面没有必要，另一方面也没有机会。他所打交道的不外乎是市警察局里的一些人。在和平年代，刀口舔血的人已不常见，凭借现代科技，一般的罪犯都可以绳之以法。

但温景阳不同，他年少的时候就曾参与过对外反击战。那是一场三十年前的战争，也正因为他在战斗里屡立奇功，才使得他在军队里平步青云。

刘连生眉头蹙起，如果他此时拒绝温景阳的要求，对方定会直接强攻。温景阳此时虽然笑意温和，但浑身威势却如山般迫人，那是一种从尸山血海里走出来的气魄。

刘连生身形微微紧绷，在继续斗争并留下何想和不与军方起冲突之间犹豫，最终，他决定选择后者。

何想被人接走了，温景阳对他的“通情达理”表示谢意，刘连生看着军车渐渐退去，觉得有点懊恼，但这并不是他所能左右的。

在一切尘埃落定后，全有集团大厦突然陷入死寂，如果不是到处都处都留下的炮火痕迹，似乎一切从未发生过。

在下令让装修机器人加紧抢修翻新后，刘连生收到一条消息：核心机控室有了新发现，潜藏的奸细被发现了。

刘连生精神一震，快速上楼。

核心机控室，一切痕迹早已隐没，所有的数据已被清除，智脑毫无声息地倒在茶水间，仿佛一切从未发生过，但他曾经坐过的位置上，此时正趴着另一个人。

绿色的军车在道路上平稳行进。

车辆十分宽敞，何想跟温之光、温景阳都坐在后排，何想坐在中间。其实如果可以的话，他更希望自己能跟前排副驾驶位置上的樊力换个位置，也好过“幸福地”听着耳朵两边不时传来的“暗藏杀机”的对话。

温之光不依不饶：“老爸你怎么会来这里？这很诡异好不好？到底是

谁告诉你的，说嘛，告诉我嘛，我可是你亲闺女耶！哪有亲爹瞒着亲闺女的？”

温景阳威严肃穆：“哼，现在知道你是我亲闺女了？这么大的事我都从别人嘴里听到，你想过我这个当爹的感受吗？”

“我怎么没有想？我这不是不想让你担心嘛。再说了，我都这么大了，遇到问题得自己想办法解决，怎么能动不动就把爹搬出来呢？这样怎么能达到自我锻炼的效果？你也不想自己亲闺女是个㞞货不是？”

“去，狗嘴里吐不出象牙，我温景阳的闺女能是㞞货？”

“那自然是不能的，再怎么样也不能给我爹丢脸！”温之光拍胸脯打包票。

“哼。”温景阳扔给她一个“算你识相”的表情。

眼看两人的对话越来越歪，何想算是知道了温之光为什么会是这种性格，这简直是典型的上梁不正……

其实，温景阳也不是不知道温之光在跟他打马虎眼儿，但没办法，他就这么一个闺女，从小失去母亲，他这个当爹的不把她往天上宠，就更没人会疼她了。幸好他也不是真的护不住她，就由着她闹闹也没什么。不过，该说的话还是要说的。

“今天的事就到此为止了，对于你不长脑子就跑到全有集团大闹的事我也不追究了，毕竟事出有因。但是，下不为例。不是每一次你们都有这么好的运气，这次是有人帮忙，打了全有集团一个措手不及，下次他们有准备了可就没这么容易了。”

“还有下次？！”温之光立即炸毛，“我这次都没有抓他们进局里审问，他们还想搞下次？”

“你是哪根葱，你能抓他们进去？”温景阳挑眉。

“我……就算我不行，这不还有老爸嘛。小光的老爸最厉害！”温之光一脸谄媚道。

“噗——”樊力突然喷了，“哈哈，光光，我怎么没发现你是这样的光光。要不要当狗腿当得这么光明正大，简直逗死我了，哈哈，哎哟，好痛……”

樊力乐得伤口都扯开了。听着温之光和温景阳的对话，他没来由的十分羡慕，虽然他从小也算是被樊大拉扯着长大，但他却从来没有和樊大这么亲近过。他的童年全由无止尽的殴打组成，印象里不是挨打就是被骂，唯一一次樊大对他露出笑容，还是他发现自己拥有非凡的格斗天赋，可以帮他赚钱的时候。樊力又笑又喊痛，笑得眼泪都出来了。他发现，他其实还是很想樊大。

何想突然开口：“今天真的是谢谢温叔叔了，要不是您，恐怕我们没那么容易脱身。”

“其实今天能来接你也是有原因的。”温景阳说道，“还记得之前我们说过的事？”

“当然。”

“现在去的就是驻地，正好也可以替你的身体做个全面检查，有什么损伤也尽力修复，军方的医疗团队向来都是最好的。”

何想一笑，闭上眼睛：“多谢温叔叔了。”

“你还好吧？”温之光抿了抿嘴唇，又凑上去查看何想。起初见到老爸的兴奋已经渐渐退却，她的注意力又重新回到何想的身上。不知怎么的，她感觉何想似乎有一些变化，又或者……不是他变了，而是她对他的想法和感觉变了？

温之光微微一怔，仿佛被什么烫了一下，倏地收回手。内心怦怦直跳，耳朵也有些发热，她忍不住捂住耳朵，不想被人看出端倪。

“没事。”何想没有注意到温之光的惊慌，只是轻轻应声答道。他现在还没有多少力气，之前的痛苦经历在他的心里蒙上了阴影，他满脑子都控制不住地想其他基因强化人都是这么过来的吗？人类科技的进步非要经历这么惨烈的阵痛？

之前因为身体的剧痛，何想几乎无法思考，唯一的念头就是：这是错的。不管有什么高尚的理由或崇高的目标，这都应该是错的！花锦年他错了……

可现在，他的思维渐渐清晰，他反而开始理解了花锦年的做法。虽然理解，但并不赞同。

何想幽幽地叹了口气。

“怎么？很苦恼？”温景阳笑问，“说出来听听。”

难得有一个长辈发问，何想觉得是一个难得的机会，他整理了一下思路，将自己的困惑说出。

温景阳说道：“什么是对？什么是错？就拿人类的科技来说，最初人们认定世上最小的物质是分子，过了不多久，人们把它拆解成原子，然后又拆解成质子、中子和电子，后来又有了夸克……但是，夸克真的就最小吗？”

“那么，世上的事也是一样的。穷凶极恶的人也有珍爱的人，以仁德标榜的人在不为人知的地方也有道德缺失。我这么说，你明白了吗？”温景阳笑道。

何想微微犹豫，点了点头：“所以，从立场上来看，没有对错，所谓的是非成败，要用结果来证明。”

说完这些，何想有些疲惫地闭上眼睛，他感觉心里很难过，但具体难过什么又很难说……他只知道自己确实想通了，是他不够谨慎，是他太过天真，他自以为是的努力被现实狠狠地打了一巴掌。

无法怪罪外界，不能推责他人，事实上就是他太吊儿郎当。

“其实是我错了……”何想喃喃道，又睁开眼睛。

温景阳的眼里浮起笑意，如果说他以前对何想只是有些欣赏，那么，他现在觉得这是一个好孩子。

“你知道吗？”温景阳道，“这世上有两种人很了不起。”

何想竖起耳朵。

“一种是圣人，他们从不犯错，另一种是犯了错能立即改正的人，知错能改，善莫大焉，非常的了不起。”温景阳的笑意逐渐加深，看着何想有一种长辈看待晚辈的温情，“你很不错，但你已经很累了，好好休息，别再劳神。年轻人最大的优势就是有时间，不要急于一时。”

“是，多谢温叔叔。”何想明白了温景阳的意思，心中震动，更多的是感动。他闭上眼睛，再不开口。

一行人无话，在市内绕了一圈后，汽车驶向原战所在的山区军事机密驻地。

通过例行的电子排查，温景阳一行人进入驻地别墅，下车后，原战的军事秘书快步走上来。

“老李，”温景阳喊得亲切随意，笑问，“老爷子呢？”

秘书老李看上去五六十岁的年纪，比起温景阳的一头黑发，他的两鬓已经有些花白，但精气神却十分饱满，他笑呵呵道：“老爷子在院子里打太极，就等着你们来呢。”他的目光在何想等人身上一扫，立即招呼医疗团队上前，很快两名医护人员就从樊力手中接过何想，将他轻放到电磁医疗床上。

“这是何想，这我闺女，这是他们的朋友樊力。”温景阳介绍道。

秘书老李对何想点头，招呼他赶紧治疗休息。温之光要跟上去却被温景阳拉回来，老李笑道：“哈哈，老温的闺女都这么大了，真是岁月不饶人啊。小丫头，还记得我吗？小时候我还陪你玩过呢。”

“李叔叔好！我当然记得啦，您还给我买过玩具枪和弓箭，这么重要的礼物，到现在我都留着。”

“哈哈，”秘书老李大笑，“看来我这是沾了玩具的光啊。走，别站在这儿了，咱们先进去。”

虽说温之光从昨天就进入全有集团折腾，但没受伤，反倒是樊力和何想受伤严重，尤其是何想，密集的实验让他浑身上下没几块好地方。

樊力跟何想是分开治疗的，在简单包扎和清理伤口后，樊力很快就生龙活虎，反倒是何想，在终于放心和放松下来后，陷入了深眠之中。

大家知道他的遭遇，没人去喊醒他，包括原战，都乐呵呵地陪着温景阳、温之光一起吃了个午饭又睡了午觉。

直到下午三点多，何想才大梦初醒。他有点迷糊地爬起来，几乎忘了身在何处。他一醒，医护人员立即上前，一边询问他的情况，一边观测他的各项体能指标数据。

消息也立即传到原战、温景阳那儿，他们立马赶了过来。

“醒了？”温景阳温和一笑。

“你感觉怎么样？”温之光关切问道。

“老大你这一觉睡得够长啊。”樊力笑嘻嘻地趴到床边，挤得医护人员不得不给他让个位置。

何想脸带微笑看了温之光和樊力两眼，对温景阳道：“劳您费心了。”

“费心的可不是我，是原老将军。”温景阳给何想介绍道，“这次能把你顺利带出来，多亏了原老爷子。”

原战就像时下最常见的退休老干部一样，方中带圆的脸，精神矍铄，满脸笑呵呵：“小伙子，受苦了。”

何想立即起身想向原战道谢。

“行了，行了，跟老头子不要搞那一套，坐好坐好，甄医生还没有给你诊断完。”原战笑呵呵地安抚，“也别都杵在这儿了，都坐。”

原战笑得一团和气，也没顾忌，将何想夸了一遍。夸他年少有为，年纪轻轻就懂得修造飞船；夸他不畏强权，不受诱惑，困难在前也不为所动的优秀品质。听着听着，何想也渐渐明白了，敢情这原老将军很是看不惯全有集团的做法，因他不受全有集团的招揽而高看他一眼。

何想不得不感慨，虽然明知对方有明确目的，但人家的说话方式、态度举止就是能让你倍感亲切，恨不得生出士为知己者死的感觉，真是人老成精。

事已至此，何想自然也顺水推舟，问道：“老爷子，我听温叔叔说，您好像也在研究飞船？”

原战早就在等他主动发问了，见何想上道，眼睛更是笑得眯成一条缝：“不错。时代在前进啊，老头子也不得不与时俱进。”说着，原战又上下打量他一下。

何想立即道：“老爷子别担心，睡了一觉，我现在已经感觉好了很多。”

旁边一直在做监测的甄医生笑道：“他这话说得没错，我还真没见过身体机能恢复速度比这小子更快的，他的细胞活性、自我修复速度都远超常人，明明受创不小，但以他现在的情况来看，再休息个几天就没事了。我想，对方或许就是对你这种体质感到好奇，才会下手去研究你……”

“咳！”温景阳咳了一声，打断了甄医生的话。

甄医生回过神来，立即一笑，有些尴尬：“抱歉，不好意思……”毕竟对一个刚受过摧残的人说这种话确实不恰当。

“没事。”何想笑了笑。

“哈哈，既然这样，我们出去走走？”原战笑着打圆场。

“好。”何想从善如流。

原战的所谓走走，却是带着何想单独来到大山深处的航空航天研究所。

一进研究所，何想就被眼前的场景深深震撼。研究所内部的空间极其巨大，无数高精尖的加工仪器高低错落，遍布研究所内每一个地方。

人工智能在第一时间察觉何想和原战的到来，亲切温柔的声音顿时响起：“老爷子，下午好呀。怎么这个时候有空过来？嗯？旁边这位小伙子是谁？怎么不介绍一下？”

这种人性化的问候令何想下意识一愣，直到对面屏幕上亮起一张俏丽笑脸，他才恍然。

“哈哈。”原战大笑，“这是我最近新交的小朋友何想，我带他过来转转，你忙你的，不用特意招呼我们。”

“好的，那您自便。”人工智能也没客气，很快在屏幕上消失了。

“走吧，四处看看。”原战带着何想走到不远处的一个金属平台上。等二人站定，金属平台顿时拔升高度，由金属巨臂托举到半空中。起初的不适应使得何想身形微晃，但他很快镇定下来，四周护栏也随之升起。

何想饶有兴致地将整个研究所的情况大致浏览了一遍，心中已经有数。这里的实验器材虽说精密，其实都是老陈当初教导他使用的，只不过是多种类型的工具汇集于一体，形成超大型的一体化加工系统。整个研究所装备一流，人员分布也十分合理，唯一让何想有些在意的反而是正后方的一艘在建中的飞船。

飞船体型并不大，外壳还没有装上，内部的组件一览无遗，但何想仔细一看，却发现了一些不妥的地方，正犹豫间，一旁的原战却已经开口。

“觉得哪里要改进一下？”原战笑盈盈道，眼里都是了然的神色。

“嗯……”何想点点头，问道，“图纸方便给我看一下吗？”

原战下意识一愣，眼睛眯起，可看着何想明净清澈的眸子，又很难把盗窃机密这样的事情与他联系起来。

微微犹豫，原战笑道：“行。”他立即吩咐人将电子版的图纸送来，一同送到的还有任命委托书以及保密合同书，“用人不疑疑人不用，老头子一向都这样。这是早就为你准备好的，觉得合适就签了。”

何想有点惊讶，同时心里还隐隐有些激动。任命委托书上的职位是高级顾问，不需要朝九晚五的按时上班，却有权参与建造飞船的决策，原老爷子给的待遇不可谓不高。关键是，一旦他签署了这份协议，他就受到军方保护，不再是单枪匹马一个人。只要他的要求不太过分，他会获得诸多便利，当然，行使权力的同时也需要履行相应的义务。

全有集团……何想眼睛微垂，再抬眼时，认真地道：“老爷子，不瞒您说，其实我手中有另一份图纸，但是那份图纸属于我的老师，没有他的允许我没法公开。但我可以保证，我会倾尽所学，尽自己所能修改和完善这份图纸。”顿了一顿，他继续说道，“我非常感谢您对我的信任，我想，唯一能回报您的信任的，就是一份更好的图纸。请给我两天时间，我一定会给出让您满意的答复。”

何想眼神明亮，笑得笃定。

“哈哈，年轻人啊。”原战感叹地笑了。年轻人总是这样意气风发，认真笃定地做出承诺，可不知怎么的，恍惚间，他竟然从何想身上看到几分自己当年的影子，笑着摇头叹道，“唉，老了，老了……”他手一挥，金属伸缩台立即调转方向向出口延伸。他笑着下了金属台，径直朝前走去。

离开航空航天研究所，原战又带着何想转回了驻地别墅，去了别墅后方的露台上。

整座别墅依山而建，三面环山，一面就是这巨大的天然露台，仿佛是岩壁上专门长出来的一座“巨兽巢穴”。

露台上正坐着纳凉的温景阳、温之光和樊力，见何想跟原战回来，樊力立即跳起，凑到何想身边，压低声音问道：“去哪里了？”

何想似笑非笑地看他一眼。

被何想刺激，樊力佯怒：“要不要这样？我们可是知无不言言无不尽、无话不说的好兄弟，你怎么能出去一趟回来就变了个人？我有权代表光光谴责你。”

温之光白眼一翻：“少来！自己想知道，别拿我说事。”虽然她也很好奇，但老爸还坐在这里，她怎么也要装出一副乖宝宝的样子来。

对于何想的沉默是金，樊力就像是打翻了毛线球的猫一样百爪挠心，可不管他怎么问，何想都只神秘一笑，弄得他十分没脾气。再强逼，何想就说事关机密，盗窃机密的人都要受到刑罚，少说关个上百年。饶幸不死，出来以后也要变成个牙齿掉光的糟老头，一辈子连个妞都没有，真是凄凄惨惨，吓得樊力够呛。

“哈哈，都来坐吧。”看够了戏，原战笑着招呼大家吃茶点。

何想一边捧着茶杯，一边讲了个茶道的故事，又将原战的茶一顿不着痕迹地夸赞，让原战开怀不已。忽然间，何想注意到露台下方的群山里似乎有什么在反光。他站起身走到露台边上，朝崇山峻岭眺望。

“怎么了？”原战笑问。

“是有侦查装置吗？”何想指着一片被郁郁葱葱的林子遮盖的地方问。

原战的眼中一道亮光划过，饶有兴致：“看得出来？”按理来说从外表上应该是看不出来的，毕竟连卫星地图上都不会显现。

何想说道：“这样看确实看不出来，但刚才好像有一处闪光，所以猜测可能有。”

“鬼机灵的小子。”原战笑了笑，喊道，“小李，去把我的望远镜拿过来。”

李秘书很快将望远镜取来，原战将望远镜递给何想：“小子看看，还能发现哪些地方？”

何想通过望远镜仔细将四周看了看：“理论上来说，西面的湖泊，对面的山上，还有东边的森林里，应该都有。”

“哈哈，瞧不出来了吧？就知道猜。”原战像个老顽童一样，显得有些得意。他又拍拍手掌，通过腕表下令。

一瞬间，头顶的云层仿佛突然加厚，天色一下子黯淡下来，露台上目力所及之处，粼粼的亮光此起彼伏。密林里、水潭边、岩壁上、山间的茅草屋中……所有的亮光一闪而逝，乌云又很快消散，天光大亮，一切快得让人仿佛觉得自己眼花。

何想怔怔地眨了眨眼。

温之光惊叹地站了起来。

“我靠！”樊力大叫一声跳起，“科幻电影啊这是？要不要这么牛气冲天，快快快，再来一次，再来一次。”

可何想跟原战都十分默契地无视了他。何想回过神来，对原战笑道：“看来还是我格局太小，想得太简单。”

“哈哈。”原战大笑，“你也不简单，能看出这里暗藏的装置。来说说，刚看出了什么？”

何想并不着急回答，他朝露台的边缘更靠近了些，转身往别墅所依的山体背后望去，说道：“我记得在来的路上隐约看到有类似气象台还是天文台的东西？”

原战目中精光一闪，再度大笑起来，笑完对温景阳说：“景阳啊，你找来的这个小朋友很机敏啊。”

温景阳连忙道：“都是小孩子的小聪明罢了。”

原战摇头一笑，何想能注意到山顶上的气象台，还能跟刚才的变化联系起来，就说明这个年轻人胸有丘壑，不仅观察力敏锐，大局观也不错。他拍了拍何想的肩膀说道：“你小子不错，老头子最欣赏的就是有能力的年轻人。说说看，还发现了什么？”

“我得先请教老爷子几个问题了。”何想笑道。

“哦？讲。”

“山顶上那个，真的是气象台吗？”

原战大笑：“鬼机灵。不如一起去看一下？”

一群人开车到山顶上，从更高处再去看群山和四野，又别有一番感受。

何想站在山顶，背靠着巨大的圆形太空能量监测塔，感受着山风吹拂，忽然生出一种豁然开朗的感觉。怪不得人们总说登高望远，仿佛天地无穷，尽在胸中，站在高处的心境果然不同。

与何想并肩站立的还有原战。原战一双宽大的手掌背在身后，虽然已八十多岁，但依旧步履稳健，行走如风，甚至比起一般的年轻人还有过之而无不及。温之光看着老人的背影，心里不由得生出几许羡慕，要是自己能在这个年纪也拥有这么好的精神就好了。

她又将目光移到何想身上，忽然有点恍惚，她发现自己好像越来越看不懂何想了，以前的他还只是个守着典当行混日子的小混混，现在却能如此从容地跟原老爷子这样的人物谈笑风生，连老爸都让她多跟他接触。

想到这里，温之光有些莫名的开心与快乐，但又有些不高兴。她应该更努力才行，她也要变强大才行！明明以前是她更优秀的，不管怎么样，回去后她就去警校继续深造，哼！

温之光气鼓鼓的小心思何想当然不知道，他在打量过四周后，爬到圆塔顶端去看了看。

下了圆塔，何想的疑惑反而越深了。

“如何？”原战的眼里满是笑意。

“我说话老爷子勿怪，与其说这是一个能够监测银河系高能变动的宇宙监测塔，我反而觉得它更像是一个能量汇集塔。山里遍布各处的所有观测装置，都会将数据汇聚在这里。对了，它可能提供能量吗？”何想好奇。

“没错，这群山方圆几百里的日常基地能量，都是它提供的。小伙子有眼力。”原战也没隐瞒。

何想又仔细看了看圆塔，心想如果戒指在手就好了。此时他才明白，对于能量的感知，有戒指和没戒指真是差了太多。

不知道为什么，看着顶端尖斜的圆柱形高大观测塔，何想总觉得有股奇怪的感觉，它既像个顶天立地的巨大接收天线，但同时又像是要尽力把什么东西汇聚在一起。理论上它肯定可以感应宇宙天体的能量波动，但实际上好像又有所不同，具体有什么不同，何想一时又说不清楚。遗憾的是他既没有戴戒指，又拿不到设计图纸，因为据说这个项目兹事体大，牵涉范围太广，也不是原战一个人能做主的。

言下之意，这样的装置可能在别的地方也有。何想叹了口气，暂且将这个问题抛在脑后。

经过一下午折腾，何想感觉有些疲惫。一行人很快回了别墅，吃过晚饭就各自休息了。

第二天一大早，新闻媒体对于昨天军方装甲车“游逛”中心市给出了合理解释——十年一度的大型国庆活动即将到来，军方游行是提前预演，为此做准备，而关于全有集团大厦的深夜爆破案则只字不提。

全有集团方面，也只是对外宣称要重新打造最新研究的金属流体磁波大厦，所以重建翻修中。这样的理由虽然不是多么好，但至少能掩盖被入侵的事实。毕竟一旦对外公开全有集团被恐怖袭击，恐怕会牵扯出巨大的麻烦和隐患。

对于一心致力于土星空间站和仙星探索的花锦年来说，他不想全有集团被推到风口浪尖之上。

清晨的全有集团，如一柄直入天际的利剑耸立在中心市的市中心。

全有集团，董事长办公室。

花锦年早上才从高能电磁实验室走出，在成功验证自己关于七宝能量共振变频的猜想后，原本心情不错，可刘连生的汇报立即让他晴转多云。仅仅两天时间，全有集团就多处受创，好在听方可胜的意思，何想基因解析的数据完好无缺，否则偷鸡不成蚀把米。

花锦年坐在椅子上，看着手中各项报告，刘连生如平常一样站在他的左手边，方可胜则带着几分忐忑站在办公桌的外面。

“嗯。”在快速浏览完后，花锦年将报告放下，对方可胜说，“既然数据没问题，其他就不是大事。损毁的基因研究室你找刘秘书报修就可以了，有什么需要就跟他说，他会全力配合你的。”

“好。”方可胜的注意力顿时转到刘连生身上。

刘连生朝他点头：“回头跟你交接。”

虽然有点不满刘连生没有立即办事的态度，但方可胜知道花锦年恐怕还有事要交代，想了想也就不浪费时间，打算回去继续清点损失。

“等等。”花锦年又突然叫住方可胜。

方可胜回头，疑惑地看向他。

“失败的实验体……妥善安置了吧？”花锦年笑道，心中突然有点不放心。以往他很放心方可胜，在他看来，方可胜是一个为了科研事业可以奉献一切的人，不论是家人、时间还是生命。并且为人耿直，从没有什么花花心思，可现在他竟然有几分怀疑方可胜了。

方可胜目光一闪，立即认真而笃定地说道：“当然，在检查无误后，给了他们一笔钱，又模糊了这段时间内的记忆，就让他们回归了正常生活。”

“很好。方主任办事，我放心。”花锦年笑说，“你先去忙吧。”

方可胜走后，花锦年问道：“流年呢？”

刘连生微有忧虑之色：“大小姐也是早晨才醒，现在应该在赶来的路上了。”

花锦年敏锐地发觉，虽然刘连生跟平时看起来没两样，但还是比平常更谨慎些，笑道：“不要认为是你的责任，应该说，能得到现在这个结果，你已经做得不错了。”

花锦年很少会夸人，因为他是个对自己都要求极其严格的人，所以冷不丁听到宽慰褒扬的话，刘连生怔了怔，随即他的眼中浮起一抹感动，低声道：“还可以做得更好的，但是……”

“不要太苛求，这个世界本来就是一个残缺的世界，既然有残缺，就没有完美。所以，我们才要去追求真正的完美。”花锦年微微一笑。

“是。”刘连生低声应道。

电梯门在这时打开，花流年急促的高跟鞋声从外传来，显示出主人焦急的心态。

花锦年无声地叹了口气，相比全有集团一团糟的烂摊子，有时候他觉得反而是花流年的小脾气才更让他头疼。

“哥哥！”花流年像一阵风一样刮到花锦年的身前，两只手撑在桌子上。

“流年。”花锦年抬眼一笑。刘连生无声无息地退出去。

“何想他……”花流年话说到一半，注意到花锦年的笑容，忽然想到，哥哥是不希望她掺和此事，可她却不能，至少，她有知情权。

“你想问他的下落？”果不其然，花锦年的笑容淡了许多，但还是笑道，“他已经离开了。”

“什么？”花流年微微一怔，瞬间明白过来，恐怕是温之光他们带走了何想。既然是这样，反倒是全有集团被弄得一地狼藉。何想在极短的时间里承受了大量实验，样子不可谓不惨。可全有集团也因此惹得一身骚，不知道是谁吃了亏。

花流年的脑子有点乱，哥哥怀疑她跟七传人站在同一个立场上，可她有点不明白，为什么她非要站在七传人的对立面？

岂不是硬生生要把她推向黑仙星人的队伍吗？

冷不丁的，花流年打了个寒战。

“他们都是什么人？哥哥查出来了吗？”花流年绕过了何想的话题。

“不出意外的话，应该是一群杀手。”花锦年说道。

第十二章　老师

青者也算是一个传奇了，听说发迹于微末，却得到诸多大佬的赏识，一路平步青云。据说他的产业遍布各行各业，地下拳场、假日小岛、赌坊物流、酒店会所、杀手组织、人体基因、国防飞船……没有什么是他不参与的。

“杀手？”花流年讶异，“怎么会？谁有能力组织这么多顶尖的杀手，就为了救何想？”在发问的瞬间，花流年的脑海里突然浮现一个人的身影，“是青者？可他为了什么？还是说，青者其实是潜藏起来的七传人？”

否则，跟混混一样坐吃山空的何想与叱咤风云的青者，怎么也划不上等号。也只有这样，青者才可能对何想另眼相看。

“不是没有可能，有消息说青者曾经赠送了何想一个酒吧，听起来私交也不错。我会尽快跟青者接触一下。”花锦年皱眉道，“不过与之相比，军方注意到何想才比较麻烦。但也没关系，只要他不龟缩在军方驻地里，倒也不会有太大影响。”

在花锦年看来，一个已经被解析过基因、剥离了七宝戒指的何想根本无足畏惧，不管他新增的外衣多么鲜亮，他的核心价值也只在于引出其他的七传人。

话题回到何想身上，花流年感觉到几分沉重，她想询问花锦年到底对何想是个什么样的态度，是真的想要弄死他？或者只是想吓吓他？她很清楚哥哥反对她倾向于何想，以往或许她会天真地认为哥哥是在吃醋，可现在……

花流年还犹豫着如何开口，该不该开口，花锦年却已经开口说道："关于何想，你以后不要再联系他了。"

花流年讶异抬头。

花锦年继续道："虽然作为哥哥，不该责备你，但你带人去找何想确实产生了难以预料的后果……"他微微一叹，似乎不想再说。

可他的这一叹，却将花流年叹得心乱如麻，花流年反而猛地抓住他的话头有些冲动地道："什么后果？哥哥想说什么就直接说，不要遮遮掩掩。"

花锦年微微一顿："你这是在怨我？"

花流年一窒，想要开口却开不了口。

"其实你知道后果，也知道自己带来的影响，不是吗？毕竟流年是如此聪慧。"花锦年平静中带着一丝温和。

"……"花流年的神色多出一丝哀怨。

"好了，不说了，是哥哥的不对，不该说流年。"花锦年笑了。

"明明是你在怨我。"花流年脱口而出。

花锦年有些惊讶地看着她。

花流年有些后悔，她不该说这话的，她闭上嘴巴紧咬住下唇。

"流年想说什么？"花锦年神色有些淡然，虽然在笑，却显得有几分疏离。毕竟像这样因为一个问题翻来覆去地闹脾气，即使是他也有点失去耐心。

花锦年这种轻描淡写的态度激怒了花流年，她突然不想再压抑自己，不想再一次又一次委屈自己。她本不该是这样的，她为什么要这样？她咬了咬嘴唇，狠下心说道："全有集团的重大决策，难道我不该知道吗？"

一旦开了一个口子，情绪就像决堤的洪水般涌出，花流年大声问道："难道我没有权利知道吗？为什么要一而再再而三地将我排除在外？为什么不信任我？那么多人都知道，为什么只有我什么都不知道？哥哥……你对我真是太残忍了。你的心只考虑大义，考虑人类的寿命，考虑未来趋势，你有考虑过我吗？"

花流年泫然欲泣，内心像破了一个口子，寒风肆虐。

花锦年的眉头微微蹙起，他忽然明了花流年的心绪。作为一个从小备受关爱长大的姑娘，几乎得到了全世界最好的东西，可当最好的东西稍稍离开的时候她就没有办法接受。别说自己不是她的男人，就算是，也不可能如她所想将她摆在超越一切事物的位置上。倘若将感情混杂入事业，分不清轻重高低，一切就会乱套。

可当一个人撞进感情的漩涡，一切理智都会丧失，一切的道理都会不起作用。他又怎么能跟花流年说得明白？

以前他会哄她，可现在看来，那只会蒙蔽她的眼睛并且助长她的任性，让她找不到方向，也不能学会反思。或许，他应该改变方式。

"我从未考虑过要将你排除在外，但我们所负责的范围不同，平常虽然不会交叉，但如果主动去了解却可以在关键时刻帮助对方。七传人的事情，你上次答应不再干预，如果你想知道情况和结果，不可能会有任何人阻拦，所以哥哥不明白，你为什么会有这样的质问？"

"什么？"花流年惊讶且不敢相信，花锦年头一次将问题如此直接甩回给她，十分客气、理智，却毫不留情。她脑袋里乱成一团，像有风暴在肆虐，她不知道该如何应对才能不把局面弄得更加糟糕。心里的委屈却和泪水一齐涌出，在极度的混乱中，她还是尽力保持了优雅，只是笑得有些难看，“哥哥是说我没有主动去关心和了解？”

花锦年平静地看着她，好像在说“难道不是？”

“好，好……就算是吧……我知道了，我明白哥哥的意思了……我还有事，就先走了。”花流年失魂落魄，转身之际差点踉跄一步，但她努力让自己的腰杆挺直，一如从前的优雅美丽，快步离开办公室。

在踏入电梯的瞬间，花流年终于泪落满面。

刘连生不知何时回到办公室，他看到花锦年的神色少见的萎靡，猜想他可能跟大小姐闹了不愉快，但男人本就不可能对女人百依百顺，如果有，一定是别有所图。

“什么事？”花锦年抬眼问道。

“花总，有人匿名发来一套星系图，请您过目。”

“嗯。”花锦年轻拍手掌，整个塔顶办公室四周围的玻璃顿时转为黑色。刘连生将星系图投射到半空中，形成 3D 电子成像图。

一瞬间，花锦年就被浩瀚的星系图所震撼。

这是一幅极其巨大的三百六十度广角星系图，在很多星系所在点上还特地做了标记，隔空轻触，它就会展开另一片巨大而广阔的星空。奇特的是，上面的文字符号他从未见过，以花锦年的博学，几乎精通世界上所有文字，却对这幅星系图上的符号极为陌生。

花锦年只是快速地翻阅了几个星系就问道：“这是谁送来的？”问完的瞬间又想起好像刚说过是匿名。不怪他这么失态，实在是星系图太令人震撼。他致力于探寻仙星，对当今世界最前沿的天体物理研究了若指掌，甚至有不少关于银河系方面的核心文章出自他的手。

所以，他知道这幅星系图非凡的价值——它看起来像是一幅全新创造出来的广阔的宇宙空间，可看起来又真实到极致。

什么人能“制造”出这样一份星系图？如果真的有，也一定是神之预示、神来之笔。

“传令下去，天体研究小组 70% 的成员暂停手中工作，全力推演研究这幅星系图。”花锦年一扫方才的萎靡，变得神情狂热，笑容笃定。

“是！”刘连生应声道。

天色渐渐暗了。

日升日落，一天的时间悄无声息地过去。

青者一个人驾车行驶在道路上，突然想起佛家的一句话：“是日已过，命已随减，如鱼少水，斯有何乐。”意思是说日子一天天过去，寿命一天天减少，如同鱼儿周围的水越来越少，有什么好快乐的呢？以此警醒大众精勤努力，不可懈怠。人生匆匆，寿命短暂，要及时做些有意义的事，不要虚度。

青者自问他一生一直不断攀登，勇猛精进，不管是小时候浪荡街头、聚众斗殴，还是后来遇到老师，获得指点，青云直上，始终处在与自己、与他人的斗争之中，总想努力将事业做得更大更广，手伸得更长更远。可是最近，或许是他的事业已经到达一个临界点，又或者整个世界的资源重心疯狂倾斜，全部涌向遥远的太空，他反而有点想停下来。一方面他极力开拓星际市场，另一方面他又想牢牢抓住绳子，他隐约感觉有些东西要脱离掌控，身为狩猎者的他一向感觉敏锐。

夜越来越深，青者将车停在一个幽深的巷子里，下了车稳步朝前走去。

四周昏暗无比，只有月色清冷的光辉隐约浮现，他穿过狭长的黑暗巷道，突然感受到一阵亮光，面前一片开阔。

一道人影被无数道投射来的光线照亮在黑暗的边缘，那人背对着他，显得身形伟岸。

“老师。”青者对身影微微鞠躬。

“你昨天的行为鲁莽了。”老师没有一句废话，也没有转身。

青者认识老师很多年，年少时，老师将他从泥潭里拉起，一路扶持他到地下拳场主人的位置。至今，老师都从未真正露出自己的真面目。青者一直猜测老师有着庞大的军政和财阀背景，并在背后操控一切，小时候他还好奇地想揭开他的面目，现在好奇心已经降到最低点，因为他多少有些猜出来。

“何想是个有价值的人。”青者想要解释。

“我比你更清楚他的价值。”老师说。

青者眉头微微一动。老师好像有点不高兴？就因为这件事？袭击全有集团的事说大不大说小不小，但不至于会触动老师的神经，除非……自己打乱了他的布置？

青者很清楚，老师近些年逐渐将资源和重心向科技与未来发展倾斜，时代潮流如此，本来无可厚非，更何况随着年纪增长，老一辈的资源雄厚者都开始关心和担忧自己的寿命，全有集团和花锦年能这么快获得无数支持，与他把握了大众的心理有极大关系。

何想的价值在哪里？恐怕了解过七传人传说的人都不会陌生，更何况花锦年极力鼓吹仙星的存在。但在青者看来，何想的价值远不止如此。

想归想，青者不会去反驳：“好的，以后我会注意。”

青者微微低头，就在他低头的瞬间，眼前的光亮消失，伟岸的身影也失去踪影。青者抬起头，沉默地注视前方的一片黑暗，然后转身离开。

两天后。军事驻地。

连续休整几天，何想感觉好了不少，目前图纸已修改完毕，也没必要再在驻地继续待下去，何况学校里还有很多课在等着他，青者也约了他再次见面。

做出决定后，何想准备在离开前跟原战打个招呼。

客厅里，原战跟温之光、樊力和李秘书一起喝茶，四个人说话的声音非常大，好像起了点争执。

“都在啊？”何想笑道。

“嗯？小何来得正好，你过来，跟他们说说，这两天有没有做什么乱七八糟的梦？”原战冲何想招手。

“梦？”何想有点讶异。

“没错。”温之光立马接话，“我跟樊力这两天都做了个怪梦，梦见被吸入一个黑色通道里，里面光怪陆离。就连李叔叔都说做了同样的梦，可就是老爷子说没梦过，还说我们成天胡思乱想，脑子有病。可这得多巧才能都病到一起了啊？我觉得这肯定是有某种预兆，或者某种寓意。”

樊力张了张嘴，却被温之光抢白，只好补上一句：“要不要这样，说的没错！”

原战简直被气笑：“行了，也都甭说了，小何你来评价评价。”

“温叔叔已经回去了？”何想答非所问。

“嗯，我爸是个大忙人，根本走不开。喂，你说重点。”温之光不满意何想顾左右而言他。

何想微微一笑，怪不得温之光跟个猴子一样蹦跶，敢情老虎不在。

“其实我觉得这不是什么大事，没什么值得讨论的。老爷子没梦过，那就是没梦过，没必要跟你们撒谎，也不屑于这么做。”听着原战哼一声，何想继续笑道，“你们几个梦到了，也没什么好争的。至于是不是别有寓意，这要看做梦的人怎么想。你想做文章，它就饱含深意；如果你不把它当回事，它就会随云消散。不过我看光光的样子，是想做大文豪？”何想的眼睛里满是笑意。

“呸！就你会歪曲事实。”温之光啐道。

“当然，我们也可以换一个角度考虑，假设这个梦真的别有深意，为什么老爷子没有梦到，你们却梦到了呢？这个梦难道是有意识选择寄宿的对象？又或者你们几个才是被上天选中的人？”何想笑意加深。

“呃……”话说到这里，温之光也不好接茬。毕竟他们哪里敢承认自己比原战更能承天之意？

秘书老李立即道："所以这确实是个意外。"

"也未必。"何想说道，他注意到原战的神色渐渐凝重，显然已经想到什么，"这么多人同一时间做同一个梦，没有寓意是不可能的，但是……"他停顿一下，"为什么会出现这种情况呢？毕竟现在是一个科技高速发展的时代，我们不可能简单用'神迹'来形容一些玄妙的东西，又或者说，所有的神迹都可以追根溯源。在这里，老爷子是一个意外，所以，我有一个疑问想问老爷子。"

"嗯？"原战眉头紧锁。

"您是这两天没有做梦，还是长期都很少做梦？"何想笑问。

原战的眼里划过一丝明悟："老头子多年睡觉都少梦。"

"那就是了。古医曾讲，少欲知足，心神安宁者，少梦。这样的人内心明晰，意志极为坚定，不容易为外物所动。"

"你是说我们被人干扰了？"温之光急道。

"真的假的？不可能吧？连梦都能控制，要不要这么神？我们该不是活在骇客帝国里吧？"樊力一惊一乍。

"具体的情况我就不知道了，毕竟有待验证。"验证的事估计得交给原老爷子了，何想瞥一眼原战。"到底是因为军事驻地的干扰，或者是什么其他外来的东西……"

原战笑骂："行了，一个个都人小鬼大，一大早的不消停，都来吃早饭，然后该干吗干吗去。"

吃过早饭，何想以功课繁忙为由向原战辞行，原战也没多挽留，只说他留下的图纸很有价值，受到一众工程师的高度重视，小伙子要好好干，就直接放行了。

高速公路一路畅通无阻。

何想平稳地驾着车，渐渐地他开始走神。其实最近他也做过同样的梦，可如今的他早已不是当初会因为跟陆七做过同一个梦而感到惊喜的“少年”，现在的他只觉得这个梦别有用意。不过话说回来，上了年纪的老头难道都喜欢打“三缺一”？何老头是这样，没想到原老爷子也这样。何想不由得想起临走前原战笑呵呵地要出门“参战”的模样，好像在最后他还刻意看了自己一眼？

何想又琢磨了一下，还是没能明白那个眼神的意义。

“你阴着个脸一个人在想什么呢？”何想驾车，温之光坐副驾驶位置，见他一副连等红绿灯都要抓紧时间沉思的模样，不由得感觉牙疼，伸手在他眼前挥了挥，“行了啊，何想同学，不要一天到晚长心眼，好好的一颗心脏都要长成筛子了，过度思考极易引发急性心肌梗死，一不小心就会嗝屁的。”

在樊力哈哈大笑的拍巴掌叫好声中，何想嘴角一抽，有些无语地瞥一眼温之光：“你好歹一个姑娘家，虽说有披着女人皮的真汉子嫌疑，但也努力装得像点，不要一天到晚屁啊屁的，不然嫁不出去还是小事，一不小心被人抓去研究怎么办？”

温之光骂架从不输阵：“哼，你不放屁？不放屁看不憋死你。”可话一出口，她又感觉有些别扭，何想说她嫁不出去让她有点郁闷，心里还有一些不高兴，何想怎么这么讨厌？但她又有点懊恼，是不是真的不该这么说，但她凭什么要被何想左右？温之光讨厌患得患失的感觉，所以她立马转移话题：“对了，你到底有没有想到到底是谁去全有集团救你的？”

何想一怔，见温之光露出一丝狡黠笑意，道：“温叔叔告诉你了？”他微微犹豫，“是青者吧？”

“咦？”温之光惊讶，不由得对何想的敏锐啧啧称奇。

“真的假的？不是你爸吗？”樊力有点晕，“等等，你什么时候跟青者打得这么火热了？那家伙以前还抓过光光。”

温之光挥手道：“这点小事不要在意。”

“啊？”樊力有时候真搞不懂温之光到底是傻还是心大。

温之光继续道：“其实我也有点意外，我老爸竟然认识青者！怪不得他之前让我不要找地下拳场的麻烦，该不是他心中有鬼吧？”

如果不是还在开车，何想都想伸手朝她脑袋上敲一下：“你平常都是用脚指头思考问题的？”

“你说青者会不会就是七传人啊？”温之光又道。

何想很干脆：“不知道。”

温之光翻白眼：“诶？要不你去问问他？”

何想摇头：“没必要。如果他真的是，他迟早会暴露自己；如果他不是，问了不是徒增尴尬？”

“唔……说不定是他没觉醒呀，毕竟他这么帮你。反正，我觉得不能被全有集团抢了先。现在全有集团已经拥有五件宝物了！”温之光有点生气。

“等等，你们俩认真的？”樊力越听越觉得怪异，怎么被他们这么一说，青者是七传人都快成板上钉钉的事了？

何想不理樊力：“不管他是不是，提醒一下也是有必要的，虽然我觉得以青者的本事他恐怕早就安排了后手。”此次被迫到全有集团走了一趟，何想自认为倒也有收获。全有集团在全力研究七传人的基因，恐怕是打着破解甚至复制的目的。如果能够复制转移七传人的基因，或许人类的根本都会发生变化，毕竟只有拥有仙星人的基因才能驱动超纯物质法宝。

一旦基因解析转移技术成功，或许花锦年只需拿到法宝、不需要七传人的配合就可以打开空间通道。

“好了，别再纠结这个问题了，我的戒指落在全有集团，想想怎么把它弄回来才是正事。”何想想到自己的宝物不在身上就有几分担忧。

一行人回到市中心，温之光回警局报到上班，何想跟樊力回了典当行。

好不容易回到家，樊力欢呼不已。几天来在军事驻地把他憋得够呛，天天陪着温之光和原老头喝茶聊天打太极，害得他的游戏事业被迫中断。现在酷刑终于解脱，他跟何想打了个“宵夜再见”的招呼，就猫进自己屋子，准备上线战个昏天黑地。

何想没有着急回屋，感慨地在典当行内转了起来，明明只是离开几天，此时再回来，却有种度过漫长岁月、劫后余生的怅惘。他摇了摇头走到后院，在院子里转了一圈又走到阁楼，爬上梯子，将装有羊皮卷的盒子拿下来。七传人目前确定的有五个，如果他没记错，剩下的两件宝物看起来都像是身上的配饰，他需要再确认一下。

出乎何想意料，在打开盒子的瞬间，他看到一枚古拙的黑色戒指安静地躺在羊皮卷上，可不就是他的宝物戒指？

何想拿起戒指，心思百转，恰在此时腕表收到一条短信，是青者的邀约。

时值正午，骄阳似火。

何想站在美丽大学校门外的一处树荫下，看时间，距离跟青者约好的十二点还有五分钟。就在这时，一辆黑色私家车缓缓停到他的面前，车窗落下，青者对他一笑：“上车。”

青者看了看何想的脸色：“看来在军区恢复得不错。”

“托您的福，捡了条小命回来。”何想说道。

“你这条小命可是硬得很。”青者朗笑。

车辆一路开进校园内部的贵宾停车场，二人下了车，司机赵珞跟在后面。

何想微微犹豫：“多谢您帮我找回戒指。”

“哦？礼物收到了？”青者微笑，带着些许满意，“看来他们办事效率还不错。”

说着，青者又平视何想两秒，笑道：“你这样，很好。”

何想微微一怔，不知道青者说的好是哪样好。但不出他所料，果然是青者帮的忙，看来这个人情真是还不清了。

“我们现在去找曾教授？”何想问。

“他快下课了，正好去接他。”

物理综合大楼，扇形大教室外。

曾如风动听的声音从教室里缓缓传来。

“众所周知，物质是由基本粒子通过不同的排列方式以及相互间的键能构成的，打乱粒子的种类、数量和排列方式，就可以让物质千变万化。同学们肯定都曾听说过点石成金的神话，理论上，石头和黄金的原子种类截然不同，石头不可能转化成黄金。但换一种层面来看，宇宙大爆炸后，最先喷射的是氢离子、氦离子，逐渐由轻转重，过渡到钨、铂、金……后面到钔、锘、铹……这是一种层级分明的能量跃迁。这个事实也给了我们启发，或许所有物质真正的‘本源基本粒子’都是同一种东西，本源基本粒子通过不同的方式组成我们所见到的各种原子，继而构成不同的物质。

“那么，如果人类掌握了一种技术，能随意操控和置换本源基本粒子的数目与结构，熟练操控粒子的能量转化和能级变迁，那么不仅点石成金，就算是传说中孙悟空上天入地无所不能的七十二变我们也可以轻易做到，毕竟人体本身也是物质，是物质就可以转化为各种形态。现在，大家还觉得神话里的故事只是简单的神话吗？”

曾如风一笑，黑色长发披在肩头，有一种颠倒众生的魅惑：“今天的课到此为止，给大家留个作业，我们知道世界是由物质与反物质、能量与反能量，两元对立的东西构成的。可我们所在的物质世界与反物质世界却完全没有沟通，甚至两种物质只要一接触就会释放能量消融。那么，空间通道的存在，是不是可能是一种理论上湮灭物质世界的存在呢？大家回去好好想想，我们下堂课再见。”

好不容易摆脱学生们的热情纠缠，曾如风一出教学楼就看见等在外面树荫下的何想跟青者，略带歉意地笑道：“不好意思，来晚了。”

“曾教授的课总是这么新奇有趣，令人回味无穷。”青者笑道。

曾如风一笑，目光流转道：“青总就是这么招人喜爱，逢人就夸。不过今天的主角可是何想，这么夸我，是不是有点不合时宜？”

“哈哈，走吧。”

两小时后。

美丽大学，飞船研究基地。

曾如风带路，青者护航，何想跟在两位重量级人物身后，自然是一路畅通，直入核心区域。

“怎么样？跟你在军区见到的是不是大不相同？”曾如风笑问。

眼前高大的飞船组件由全智能操控，在半空中精密接驳。形形色色的研究人员正紧锣密鼓地工作，由于有了军方驻地的观摩经验，何想对现代化基地设备已十分熟悉。

“确实，各有千秋，没想到我们学校还有这么大的研究基地，真是令人惊喜。”何想赞叹。

“怎么样？帮助你完成毕业课题应该没问题吧？”曾如风打趣。

何想大笑：“岂止是没问题，简直大有裨益。”基地的规模之大、设备之精良，比起军方驻地也不遑多让，它不可能是专门为了给学生做课题建立的场所，恐怕美丽大学本身就是与财阀或者政府合作的。

曾如风看了一眼青者，对何想笑道：“喏，你旁边的青总，就是项目的主要投资人，记得没事好好巴结一下。”

何想惊讶地看向青者，青者微笑着对他点头。

看着青者气定神闲的模样，何想心中诧异。青者也算是一个传奇了，听说发迹于微末，却得到诸多大佬的赏识，一路平步青云。据说他的产业遍布各行各业，地下拳场、假日小岛、赌坊物流、酒店会所、杀手组织、人体基因、国防飞船……没有什么是他不参与的。

何想笑了笑："看来以后还得二位多多关照了。"

曾如风负手而立："你不用担心，以你的实力，完全不需要借助军方的力量也可以制造出全新的机体。况且，我们是学校，不是市面上着急变现的科技公司，一个课题研究几年甚至十几年都是常态，没错吧，青总？"

青者微微一笑："当然。"

曾如风又将何想与基地的总负责人相互引荐，交代了一些课题事宜，就同青者与何想一起告辞离开。

回到美丽大学时已近傍晚。

红彤彤的夕阳不知何时已经垂挂西边，曾如风望着夕阳，突然转过头对准备离开的何想说道："你听过有关土星的神话吗？"

何想摇头。

曾如风继续说："在古老的希腊神话里，传说是乌拉诺斯与大地女神生下的土星——克洛诺斯。乌拉诺斯是神王，土星是他的儿子，但他由于害怕自己的儿子会篡夺王位，将自己的儿女从小囚禁在地牢里。可大地女神不忍心自己的亲骨肉被囚禁，就帮助最小的儿子土星——克洛诺斯逃出地牢。克洛诺斯逃出来以后杀掉了乌拉诺斯接掌王位。神王临死前诅咒儿子，说他最终也会被自己的孩子取代。

"尽管接掌了王位，土星克洛诺斯却很害怕。他也有一位美丽的妻子，但每当他的妻子生产后，他就会把自己的孩子吞下去。所以，他的妻子生下'宙斯'时，立即将这个孩子藏起来，并偷梁换柱让没有注意的克洛诺斯吞了一块石头。逃过一劫的宙斯长大以后果然推翻了克洛诺斯，建立了自己的神族体系。而费尽心机的克洛诺斯终究也逃不过天遣，在极度的痛苦与愤恨之下，一夜之间变成了满头白发的老人——最终化为‘土星’，远远地望着令他遭受挫败、痛苦的人间。”

“听了故事，有什么感想？”曾如风笑问。

何想微微一顿：“土星在希腊神话里面的寓意是‘危机’‘绝望’？一代又一代地重复厄运？”

曾如风目光一亮，几乎要为何想的机敏而喝彩，他笑了笑：“你知道古代有一种占星术吧？土星在占星术里代表命运中的阴暗面。此外，土星还代表个人的性格弱点。占星师通过占卜土星坐落的星座而得知占卜者命运中的危机主因和性格上的缺失，并找出化解危机与改善性格缺点的方法。”

何想有点拿不准曾如风跟他讲土星故事的用意，是暗指什么还是？

曾如风继续道：“其实在我看来，为了土星空间站以及未来的所谓仙星去研发飞船是一件很愚蠢的事，毕竟外星科技可能在五千年前就高出我们很多，现在更不知道发展到什么地步。有时候愚蠢地拿着子弹对抗核弹而被毁灭，不如一开始就俯首称臣，或许还有机会获得新的科技，提升自己的水平。”

见何想一脸惊讶地看着自己，旁边青者又微微皱眉，曾如风笑个不停，拖长音道：“不过可惜呀，某人明明生意已经做到全球了，思维还牢固僵化，认为蝼蚁也该有主权，可能武力值高的人脑子都不好用吧？”

青者眉头一挑：“要是战争时期，你这家伙无疑是个带路党。”

“专门引狼入室？”何想笑着接话。

青者大笑，赞赏地看了何想一眼。曾经有无数次他都觉得，如果不是跟曾如风相识多年，他恐怕真不会跟他成为朋友。反倒是何想各方面都挺投自己脾气，心思又很通透。

曾如风耸了耸肩，感叹了一把夏虫不可语冰，又道：“不过，如果是你的话……我还是有几分期待的。”他笑得意味深长，凑近何想轻声道，

“不要让我失望。”

说完，曾如风挥挥手，漫步朝公寓走去。

何想转回头，就见青者再度打开车门坐了进去，又探头对他笑道：“上车，我送你回去。”

何想一怔，明白青者有话要说。毕竟费了那么大力气将自己从全有集团捞出来，还帮忙夺回戒指，怎么看都不像只是简单的让他做个科研课题。

典当行门外的大街上，青者将车稳稳停在街边，从怀里掏出一枚陀螺形状的黑色金属半圆球，轻触启动，放置在车座边。

刹那间，整辆车被笼罩在暗红色的光影中，所有一切机械与电子相关的产品全都停止工作，就连何想手上的腕表也黑屏关机，彻底失去信号。

“不要担心，”青者沉稳的声音在何想耳边响起，“只是想和你安静地聊两句。”

“作为守护者，你有什么打算呢？”青者轻飘飘的一句话，就在何想心中掀起惊涛骇浪。

青者也知道七传人？不，他不知道才该奇怪，可他是什么意思？布置绝密的安全环境，和他聊七传人、守护者？何想的心中瞬间一个激灵，疲劳顿时消除得无影无踪，整个人无比清醒。他没有着急反问青者，而是平稳地说道：“蓄积力量，集齐七传人，破除黑仙传人的阴谋妄想，保护家园。”

何想说的很简单，但青者却很满意，他微微一笑：“你很稳，但我希望你能更稳一些。”

何想面露疑惑。

“这个天下，要么是疯子，要么是睡不醒的人。大势潮流汹涌澎湃，不是被席卷就是随波逐流。但我在你的身上看到一道光，或者说一枚钉子。逆势不动，扎根脚下。这很好，因为这世上从来不缺跑得快的人，但缺少中流砥柱。你可以成为一枚钉子，更可以成长为中流砥柱。”

何想微微一怔，没想到青者会这么说，更没想到青者看重他的地方是……他的稳？又或者说他的慢？

何想自觉是比较慢的，跟花锦年日行千里的速度比起来，他有时感觉自己慢得像乌龟。花了近两年时间与世隔绝，猫进山里学东西，结果现在青者赞扬的就是他的缺点？

似乎是察觉到何想的情绪，青者又笑了笑，刚毅的面色显得温和许多：“不随波逐流，说明你很清醒；不追逐大势，说明你很安定。越是紧急的事情，越是急迫不得。一急，就乱，一乱，就错，万劫不复。”

何想微微沉默。他不明白青者到底说什么，或者到底想要什么，他问：“你想要什么？”

“我要你清醒。”

“什么样的清醒？”

见何想不明白，青者继续道：“我要的，是你稳住自己守护者的身份；我要的，是你能在危机关头力挽狂澜；我要的，是你可以不惧任何势力任何险阻，做好中流砥柱。即使全世界都疯了，但你必须清醒，并且一直清醒下去。为此，我会站在你身边，尽全力扶助你，九鼎一诺，绝不食言。”

何想心中有一股难言的震撼。青者在说什么？要他做好守护者，并尽全力扶助他？

“为什么？”何想不明白。青者在以什么样的身份这么说？难道他真的是七传人？他已经觉醒了？那为什么不表明身份？他在隐藏什么？

青者神情平静：“我想用手中江山，赌一个天下太平。”

何想一愣。

“是不是有点疯狂？”青者一笑，“其实我应该也是个疯子。”

何想愣愣地看着青者，看着他深邃的眼睛，平静的笑容，忽然说道："不，你是赌徒。"就因为他是守护者，就敢如此下注。青者这个人到底在想什么？他到底知道多少？

"哈哈……"青者大笑，感叹道，"果然你小子很懂我，我没看错。"他的眼里盛满了笑意，甚至还有些许如释重负的轻松，好像一个要压弯脊梁的重担终于多了个人一同承担。

何想还是没有看懂。

"幕后的黑手我现在还没有抓到。如果可以，我希望一切掌握在自己的手中，而不寄希望于别人。但这世上，很多事无法自己做到，或许是天赋使然。所以，同伴才有了必要。"青者微微一笑。

何想心中一颤，同伴？他猛地抬头，带着不敢相信的探寻意味，盯住青者。

青者平静地回视他，笑道："好好干，有什么需要就跟我说，我说的话决不食言。但你也不要跟任何人提起，任何人，包括樊力、温之光、何子天！"

何想点头，犹豫一瞬，终究还是没有问青者到底是不是七传人。他有预感，即使问了青者也不会说。

"下车吧。"青者收回陀螺形金属屏蔽仪，一切又恢复平常。

等何想推开车门，青者又补上一句："注意自己的安全，往后，没那么太平。"

何想一笑，说道："你也是。"

青者微微一怔，他识人无数，当然知道何想的关心出自于真心，不由得笑了笑，抬起手轻拍何想臂膀："好小子，努力吧。"

何想目送青者的车逐渐远去，心中波澜起伏。青者到底是不是七传人？如果是，他是故意要隐藏自己？他想揪出的幕后黑手又是谁？是黑仙传人？

太多的不肯定，又有太多的线索需要推断，何想心潮澎湃，忍不住仰头看天。灰蒙蒙的天空好像要下雨，云朵中好像映出青者刚毅的容颜，似笑似怒，似有还无，让何想始终捉摸不透。

“算了，先进屋吧，快下雨了。”何想转头朝典当行走去。

一周后。中心广场，胶囊咖啡厅。

方可水交叠双腿优雅地坐着，白皙的手轻轻搅动杯中的冰咖啡，嘴角上扬，笑得魅惑，她抬眼飞了面前两人一眼，笑道：“说吧，最近都怎么样？”

何想笑道：“还不错，你呢？”

“哦？看来上次的事没给你带来太大的影响。”方可水见何想精力充沛，笑着将咖啡杯凑到唇边抿了一口。

“才不是！你别看他装得人五人六的，之前他老惨了，才没有这么淡定。”樊力笑嘻嘻戳穿，他是典型好了伤疤忘了疼，“我跟你讲，上次你没参加真是太可惜了，那个大阵仗，就差把全有集团轰个稀巴烂。哦，对了，你不会还跟他们有联系吧？啊，也是，你弟弟还在全有。”自从出了何想的事，樊力打死也不肯回全有集团，日常生活就是打游戏，用他的话说就是：Air 诚可贵，工资价更高，若为老大故，两者皆可抛。

见方可水神色转淡，显然心结未去，何想立即道：“你之前张罗的事已经有结果了？”

“没错。”方可水重新笑了起来，打开腕表上的新闻网页，“喏，看看。”

一道光从腕表射出，一面 3D 立体电子屏幕出现在何想二人眼前，新闻首页标题：案件告破，多起人口失踪案罪犯落网。还配了一张铐上手铐、被警方押解的罪犯图，看样貌是刘开。

“刘开？”何想惊道。原以为方可水回方家老宅是有什么重要的事，没想到是把刘开办了！

“我去！这小子落网了？”樊力蹭地跳起来，“你干的？”

方可水妩媚地白了他一眼：“抓这家伙还挺费力，本来我想直接解决他，可没想到这家伙将主意打到外来大学生身上。近来不是出过几起大学生失踪案？正好将计就计，抓了他现行，掌握证据，也省得脏了我的手。这事小光也帮了不少忙，等她处理完，我该请她吃个饭。”

“可水姐可以松口气了。”何想笑道。

方可水也是一笑，显然心情不错。对于方可胜，别的忙她帮不上，解决一个刘开还是绰绰有余的。更何况这是方可胜第一次往家中打电话求助，她更不会置之不理。

就在这时，方可水电话响起，看名字是温之光，她抿嘴一笑：“说曹操曹操到。”

“小光，怎么了？”

电话里，温之光的声音显得气急败坏：“可水姐……刘开那个混账，他越狱了！”

“什么?！”方可水面色微变，眉头一挑，冷笑一声，进了局子还能逃出来，那小子还真是本事不小，“他怎么出来的？”

温之光：“有人从外面挖了隧道，用其他昏迷的人跟他替换。”

“也就是说你连具体的逃走时间都没法确定？”

温之光一噎，又道：“我就是先跟可水姐提个醒……现在就去继续追踪人！”

挂断电话，方可水神色冷漠，勾起一抹冰凉笑意：“看来没法再继续跟你们悠哉地喝咖啡了。刘开越狱了。”

何想点头：“我们也会替可水姐多留意。”

“好。”方可水瞥一眼何想，笑容多了一些温度，可她的神色中又有一抹隐藏的疑虑，她犹豫一瞬，还是说道，“这件事我没想好该不该说，但现在情况有变，必须先提醒你。全有集团最近正全力解析一份星系图，就是你提供的那份，但我没有转交过任何人。”

何想目光陡转惊讶：“曾如风？”

方可水微微沉默：“你好好查查。”她没有给樊力再多问两句的机会迅速离开。

樊力有点蒙：“她这干吗呢？要不要这样风风火火忙成旋风？有这么着急？”

何想摇了摇头，望着方可水离去的方向微微一叹：“或许弟弟对于她意义非凡吧。”

在“正面战场”上无法用功，才在背后加倍下功夫、表达心意。明明是那么高傲的一个人，可在面对弟弟的事情上却显得急切和卑微。事实证明，再聪明和理智的人在面对情感问题的时候，都会出现不自控的情况。

何想一笑：“行了，我们也走吧。”刘开……踏出咖啡厅门的瞬间，何想不由得在心里念叨这个名字，这家伙跟他们也算是有过节，不知道越狱是又要搞什么事。

同一时刻，地下拳场。

包厢内。热闹喧嚣，跃动的灯光照在众人头顶，众人随着灵动的音乐轻快起舞，狂欢的气氛一浪高过一浪。

青者正跟一群人热络地推杯换盏，赵珞走进来，在他身边俯身耳语了几句。

“这件事你去解决，不要再让我看到他。”面无表情地说完这句话，青者又满面笑容和客人们聊起来。

赵珞出了包厢门，微微从鼻子里哼出气。有些人就是爱作死，一而再再而三地枉顾老大的好意，非要把自己往绝路上逼。越狱，呵，真亏他想得出来。赵珞一边朝外走，一边电话联系了几个人。看来可以运动一下了，正好最近吃得有点多。

全有集团。

经过了十天的修整，整个大厦焕然一新。十天前的闹剧，仿佛随着被扫进垃圾堆的装修材料一起被埋葬。

连续不眠不休、高压工作了一整周，即使是如方可胜一样的工作狂也有点吃不消，他跟实验室里的研究人员打过招呼，决定回去休息一下。

方可胜无精打采地漫步在通往外部大厅的过道里，极度的精神亢奋后是百倍的萎靡和颓废。他有些烦躁地脱掉白大褂，一抬头却看到一个倩影。

“梅……梅小姐！”方可胜下意识出声喊她，急切地快步上前，又突然停下。他想起梅之心其实并不喜欢和他说话，每次都只是敷衍两句，可看到她时，他还是忍不住心跳加快，不受控制地想要靠近她。梅之心转身回头，在看到方可胜时，一抹惊喜划过眼底。她露出甜甜的笑容，娇俏地喊道：“方主任，这是去哪儿呀？”

一抹轻笑，一个称呼，让方可胜瞬间闹了个大红脸，脑海里不自主地浮现一句诗：最是那一抹回眸的温柔，恰似海棠花无限娇羞。

当然，梅之心跟“娇羞”两个字全然没有关系，她俏丽活泼，像黄鹂鸟一样飞到方可胜身边：“在这儿干吗？是等我吗？”

“我……”方可胜突然有点结巴，他不明白梅之心平时对他都很冷淡，今天为什么这么热情。他受宠若惊，“我，那个……不，不是……”他想要解释，并不想被当成登徒子。

“哦？不是在等我？”梅之心眉头一竖，好看的鼻子皱起来，像个被拂了面子、不高兴的可爱小姑娘。

“嗯？不，不，我是……”方可胜立即改口，低下头脸红得厉害，心差点跳出嗓子眼。

“咯咯。”梅之心笑得花枝乱颤，娇艳可人，笑得方可胜心都酥软了。因她一笑，方可胜心里忽然涌出一股激动，他喃喃开口：“梅小姐，我……”

他急切地想告诉她，自己的基因研究其实不仅限于七传人的基因转移、人类基因潜能的开发，其实对于如何永葆青春，如何变得更加美丽，他都颇有涉猎。如果她愿意，他还可以为她专门立项，让她的美丽永驻。

如果说整个全有集团，除了花锦年以外，还有什么人能让方可胜分心，就一定是梅之心无疑。在第一次见到她时，他就知道自己的心被她夺走了，可他并不懂得怎么哄女人开心，甚至连靠近说话都会手足无措。既欣喜又害怕，复杂的感情让他始终徘徊在距离梅之心很远的地方。

梅之心迅速打断他的话，鼓起红润的小嘴，显得娇憨可爱，撒娇一般说道：“我什么我？你这个人怎么这样？”

“啊？”方可胜有些发愣。

“什么梅小姐不霉小姐的，听起来难听死了，难道我姓梅就要倒霉得发霉，变成你嘴巴里的梅小姐吗？”梅之心歪头，显得有些不满。

方可胜顿时慌张起来，脸上血色瞬间褪尽，虽然他在科研方面是当之无愧的学术泰斗，可在感情方面他还是一张白纸，连自控都无法做到：“不，当然不是，我，那个……”方可胜六神无主，眼神乱飞，好不容易灵光一闪，“梅……不，我，我该称呼你什么？”

“扑哧——”梅之心笑起来，好像云雾拨散，亮丽得让人根本挪不开眼，“你怎么这么笨？”拖长了的可爱尾音好似情人的呢喃。

“我的名字叫什么？”说话间，梅之心轻轻走近方可胜，白皙修长的手调皮地戳了戳方可胜的脸颊，指甲在他的侧脸轻柔划过。

被梅之心触碰过的地方仿佛瞬间燃烧，方可胜腾地满脸通红，心怦怦直跳，浑身的细胞在片刻间都尖叫起来，他呼吸粗重，用尽全身力气克制，压低声音颤声道：“梅……梅之心。”

“所以你可以喊我之心姐姐咯。”梅之心的眼睛里仿佛布满灿烂的星辰，她将脸颊凑近，呵气如兰，轻吐在方可胜的脸上，柔软的嗓音仿佛可以渗透人心，“你看我这么温柔又善解人意，难道不知心？”

注意到方可胜睫毛轻颤，眼神涣散，显然她已经大获全胜。梅之心轻笑，带着一丝得意的轻慢味道，在方可胜转身想要抓住她的时候，轻盈地后退，拉开一段距离，俏皮地竖起一根青葱般的手指摇了摇，“当然，除了知心以外，我还聪慧机敏，美丽善良，可爱活泼，最擅长帮人解忧，小胜要是有什么烦恼了，一定不要自己藏着，要跟姐姐说哦。知道了吗？”梅之心抛了个媚眼，成功将方可胜电了个七晕八素。

方可胜的神色已然痴迷，下意识地点点头。虽然依旧有些疑惑，为什么一向对自己不假辞色的梅之心今天会这么亲近自己，可这点疑惑很快被巨大的喜悦所掩盖。

梅之心并没有跟方可胜进一步沟通，她看看时间眨了眨眼：“哎呀，时间不早了，我还跟人有约，没法跟小胜多待了，我们改天再聊。”梅之心像一只燕子，挥一挥衣袖不带走一片云彩地消失了。

方可胜在原地待了很久，好不容易回过神来，心中一阵狂喜，脚步轻飘飘的像踩在云端，难道他守候已久的春天真的到来？女神终于心回意转，重新发现了自己的优秀并加以青睐？他内心仿佛有一团火在燃烧，恨不得在过道里跑起来，即使极力克制也不由得加快步伐，很快离开全有集团大厦，朝不远处的住宅小区走去。

第十三章　转折

花流年静静地讲起她这些年和花锦年在一起的种种过往，她的努力与快乐，以及他的成功与进步。可是，不知从什么时候开始，她和花锦年没有了以前那种默契，他的心胸、他的气量、他想要的东西，总是比她多很多、大很多。

方可胜所在的小区是距离全有集团最近的一个高档别墅小区，业主非富即贵。小区的治安管理向来很好，以超一流的安保水平闻名于中心市，据说如果没有业主的首肯，连一只苍蝇都不会放进去。

方可胜当初选中此处，看重的就是它的安全。可今天不知为什么，自从进了小区大门，他总有种心神不宁的感觉，仿佛被什么东西不怀好意地盯着。他加快脚步朝自己的独栋别墅走去，在摸到大门、戴上特质眼镜验证瞳孔进屋后，他才松懈下来。

家，总是能给人莫名的安全感。

可下一刻，一根钢管猛地砸上他的后脑，“砰！”方可胜眼前一黑，身体倒了下去。

阿二粗壮的臂膀将方可胜捞起，憨憨地露出笑容，笑道：“阿开，我们捉到了。”

谁也想不到，逃狱的刘开没有第一时间远走高飞，竟然会出现在这里。他一脸阴郁，眼睛里仿佛有暴风肆虐。他在短短时间内第二次入狱，并且没有受到任何来自青者的帮助，他知道自己被抛弃了。他为青者做过那么多事，背负过那么多骂名，他竟然将自己说扔就扔，跟垃圾一样！

可他清楚，最重要的问题不是青者，青者最讨厌的就是无能的人，无能还带来麻烦的更会被抛弃。他之所以会落到今天这步田地，归根到底都是源于方可胜。

如果没有方可胜主动上门找他麻烦，惹来温之光跟何想，他就不会在青者那里留下坏印象，也不会惹来方可水像疯狗一样的死缠烂打，如果不是他们……他不会是今天这个结果。

他知道，他跑不了了。如果无论如何都是个死，他当然要拉他们一起陪葬！

“走！”刘开恶狠狠地低喝，带着身材魁梧却一脸天真的阿二迅速消失。

同一时刻。方可胜所在的别墅外。

梅之心躲在花圃后目睹了这一幕。原本她是临时改变主意，想跟过来看看，可没想到竟然让她看到了方可胜被人绑架的一幕。方可胜得罪了刘开？还是有其他的原因？刘开胆子还真大，都潜逃在外了，还不忘惹是生非。

亡命之徒惹不起。

正当她兴奋地看好戏的时候，一阵刺骨的寒意骤然降临，梅之心下意识地往旁边一扑。

“嘶！”一道寒光闪过，梅之心刚才待过的地方，花圃被“咔哒”斩成两段，切口无比齐整。

梅之心猛地打了个哆嗦，浑身汗毛立起，如果她刚才没有躲过……她忍不住颤抖起来。无论她多么富有魅力，甚至可以掌控人心，但终究只是个小姑娘，在死亡面前她依旧会恐惧害怕。

可她毕竟是梅之心，她很快强迫自己冷静下来去和对方对峙，她的优势和能力就是驾驭男人，只要对方跟她性别不同，她相信没人能逃过她的魅力。

只可惜……

“是你？”阴冷又模糊的声音响声，仿佛喉咙被烧，声带被毁，显得无比刺耳。说话的是一个带着黑色面罩、脑袋上钉满钉子、一只眼布满红血丝，另一只眼却是假眼，两条手臂上长着两把尖刀，腿上接了两条螳螂腿的……人！

梅之心打了个寒战，瞳孔瞬间收缩。他是个什么东西？异形？他认识我？难道是熟人？怎么可能！

察觉到梅之心的退缩，男人毫无表情的脸上瞬间阴云密布，布满红血丝的独眼里波涛汹涌，充满杀机。

“你是不是不认识我了？嘎嘎……但我绝对不会忘记你，是你亲手将我葬送……”男人发出拉风箱般嘶哑的笑声，牙齿咬得咯吱响。

他的眼睛里流露出一丝痴迷，毕竟眼前的梅之心依旧如此迷人，惊慌失措的可爱模样是那么惹人怜爱，可自己关节上无时无刻的巨大痛楚又将他拉回清醒的现实，从而让他越发愤怒和痛恨！

他曾经为她的脸倾倒，甚至愿意为她付出一切，直到对方真的毁了他的一生，将他送进万劫不复的地狱，变成人不人鬼不鬼的模样。

“你在胡说什么？”多次发动能力却发现收效甚微，又不敢拉近距离，梅之心心中的不安越发强烈，下意识回了一句。

“胡说？”这两个字仿佛压断神经的最后一根稻草，男人压抑的情绪终于爆发，再也无法忍耐，“哈哈哈……你果然不记得，像你这种女人……去死吧！”男人举起镰刀般的手臂，猛地朝梅之心砍去，刀锋速度之快，让梅之心连逃跑的机会都没有。

就在梅之心心中升起“完了”两个字时，“铛！”一柄凭空飞来的短刀正中男人挥舞的刀锋，力道之大，竟直接将镰刀斩断，继而砸中男人的面罩，让他猛地后仰摔倒。

“什么人？”男人吃痛，恼怒喝道。

“是你樊大爷。”说话之前，樊力的身影还在百米开外，话音刚落，他就已经出现在男人的背后，吊儿郎当地笑道，“我去，要不要这样，长得丑真不是你的错，但是出来吓坏花花草草就是你的不对了。我去，真是丑，大爷今天恐怕恶心得饭都吃不下了。”

樊力的出现完全是个意外。原本何想半路有事离开，他也不想过早回典当行，在外面瞎晃时意外注意到梅之心鬼鬼祟祟地跟踪人。在好奇心的驱使下，樊力一路尾随过来，没想到撞到这么个怪东西。

“你是什么人？”男人的眼中惊骇至极，作为一名基因强化人，虽然是被废弃的残次品，但也绝不是一个普通人能轻易制住的，可现在……

“你怎么还问这个？虽说也不是不能理解你对本大爷滔滔不绝的敬仰之情吧，但是……”

“砰！”樊力洋洋自得的话才开了个头，就被一声细微却清晰的枪声打断。他愣了愣，看着梅之心迅速收回一枝口红模样的小型枪支，有些不安地瞅了瞅四周，而他身前的异形人忽然倒了下去。

面对樊力惊讶的眼神，梅之心抿紧嘴唇，显得有些冷漠。如果是从前，她一定会下意识装柔弱扮可怜博取好感，可今天，或许是刚从死亡的阴影里挣扎出来，心情莫名烦躁，忽然不想演戏，下唇一咬有点恼怒地说道：“有什么好看的？我本来就杀人不眨眼。”

樊力微微一怔，突然大笑起来，竖起拇指，龇牙道：“好看好看，十分好看，不管怎么样都好看。”他笑着犯完花痴，忽然又想到不该这样，有点尴尬地咳了一声，“走走，赶紧离开，说不定这里还有危险。”

樊力推着梅之心迅速离开。

回到人来人往的大街上，樊力又和梅之心保持了适当的距离，他内心很想靠近，但身体却不敢，多次血泪教训告诉他，梅之心的确惹不起。现在人也救了，他本来该走了，可见鬼的是双腿跟灌了铅似的，死活挪不动。

在先前的惊吓平复后，梅之心神色又变得从容起来，好看的眼睛充满笑意地一勾，霎时间，一直在偷偷注意她的樊力满脸通红。知道自己又被调戏，樊力心中有些懊恼，可懊恼中还带着一丝甜蜜，樊力没话找话："刚才丑八怪是谁？基因强化人？"

樊力曾在全有集团的地下基因研究室里看过许多奇形怪状的人体标本，可没想到这么快就看到活体实物出现在面前。

"嗯……"说到这个，梅之心目光中多了一丝忧虑。她知道方可胜的研究不会那么简单，可没想到会做出这么恶心人的东西，是花锦年的授意？还是他自作主张？可不管是哪种，如果被骗来的研究者将憎恨迁移到她身上，不就太糟糕了吗？

"像这样的东西还有很多吗？跟以前见过的完全不一样啊，新品种？"樊力纳闷。

听到"很多"两个字，梅之心下意识打了个哆嗦，恼怒地瞪了樊力一眼，"你问我，我问谁呀？"

"呃。"突然被瞪，樊力丈二和尚摸不着头脑，姑奶奶又咋了？不过她瞪人的样子竟然也这么好看。糟糕，樊力自觉意志不坚定，本能地又想起梅之心以前对温之光做过的事情，令他脸色骤变。

察觉到樊力的微妙变化，梅之心轻哼一声。眼见全有集团已经近在眼前，她歪头一笑："要跟我一起回去吗？"

樊力停下脚步，看着高耸入云的大楼，居然一时有些怀念，可想想之前何想的样子，他神色又冷淡很多，对梅之心有些不好意思地说道："就送你到这里吧。"又有点别扭地补了一句，"你自己小心点。"

梅之心甜甜一笑，突然觉得这人真有点像傻瓜。都没有对他使用能力，他还对她痴迷……想到此处，她又忽然凑近樊力，漂亮的眼睛恶作剧般忽闪忽闪。

“干、干什么？”樊力被吓得往后一撤，气势上完全被对方压倒。

“看在你乖的份上告诉你一个秘密，”梅之心笑的得意，压低声音，“方可胜刚刚被刘开绑架了。”

“什么？”樊力瞬间一个激灵，猛地抓住梅之心的手腕，“你说的是真的？”他只看到刘开身边的喽啰肩膀上搭了个人，却没有看清是谁。如果是方可胜，可水姐不就……

“我骗你干什么？”梅之心抛了个好看的白眼给他，“松手，你捏疼我了。记住，你欠我的哟。”收回手腕，梅之心潇洒转身，进了全有集团。

樊力愣了愣，终于回过神，立即打开腕表呼叫方可水：“喂，可水姐，我跟你说……”

中心市郊区，却望庄外。

一条清澈碧绿的S形人工湖绕着庄园前院向远方延伸。

何想跟花流年站在湖边，静静看着岸边垂柳被清风吹动，弱柳扶风，好似美人身姿摇曳，动人心弦。可真正让何想觉得心动的，却是一袭淡紫色长裙站在垂柳间的花流年。清风浮动，绿影斑驳，一抹紫色恰似嵌在画中的点睛之笔，万分扰动人心。她的神情带着几分忧郁，几次都欲语还休。

何想是在去学校的途中遇到花流年的，随后就被邀请来到却望庄外。原本他还以为花大小姐有什么后招，现在看来她是心情不佳？但花流年不开口，他自然也不会先说什么，就这么静静地陪花流年站了许久。

终于，花流年幽幽叹了一口气，“不好意思，一个冲动就把你拖过来了。”她有点感激何想陪了她这么长时间，一句话也没有问。如果他问了，她真不知道该说什么，也许会更加烦恼。但好在何想没有问，而她其实只希望有个人陪着自己而已。只可惜仅仅是陪伴如此简单的事，花锦年也很难做到。

想到这里，花流年又叹了口气。

何想轻笑出声："花大小姐，统计数据表明，叹气多了是不会幸福的。每叹一次气，就会错过一个美好的瞬间，丧失一个陶冶情操、提升自我的机会。就比如现在，明明英俊帅气又潇洒倜傥的我在你面前，不仅可以清洗眼睛还能洗涤心灵，大好机会不好好把握，失去了你就会追悔莫及。"

何想说得煞有介事，还故意负手而立显出几分大师气度，逗得花流年"扑哧"一笑："就会装。"

"怎么能说装？"见花流年笑了，何想笑意加深，"这是高人风范，自然流露，是长久培养出来的淡然与自信。多和我这样的人在一起，花大小姐也会洗尽污浊，去尽铅华，变得返璞归真。"

花流年啐了他一口："你才污浊。"又抬眼笑看了他一眼，"你倒是挺沉得住气的。"

"没办法，我这人虽然优点多得如过江之鲫，但最大的优点就是下盘稳，底座沉，不会一戳就摔倒。"

"哼，你是在说自己胖？"

"不，我是在说花大小姐纤腰长腿，体型优美，弱不禁风，我见犹怜。"何想一笑。

花流年瞪他一眼，有些羞恼，下颌微昂，傲慢的脾气上来："你讽刺我？"

"怎么会？我只是想，虽然这里景色优美，但时间不早了，也该回去了。毕竟花大小姐娇花一样美丽的女人，风吹得久了，伤风感冒可就不好了。"

没有哪个女人会不喜欢别人夸她漂亮，可是漂亮之中如果夹杂了轻蔑就很让人恼火了，原本在何想的陪伴下，花流年心绪渐渐平静下来，可这一刺激，她心中的火焰又噌地窜起，盯着何想半是恼怒半是嗔恨：“你们男人是不是都这样，都这么自以为是，自认为强大，都将女人看得一文不值？是不是你们就认为女人比不过你们，需要你们施舍怜悯才能活下来？”

哥哥是这样，刘连生是这样，现在竟然连何想也这样？

可对于花锦年，花流年得忍，但换成何想她就没必要再忍。或者正因为是何想，她反而无所顾忌，恼怒道：“我告诉你，何想，女人没有一点比男人差！你不要总是仗着性别优势就自我感觉良好了，你没有家庭，没有事业，连典当行都不真正归你所有，你除了是个男人，你什么都不是！你又凭什么老是一副了不起的样子？”

何想脸色微变，但他清楚，女人不讲理起来根本不顾后果，如果你被她刺激就选择跟她争吵，不管多少次你都会失败。没有哪个男人能在吵架上赢过女人，即使赢了道理，也是输了风度。

何想迅速冷静下来，花流年的火发得有些莫名其妙，如果是平时，她顶多是轻蔑一笑，又或者优雅得体地还击，绝不会气急败坏，她应该是受过什么刺激，能刺激到她的人……只有花锦年！

微微一顿，何想换上一副失望的神情，忽然低头显出几分落寞，叹息道：“你啊，总不能在花锦年那里受了委屈，就跑到我这里撒气吧？”

花流年一噎，呼吸凝滞，满腔气势与怒火被瞬间扑灭，丧失了所有斗志：“我……”她微微张口，心里却忽然被一阵酸楚充满，低下头，委屈得眼泪都差点掉下来。

看到这一幕，何想哪里还不知道发生了什么，他轻声说道：“讲讲？”

花流年抿了抿嘴唇，看了看面前被清风吹皱的湖水，忽然决定豁出去跟人讲一讲。她实在是不懂，花锦年到底在想什么？又或者，男人在看待一个爱慕自己的女人时，又在想什么？

风很凉爽，环境很优美，有淡淡的青草和花香气息，让人不自主地安静下来想对人吐露心声。花流年静静地讲起她这些年和花锦年在一起的种种过往，她的努力与快乐，以及他的成功与进步。可是不知从什么时候开始，她和花锦年没有了以前那种默契，他的心胸、他的气量、他想要的东西，总是比她多很多、大很多。她拼尽全力去追赶，但还是感觉彼此之间离得越来越远。

到现在，她甚至开始怀疑，她和花锦年的状态真的没有问题吗？难道是她错了？又或者其实是……在她心里，花锦年美好得近乎没有瑕疵，她不愿意用不好的臆测去想他。所以她一次次退步，一次次伤心。

他的分量重得让她不知所措。

何想听着花流年的讲述，偶尔轻柔地问两句，引导着她继续说下去，心中感慨非常。花流年的形象在他的心里越发清晰起来。作为家世良好的聪明姑娘，却飞蛾扑火般爱上了一个不该爱的男人。有时候你费尽心思付出一切，到头来只是打了个水漂。可何想也清楚，无论外人看得多么清晰，陷入漩涡里的人总是一叶障目、不能回头，所以他也没说什么劝解的话，毕竟女人更多的只是需要倾诉。

何想感觉到花流年神情极度低落，不得不说，当一个高高在上的美人在你面前露出柔弱并寻求保护的时候，任何一个男人都抵挡不了。在何想的字典里，女人嘛，都是靠哄的。当然光光除外，她已经脱离了女人的范畴，是凡事不肯落后、只会冲锋陷阵的真汉子，只是错误地披了张可爱的女人皮，才会具有迷惑性。

想到温之光的种种行为，何想不由得流露出一抹不合时宜的笑意，被花流年很快发现，她抬起头来略带责备地看了他一眼。

何想笑了笑，伸手在鼻子上摸了摸："常言道，男人对一个女人谈过去，是把她当成自己人，心里已经不知不觉让她住进去；女人跟男人正相反，如果她跟你谈过去，是在婉转地告诉你：滚远点，老娘看不上你。”

“扑哧——”花流年差点笑喷，觉得何想的脑回路怎么这么奇葩，什么时候了竟然在想这个问题？不过被何想一打岔，她因花锦年而起的忧思倒是被冲淡了不少，她白了何想一眼，“就你贫嘴。”又再度笑了起来。

远处，黑色私家车内。王重坐在车内，眼睛直直地盯着湖边的一对男女。他的视力极其优异，即使隔得老远也可以清楚地看到花流年的神色表情，他注意到花流年前一刻还愁云满布，下一刻却因为何想的一句话而云散雾消、阳光灿烂。

他下意识握紧拳头。他很清楚花流年是为什么难过，但他却没有办法，也不知道怎么去哄她开心。明明让花流年和花锦年产生矛盾的关键点就是何想，可现在令花流年重新展露笑颜的人也是何想，残酷的现实让王重感到很烦躁。

湖边。

何想笑道：“其实花大小姐的问题并不是什么大问题，虽然你说了很多，但所有问题加起来只是一个问题。”

“是什么？”花流年问道。

“自信。花大小姐缺乏稍许自信，或许你本人察觉不出来，但你对前途产生了惧怕心理，就是没有自信的表现。其实以花大小姐的财力以及能力，就算踩着全有集团的塔尖捶着胸脯大吼一声：‘老娘可以摆平这天下一切困难’！也没人敢说个不字，指不定还有一堆小弟高喊：‘女王，说得对！’然后山呼女王万岁。”

“哈哈……”花流年被逗得乐不可支，连赏了何想两记白眼，嗔怪道，“我有你说的那么粗俗吗？”

“你很厉害的，要相信自己，只不过以前受过的挫折太少，辣手摧花的人还是不太多啊。来，多给你何哥哥蹂躏一下就百折不挠了。”何想朝花流年勾勾手指。

"去，你才被蹂躏。"花流年瞪他一眼，笑靥如花，明丽至极。

看了看天色，花流年觉得天色有点晚了："要不我们往回走吧？"

"也行。"何想点点头，"不过走之前你先给我解答一个疑惑。那圆塔状的建筑物是干什么的？"何想指着庄园后面东北方向的一座建筑群，那儿有一座高塔，四周布置了几个全金属黑色装置，看起来和军方驻地里面见到的有些相似。

"宇宙天体观测塔。"花流年犹豫一下，还是没说出带何想过去看看的提议，毕竟她单独出来见何想，哥哥可能就不高兴了，再带人去科研基地，恐怕他要恼了。

何想又仔细看了看，笑道："我们回去吧。"

坐进车中，何想微微思索，给温之光发了条短信，和她约时间一起再去一趟军方驻地，毕竟温之光身份摆在那里，有些事情他不方便做，但她却可以出面。他始终对圆形高塔有些在意，现在他戒指在手，重新回到军方驻地或许会有意外的收获。

此时的街道上，温之光正配合同事一起寻找逃狱的刘开，只可惜大半天时间过去一点线索也没有。对方事先破坏了附近所有地下管道的监控系统，又故布疑阵，留下众多可疑痕迹，带着他们到处兜圈子。

在汇报了她这条追踪线路失败，并得到队长"收队"的指令后，温之光心情有些低落。刘开的逃狱像一记火辣辣的巴掌打在警方脸上，令她无比郁闷。最关键的是，方可水花了不少时间才搜集到证据，方便警方正大光明地抓捕他，结果才一天时间人就丢了，她怎么就这么没用？温之光气得朝自己脑袋砸了几下。

正在郁闷时，一连串争吵声吸引了温之光的注意，她循声望去，只见一名拎着酒瓶的醉汉拦住一个穿着打扮像个大学生的年轻男人吵架。说是争吵，其实更像是醉汉单方面找碴，因为醉汉对面的年轻男人一声不吭，只是静静地看着他。可他不争不闹的态度反而让醉汉有恃无恐，觉得捏到了“软柿子”，拉住他不依不饶。一通谩骂之后，醉汉以撞坏了肩膀为由，强行向年轻男人索赔。

温之光看到那个“软柿子”青年竟然真的掏出手机，一副打算给对方转账的模样。

“什么鬼？”温之光下意识嘟哝一句，立即冲上前。可就在温之光动身的瞬间，醉汉也出手了，他以跟他醉酒的晃荡姿态不符的敏捷速度，一把抢过青年的手机，拔腿就跑。

“站住！”温之光顿时气不打一处来，在她面前还有浑蛋敢抢劫，平时她没看见的时候，这帮混账还不反了天了？

“警察！”温之光以迅雷不及掩耳的速度追上醉汉，一个扫堂腿将他踢倒，夺回手机，给醉汉戴上手铐后，将手机交还给赶上来的青年，又语重心长地抓住他一通教育。

青年有些发呆地听着温之光数落他，忽然意识到，温之光没有认出他。也难怪，他现在的形象和平时完全不同，不再是西装革履的精英打扮，而是简单的T恤、运动裤，由于连续熬了几个晚上，头发乱糟糟，整个人看起来憔悴无比，恐怕特别熟悉他的人都可能认不出他。

温之光只不过两年前和他见过一面，认不出再正常不过。

没错，站在温之光面前的青年，正是花锦年。他平时轻易不会离开全有集团，今天到街上转悠也是临时起意。他近段时间一直在研究星系图，却始终找不到突破点，还有土卫六上的空间门开启的能量消耗过大等诸多悬而未决的事情让他烦闷不已。

他知道，如果继续埋头苦干，状态不佳的他必然会做出错误决定，索性出来转转，却没想到碰到醉汉拦路碰瓷。在他看来，钱能解决的问题都不是问题，可如果对方更进一步贪心，就只能用强权来制裁。如果刚才温之光没有替他追回手机他也并不担心，因为只要他一个招呼，用不了多久，手机就会重新回到他的手中。

但温之光既然帮他找回来了，他也必须要表达一下谢意。

可还没等花锦年开口，温之光就伸手拍拍他的肩膀，一脸教训不听话的小弟的态度：“好了，拿着东西赶紧回家，最近治安不好，少在外面晃悠，像你这样不懂事的大学生最容易上当受骗了。唉，真是让人操心。”

花锦年：“……”

花锦年心情微妙，已经有很多年没有人用这样的态度跟他说话。可这才是温之光，简单，直白，如同他印象里的模样。他忽然想再跟温之光多聊几句，眼里多了些兴趣。

见花锦年默不作声却盯着她看，温之光觉得有趣：“看你一副颓废的宅男模样，该不会是被女朋友甩了吧？”

“……”女人的思维总是离不开感情？花锦年的心有点冷淡下来，准备婉转地提出离开。

温之光却继续道：“其实不用这么在意，天涯何处无芳草？再说了，男人要以事业为主，大好青春大好年华不干出一番惊天动地的事业来，如果一天到晚娘们唧唧沉溺感情不干正事，不说对不起国家和人民，也对不起自己的人生！人还是要有伟大的理想和目标的，毕竟活一辈子不容易，不能浪费啊！”

温之光笑得灿烂。

虽然她对具体情况一点都不了解，一切都建立在自己的猜想上，但她还是全身心投入，自顾自地精彩演说。可她没想到的是，平常会被同事们嘘声一片的观点，今天竟然会得到花锦年的认同。

花锦年微微一怔，忽然笑了，整个人在瞬间变得柔和：“说得不错。我最近烦恼的就是事业上的问题。”

“咦？”猜错了？温之光眨眨眼，不是感情问题，是大学生创业？她瞬间调整心态，像个知心大姐姐一样报以关注，“做什么的？遇到什么问题？”

花锦年的笑意加深，看来他有点低估了温之光爱管闲事的性格，或许是因为温之光帮他追回了手机，今天他的耐性格外好：“做科研，找不到突破方向。”

温之光“噢……”了一声。但她向来不肯服输，即使是完全陌生的领域，也能毫不示弱：“如果一个方向不行的话，换一个方向呢？”

“换一个方向？”花锦年苦笑一声，“研究方向哪里能说换就换的？”

“我不是说要换课题啦，我是说，如果从 a 点出发，找不到去往终点路的话，为何不直接将终点倒推？就好比我们从现在这个位置，看不到未来，但我们能不能直接选择站在未来看现在呢？”

“站在未来看现在？”花锦年的脑中突然有一抹亮光闪过，他额前碎发后的双眼也越来越明亮。没错，他为什么不站在未来看现在？

从一开始，他的思维方向或许就错了，那星系组图，或许从一开始就不是以地球所在星系作为观测出发点，也不是什么人为编纂的伪图，而是从另一个全新的星系出发，从他们的世界看我们。如果是那样，整个方向都变了。

“啊，我可能有点胡说八道，你随便听听就好。”说完之后，温之光又觉得自己有点异想天开，不好意思地挠挠头。

“不，你说得很对，给了我很大启发。”花锦年对温之光绽开笑容，用他特有的纯净嗓音，认真道，“温之光，你很好。”

“啊？”突然被发好人卡，温之光有点蒙。

“你？”温之光有些疑惑，面前的人她没有一点印象，难不成以前也帮他抓过贼？

花锦年满脑子都是如何调动资源去实现他新的设想，也顾不上和温之光多解释。他从上衣口袋里掏出笔和纸，顿了顿，笑道：“还是你直接记我的手机号吧，记到通讯录里。有机会请你吃饭。”

匆匆跟温之光交换了手机号，花锦年迅速离开。望着他离去的背影，温之光忽然回过神来："等等，刚才好像忘了问他的名字！"

就在这时，手机上传来一条短信，是刚才的手机号："温小姐，我是花锦年。"

"啥？"温之光盯着短信，三个字拆开来看好像每个都认识，怎么组合在一起就有点看不懂了？花锦年？刚才的人是花锦年？不是谁恶作剧跑来逗我吧？她刚才跟花锦年胡思乱想瞎掰了一堆？他还认可了？世纪大玩笑吧？

温之光又仔细回忆了刚才每一个细节，可越想越觉得，他和印象里的花锦年逐渐重叠起来，好像……真的是花锦年？

温之光吐了吐舌头，感觉极其诡异，花锦年私下里是这样的人？T恤，拖鞋，鸡窝头，呆瓜脸？她感觉世界好像有很魔幻的一面。

重新打开短消息页面，温之光盯着"我是花锦年"几个字咂嘴，正匪夷所思时，短信提示音一响，是何想发来的消息："什么时候有空？一起去见见原老爷子。"

温之光眨眨眼，一瞬间目光变得柔和，带着点雀跃和欣喜，回复："就现在！"

回到市内，何想提前下了花流年的车，重新叫了辆车，在约定地点捎上温之光，两人一起出发。

一段时间不见何想，温之光发现他的气质又有变化，变得更加沉着，也更加柔和。她原以为经历了之前的事情，何想多少会带点阴郁气质，却发现他的心境好像更开阔了。

"你这人真怪。"温之光评价。

何想笑了笑："我这么怪你还跟我在一起，以物以类聚的法则来说，岂不是你也很怪？"

"在一起"这三个字像根轻柔的羽毛拂过温之光的心田，令她有点耳热，她觉得自己怪怪的，竟然轻易被人一句不经意的话撩拨到，真是要死了。死何想，臭何想，烂何想，没事乱说什么？

“你干吗突然要去原老爷子那儿？”温之光撇过脑袋，生硬转折。

何想看了她一眼，以他对温之光的了解，她应该没这么快放过他才对，突然转性了？这么一看，却发现温之光与平常有些不同，神色比平时更柔和，却显得有几分别扭，好像有什么烦恼正困扰着她，而且，耳朵红红的？

何想眼睛注视着那一抹红，怦然心动，像平静的湖水忽然被扰动，一圈一圈荡开涟漪。他下意识地伸出手，想要拨开落在温之光耳边的柔软碎发，轻轻捏一下她绵软的耳垂。突然，腕表上的震动将他惊醒，他才猛地缩回手，对上温之光眸子里的疑惑目光。

温之光眨眨眼：“怎么不接电话？”

“正要接。”何想一脸淡然，看不出有一丝一毫的异常。

电话是樊力打来的，一接通，樊力就迫不及待地说：“老大，方可胜被刘开抓走了。”

何想微微一愣：“他抓方可胜做什么？”下一刻反应过来，恐怕是为了对付方可水，毕竟刘开的落网，很大一部分是源于方可水姐弟。

“我知道方可胜对你做的事特别浑蛋，我也恨不得将他千刀万剐，但可水姐……”樊力咬牙，气得厉害。

“你跟可水姐说了吗？”何想有意避开方可胜的事情。

“说了，刚说。”

“那就好。刘开肯定会有下一步动作，你让她准备好，说不定……”

忽然，何想的手机收到一条视频短信，打开一看，入目的是刺眼的铁红色，视频中的钢铁被烧得通红，灼热的感觉透过视频直达心底。在红色钢铁的中心，一个被包裹在厚实黑衣里的男人被反绑在铁红的钢柱上，让人感觉下一刻他就会被烤熟蒸烂。

何想看着视频上占了半边屏幕的刘开的笑脸，下意识皱起眉头，刘开笑得十分张狂，充满了亡命之徒的癫狂意味。他大笑着像跳舞一样晃动，尖利而嘶哑的声音从咧开的嘴里流出："看到了吧？这个地方是不是很美妙？意外吗？惊喜吗？这里简直就是一个乐园，哈哈哈哈！"

刘开猛地扯掉被捆绑的男人的黑色头罩，露出方可胜惊惶恐惧、满是泪痕的脸。

重新得见亮光，方可胜猛地挣扎起来，边哭嘴里边不停吼叫："放开我！你到底想干什么？你们这是绑架，要受到法律制裁的……"

从视频里，何想看到，短短的几秒钟，方可胜后脑的头发沾到铁柱上，火星飘飞。好在刘开很快又将头罩套回方可胜的脑袋上，堵住他的惨号，只有闷哼声从面罩后传来。

刘开笑得疯狂，"看到了？哈哈哈……"他长笑一声，迷离地说道，"我等着你们。就是不知道……他身上的防火服能等多久呢？"

视频在这时突然断掉，何想和温之光怔怔地看着 3D 立体电子屏幕的背景蓝光，相互对视一眼。刘开为什么给他们发视频？

"可恶！"温之光气愤得右拳砸上左掌，"凭什么这浑蛋只发给你视频，不发给我？看不起我吗？"

"……"何想无语。你气的是这个？

不过被这么一打岔，何想也冷静了许多，对电话一端的樊力说道："视频你看到了？"

"嗯，刚看完，是哪里？"

"你先给我说一下，你怎么发现方可胜被刘开抓走的。"

在樊力跟何想简单讲述事情经过时，何想打开腕表的 3D 电子笔记本端，迅速搜寻起"锅炉""冶金"等关键字，凭借视频背景里细微的鼓风声和冶金杂音，以及樊力提供的事发时间，不会距离中心广场太远，至少不可能超出中心市的范围。整个中心市内有如此大型装置的，不会超过三家。其中一家属于全有集团，一家属于军工企业，还有一家是市政和民营的联合体。从地理位置和刘开的能力综合来看……

“定位已经发给你了，出发吧。到地点集合。”何想随手将定位地点又发给方可水，通知了一声，就调转方向盘，朝目的地开去。

温之光目光清亮，带着几分兴奋：“看来四小强又要出动了？”

何想失笑。心中的凝重和阴霾，因这一句话、一个微笑而驱散，他偏头瞥了温之光一眼，故作严肃地道：“温之光，我是发现你跟人不一样啊。”

“嗯？哪里不一样？是不是觉得我聪明机智又敏捷，战无不胜攻无不克，能当大任？……哈哈！”温之光自己都把自己逗乐了，想想又觉得不对劲，什么叫跟“人”不一样？“喂，你该不是在骂我吧？”她回过神来。

何想哈哈大笑：“不错不错，反应速度有提升，看来还不是太笨。”

“喂，我揍你啊！”温之光气鼓鼓地朝他出拳。

“注意点，开车呢。”何想脚下油门猛地一踩，吓得温之光缩回手。他目视前方，看着清晰的前路，忽然觉得，柔弱如水的女人虽然惹人怜爱，但当真正的危机来临时，柔韧坚强的女人才值得人尊重喜爱。女人当如温之光，有着少女的青涩可爱，又有着成熟女性的责任与担当。

何想笑了笑，方向盘一转：“好汉光光，走了。”

“什么好汉？你才好汉，你全家都好汉！你再这样我真的揍你，等下车你就惨啦——”

中心市南面，诚实钢业，冶金厂。

冶金厂距离大学城有半个小时的车程，与诚实大厦总部也有一段距离。冶金厂设备先进，全自动化作业，除了十几名在流水线作业的工作，以及驻守仓库的员工以外并没有太多人，可以说是人烟稀少。

何想、温之光跟樊力、方可水几乎同时到达，一下车就见到混战的场景。有人比他们先到了？

整个冶金厂，上百号人正在混战，都是些奇形怪状的基因强化人，有些甚至很难再称之为“人”，因为外表几乎脱离了人的范畴。他们与一群不明身份的黑衣大汉战成一团。

黑衣大汉们实力强悍，身手远超普通人。

“是地下拳场的黑衣强化人。”樊力一眼认出，神色严肃，“几个怪家伙是刘开的人，之前我见过一个。”

“狗咬狗？”方可水下颌微昂，眯起眼睛。忽然间，她听到一声惨叫，面色骤变，快速朝冶金大楼奔去。

“替可水姐开道。”何想与温之光紧紧跟上，想要缠上方可水的人都被他们一一挡开。

“咚！”樊力仿佛千斤坠猛地砸入场中，大吼一声，“来啊！”

“嗡——”，蓄积足够能量的冲击波以樊力为中心，排山倒海般朝四周扩散。冲击波所经之处，所有人都被震得头晕眼花，严重的直接被掀翻在地。

第十四章　中计

刘连生看着天网上指示的一片被茂密植被覆盖得严实、却不断传来震荡的山区地带，微微疑惑，很快明白这可能是军方的机密驻地，因不知名的原因发生爆炸。

温之光和方可水也没有防备，冷不丁被冲击波击中，脑袋里也嗡鸣不止。只有何想自带无效化能力，没有受到过多干扰。

“嘶！”温之光倒抽一口冷气，骂道，“樊力你要死啊？事先提醒一下行不行？”

樊力咧嘴一笑，有些狂放的味道：“那可不行，事先提醒他们不就都知道了吗？你学学人家可水姐，都已经跑到楼里了。”

温之光转头，果然，方可水已经跨越战区上楼了。楼里也有人混战，但以方可水的实力，应该没什么问题。

自从踏入大楼，方可水就知道，眼下的局面应该是专门针对她设的一个局。

作为一个从小就接受七传人传承的控水大师，方可水的周身时刻都有流水浮动，这也是她肌肤永葆水润的秘诀所在。可此时她的周身不断发出轻微的“哧”声，流水不受控制地被高温汽化，渐渐散失。

至少，在眼前的区域里，她的能力无法发挥。

但刘开肯定没想到，竟然会有人先她一步到来，率先对他发动攻击。

方可水的判断十分准确，在突破几道关卡后，她越来越接近目标，她只是希望时间不要太晚。

“阿胜！”方可水在心中无声呐喊。

冶金炉外，密闭的空间。

赵珞与刘开相距十多米对峙着，两人都笑盈盈地看着对方，只是赵珞的笑容里以玩味为主，刘开的笑意里都是疯狂。

“呵，赵珞，真没想到会是你。”刘开紧盯着赵珞，他的手中握着爆弹式枪支，他的身边站着如小山般健壮的阿二。他曾想过很多种情况，想青者会不会挥挥手放过自己，又或者会派老齐、童童来抓他回去。别人还好说，但如果是赵珞，他就完全没有希望了。

因为青者手下最冷面无情的杀手，从来不是四大护卫，更不是黑衣大汉，而是平时笑嘻嘻的赵珞！

见刘开满腹怨怒，赵珞像狐狸一样眯眼笑着说：“老刘，到今天你还没想明白，可惜青者老大的媚眼抛给瞎子看了。”

他轻轻往前走了一步，让刘开跟阿二更加警惕，他笑了笑，觉得“逼宫”的游戏果然有趣，又道：“其实呢，老大一开始想放过你，不然上次不会让人保你。只可惜你近来的所作所为真是太不上道。上次你回来的时候，老大怎么跟你说的？噢，让你最近老实点，可你干了什么呢？变本加厉！被抓到把柄送进局里。进了局子也就算了，在里头多待段时间就是，哪天青者老大心情好了自然会放你出来。可你却自己跑了出来，胆子不是一般大啊……你就是这么老实的？”

说到最后，赵珞拖长了音，笑得意味深长，也让刘开下意识地发抖。

难道是他想错了？他从一开始就想错了？刘开浑身止不住地颤抖，他忽然明白，恐怕逃狱一事挑战了青者的底线，所以赵珞才会来。他现在反悔还来得及吗？不，一定来不及了，赵珞这个疯子根本不会给人机会！

刘开咬牙暗恨，原本布置陷阱是要对付方可水，可现在都被赵珞破坏了。可是，看着赵珞额上不断滑下的汗水，他又有些新的期待。

周围是一个密闭的空间，整个钢铁间都被火焰烧成红色，如果不是穿着防火衣，一般人在这里多待一刻恐怕都有脱水的可能。

刘开、阿二以及被绑在铁柱上的方可胜都穿了防火衣，但赵珞没有。

赵珞是一个很注重形象的人，他的头发蓬松而柔软，衣服合身而修长，他整个人都透露着干净清爽，最重要的是，他还有一张在女人中间无往不利的可爱娃娃脸。

这样的他，是绝对无法容忍自己穿得像只黑青蛙。虽然赵珞依旧笑得怡然自得，但额头上的汗水早已打湿他的头发，碎发贴在脑门上，令他的形象大打折扣。

赵珞也意识到这点，他觉得不能再拖了。废话说得再多，也不能改变刘开要被除掉的最终结果。

在赵珞心意已决的瞬间，他周身气势微变，刘开敏锐地发现这点，立即大喊道："阿二！！"

阿二猛地跳出来，手中钢管抡圆，朝赵珞横扫而来。

然而，赵珞轻轻一笑，撩开额前湿漉漉的碎发，说道："呵呵……对付别人也就算了，遇上我，你还真以为阿二能顶事啊？"

说话间，"嗖！嗖！嗖！"一连串钢管从赵珞身后朝前射出，打在阿二小山般的躯体上，巨大的力道将他击倒在地。可阿二很快又掀开身上的钢管，爬了起来，四处乱摸，一口气摸到两三根钢管，愣了愣，下意识念叨着："钢管……"

刘开额角一跳，心中顿时升起一丝不祥的感觉，可还没等他开口，阿二又生气地跳起来冲出去，大吼道："打阿二的人，都是坏蛋！"

阿二怒气冲冲地冲出去，手中两根钢管被他舞得虎虎生风，可他还没跳出两步，又是一连串的钢管向他疯狂射来，密如急雨。

阿二起初还能抵挡，可随着钢管数量越来越多，阿二接连被砸中，不过几秒钟的时间，就被砸得扔掉钢管，抱头乱窜，就地一滚，变成一个巨大的肉球，在地上滚来滚去的躲避袭击，并且朝钢管的发射源不断前进，显然他已经舍弃了赵珞。

刘开脸色一变，厉声喊道："阿二！"只可惜，阿二此时的注意力已经完全被不断发射钢管的机关所吸引，像个玩心大起的幼童，根本听不到刘开的喊声。

"可恶！"刘开恨到极点，他知道阿二有弱点，但没想到赵珞竟不知羞耻地利用了这一点。

他举枪抵住方可胜的脑袋，喝道，"你别过来，不然我杀了他！"

赵珞果然停下前进的步伐，轻轻一笑："还不放弃吗？你还有什么底牌？拿出来看看？"他笑得太过轻松写意，仿佛一切成竹在胸，让刘开打心底里感到胆寒。如果知道对手是赵珞，或许他从一开始就不会越狱。

"你别过来！我要对付的根本不是你，你……"刘开几乎尖叫起来。

"哦？你要对付谁？"赵珞打断他，歪头想了想，"何想？不行，他是老大费力保下的人。你怎么也不该动这种心思，老大要是知道了，该多伤心啊。"

闻言，刘开恨得眼睛猩红，咬牙切齿，何想……又是何想，他怎么就绕不过何想？就是因为何想他才落到如今的地步，难道何想生来就是他的克星？

眼见赵珞一步步逼近，刘开内心紧张到了极点，盘算着还不如先逃命再说，可他真的能逃走吗？

"我告诉你，他是何想他们要的人，他是方可胜，是研究基因强化的人！你不要过来，你再过来的话我就……"

“砰！”眼见赵珞已经举枪射击，在极端情绪的影响下，刘开一个手抖，擦枪走火，子弹瞬间出膛，他几乎被吓蒙，因为他离得实在太近，他没打算在这么近的距离开火。

赵珞面色微变，他发现自己射出的两发子弹竟然没有命中目标，不仅如此，刘开射出的子弹也被几发子弹打偏了方向，原本冲着方可胜脑袋去的子弹微微转弯，直接炸到他手臂上。刹那间，方可胜整条手臂都被炸断，鲜血淋漓。

方可胜发出一声撕心裂肺的痛号，身体不断地痉挛，想要挣脱却丝毫挣脱不开。

刘开并没有发现有第三者参战，他只以为自己子弹打歪，眼睁睁看着鲜血溅了他半边脸，下意识地向后躲了两步。可是他像是突然打开了一扇新的大门，如果说他报复不了何想，报复一下方可胜不也挺好？他要拉人陪葬，越多越好！

“哈哈，哈哈哈……”刘开突然疯狂地开枪，子弹分别朝赵珞和方可胜射去。

“哒哒哒……”一连串细密的子弹从赵珞身后射出，方可水向前飞跃，躲过刘开的攻击，同时把射向方可胜方向的子弹一通拦截，她恨不得自己长了翅膀，能够将阿胜保护得更好，可惜她没有。

“砰！”方可胜另一条手臂断落，半边身体终于倒了下来，双腿却还固定在钢柱上。

“阿胜！”方可水目眦欲裂，气到极致。

而刘开打开升降机关，转头就跑。

“他交给我了。”赵珞急速追赶，错身之间淡淡说道。

方可水不再理会刘开，几枪崩断束缚方可胜的捆绑带，在他彻底倒下来之前接住他，并取下他的头罩。

“阿胜……”方可水的视线有些模糊，她从没想到，时隔多年再见自己至亲的弟弟时竟会是如此场景，可情况却不容她多想，因为方可胜空洞的双眼极大地刺激了她。

如果说第一条手臂被炸断，方可胜是痛苦，那么当第二条手臂被炸烂后，他整个脑子都无法运转。到底发生了什么？他怎么会遇到这样的事？一定是梦，他在做梦，只要梦醒了一切都会结束……他是一个研究人员啊！他怎么能够缺少可操作各项精密实验仪器的宝贵的手臂！

方可胜呆呆地看着前方，眼神却没有注视任何地方，他痛得几乎要晕过去，可巨大的痛楚又让他无法昏迷，只能残酷地面对现实。

“阿胜，你……”看见他这副模样，方可水心痛不已，做研究是方可胜最引以为傲的事情，可现在……

“啊……啊……啊啊啊啊……”方可胜突然发狂地挣扎起来，再也不待在方可水的怀中，他猛地一头栽在地面，头发和脸顿时被灼烫烧伤，两臂在挣扎时鲜血迸射。

“阿胜！你不要再闹了，你这样会失血过多的！”方可水想控制住他，却又不敢对他下重手。“哧——”鲜血落到地面，顿时汽化，腾起一片猩红的雾气。

方可胜脸色苍白，浑身颤抖，脸上却是负隅顽抗的倔强。

只这一个动作，方可水就恍然明白，他好像是真的很讨厌自己，她心中一酸，一记手刀将方可胜打晕，简单包扎后拽下钢柱上的两条断臂，抱起他快速离去。

在方可水带着方可胜离开大楼时，何想他们也正好赶到大楼门口，看见方可水带人出来，心中一松，正想跟她打招呼，却见她面无表情，像一阵风一样迅速刮过。

“要不要这样？她没看见我们？难道瞎了？”樊力露出惊恐的小眼神，一只手的手指夸张地伸进嘴里。

温之光无语地瞪他：“废话少说，开路去。”

“好吧，好吧，苦命的我呀。”樊力呻吟着，速度却十分快，真的像一辆小型推土机一样冲锋在前。然而方可水毫不留情地绝尘而去，樊力还是有点小受伤，“要不要这样？说好的一起来一起走呢？就这样将同伴扔在刀山火海了？”

何想：“方可胜受伤了。”

“谁没有受伤呀？看看我手指上的擦伤，一级重伤好吗？”打架过程中，樊力还有闲心给何想展示他的“重伤”，成功收到何想一记凝视智障的眼神。

何想看了看四周，战局已经接近尾声，既然目标已经夺回，继续在这里意义不大：“我们也走吧。”

“不行！”温之光拒绝。

“干啥？留下来打扫战场啊？要不要这样？警局这么缺钱，要从死人身上搜刮东西？”樊力不嫌事多。

“呸！你才搜死人东西，刘开还没抓到呢，你忘了？”如果眼神能杀人，想必温之光已经杀死樊力一万次。

“刘开已经被抓住了。”何想抬头，示意樊力、温之光往上看。果不其然，冶金大楼的七层落地窗后，赵珞站在窗边，手里拎了个个子矮小的男人。见何想他们看过来，他还点头示意，随后转身离开。

“喂！”温之光一个着急就要往里冲，却被何想拉住，不解地问，“你为什么拉我？他把人带走了，我得赶紧过去。”

何想神色平静：“不要去了，既然是青者出手，就是清理门户，你去，对方也不见得会把人交给你。”

“可是……”温之光纠结。

“放心吧，青者做事滴水不漏，明天肯定就会有新闻出现的。”

“啊？但是……”温之光苦恼。

“没但是了，走吧，我们的事还没办完呢。”何想拉着温之光的手往回拖，温之光面色纠结，半推半就地往回走，边走还边嘟哝，“这样不好吧？就这么把犯人扔掉，我是人民警察啊，竟然让人从我眼皮子底下溜走，就算明天有交代吧，但是……”

“好了好了，你碎碎念个没完啊？”樊力用宽大的手掌按住温之光的脑袋，压着她往回走。

“切，臭樊力，放手！”

“我就不放，你能咋地？吃了我啊？来啊来啊！”

几个人在笑闹中离去。

就在何想等人离开，赵珞带人收拾残局时，曾如风却在楼顶将底下的情景看个一清二楚。他淡淡地叹了一句：“本来想引出剩下的七传人，却被青者搅局，看来又要费心收拾残局了，不知道花锦年的事做得怎么样了……”

全有集团。

得到新探索方向的花锦年，此时正全力调动一切可用资源进行精密复杂的大型计算。此前本就做了充分的准备工作，经过大量的模拟比对，从彼方为出发点进行重新建模，可以说是轻车熟路，只是在具体数据演算上受到一些阻碍。

但全有集团聚集了全世界最顶尖的高科技人才，最一流最齐备的尖端设备。他相信采用新的算法，用不了多久就会得出答案。或许，会是让人意料不到的结果。

花锦年盯着黑色电子屏幕上不断更新的数据，不由陷入沉思。他曾经让天网系统调查星系图的来源，可只追踪到美丽大学的博导公寓大楼，剩下的数据全被清理。但可以肯定，数据是其中一个博导传出的。他排查了楼里的所有住户，几个与天体物理相关专业的博导资料都已经摆在他的案头，其中有个人让他有些意外——曾如风。

会在意曾如风，是因为他跟何想走得很近，天网系统曾经因为新的七传人在美丽大学出现而响应过，星系图也是出自美丽大学，其中一定有某种关联。尤其当温之光点醒他，要从未来看现在，要从彼端看此间，他忽然觉得，或许这幅星系巨画就是出自彼端之手，是某个潜在的七传人的能力。如果是，他为什么没有将星系图交给何想，而是送给全有集团？既然已经送了，又为什么不直接现身？

不过，现在这些都不是重点，将这幅巨画解析出来，才是重中之重。花锦年隐约察觉，恐怕对方也无法解析这幅画卷，才会送到他这里来，毕竟也只有他才能轻易指挥上百名科学家专攻一个课题。

这时，刘连生走进星系模拟空间实验室，简要跟花锦年汇报了冶金厂发生的事。

花锦年表示知晓，让刘连生看着处理，心中却不由得浮现温之光笑容灿烂的身影，他轻笑一声，有时候一个复杂的问题到了简单的人手里，反而能够迎刃而解，或许这就是为什么世间的人有千万种的原因。

忽然间，眼前的立体电子屏幕闪烁起来，一幅星系图被不断放大，同时智能主脑的示警声不断提醒：“警告！发现疑似太阳系的星系！”一张子级星系图中的黑色区域里，有一个细小到不细心留意都不会发现的光点。

花锦年的注意力顿时被吸引，精神高度集中：“建模星域，重新比对。”

他再也注意不到其他，全身心地投入到假想中的——仙星！

高速公路一路畅通无阻。

何想、樊力、温之光三人在一番讨论后，还是决定直接去军方驻地。

温之光还是有点犹豫：“真要去吗？都这么晚了，等我们到了不得晚上了？”

“那不是正好赶上饭点。”何想笑道。他内心始终有点不安，想早点过去看看。

“再说了，就算赶不上晚饭，还可以赶上宵夜啊，甭担心。”樊力大大咧咧坐在后座中央，两手垫到脑后，自觉很有大佬风范。

就在刚才，他们收到方可水的语音留言，说是带方可胜回方家一趟，近期不用找她。

对此，何想几人感慨良多。好在方可水总算找回了弟弟，了却了一桩心愿。

“对了，给我老爸打个电话，他要是晚上没事的话，直接一起在驻地见得了。”温之光拨通电话，没想到温景阳早就在驻地。

驻地别墅。

温景阳正跟秘书老李在客厅里聊天，原本他打算跟原战一起出门，温之光一个电话打过来，他又坐了回去。

“哈哈，你等他们几个小家伙，老头子我就先出门了。小李，记得好好招呼几个小家伙。”原战边说边整理仪表，带上帽子，拿好手杖，又在镜子前站了站，觉得满意了，才露出笑容。

李秘书打趣他：“老爷子这身倍儿精神，出去相亲都绰绰有余。”

“去！没大没小。”虽然这么说，但原战显然很开心，这小子变着法子说他眼光好，他也这么觉得。

临出门，原战又跟李秘书交代道：“何想这么晚过来估计还是有事，你先应承着，他要去哪儿转就带他去，要做什么也让他列好章程，回来再报给我听。”早就跟那几个糟老头子约好今晚三缺一，要是临时改变主意，估计祖宗三代要被一通问候，他可不想给他们这个机会。话刚说完，催促的电话就打了进来。

“来了来了，已经出发了，在路上了。催催催，就知道催，再催翻脸了啊。”原战慌忙出门。

“是。”看着原战早已扔掉风度的着急模样，李秘书笑着应道。

同一时刻，中心市西区的军区大院内。

何子天笑眯眯地挂断电话，得意地昂头：“瞧见了吧？论催人逼债，还得我老何出马。”

“哈哈，厉害。”

“有种。骂功精湛。”另外两个老头竖起大拇指。

“哎呀，骂人也是个力气活呀，累了累了，得喝口茶歇会儿。”何子天像个老顽童一样跳回沙发，喝两口茶，吃几个葡萄，突然眼睛一瞪，“唔！这茶不错，哪来的？”

“老原送的。”

“行！等原老头来了得让他负责我这个月的茶钱，毕竟他一个人就耗尽了我毕生的骂人功力，两罐茶都是小意思。”说着，滴溜溜的眼珠子转动，三角眼的目光落在另两个老头身上，哈哈一笑，“放心，放心，见者有份。”

“哈哈。”三人一起大笑起来。

山区。

月华初上，四下里暗了下来，天边仅剩一抹浅浅的鱼肚白，而在茂密的树林里，几乎透不进多少光。

何想早就打开远光灯，好在山路虽然崎岖，但车辆行驶还算平稳，距离原战所在的军区驻地也已经很近了。

三个人虽然饥肠辘辘，但心情还算放松。毕竟今天解决了刘开的事，短期内大家也没有后顾之忧。轻松的心情一直保持到临近山背面，即将穿行前方的幻象“路障”时。

就在何想一个加速，将车开向预定轨道上时，“轰隆！”巨大的爆炸响起，一股巨大冲击力忽然从前方爆发，直冲向何想等人的车辆。

车辆被瞬间掀翻，并且在冲击波的作用下，顺着下滑的山路接连翻滚了几圈。樊力更是在车辆掀翻的瞬间被直接甩了出去，落到黑暗的山坳里不知所踪。

等何想终于回过神来发动能力，车辆好不容易稳定下来时，他们已经倒滑了几十米，好在何想跟温之光都有系安全带的习惯，没被甩出去，饶是如此，两个人也晕头转向。

“什么情况？发生了什么？”温之光一脸惊疑。

“好像是爆炸……”

“怎么会有爆炸？哪里来的爆……”

“轰！轰隆——”不等温之光将话说完，新一轮爆炸再度来袭，连绵的爆炸不断回荡在山间。巨大的冲击力震得车子像一块木板一样不断吱呀作响，车身更是一再向后滑动。

“到底怎么回事？！”温之光的声音有些尖锐，她脸色惊惶，一向天不怕地不怕的她突然感觉到了害怕，“爆炸是从驻地传来的？我老爸……我爸还在里面，何想！何想，快开车，我们赶快进去，里面不知道发生了什么事！你快点啊！”温之光急切地推搡着何想，用力地抓住他的手臂却颤抖不止。

何想微微一犹豫，沉下心来：“好，我们继续往前走。你坐稳，抓好扶手，不要被甩出去了。”说着，何想猛踩油门，将车从下陷的坑里开出，同时将自己的能力发挥到最大，尝试覆盖整个车身，一路顶着爆炸的冲击波向前开去。

别墅内部。

在爆炸声毫无预兆的响起时，温景阳正和李秘书在客厅聊天，两个人都是有儿女的人，又都到了这个年纪，该有的也有了，就开始更多地关注孩子的发展。两人正聊得兴起，压根没想过驻地竟然会发生爆炸。所以，当爆炸来临时，两人一点防备也没有。

但温景阳毕竟是温景阳，他在最初的错愕后，当机立断，抓起身边的李秘书，用几乎生平最大的力气，将他猛地掷出窗外！

就在下一刻，他准备跳窗而出的时候，整个别墅外刹那间被一股灰黑色的能量袭卷，所有灯光瞬间熄灭，整个空间黯淡无光，数不尽的刀锋将空间里的一切四分五裂，无数惨叫声顷刻间充斥耳中。

“轰隆！”爆炸再度响起，疯狂旋转撕扯的风声吞噬了一切，再然后，渐渐听不到任何声音。

温景阳还活着，至少他感觉自己还活着，虽然他很难形容自己现在是个什么的状态……因为四周一点光也没有，也没有声音，他什么也看不见，月光没有一丝透进来。

别墅，好像还是原来那个别墅，却又变得极其陌生，温景阳虽然看不见，但他很清楚，屋内的东西恐怕此时已经破烂不堪，甚至化为齑粉。他尝试性地想要动一下，却发现任何一种颤动都会引发新一轮的爆炸循环，所以他不敢轻举妄动，只是恍惚间有种错觉，仿佛他不是待在别墅里，而是在远古巨兽的腹内。

全有集团。

此时，天网系统上一个绿色光点不断闪烁，疯狂示警。

刘连生看着天网上指示的一片被茂密植被覆盖得严实、却不断传来震荡的山区地带，微微疑惑，很快明白这可能是军方的机密驻地，因不知名的原因发生爆炸。而新出现的七传人就在秘密基地里，还在不断使用能力。

是谁？

刘连生调动天网系统，迅速捕捉爆炸点周围的情况。很快，山崖下发现几名坠崖人员，除此之外，还有顶着风暴前进的何想和温之光。可这些地点和人都不是天网系统真正示警的目标，它所标示的是一个巨大的圆球般灰色爆炸地带的中心。

可是……在这种级别的恐怖爆炸中还有人能活下来吗？又或者，爆炸本身就是那个人的能力？

山区的公路上。

何想将自身的能力发动到极致，他从没想过会有如此海量的能量逼着他去吸收，他感觉自身已经无限膨胀，被撑成了一个巨大的气球，随时都可能爆炸，可他却没办法不继续吸收，只要他还想继续往前走。

在越过最初的一段勉强完好的道路后，何想跟温之光就舍弃了车辆，因为前面的路已被炸毁，他们只能深一脚浅一脚地踩着废墟继续前进。

爆炸产生的粉尘遮蔽了天空，四周漆黑一片，如果不是何想手腕上的腕表灯光不时闪烁，他恐怕根本看不清前方的路。

紧紧抓住温之光，将自己的能力覆盖到她身上，何想勉力朝前走。但他不知道，无名指上的黑色戒指有紫色的电弧不断颤动，仿佛伸出一根又一根细密的黑色触角，逐渐编织成两扇羽翼一般的黑色网络，轻颤间又吸纳了无数能量，随即消失不见。

他整个人仿佛黑暗里唯一的灯塔，正照亮前路。

“抓紧我，一定不要放开。”何想再度嘱咐道。虽然他本人因为戒指吸能的缘故，并没有感觉到身体有什么真实的损伤，可他注意到周围所有的东西都被压得粉碎，可见周围的压力已经高得异常，如果离开他，温之光恐怕顷刻间就有生命危险。

可到底为什么？不应该啊……上次他过来的时候，分明没有察觉到这里有恐怖的能量存在。还是说他上次的怀疑果然没错？是圆塔有问题？还是其他分散的装置？真正的爆发点是在别墅里？

何想心中疑惑至极，可现在不是发问的时候，也没有人能够替他解惑，唯有借助戒指的力量到达别墅，或许谜底才会揭晓。

继续往前走，何想改拉为抱，几乎将温之光揽在怀中，因为能量的冲击和压迫比之前更强，他怕自己不小心松手，会造成一生的遗憾。温之光也紧紧抱住他，用尽所有的力气去抵抗内心的恐惧。她没有何想的能力，任何一个万一都将是万劫不复。可正因为这样，每继续往前走几步，她的心都会沉下去几分，因为她有何想的帮助尚且如此，那么爸爸呢？他怎么办？温之光感觉心被掏空，热血逐渐变得冰凉。

在经过一段极其艰难的路程后，何想和温之光终于到达别墅。可当他们借着腕表灯光看向别墅时，却被眼前的场景深深震撼。

狂风大作，乌云盘旋，树木化为齑粉，飞沙走石漫天，整个别墅被包裹在一个灰黑色的能量球里，唯有电磁光如游龙闪烁，像是洪荒巨兽在咆哮，喷吐出一个巨大的腐蚀性的能量弹。

腕表上的时间不断跳动变化，何想的心在刹那间揪起，由于能量过于集中，时空已然扭曲，可是形成眼前情景的原理却早已超出他的认知。他呆呆地看着不远处的景象，直到温之光拉了拉他的衣袖，带着哭腔和颤抖问他："我们……还走吗？"

我们还走吗？何想渐渐回过神来，他看着温之光，看着这个永远都笑嘻嘻的乐天派、成天张牙舞爪抓坏蛋的可爱姑娘，此时在他面前露出难以想象的脆弱和无助。

他相信，如果没有他，她一定会头也不回地朝前走，可因为担忧他，所以，她要问"还走吗？"

何想深吸了一口气，长长地吸了一口气，稳稳说道："还走。跟着我，不要怕。"

"嗯！"温之光努力点头，泪珠在点头的刹那间坠落，再抬头，满是坚韧和信任，"和你在一起，我不怕。"

世间最动人的话语，莫过于"我和你在一起"，纵然刀山火海，濒临绝境，但是我不怕。

何想怦然心动，他凝视着温之光，觉得眼前的姑娘比平常任何时候都要可爱，虽然带着泪痕，虽然有些狼狈，可就是这么鲜活，这么招人喜爱。他发现自己被她打动，有些无奈地低头。

真是要命，真是跟温之光待得太久了……所以才会被她传染粗神经，竟然在这个时候还有心情去想些旖旎的心思。

温之光有些呆呆地看着何想，没明白这种生死关头有哪里可笑了，他怎么还笑了？该不是被吓得失心疯了吧？那可不成。

"那个，你……"温之光担忧。

"没事，我们走吧。"何想微微一笑，安抚了温之光的胡思乱想。

他揽住温之光，稳步走上前，带着戒指的手先触碰到灰色能量球的边缘。

刹那间，所有能量仿佛突然找到宣泄口，疯狂地朝戒指蜂拥而来！巨大的压力令何想觉得自己的手臂似乎随时会断掉！

一直运转的灰色能量球忽然找到突破口，开始逸散，一直被严密包裹在内的别墅，终于出现在二人眼前。

破败，损毁，四分五裂，除了最致密的钢材框架外，几乎所有东西都被粉碎。整个别墅就像被顽童捣烂的玩具房子，稀稀拉拉掉着碎渣。地面一片狼藉，到处都是灰白的、黑色的、红色的碎渣，不堪入目。

红色的？

一股血腥臭味刹那间扑鼻而来，饶是温之光多次侦查过各类犯罪现场，也忍不住下意识捂住口鼻。

她能闻到味道了？温之光微微一怔。之前那么长的路走来，温之光感觉到的只有令人战栗的能量，此时此刻，那些被压迫的能量却仿佛找到钟爱的宝物，疯狂挤入何想手中的戒指，对周围其他东西不屑一顾。

意识到这点，温之光匆匆跟何想打了个招呼，飞快朝别墅里跑去。

进入别墅内部，温之光才意识到爆炸有多惨烈。原本别墅的面积十分庞大，里里外外驻守了大量的特种兵，此时屋子里却看不到一个完整的人体，到处都是断臂残肢，到处都是鲜血和烂肉，混杂在一堆被切割得稀烂的家俱里，令温之光的神经饱受摧残。

她每走一步，心中的绝望就更深一层，她到底要怎么样……才能找到她最亲爱的老爸？

温之光的眼泪扑簌簌，如同断了线的珠子不断掉落，她呆呆地站在客厅楼梯的拐角处哭得像个孩子，无助而又悲凉。直到听到一个轻柔的声音，她才眨眨眼，怀疑自己是不是产生了幻觉。

“小光？”

温之光呆了呆，即使是幻觉，她也愿意回答：“老爸，我在。”

“小光。”

酷似老爸的熟悉声音再度响起，虽然微弱，但温之光却不会听错。

“老爸！”她再度喊道，用力大喊，“老爸！我在！你在哪里？”她急切地四处寻找，终于在一堆杂乱的钢铁堆下面找到她的老爸。

“老爸？”温之光呆呆地喊道。

“嗨。”温景阳笑着和她打招呼。虽然不能动，但他尽量笑得和平常一样慈祥。

“老爸？”温之光不敢置信地看着眼前的一幕。她的老爸，温景阳，被无数断裂的钢铁贯穿，几乎和这些东西紧密结合在一起，她甚至怀疑，是钢铁而不是血肉组成了他的身体。

“吓到你了？”温景阳的声音很轻柔，甚至很温暖。

温之光回过神来，猛地扑过去：“老爸？这怎么回事？这是什么情况？你怎么会变成这样？到底发生了什么？怎么会这样？”

“你别慌，听我说。”温景阳的声音很冷静，不如说是平静，仿佛陈述一个再合理不过的现象，好似和他完全无关，“其实具体情况我也不知道，但之所以会跟钢铁结合在一起，或许是因为钢铁的质量重，电磁效应最强吧……”

“什么？”温之光有些发呆，她感觉自己好像听懂了，但又完全听不懂。老爸到底在说什么？都到什么时候了他还扯这些没用的干什么？她忽然回过神来，“等等，老爸，你先别浪费力气说话，我背你，背你出去，我们去找医生，对了，找可水姐，万方集团的医术当世无敌，他们一定会有办法救你的！”

温之光作势就要去背温景阳，可温景阳浑身上下插满了钢铁，仿佛自身就是一个汇集了所有铁制品的吸铁疙瘩，沉得温之光根本抬不起来，也不知道该如何下手才不会扯到伤口、弄伤他。

“别费力了。”温景阳静静地躺着，一如寻常地微笑。

“怎么会费力呢？一点也不费力。你别看我个子不高，其实我力气大着呢，别说你了，就算是市政门口的小金人，我也一样搬给你看。我只是需要一点工具，你等等，我找找……”温之光转过身去，在温景阳看不到的地方不停掉眼泪，虽然她成天嘻嘻哈哈像个乐天的小傻瓜，但她并不是真傻，温景阳如今的模样，恐怕没有任何人能救活他，因为他连脑袋都被钢铁贯穿，能够活着见到她跟她说话简直是个不可思议的奇迹！她都觉得自己是不是在做梦。

“哭就不是好孩子了。”温景阳微微叹气，一直平静无波的眼里终于动容，流露出一抹难过和悲伤。

这种悲伤并不是将死的痛苦和绝望，早在温之光还没来之前，在被封闭在绝望的灰暗空间里无数次尝试逃脱，却无数次被现实击溃后，他早已饱尝并摒弃了无助的情绪。他唯一的期待就是温之光真的能够到来，他能够撑着不死，见她最后一面，跟她说几句话，就是他最大的期望和幸福，是上天赠予的美好礼物。

现在他果然见到她了，他没有多少遗憾，如果有的话，恐怕就是还没见到他的小光带个大男孩回来给他看看，然后他几番或严厉或高压的恐吓与考验后，再将小光亲手交给他，嘱托他们互相照顾一辈子。

他只有这些愿望了。可惜，他再也没机会看到了。

“不哭了，小光，靠近一点，让我能够将你看得更清楚，好吗？”虽然胸针的能力能够让他不断修补自身的机能，可是现在他的视力还是有些涣散了，或许是因为见到了小光变得放松，也或许是贵为七宝之一的胸针也感应到他已经走到尽头，逐渐放弃。总之，他清晰了一辈子的视线，终于模糊不清。

听到这话，温之光哇地一声哭出来，她边哭边往温景阳身边凑，努力将脸贴到他的旁边，一只手攀扶在贯穿温景阳身体的密集的钢铁上，却不敢妄动分毫。

“小光，我跟你讲个故事吧。”温景阳的声音依旧平淡而温暖，就好像每一个给闺女讲睡前故事的父亲一样。

“你是不是很疑惑，为什么老爸都这样了，还能活着？我告诉你，这是咱们家的秘密……我只跟你一个人说……”温景阳断断续续，说说停停，给温之光讲述了一个温家版本的七传人历史。

温家其实远不止他们两个人，他其实是家里最叛逆的小儿子，少年时得到传承，又没有父母教育，所以很早就离开了家，一个人跑到外面闯荡，这些年也几乎没回去过。老天或许还是眷顾他，不仅给了他平步青云的人生轨迹，还给了他世上最重要的两个珍宝，一个是他的妻子，另一个就是温之光。现在，他就是去与他的妻子团聚，所以温之光没有必要伤心，因为每一个人的终点都会是团聚，不同的是路途中所见的风景。他希望温之光也能找到一个一同看风景的人，这就是他最大的愿望。

至于温家以及七宝之一，温景阳让温之光扯下他脖子上挂着的胸针：“宝物的传承能力，你看到了，就是不断刺激细胞再生增殖，恢复人体机能……凭借这个能力，你爹视虎狼之地如无物，很是嚣张。不过后来学会收敛了，如果不收敛的话，终究会遇到发动能力也无法拯救自己的情况，就像现在……”

“所以小光，在我之后，我不知道传承者会不会是你，但如果是……不要让他们知道是你。”温景阳的呼吸越来越急促，尤其当胸针离开他的身体，被温之光握到手中，他感觉像是心脏被人攥住。温之光立即反应过来，将胸针紧贴他的胸口。

温景阳又喘息了一口气：“记住，我们是医者，也是贤者……没有人能比我们隐藏得更深。听明白了吗？”

温之光早已泪如雨下，泣不成声，她哽咽着，很想回答听明白了，可却一个字都说不出口，她怕一开口，又是一阵让老爸叹息难过的哭喊，所以紧抿嘴唇，却用力地点了点头。

“很好。”温景阳的脸上露出一抹欣慰，“好了，我的小哭包……不哭了！笑一下……”

“好，好……”和其他女孩不同的是，温之光有求必应，她真的努力朝温景阳扬起一个笑脸，虽然满脸泪痕，但始终是一个好看的笑脸。接着，又再度落泪。

温景阳也笑了笑，在最后看到温之光的笑脸后，他的视线就陷入一片黑暗。他很庆幸，也很感激，他感觉自己的时间快到了，他其实还有很多话要说，他勉力地继续说道：“你不要总是想拔出这些东西了……没用的，它们早就和血肉融为一体。我记得以前是谁说的，人体是物质，和钢铁没有区别，如果掌握了物质的基本粒子的排列和组合，你就可以七十二变，上天入地无所不能？呵呵……可惜他没看到……”

“不要浪费时间了，小光……你拔走它，我也一样恢复不了。”温景阳的感知能力越来越模糊，他不清楚温之光是不是在继续尝试拔掉钢铁，他只知道自己还有很多话要说，也有很多嘱托要交待，“……出殡仪式要简单些，有问题多咨询原老爷子。还有，家里的地窖有储存的原生食，记得多回家……”

温景阳张着嘴巴，好像一直在说话，却渐渐地一个字也说不出来了。

他明明还有很多事情想告诉自己的宝贝女儿，却连看都看不到她，甚至听也听不到。她到底在哭？还是在和他说话？又或者有什么问题还想问他？

趁他还在，趁他还没有走，问啊，快问啊……爸爸一定什么都告诉你，一定帮你把路都铺好，帮你把饭都做好，你只要开心地、玩累了回家吃饭就好……

温景阳“望着”温之光该在的地方，无限留恋地看着她，凝视她的眼睛里，光华一点一点黯淡，再也没有神彩。

他的嘴巴依旧张着，他的眼睛也温柔地看着，仿佛有无尽的话要说，却再也说不了。

温之光张大了嘴巴，却发不出一丝声音，泪水却潮水般汹涌。

别墅外。

何想的戒指，终于吸能结束，他一直受限的行动能力也终于恢复，他第一时间快速奔进别墅。他心中有几分埋怨温之光的莽撞，却更多是担忧，如果在他没照看到的时候遇到危险怎么办？如果他来不及救护怎么办？

他忽然发觉，当一个人将另一个人真正放在心上时，她的一切你都会不自主地牵挂。患得患失的心情，会将人的思绪弄得七上八下。

终于，他在别墅的客厅里看到跪在地上的温之光，她的身前躺着一个人，是眼睛里再也没有焦距的温景阳。

何想微微一怔，心沉了下去，还是来晚了。

他有些忐忑，因为在意而变得不敢再像从前一样随意，他轻轻走上前，看着埋头跪在地上的温之光，感受到她周身压抑沉郁的气场，朝她伸出的手微微颤动，却最终没有拉她起来，而是将自己的手放在她压在温景阳胸口的手背上。

温之光浑身一颤。

她的脑中充斥着七传人的传承文辞，她的眼睛里满是心酸彷徨的泪光，她看着何想，轻声的、极其缓慢地说道："原来我是你们中的一员？"

"我终于是你们中的一员了……"

"可为什么……？七传人难道真的是天煞孤星，中了诅咒，非这样不可吗？"

温之光泪流满面。

何想呼吸一滞，他想起何子天曾说过的，七传人都是苦命儿，几乎无一例外父母双亡，半生凄凉。

他上前跪了半步，一把搂住温之光，竭力用自己的体温去温暖她，声音嘶哑："你还有我，我也还有你……小光……"

别墅外，一切归于沉寂，天清气朗，乌云在此时终于消散，顶头的月光毫无掩盖地洒落下来，穿透破损的别墅穹顶，照在温之光跟何想的身上。

三天后。

由原战主持的出殡仪式在安静肃穆的气氛里完美谢幕。

温之光谢绝了原战的邀请，也拒绝了警局给她放假的命令，从阴霾中逐渐走出。

她很清楚，如果她没有站起来，不光是周围的同事、朋友会万分担心，更重要的是，在天上的臭老爸也不会放过她，肯定会在上面阴阳怪调地讽刺她，说温景阳的闺女竟然是个没用的小屄包。

她才不要这样！

“我是温之光！小光，加油！”正午的阳光底下，温之光用力地拍打了两下自己的脸颊，力道大得直把脸颊拍得通红，拍得不远处听到声音的何想都不由得抽了口冷气，心里却夸赞她是条真汉子。

“你差不得多了，收敛点，就算没有吓到路边的小孩，吓坏花花草草也是不好的，要是因为你导致周围寸草不生，园林局会找你算账的。”何想边朝她走来边说道。

“切，就知道胡说八道，迟早撕了你的嘴。”温之光举起拳头示威，随后又笑得灿烂。

何想注视着她的笑颜，莫名地感到珍贵。他知道温之光的笑和以前有些不一样了，多了一分宁静。

人总是会在不经意间长大。

“喂，你可不要再在我耳边说什么节哀顺变，不要过度伤心这类废话了啊，我这几天已经听出茧子来了，听得我极度怀疑人生！受不了，真是受不了。”温之光有些抓狂地捂住耳朵。

“你想听我还不说呢。”何想拉了一把温之光，“走了，别在这里耽搁了，你要做的事还多着呢。”关于温之光获得传承，成为新任七传人这件事，除了何想以外，没有任何人知道，包括樊力在内。

一方面是因为温景阳的嘱托，另一方面，最后一个七传人不肯浮出水面，总让人觉得蹊跷。

别墅的爆炸也是来得莫名其妙，明明原战作为军事驻地的总负责人，可他对此也一无所知，以至于气急败坏。

爆炸不仅毁坏了重要的军事基地，也阻断了何想进一步探查的机会，到底是什么人做出让一个基地的人都陪葬的丧尽天良的事，他们总要去找出答案。

“没错，我还有那么多坏人要抓，怎么可能这么容易倒下？”温之光大声喊道。

就在这时，腕表震动，温之光看了看来电显示，是花锦年。

她惊讶地眨眨眼，接通电话。

电话中，花锦年的声音温和而优雅：“有个好消息，想第一个告诉你知道。”

“哦？难题解决了？”温之光记得上次见面时，花锦年好像很困扰。

花锦年微微停顿，他敏锐地发现温之光好像有哪里不一样了，但他没多想，他才从实验室里出来，忍不住和人分享最新成果。

花锦年轻笑一声：“没错，仙星已经找到。船票已经给你准备好。”

“温小姐，”花锦年的声音磁性中带着一丝魅惑力，“有没有兴趣去仙星一游？”